テリ文庫

〈HM[illegible] 1〉

熊と踊れ

〔上〕

アンデシュ・ルースルンド&ステファン・トゥンベリ

ヘレンハルメ美穂・羽根 由訳

早川書房

7847

昔が、いまなら。

いまが、昔なら。

熊と踊れ

〔上〕

登場人物

レオ（レオナルド）…………………ドゥヴニヤック家の三兄弟の長男
フェリックス……………………………同次男
ヴィンセント……………………………同三男
イヴァン・ドゥヴニヤック…………三兄弟の父
ブリット＝マリー・
　　　　　アクセルソン…………三兄弟の母
ヤスペル…………………………………三兄弟の幼なじみ
アンネリー・エリクソン……………レオの恋人。シングルマザー
セバスチャン……………………………アンネリーの息子
ヨン・ブロンクス………………………ストックホルム市警警部
レナート・カールストレム…………同警視正
サンナ……………………………………同鑑識官
ガッベ……………………………………建設業者
サム………………………………………ヨンの兄。服役囚

男が乗っているのは、黄色のフォルクスワーゲンバスだ。汗と、ペンキのほかに、なんだかよくわからないにおいが立ちこめている。ダッシュボードに置いてある、ガソリンスタンドの売店で買ったコーヒーの紙コップか。助手席に置いてある、粉々になった手巻き煙草の残骸か。それとも、後ろの席に置いてある、フォルクンガ通りの大工用具店で買った、新品の袋詰めの漆喰《しっくい》と刷毛《はけ》のにおいだろうか。いや、いちばん後ろに積んである、工具と折り畳み式の作業台のにおいかもしれない。あの女がわざわざ倉庫まで借りて、男の衣類やダブルベッドの片割れと一緒に、四年間もしまい込んでいたもの。

においの元は、それだ。

地下。倉庫。時間。

サイドウィンドウに陽が差し、ひからびた羽虫やホコリを照らす。なんと奇妙な暑さだろう。涼しい風を求めて窓を下ろしても、かえって熱風が入ってくる始末だ。

「おれだ」

「うん、父さん」

「具合はどうだ？　大丈夫か？　どう？　万事順調か？」

ストックホルムから車で三時間。工場とトウヒの森に囲まれた小さな町。そのまわりを、男は昼過ぎからずっとゆっくり回っている。スーパーマーケット〈コンスム〉、ホットドッグの売店、七人制サッカー用の運動場がある界隈。その中ほどに建っている、赤レンガの三階建ての賃貸アパート。そこが目的地だ。

初めて訪れる場所。

「順調だよ」

「いま、なにしてる？」

「べつに……これから食事なんだ。母さんが仕度してる」

高速道路から、制限速度九十キロの道に入り、やがて七十キロ、五十キロと、長らく見ていなかったスウェーデンの風景の中を駆け抜ける。町はずれのガソリンスタンド――ＢＰだったかＵｎｏ‐Ｘだったか――に立ち寄り、煙草を一本巻いて――いや、シェルだったかもしれない――電話ボックスのドアを閉め、そらで覚えている番号を押した。あの女が電話に出たが、すぐに口をつぐみ、長男に受話器を渡した。

「弟たちはどうだ、レオ？　みんな元気か？」

「あいつらは……いつもどおりだよ」

「みんな家にいるのか？」

「うん」

最後の数キロはスピードを落として走った。遠くに教会が見える。古い学校と、大広場。人々は短パンをはき、プルオーバーを脱いで、太陽の光を浴びようとしているが、この晴天はやがて雲と雷鳴に変わるだろう――そんな予感のする暑さだ。

「フェリックスに代わってくれるか？」

「あいつは話したくないって言うと思うよ。わかってるだろうけど」

男は三階建てのアパートの外に車をとめて、共同玄関のドアをじっと見つめた。ドアも見つめ返してきた。が、そろそろ車を降りるつもりだ。

「じゃあ……ヴィンセントは？」

「たぶん、なにかで遊んでる。いや……」

「レゴか？」

「ううん……」

「兵隊のおもちゃか？　教えてくれ、あの子はなにをしてる？」

「本を読んでると思う。兵隊のおもちゃなんて、そんなの昔の話だよ、父さん」


いちばん上の階、右端の窓。あそこにちがいない。十四歳の息子が何度も説明してくれたおかげで、中のようすを知っている気がする——玄関から中に入ると、すぐ左がキッチンで、茶色の丸テーブルがあり、椅子が五脚ではなく四脚置いてある——正面が居間で、乳白色のガラスのはまったドアに仕切られ、中が見えないようになっている——右側はあの女の寝室で、例のベッドの片割れが置いてある。そのとなりに、三兄弟の部屋が並んでいる。レオ、フェリックス、ヴィンセント。かつていっしょに暮らしていたころと同じだ。


「そっちは？」

「おれか……」

「父さんはいま、なにしてるの？」

「おれの家に帰るところだ」

母親と子どもたちの暮らす五部屋のアパートは、音に満ちた独自の世界だ。さまざまな音が詰め込まれ、押しあう。キッチンで母親が蛇口をひねれば、水の流れる音にまじって低い雑音が生まれ、ひきだしからナイフやフォークを出すカチャカチャという金属音、食器棚から皿を出すカタカタという陶器の音とあいまって、居間のテレビに負けじとあたりに響きわたる。コーナーソファーに座った次男のフェリックスが、裏声で叫ぶアニメのキャラクターに見入っている。レオの巨大なスピーカー二台から音楽が流れ、末っ子ヴィンセントの頭に斜交《はすか》いに載っているヘッドホンからは、物語を読むナレーターの低い声が漏れている。こうしてさんざん押しあい、ぶつかりあった音は、やがて絡みあい、融けあってひとつになる。

スパゲティが茹で上がった。ミートソースも熱々だ。

母親がヘッドホンを取り上げ、ごはんよ、と耳打ちすると、ヴィンセントは廊下を走りながら叫ぶ。ごはんだよ！　もう一度、廊下を往復する。ごはん、ごはん！

テレビが消される。音楽が止む。

子どもたちがいっせいに食卓へ集まってくるあいだは、ほぼ静かだ。が、べつの音が割り込んできて、静けさを乱す——玄関の呼び鈴が鳴っている。

ヴィンセントはもう廊下に戻り、玄関へ向かっている。

「ぼくが出る」

フェリックスがテレビの前を通って廊下へ急ぐ。

「ぼくが出る！」

ふたりは競って玄関へ走る。ヴィンセントのほうが近かったので先にたどり着き、ドアの回転式ロックに手を掛けるが、回すことはできない。後ろから来たフェリックスがヴィンセントの手をロックから離して、ドアに顔を近づけ、のぞき穴から外を見る。レオはふたりのようすを見ている。ヴィンセントがふたたび回転式ロックをつかむが、回す力はない。フェリックスがぎょっとしたようにのけぞり、振り返る。何年も前に抱えていた恐怖が、その顔に浮かんでいる。

「どうした」

フェリックスがドアを目で示し、うなずいてみせる。

「来てる」

「来てるって……だれが？」

また呼び鈴が鳴る。長く伸びる音。レオはドアに近づいていく。ヴィンセントは回転式ロックに手を伸ばす。フェリックスは取っ手を離そうとしない。

「フェリックス、ヴィンセント——あっちへ行ってろ。おれが出る」


母親の手に、鋳鉄《ちゅうてつ》製の深鍋は重い。日に日に食べる量が増えていく息子たち三人分の夕食だ。木の鍋敷きに鍋を下ろすと、彼女の手首に痛みが走るのはいつものこと。ザルで湯切りしたあと、バターをひとかけ加え、パスタを鍋に戻す。ソースの入った鍋も食卓に運ぶ。

静寂。

テレビも、二台のスピーカーも、物語を読むナレーションも消えている。だが、呼び鈴が鳴り、息子たちが三人とも、自分が開けると言って玄関へ向かった。この静寂は、おかしい。

このときのことを、のちに彼女は思い出せなくなる。自分がほんとうに振り向いたのかどうか。子どもたちに、どうして黙って立ってるの、と尋ねる時間があったのかどうか。それとも、あの静寂は自分の想像でしかないのだろうか。いずれにせよ、あとから思い出せたのは、息子たちの父親の巻き毛が以前より伸びていたこと、彼の息から赤ワインのにおいがしなかったこと。それだけだ。

それと——彼に殴られたこと。とはいえ、その殴り方は、以前とは違っていた。

あまり強く殴ったら、彼女は床に倒れてしまうから、このときの彼はそうする代わりに、叩きのめす相手と目を合わせたがった。おれを無視して長男に受話器を渡すとはなにごとだ。こっちを見ろ、四年ぶりだぞ。

自分はあのとき、やはり振り向いたのだろう、と彼女は思う。

だって、一発目は右の拳で左頬を殴られたのだ。それからうなじをつかまれ、無理やり彼と目を合わさせられた。二発目、三発目、四発目は反対に、左の拳で右頬を殴られた。おれを見ろ。激しくすばやい殴打が繰り返される。彼女は両腕を前に掲げてひじを曲げる。皮膚と骨の兜から突き出たツノのように両ひじを立てる。

片方の手でうなじを、もう片方の手で髪をつかまれて、無理やり立ち上がらされるが、彼女はぐったりと力を抜いて身体を重くする。床に座りたい、横になりたい、自分の身を守りたい。顔を下に向けさせられて、彼が脚を、ひざを上げる。おれだ。ひざ蹴り。おれだぞ。ひざ蹴り。おれを感じ取れ。

四年という歳月が過ぎ去ったせいではない、とレオは気づく。違いはそこではない。それよりも、父さんのまなざし。あれは、これからなにが起きてもおかしくない、という目つきではない。なにが起きるか、自分でちゃんとわかっている人間の目だ。まるでだれかべつの人間が殴っているかのよう。左の拳が鞭となって母さんの顔を打つ。とどめを刺すことなく、延々と殴りつづける。しかも、音をたてずに。昔、父さんが暴力をふるうときには、いつも音がしていたのに。

不気味な静けさ。レオには理解できない。

だから、こんなにも時間がかかった。反応し、行動を起こすまでに。父さんであって父さんでない、だれかべつの人間。叫ばない母さん。自分の背後に隠れているヴィンセント。いまだに玄関で立ちつくしているフェリックス。

弟たちはまだ、レオほど背が高くない。もし弟たちも自分と同じくらいの背丈だったら、レオはひとりで父さんの背中に飛びついたりしなかっただろう。だが、父さんがひざを使うのを見て、今回は母さんが死ぬまで終わらないだろうとわかったから、そうした。父さんの背中にぶら下がり、その首に腕をまわして力を込める。父さんに腕をつかまれて引き剝がされるまで。

レオが割り込んだことで、父さんは母さんの頭から両手を離すしかなくなった。

レオは床にどさりと落ちる。母さんが血まみれになった顔を両腕で覆い、ふらふらと何歩か離れていく。頰骨のあたりの出血がとくにひどい。父さんの左の拳で、ぱくりと深い傷が開いたのだ。父さんが母さんのあとを追い、また身体をつかむ。さっきと同じように――おれが殴ってるあいだはこっちを見ろ、とでもいうように。

もう一発。固く握った拳で、鼻と、口を。

だが、二発目の直後、レオが立ち上がり、ふたりのあいだに割って入る。自分の両腕も上げて、身を守ろうとする。

父さん、やめて。

レオはふたりのあいだの真空地帯にいる。血まみれになった母さんと、その母さんの顔を殴りたいのに、べつの顔に邪魔されている父さん。

レオは父さんに抱きつく。

首まわりには抱きつけない。背が届かないから。両腕のまわりも無理だ。そこにも届かない。けれど、腰まわりなら。その少し上、胸郭《きょうかく》の下のほうなら。

父さん、やめて。

レオの両足がキッチンの床を搔く。靴下が滑るので、テーブルの脚をストッパーにして父さんに抱きつき、その身体を押そうとする。力はまだ弱いが、それでも父さんの両手を母さんの髪から引き離すにはじゅうぶんだ。

母さんはキッチンから廊下へ逃げ、大きく開いた玄関扉へ駆けていく。共同階段のつるりとした石の床で足を滑らせる。血が流れ出ている。その血を床になすりつけながら立ち上がる。うなり声をあげる。一歩ごとにうめきながら階段を下りていく。

そうして、ふたりだけが残される。

レオは腕に力を込める。腕をまわしているのは腰まわりか胸郭か、いずれにせよ前のめりになって、父さんに全体重をかける。まだ抱擁が続いているかのように。

「あとは頼んだぞ、レオナルド」

食事のにおいがする。スパゲティとミートソース。母さんの血のにおいも、少し。ふたりは互いを見つめる。

「わかるな？　おれはもう、ここにはいられない。これからはおまえが束《たば》ね役だ」

父さんの目つきがまた変わっている。逸らされることのない、貼りつくようなまなざし。父さんはそれ以上、ひとことも口にしないが、その目はレオに語りつづけている。

どうでもいいことかもしれない。
が、これは、事実に基づいた小説である。

第一部
いま

レオは息を止めた。懐中電灯の白く強烈な明かりが、頭上をさっと通り過ぎていく。レオは湿った苔《こけ》や尖《とが》ったブルーベリーの枝に顔をうずめ、さらに力を入れて全身を地面に押しつけた。身を隠した。やがて光線は灰色のコンクリートの立方体に戻り、そちらを調べはじめた。あの建物の点検係はいつも、時計回りで三度にわたって巡回する。そのすぐそばで――森の中へほんの何歩か入ったところで、こうして身を潜めていると、点検係の習慣となっている動きがたやすく追えた。

まず強化扉の錠に光を当て、こじ開けられた跡がないかどうか確かめる。

それから懐中電灯をコンクリートの外壁に向け、四角い建物のまわりを三周する。

最後に、壁に背を向けてしばらく煙草を吸う。暗闇の中でひと休みして、確信を深めているように見える――昨晩から、ここはなにも変わっていない、と。この建物に触れたのは、丘の下よりも気ぜわしく感じられるこの風だけだ、と。

レオはふたたび呼吸を始めた。七夜連続で、こうして地面に伏せている。場所はいつも同じ、枝のない二本の木の幹のあいだで、時刻は二十時ちょうどから。身じろぎひとつせずに。あたりには、風と、ひっきりなしに鳴くフクロウと、虫が一、二匹。それだけだ。

やがて、あの点検係がやってくる。この七日間でいちばん早い到着時刻は、二十時二十二分。月曜日のことだ。いちばん遅かったのが水曜日で、二十一時十二分だった。今夜は——レオは赤い針のついた腕時計に目をやった——二十一時五分前、平均時刻と言っていいタイミングで、おんぼろのボルボが遮断桿《しゃだんかん》の前に停まった。

それにしても妙な気分だ。

こちらは地面に伏せて、ほんの数メートル離れたところにいる男をじっと見つめ、その一挙手一投足を観察しているというのに、当の男はここにいるのが自分ひとりだと信じて疑っていない。煙草を吸っている、制服姿の男。第四十四防衛管区、すなわちストックホルム防衛管区にある、すべての動員用武器庫（戦時動員にそなえて武器や爆薬が保管されていた倉庫。かつては全国に点在していた）の点検を担当している男。

レオは襟《えり》に取り付けたマイクの位置を直してから、首を伸ばし、ブルーベリーの枝から頭を上げてささやいた。

「肺ガン男が持ち場を離れるぞ」

ゴム長靴のこすれる音がまだ聞こえるし、針葉樹の枝とまばらな灌木《かんぼく》のあいだに懐中電灯の明かりもまだ見てとれる。が、もうすぐ——点検係が曲がりくねった林道を下りていき、フェリックスとヴィンセントと遮断桿を素通りして車を発進させ、幹線道路を走り去っていったら——レオと仲間のヤスペルはついに身を起こし、スチール製の強化扉の前で集合することになっている。

砂敷きの空き地と森のあいだの溝に水が溜まっている。助走をつけて跳び越えたら、草むらでブーツの厚底が滑った。片手に重いバッグ、もう片方の手に硬質繊維板《メゾナイト》を持って、あたりを見まわす。森の中に大きく開けた、砂敷きの空間。中央に、コンクリートでできた小さな灰色の立方体が建っている。そこが目的地だ。武器庫。

視線の先、反対方向から、ヤスペルが近づいてくる。苔《こけ》や針葉を髪につけて、同じように重いバッグを抱えている。

ふたりは口をきかない。口をきく必要などなかった。

レオは六十センチ四方のメゾナイトを武器庫の扉の前の地面に置いた。

長いこと、壁を壊そうと考えていた。それがいちばん手っ取り早い。が、コンクリートの壁を爆破してしまったら、点検係が懐中電灯で照らせばすぐにばれる。それに、すさまじい音もする。

そのあとは天井を検討した。建物を覆っている雨除けの金属板を持ち上げ、その下にある厚さ十五センチのコンクリートをぶち破って、また金属板を載せておく。この方法なら簡単だし、点検係が懐中電灯で照らしても見えないだろう。が、やはり音はする。

残る道はただひとつ。床だ。ここなら抗力を利用できる。爆発による圧力が地面に押し返されて上に向かうから、爆薬の量が少なくて済むし、そのぶん音も小さいはずだ。

　レオは数百グラムの粘土状のものをバッグから出した。

プラスチック爆薬、m／46。ペンスリットを八十六パーセント、鉱物油を十四パーセントの割合で混合したものだ。

　地面にひざをつき、爆薬をこねる。ヘッドランプふたつの明かりの中、四十グラムの玉を十二個作った。ＩＣＡ（大手スーパーマーケット・チェーン）で、ソーセージのようにビニール詰めで売っているジンジャークッキー生地よりも、固く、ぱさぱさとしている。が、かなりの力をこめても大丈夫だ。湿気にも衝撃にも反応しない、炎に入れても爆発しない、安定した爆薬なのだから。

　玉の数はべつに十三個でもよかっただろう。十六個でも、二十個でも。

　だが、十二個がいい、と思った。

「それじゃ足りないだろ」

　レオは玉をひとつずつメゾナイトの上に置いた。円を描くように。四十グラムの爆薬がそれぞれ毎時を示す時計のように。

「足りる」

「でも、レオ、あの表には……」

「軍の連中は多めに見積もりがちなんだ。やつらの目的は、戦闘で敵を殺すことだから。おれはその半分にした。目的は中に入ることだ。中にあるものをぶっ壊すことじゃない」

ヤスペルがバッグの中から折り畳み式のシャベルを出してすばやく広げ、地面を掘りはじめるのを、レオはじっと眺めた。ヤスペルがシャベルを振るうたびに、金庫じみた扉の前で、その下で、穴が大きくなっていく。

一時間ごとに、爆薬の玉がひとつ。まるで時計の文字盤のよう。

馬鹿馬鹿しい、と自分でも思う。が、レオは時間とともに生きているのだ――腕時計をしていなくても、いまが何時なのかいつでもわかる。この身体の中で、チクタクと時が刻まれている。時間がここに棲みついている。昔から、ずっとそうだった。

バッグのポケットに入れてあるそれは、太くて茶色っぽい紐のように見えた。

長さ二・五メートルの導爆線。

爆薬の塊から塊へ、メゾナイト上に蛇のごとく這わせ、ダクトテープで固定する。十二時と一時がつながり、一時と二時がつながり、そうしてすべての塊が連結されてぐるりと円を描く。蛇は十二時に戻ってくると、そこで短い尻尾をもたげる。ここに点火するのだ。

「できた」

扉の下の穴――武器庫の床下の穴は、このメゾナイトがすっぽり入るほど大きくなければならない。ヤスペルは汗をにじませ、地面にひざをついて前かがみになり、シャベルを穴のはるか奥へ突っ込んでいる。レオもそのそばへにじり寄った。シャベルで取れない土を両手で掻き出す。躍起になったふたりの腕が互いを邪魔する。

「入れるぞ」

メゾナイトの両端をそれぞれ持って、穴の中へ少しずつ、慎重に押し入れる。十二個の爆薬の玉が、どこにもくっついてしまわないように。導爆線の尻尾が、きちんと外に突き出るように。そうして四角い板が扉の下に間違いなく入り、この一部屋しかない小さな建物の下に収まったとわかると、ふたりはその上や脇に土と砂を戻し、しっかりと密封した――レオが考えたとおり、抗力を利用するためだ。

「これでいいか？」

「これでいい」

計算に費やした時間。材料の入手に費やした日々。ゴム長靴を履き、キノコ狩り用のかごを提げて森の中を歩き、スウェーデン軍が設置した動員用武器庫のようすを調べてまわった数週間。そして、ストックホルムから南へ十数キロ、ボートシュルカ市イェートリュッゲンという地区にあるこの武器庫を見つけたとき、もうこれ以上車であちこち探しまわらなくてもいい、とレオは思った。

あと数分。

扉の下の穴から突き出した短い導爆線をつかみ、テープで雷管に接続した。その雷管を電気ケーブルにつないでから、できるだけ遠くへ移動する。空き地を横切り、溝を超え、森の中へ戻る。そしてケーブルのもう片方の端をバイクのバッテリーに接続した。

「フェリックス？　ヴィンセント？」

マイクの位置はさきほど直した。今度はイヤホンの位置を直す。

「聞こえてるよ」

「まわり、ちゃんと見えてるか？」

「見えてる」

レオは動かなかった。

「あと十秒だ」

自分と、かすかな風。あるのはそれだけだ。

「十秒後に爆破する」


「あと十秒だ」

ふたりは、〝関係者以外立ち入り禁止〟という金属プレートの付いた赤と黄色の遮断桿のそばで、落ち葉と苔と草で覆った防水シートの下に潜り込み、並んで地面に伏せている。

「十秒後に爆破する」

ヴィンセントは、長さ一・五メートル近いボルトカッターを握りしめている。

フェリックスがかすかに上体を起こして時計を見やる。湿気で曇った時計の文字盤のガラスを指でこすった。

「九」

秒針が見えるまでガラスを拭いてから、ヴィンセントに向かってうなずいてみせる。ヴィンセントは不安げだ――そういう息遣いをしている。浅く、荒い、定まらない呼吸。

［八］
「大丈夫か？」
［七］
ヴィンセントは答えなかった。兄のほうを見もしない。
［六］
背中を覆う、重い防水シート。それまでもが震えている。
［五］
「だれも来やしないよ、ヴィンセント。ここにはおれたちしかいない」
［四］
「わかるか？」
［三］
フェリックスの手が、震える肩から、ボルトカッターを握りしめた両手に移る。
「ヴィンセント」
［二］
「余計なことは考えるな。レオは上にいる。兄貴がちゃんと計画したんだ。絶対うまくいく。それに、ヴィンセント、このほうがましだろ？」
［一］
「なあ。このほうが、ずっとましだろ？　仲間に加わって、ちゃんと……わかったほうが。

家でソファーに座って、なにもわからずにいるより、ずっと」

爆音が轟《とどろ》く。思ったより大きかった。武器庫がギターの共鳴胴の役割を果たしたのだ。四百八十グラムの爆薬が生んだ音を強める甲殻。そうして四角い建物の床が破れると、共鳴胴は次なる音を強めた——コンクリートの破片が天井に打ちつけられる音だ。

しばらく地面に伏せたまま、五分待とうと決めていた。

が、無理だった。

レオは折り畳み式シャベルを手に、濡れた砂敷きの地面を這った。じりじりと、ずるずると匍匐《ほふく》前進した。大声で笑った。はじめは自分でも気づいていなかった。笑い声が勝手に出てきたのだ。めったにない大笑いをしながら、地面にひざをついた状態で、武器庫の強化扉の下に右手を伸ばした……なにもない。ほんとうに穴があいている！　シャベルを広げ、土を掘り出して穴を大きくすると、ヘッドランプをその中に向け、スイッチを入れた。

「ヤスペル！」

森のほうを向き、大きすぎる声で呼びかけた。笑い声と同じだ。自分ではもう、どうしようもない。

「来い！　見てみろよ！」

ヘッドランプの明かりが、窓のない部屋を照らす。穴の奥へ身体を伸ばすと、一文字目がはっきりと見えた。

K

やった。やった！

さらに穴の中へ頭を突っ込むと、次の文字がゆっくりと浮かび上がった。

S

マジかよ、これ。すげえ。

もう少し。次の文字が見える。**P**。ろくに動けなかったが、それでも上に顔を向けると、山積みになった箱のいちばん下が見えた。**5**。床にあいた穴のすぐそばにあるので、箱の側面はほとんど全部見える。**8**。緑色の地に白字で書かれている。

KSP 58

計算は正しかった。

厚さ、位置、鉄筋の構造――なにもかもが完璧に合っていた。ふたたび呼びかける。

「フェリックス？　ヴィンセント？」

「なんだ？」

「遮断桿の錠は？」

「いま全力で作業中」

「よし。終わったら車で上がってこい」

レオはマイクを離し、イヤホンを外した。数分間の通信停止。これまでのところ全員が、計画どおりの順序で着実に作業を進めている。道路にほど近い森の斜面のふもとで、ふたりが地面に伏せていた。残るふたりは丘の頂上で、床の一部がなくなったコンクリート製の建物のそばに這いつくばっている。

次の段階に進む時がやってきた。

ヤスペルと肩を並べ、床にあいた穴をめざして掘り進める。まるで戦時の脱走用トンネルのようだ——有刺鉄線の下を抜けて、収容所から逃げるための。レオは頭だけでなく両肩と両腕も突っ込めるようになると、コンクリートの建物の骨組であり、いまは格子状の網でしかない鉄筋を、強力なニッパーで切断した。切り、ねじり上げる。地面に背を押しつけて、さきほどの爆発と同じように、地面が押し返してくる力を利用した。それから穴の縁《ふち》に両手をかけて身体を持ち上げ、床の上に出た。

こめかみが汗ばんで、ヘッドランプがずり落ちている。レオはその位置を直した。

そして、あたりを見まわした。

ちょうど建物の真ん中に立ったなら。そうして、両手を伸ばしたなら。天井にも壁にも手が届くだろう。その程度の広さしかない。

幅、奥行き、高さ、いずれも二メートルといったところか。

ヘッドランプの光がまず、切断された鉄筋を照らしだす。爆破された床から、まるでぼうぼうと生えた藪のごとく、四方八方に枝を伸ばしている。次に、壁を照らす。山積みになった緑色の木箱を照らす。

「いくつある?」

トンネルの向こうから、ヤスペルの声。

「たくさん」

「だから、何個なんだ?」

レオは声に出して数えた。

「一小隊。二小隊。三小隊。四……」

緑色の箱、計二十四個。

「……中隊まるまるふたつ分だ!」

今度はヤスペルが、レオに劣らない長身の体軀《たいく》をトンネルに潜り込ませた。さきほどのレオと同じように、ずっと笑い声をあげている。抑えがきかない。ふたりは立方体のような部屋に並んで立つと、息をするたびにコンクリートの粉塵《ふんじん》が暗闇を舞い、ヘッドランプの光の中で波のように揺れるのを、じっと見つめた。

「いま開けるか? それとも、あとで?」

「いま開けるに決まってる」

いちばん上の木箱にそっと触れる。凹凸のある、ざらりとした感触。留め金を外してふたを持ち上げるのはわけもなかった。

中身。機関銃が一挺。**重量:十一・六キロ**。レオはそれを取り出し、ヤスペルに渡した。

ヤスペルは受け取るとき、反動を想像して軽く両ひざを曲げ、かすかに前かがみになった。意識してそうしたわけではない。自然と、ふたりが兵役時代に学んだゆっくりとした動きになっている。**全長：千二百七十五ミリメートル**。ふたりは、互いを見つめる。長いあいだともに旅を続け、ふと気づいたら目的地に達していて、実感がまだない人間のまなざし。**発射速度：六百～八百五十発／分**。いくつもの長い晩を、森の中で身を隠して過ごした。いくつもの長い夜を、図面と向き合って、コンクリート床の厚さや爆薬の玉十二個の威力を計算することに費やした。そして、さきほどのすさまじい爆発。ふたりはいま、これまでとは違う種類の仕事を始めるのに必要な、違う種類の道具が詰まった部屋に立っている。

「全部で何挺だと思う？　だいたいでいい」

　レオは次の箱を開けようとしていたが、はたと動きを止めた。ヤスペルの肩の後ろ。一部が白い粉塵に覆われてはいるが、そこに答えがぶら下がっている。

「いや、正確にわかるぜ」

　鍵のかかった扉の左側、壁にフックがついていて、クリアファイルに入った紙が一枚下がっていた。そのとなりに、ひものついたボールペンも。

「一行目。短機関銃《サブマシンガン》カール・グスタフｍ／45、百二十四挺。二行目。自動小銃《アサルトライフル》ＡＫ４、九十二挺。三行目。機関銃《マシンガン》Ｋｓｐ58、五挺」

　レオは振り返って言った。

「在庫目録だ。いかにも軍隊だな、きっちりしてやがる」

ふたりは次々と箱を開けて中身を確かめた。金属の塊が並んでいる。たっぷりと油を差したうえで、ていねいにしまってある。

「おい、ヤスペル、信じられるか？」

レオはフックに掛かっていた紙を引ったくると、几帳面に記された目録にふたたび目を通した。

百二十四、九十二、五。

だが、今回はその下まで続けて読んだ。

すると。

タイプライターで書かれた、規則や決められた手順を記した長ったらしい文章の下、いちばん下に。

「この武器庫は……」

さきほどは気づかなかった文言。

「……ここが最後に点検されたのは……」

顔を近づけて、白い紙に、ボールペンで手書きされた部分に、ヘッドランプの光を当てる。

判読不可能な、だれかの署名。

その上に、年号。

その上に――日付が書かれている。

「……十月四日」

「というと？」

「まだ二週間も経ってない！」

「それがどうした？」

レオが紙をばたばたと振ってみせる。紙が天井を叩いた。

「点検係は半年に一度、強化扉を開けて、ここを——この建物の中を点検する。わかるか？　つまり……しばらくはばれないってことだ……あと五か月と十七日は！」


「レオ、こちらフェリックス！」

フェリックスはマイクの赤い発信ボタンを握りしめた。

何度も呼びかけているのに応答がない。呼びかけるたびに声が大きくなった。

「繰り返す！　レオ、こちらフェリックス！　どうぞ！」

そして、返事が来ることを願いつつ、しばらく待った。ついに聞こえてきた。雑音はすぐに消え、レオの声が耳に届いた。

「どうした？」

先刻の、ドン、という鈍い音。百七十四メートル離れたこの場所に届いたとき、爆発音はそこまで弱まり、すでに風の中に消えかけていた。

ジャケットの襟に口を近づける。

「南京錠なんだけど……」

爆弾音のあと、ふたりは防水シートの下で並んで伏せたまま、五分間、身動きひとつしなかった。それがレオの命令だったからだ。時間はヴィンセントの呼吸で計った。息を吐くごとに、一秒。だれにも聞かれていないと確信できるまで。

「南京錠？」

「うん」

五分。それが過ぎたら、見たこともないほど巨大なこの南京錠を、店で売っていた中でいちばん長かった、長さ一・五メートルのボルトカッターで壊す計画だった。

「予定が狂った……」

「どうして」

「……まずいことになった」

レオは身をよじりながら武器庫の下の穴を抜け、空き地へ出た。想定外の事態。あの錠を壊せなかったら、計画はすべて水の泡だ。でこぼこの林道を駆け下りる。弟たちふたりはそれぞれ、下りたままの遮断桿の両側に腰を下ろしていた。南京錠の掛け金は太さ十四ミリだ。

「ごめん、ほんとに」

今年の夏、暑く明るかったこの夏のあいだに、ヴィンセントとレオの身長はほぼ同じになった。が、十七歳の身体はやはり、二十四歳の身体とはまったく違う。

「兄さん……どうしてもできないんだ。おれにはもう、これ以上は無理だ」

ヴィンセントは細い肩をすくめ、両腕を広げてみせた。腕が長すぎて、身体のほかの部分と釣りあっていない。

ふたりは互いを見つめた。やがてヴィンセントが脇に退いた。

「フェリックス——おれとおまえでやるぞ」

レオはヴィンセントのいた場所に座り、ボルトカッターを広げた。長さが人の背丈ほどもある。レオが片方の持ち手を両手で握り、遮断桿をはさんだ反対側に座っているフェリックスがもう片方を握った。

「行くぞ、兄弟」

同時にボルトカッターの持ち手を引く。その刃が南京錠に食い込んだ。オールを自分の胸に引き寄せる、ふたりの漕艇《そうてい》選手。引いて、引いて、ひたすら引いて、指と手と腕と肩が震え、痙攣《けいれん》し、悲鳴をあげはじめたその瞬間、ボルトカッターの刃が太い鋼鉄を真っ二つに切り離した。


ひとつめのネットはぽつんと立っていた二本の白樺のあいだに、ふたつめのネットは茂った若い針葉樹の枝に張ってある。スコーグオースの車庫で幾晩も練習を重ね、最後は野外で、いまの状況とそっくりな暗闇のドレーヴヴィーケン湖畔で練習した。だからこうしていま、トラックを隠していた迷彩ネットを引きはがして丸め、空の荷台に放り込むのはわけもなかった。赤いミツビシのピックアップトラック二台。工務店をやっている人間が使う車だ。

レオが丘の上へ駆け戻るあいだに、弟ふたりはそれぞれ車のエンジンをかけると、苔やブルーベリーの茂みを突っ切って走り、開いたばかりの遮断ゲートを通り抜けた。フェリックスは二か月ほど前に、三度目の路上試験でやっと合格して運転免許証をとった。運転が下手だったからではない。スピード違反ばかりしていたからだ。ヴィンセントはまだ免許をとれる年齢に達していない。ゲートを抜けてから、武器庫までたどり着くのに、さして時間はかからなかった。

八本の腕、四つの体、それぞれのあいだの距離は一メートルほど。武器庫の中で床にひざをついたヤスペルが、武器をひとつずつトンネルに入れて送り出す。建物の外で地面にひざまずいたレオが、それを受け取る。フェリックスはレオの後ろに立ち、ヴィンセントはトラックの荷台に立っている。

バケツリレー方式だ。ひとりの手から次の手に渡るまでの時間は、一秒半。

「軍用銃、二百二十一挺」

コンクリートの建物の中にあったものが、トラックの荷台に積まれるまでの時間は、六秒。

「弾倉、八百六十四個」

レオは腕時計の赤い針を見た。あと三十分四十八秒で完了だ。

爆破したコンクリートの破片を掃いて落とすと、扉の前から下へ向かう穴を土や砂で埋め、踏み固め、また埋めた。服を着替え、全員が青い作業用ズボンに青い作業用シャツ、肩のところに工務店のロゴの入った黒いジャケットという姿になった。遮断桿を上げて通過し、車二台ともエンジンをかけたまま待たせて、フェリックスが南京錠を手に飛び降りた。さきほど壊したものとまったく同じ型。長いこと探しまわってようやく見つけた、同じ製品番号の南京錠だ。鍵がきちんと鍵穴に入らなければ困る——そのあと回すことはできないにしても。明日の夜、二十一時ごろに点検係がやってきて、モリフクロウの鳴き声を聞きながら煙草を吸い、丘の上で動員用武器庫のまわりを時計回りに歩いても、なんの異状もないように見えるはずだ。几帳面に記された在庫目録によれば、次に武器庫が開けられ、内部の検査が行われるのは、半年近くあとのことなのだから。そのときになったら、なんの異状もないようにはとても見えないだろうが。

レオは自分でも気づかないうちに歌っていた。だれもいない中、大声で。ホーン通りを走り、リリエホルム橋を渡って、高速E4号線に入る。ヴェストベリヤあたりで中央車線を走っているときに、ようやく気づいた。車内を満たしている自分の声に。

雨の中、首都を離れて、南へ。

さきほど、朝食を出す喫茶店でコーヒーとサンドイッチを買ってから、その向かいにあるフォルクオペラ歌劇場のかつら店に朝一番の客として入り、プラスチック製の後頭部に髪の毛を数本ずつ植えつける若い女の踊るような指先をまじまじと眺めた。これはほんものの髪の毛なんですよ、と女が説明してくれた。アジア人の髪の毛を大量に買って漂白し、また染めるのだという。そこを出ると、今度はドロットニング通りとバーンフース通りの角にある眼鏡店を訪れ、検査も試着も済んだコンタクトレンズを受け取った。度数はゼロ、虹彩《こうさい》を完全に覆う大きさで、白目を引き立たせる黒い縁取りがされていないものを選んだ。

——他人にどんな印象を与えるか、自分で決めること。おれを見る相手を操ること。

バックミラーを一瞥《いちべつ》する。青い瞳、明るい金髪。兄弟の中では、レオがいちばん母親に似ている。昔からずっとそうだった。母親の白い肌に、赤みがかった金髪。鼻も母親譲りだ。小さめで、尖っていて、軟骨は花崗岩並みに硬い。この目と髪と鼻で、外国人に見られることは絶対にない。移民二世にすら見えないだろう。小さくてツンと尖ったスウェーデン風の鼻は、人目を引かないし、不思議がられることも少ない。今朝ストックホルムで訪れたかつら店と眼鏡店の店員がもし、この日の朝に現金で支払いをした客について訊かれたとしても、ごくふつうの人でしたよ、としか言わないだろう。

ごくふつうの人でした——だから気にも留めませんでした、と。

三車線が二車線になるアルビーのあたりで高速道路を降り、シェルのガソリンスタンドと十二世紀に建てられた美しい教会を素通りすると、高層住宅とアスファルトが草地と森に取って代わった。短い直線道路と鋭いカーブの続く制限速度七十キロの道を、二、三分ほど走る。

そして、スピードを緩めた。

あそこだ。

あの遮断桿の南京錠は、昨夜フェリックスが付け替えたばかりだ。そして、今日の二十一時には、六十歳ほどの男があのそばにボルボをとめ、煙草をもみ消し、歩いて中へ入っていくだろう。

また歌いだしてもいいはずだった。雨さえ降っていなければ。昨夜から降りだした雨がまだ止まないどころか、さらに激しさを増していて、ワイパーに集められた雨粒が小川と化している。大の男がくぐり抜けられるほど大きい、コンクリートの下に掘った戦時中の脱走用トンネルのような、ふさいだばかりのあの穴にも、雨が降り注ぐ。肺ガン男はあの上を歩くだろう。砂と土でふさいだ穴の上を、ゴム長靴で。ふさいで、踏んで、平らにはしたものの、時を経て踏み固められた固さにはかなわない。このまま雨が止まなければ、あの部分だけが浸食され、ゆっくりと沈むだろう。点検係の懐中電灯で照らされたら、はっきりとわかるくらいに。

時間が要る。

おれたちの仕事が粗末だったとしても、あんたにいますぐばれたら困るんだ。五か月後、扉を開けたときに気づいてもらわなくちゃ。

時間が要る。だれひとりやったことのないやり方を徐々に確立していく時間、リスクを上げずに最大限の利益を挙げるための時間、チームを築き上げるための時間が。だから——車をとめたほうがいいんじゃないか？　外に出て、雨の中を歩いて、穴の跡が目立っていないかどうか確かめたほうがいいんじゃないか？

だが、まさにそれこそ、けっしてやってはいけないことだ。

何か月もかけて練った計画を成功させておきながら、翌朝現場に戻ってくるなんて、愚か者のすることだ。

レオはスピードを上げた。昨夜と同じ道、同じ車だが、運転はいまのほうがずっと楽だ。荷台に銃を満載していないから。

その工事現場を、近隣住民や通行人は〝青ビル〟と呼ぶ。かつてはガムラ・トゥンバ木工所だった、大きなトタン張りの箱のような建物。レオは昨夜と同じ場所に車をとめた。敷地のいちばん奥、広いバイパス道路に面した場所で、ボンネットをまばらな植え込みに向けて駐車する。すぐとなりには、鍵のかかった黒塗りのコンテナがある。いい場所だ。昨夜は周囲を気にせず、荷台から次々に銃を下ろすことができた。県道からも、まわりの民家の窓からも、姿を見られる心配はない。

開けた車の窓越しに、広い工事現場から聞こえてくる馴染みの音に耳を傾ける。ペンキで汚れたラジオから流れる、大音量の音楽。釘打ち機に空気を送り込むエアコンプレッサーの、パン、パン、という音。レオは青いシャツのボタンを上まで留めると、青いオーバーオールを引っ張り上げてから、身体を伸ばし、車を降りた。

青ビル。

かつて大きな木工所だったこの建物は、長いあいだ空っぽの箱だった。何週間もかけて、備品をすべて片付け、梁を渡して内部を二階建てにし、断熱材を入れ、床板を張り、仕切り壁を作った。そうしてできた部屋の数々は、それぞれ独立した小さな店舗となり、それをどこかのマーケティング専門家が〈ソルボ・ショッピングセンター〉の名のもとにまとめようとしている、というわけだ。

「全部できたか？」

これまでは考えたこともなかった。フェリックスの歩く姿について。三歳年下の弟が、仮設駐車場を横切ってこちらに歩いてくる。一歩を踏み出すたびに父親に似てくる。場所を取るのだ。両足を大きく外側に向けて歩く。肩幅は広く、胴体からかなり離れたところで太い前腕がぶらぶらと揺れる。肩に力が入っているような歩き方だが、実際はそうではない。リラックスして見える。はるか昔、兄弟たちにとっては世界そのものだったあのアパートで、あの男がしていた歩き方と同じ。そういうものなのだろう。人はみな、だれかの真似をし、その特徴を受け継いだり借りたりして育つ。

おれは母さんに似ている。おまえは親父に似ている。

「どうなんだ、フェリックス？　ちゃんとやったのか？」

「ガッべの野郎、最後の支払いを踏み倒す気だぜ、たぶん」

フェリックスといると、なぜか気持ちが落ち着く。ほんとうなら逆のはずだろう？　そのしぐさに、動きのパターンに、不安や焦りをかき立てられてもおかしくないはずだ。

「あの中で、ずっとおれたちにつきまとって、釘を一本ずつ数えやがる」

「で、おまえはどうなんだ――全部できたのか？」

弟は、もう一台の社用車の荷台を覆っているプラスチックカバーの留め具を外しはじめた。

「ガッべ、ごちゃごちゃうるさいんだよ。予定どおりに終わらなかったら金は払わないって。契約書にそう書いてあるんだと」

「それはおれがなんとかする。おまえのほうは済んだのか？」

フェリックスが白いプラスチックカバーを持ち上げる。

「第八十三病棟。整形外科だと思う。そこから転がしてきた。ヴィンセントが脚をすげえ痛がってるってことにして」

荷台の中央に、きらりと輝く金属製の取っ手のついた大きな木箱。そのとなり、県のマークの入った黄色い毛布二枚の下に——折り畳まれた車椅子。

「足置きは？」

「もちろん使える」

ふたりは車を二台ともバックさせて黒いコンテナに少し近づけ、コンテナの南京錠を開けた。建設業者が現場に置いて工具や機械を入れておく、ごくふつうのコンテナ。扉を開ければ、どの方角からの視線もさえぎれる。ふたりは空の箱を荷台から下ろしてコンテナに入れた。

真昼の住宅街、交通量の多いバイパス道路からわずか数メートル。だが、ふたりの目の前には、軍用銃が山と積まれている。昨夜、暗闇の中で、武器庫の前でやったのと同じ〝バケツリレー〟をここでもやった。が、流れは逆だ。ここで昨夜、ヴィンセントが荷台から一挺ずつ下ろした武器は、フェリックス、次いでレオ、最後にヤスペルの手に渡り、コンテナに収納された。

「ちくしょう、さんざん探しまわったぞ、レオ！」

ガッベの裏返った声が十月の空気を切り裂く。

「いったいどうやったら今日中に終わるんだ、これ！」

遠くのほうを歩いていたガッベが、コンテナに向かってくる。

年齢は六十歳ほど。青いオーバーオールは、昔はぴったりのサイズだったのだろうが、いまは突き出た腹のあたりがきつそうだ。コーヒーの入ったマグカップを手に、シナモンロールの袋を抱えている。

「だいたい……おまえらときたら……ここ一週間、現場に来てもいないんじゃないか？」

レオは静かに呼吸した。そして、フェリックスに耳打ちした。

「扉を閉めてくれ。あいつの相手はおれがするから」

コンテナを出ると、顔を真っ赤にした鼻息の荒い男と対面した。

「レオ！　昨日も来てなかっただろう！　何回も電話したんだぞ！　この野郎、なにやら忙しくしてるようだが、ここの工事には手をつけてないじゃないか！」

ちらりと振り返る――フェリックスがコンテナの重い扉を閉めた。頑丈な南京錠の掛け金がはまる音。これで中身を見られる心配はない。ここはふたたび、どこにでもあるふつうの工事現場となった。

「でも、今日はちゃんと来ましたよ。そうでしょう？　工事は……」

「もう時間がない！」

「……今日中に終わらせます。契約どおりに」

ガッベがコンテナの壁にさわれそうなほど近づいている。レオはガッベの肩に腕を回し、

〝青ビル〟のほうへ連れていった。無理やりと感じさせるほどではないが、だれにも中身を見られてはならないコンテナからは確実に遠ざける、そんな力具合で。

「ほかの現場を優先してました、なんて言い草は通用しないぞ、この野郎！　わかってるのか、レオ？　ちゃんと契約書があるんだからな！」

いっしょに建物の中へ入ったとき、ガッペはふだんのペースよりずっと速く歩かされたせいで、息をはずませていた。二階のいちばん奥にはインド料理のレストランが入る予定で、そのとなりが花屋、そのとなりが日焼けサロンになる。一階にはタイヤ店、印刷所、美容院とネイルサロン、〈ロッバンス・ピッツェリア〉が入る予定で、そのピザ店予定地の内壁に、ヤスペルとヴィンセントが石膏ボードをネジでせっせと留めている。一か月後には、ここでだれかがチーズ大盛りのカプリチョーザを食べ、壁の向こうではべつのだれかがアクリルで爪を補強することになるわけだ。

「ほら！　全然終わっとらんじゃないか！」

癇《かん》に障る声だ。肥満体の年寄りが威張り散らす、甲高い声。

「終わらせますよ。ちゃんと」

「明日の朝にはもう、テナントの入居が始まるんだぞ！」

ガッペはそう言うと暗がりの中へ消えたが、すぐに戻ってきた。シナモンロールがなくなっている。が、コーヒーの入ったカップはまだ持っていた。

「ちゃんと契約書もある！」

「終わらせると言った以上、かならず終わらせます」

「さもなきゃ最後の支払いはせんぞ！　よく覚えとけ、このくそったれが！」

〝この野郎〟が〝このくそったれ〟に変わった。が、レオは気にとめなかった。ただ、この威張りくさった年寄りの顔を殴ってやりたい、と考えていた。

「聞いてるのか、レオ？　おれはな、ずっとここにいたんだ……この前おまえに会ったときから。あれから何日も経ってる！　くそったれが……いったい……レオ、いったいどこをほっつき歩いてた？」

こいつに近寄りたい。目を合わせたい。

「今週はおまえら、ひとりもここに来なかったじゃないか！」

そして――一発殴ってやりたい。鼻を、正面から。

「レオ、この工事の責任者はおまえなんだぞ！　おれはな、おまえの会社にここの工事を頼んだ！　作業員がちゃんとここに来るよう取りはからうのがおまえの仕事だ！　それなのに……レオ、このくそったれ、いったいどういうつもりだ？」

だが、新しい仕事のやり方を徐々に固めている最中、チームを築き上げている最中に、他人の鼻をへし折るのはまずい。

そこで、いつもやっているように、ガッベの肩にまた腕をまわした。

「それじゃあ訊きますがね――これまでにおれがあんたをがっかりさせたこと、一度でもありましたか？　手抜き工事をしたことは？　納期に間に合わなかったことは？」

「それとこれとは……」

「ちゃんと答えてください。一度でもありましたか？」

少々力の入りすぎたレォの腕をすり抜け、ガッベは憤ってトタン張りの建物の一角へ走る。

「ここの壁！　美容院の壁だ！　いまだに石膏ボードも張ってない！」

いちどきにあちこちを指差してみせる。

「防火対策のなってない店で、ばあさんどもにパーマを当ててろっていうのか！」

二階へ駆け上がる。

「ここは日焼けサロンだ！　見てみろ！　ドア枠すらまったくない！　これじゃ中が丸見えだ！　それに、ここ、花屋の床が完成しとらん！　タイルは四つも割れてるし……ここはな、人が濡れた靴で歩きまわる場所なんだぞ、くそったれが！」

また階段を走っている。今度は、下へ。駐車場に出る。雨がふたたび、静かに降りだしている。

「それから……このみっともないコンテナ！　さっさとどこかへやってくれ！　あと何週間かしたら、ここは客用の駐車場になるんだぞ！」

ずんぐりとした体型のガッベが、駐車場予定地にどっかりと居座っているコンテナを両手で何度も叩く。ほとんど音がしない。中身が詰まっているからだ。

「落ち着いてくださいよ――また心臓発作を起こしたら困るでしょう」

ガッベの顔はさらに赤くなっている。あちこち駆けまわり、溜まっていた怒りを雨水といっしょにぶちまけたせいだ。

「日付が変わるまでにかならず完成させます。ガッベ、おれにはこの会社が必要なんですよ——どれくらい必要か、あんたはたぶんちゃんとわかってない。この工務店、あんたとの仕事、それがなけりゃ……拡大できないんだ」

汗ばんだ顔がレオを見つめた。

「拡大？」

「最大限の利益を挙げることです。リスクを上げずに」

「いったいなんの話だ」

「いいんですよ、ガッベ。べつにわかってもらえなくても。それにしても息が苦しそうだ。そんなふうだとこっちが心配ですよ。帰って休んだらどうですか。ここは明日までに終わらせますから。おれが信頼を裏切ったことがありますか？」

レオは片手を差し出した。

「ないでしょう？」

ガッベの手。小さくやわらかく、汗ばんだその手が、レオの手を握った。

「よし。このトタンの箱は今日中に出来上がる。そうしたら、今度はおれがシナモンロールをあんたにご馳走する。いいですね？」

レオはコンテナと車のあいだに立って、ガミガミ怒鳴っていた工事発注者が車に乗り、バイパス道路のかなたに消えるのを見送った。それからしばらくのあいだ、機械のうなる音、パン、パンという音に耳を傾けた――フェリックスとヴィンセントとヤスペルが、せっせと働いている。防火対策の行き届いた美容院で、ばあさんたちが髪にパーマを当てられるように。花を買いに来た客が、濡れた靴でも入ってこられるように。

なにも知るべきでない男がここに立ち、そのずんぐりとした両手で、軍用銃の詰まったコンテナを叩いていた。

次はどうなる？

あの年寄り、コンテナを開けてみる気にならないともかぎらない。

レオは歩きだした。十二時間後には完成しているはずの壁や床に向かってではなく、逆の方向へ。道を渡り、一戸建ての並ぶ住宅街へ。置き場所の問題を解決してくれる場所へ――小さな二階建ての家だ。芝生のない庭はフェンスで囲まれ、広い県道に隣接している。この家から家具が運び出されるところが、道をはさんだ向かいの工事現場から見えた。いまは裏手に〝売家〟の看板が掲げてある。レオは高い網フェンスに沿って歩き、正面の門をめざした。門は開いていた。アスファルトの前庭を横切って家に近づく。玄関右の窓から中をのぞくと、なにもないキッチンが見えた。左側の窓からのぞくと、そこはなにもない玄関ホールだった。角を曲がって次の窓をのぞく――増築された、なにもない部屋。また角を曲がり、次の窓をのぞく――二階への階段。

二階建て、地下室はなし。かつて湖の底だった場所に建てられた住宅街。どの家も粘土質の土壌の上に建っていて、上に伸びることはできても下には伸びられない。

　この数週間、レオは何度も釘打ちやドリル作業の手を止めてはしばらくたたずみ、この家をじっと観察していた。道路のすぐそばに建っている、小さく味気ない石造りの家。見るたびに、アメリカン・コミックの『ザ・ファントム』に出てくるファントムの隠れ家、宝の隠し場所でもある〝ドクロの洞窟〟を思い出した。子どもじみている自覚はある。が、大事なものをしまい、保管し、発覚を防ぐのに、この家が役に立つことは間違いなかった。

　ふたたびキッチンの窓をのぞき込む。ぼろぼろになったビニール床、傷だらけの壁、時代遅れの食器棚や家電製品。地味な家だ。こんなふうに暮らす人は、けっして金持ちとは思われない。

　玄関扉にも〝売家〟の看板が掲げてあった。そこに添えてある、スーツを着て髪を七三分けにした笑顔の不動産業者の写真を見つめ、内ポケットからペンを取り出すと、かつら店のレシートの裏に電話番号を書きつけた。〈スウェーデン不動産仲介〉、地元支店の番号だ。

　まさにこういう家を探していた。しかも大きな車庫まで付いているのだから夢のようだ。『ザ・ファントム』のドクロの洞窟と、訓練所。レオは積み上げられた古タイヤの山を登り、汚れた窓を手で拭って車庫の中をのぞき込んだ。天井は高いし、車を四台、いや、五台は入れられそうな広さもある。ここもまったくの空だった。チームを築き上げ、鍛え上げるには申し分ない。

　扉が開き、閉まる音がした。

　隣家の庭を見やる。ここよりもはるかに大きな家だ。芝生は濡れた落ち葉に覆われ、ごつごつとした骨のような裸のリンゴの木が一列に並んでいる。砂利を敷いた小道に女性がいて、その一、二メートル前に幼い子どもがいる。女性がレオを見た。物件を見に来た客だと思っているこことだろう。レオは軽く会釈した。

道をはさんだ反対側から聞こえてくる、ハンマーの音や機械のうなる音——他人に見せる隠れ蓑。この家と、この車庫——本部と、訓練所。そして、あそこが——レオは数キロ離れた森のほうに目を向けた——これまでの人生でいちばん奇妙な夜を過ごした場所。

こんなに簡単なことなのか。

三人の兄弟に、幼なじみがひとり。みな二十歳前後、大学にも行っていない若造だ。そんな四人が、スウェーデン史上——いや、スカンジナビア史上、西ヨーロッパ史上か——最大の武器略奪作戦を成功させてやろう、と決心した。そして、実際にやってのけた。

建設工事に関するごく一般的な知識と、相当量のプラスチック爆薬、そして、信頼関係のしくみを熟知している〝兄貴〟の力で。

星が輝いている。

昨夜よりも明るい暗闇。だが、帰る道は同じだ。

トラックを二台連ねて、典型的な一戸建ての並ぶストックホルムの郊外から、典型的なアパートの並ぶべつの郊外へ。工事の完了した〝青ビル〟、満足げなガッベ、鍵のかかったコンテナをあとにしてきた。朝になったら、まだ目の覚めきらないままに出勤する人々が、玄関からバス停へ向かう途中であのコンテナの前を通ることになるのだろう。

レオとフェリックスはそれぞれトラックから降りると、片方の荷台に置いてある箱の真鍮製の取っ手をつかんだ。ここ三年、ずっとあちこちに運んできた木箱だ——ハンマー、ドライバー、レンチ、水準器、金切り鋏、往復のこぎり、電動ドリルでずっしりと重たかった。どの工具も、さまざまな色合いのペンキで汚れ、何度も押したり回したり叩いたりしたせいですっかり使い古されていた。

「十二時十分前」

ふたりがかりで箱を持ち上げ、運ぶ。重さは変わらないが、中身が違う——新たな人生。

これまでとは違う、始まったばかりの人生。

「あと十八時間だ」

低い灌木や冴えない花壇を横目に、賃貸アパートの共同玄関へ。レオが扉を開け、ふたりでエレベーターを待っていると、地下の物置スペースへ通じる半開きになったドアから、ヤスペルとヴィンセントの笑い声が漏れ出してきた。

三階。

レオの住まい。彼らの住まい。〝ドゥヴニヤック／エリクソン〟の表札。石床に箱を下ろして、レオが鍵を探し、ドアポストにはさまっていたチラシの束をダストシュートに投げ入れた。

明かりがついている。

アンネリーはキッチンで、簡素な木の椅子に座っていた。母親から譲り受けたミシンの音が、テープレコーダーから流れる音楽とぶつかりあう。〈ユーリズミックス〉。彼女は八〇年代の音楽をよくかける。

「おかえり」

美しい女だ。レオはときおりそのことを忘れてしまう。キスをし、彼女の頰をそっと撫でる。黒い生地が向きを変え、固定され、ミシンの針に刺され──カタカタカタ、針が上下する。もう一度、彼女にキスしてから、流し台の下の戸棚に向かった。ちゃんとある。隠した場所に。食器用洗剤や床掃除用の洗剤の容器の後ろ、いちばん奥に。

茶色い箱が三つ。さほど大きくはないが、中身はぎっしり詰まっている。

「行かないで」

レオはすでに出ていこうとしていた。

「ねえ、レオ、わたし……もう何日もあんたをちゃんと見てない」

昨夜、レオはアパートの玄関を開けると、バスルームにも冷蔵庫にも行かず、寝室に直行し、彼女の香りのするベッドに横になった。香水をつけているわけでも、髪を洗ったばかりというわけでもない。彼女の発する香り。レオはその傍らに身を横たえ、眠る身体に腕をまわした。武器庫を爆破したときの感覚を胸に残したまま。

「今朝も……」

あのとき、枕元のテーブルのラジオ付き時計には、4：42の数字が点滅していた。腕の中で彼女が向きを変え、あくびをしながら、裸の身体を少しばかりすり寄せてきた。

「……目を覚ましたら、あんたはもういなかった。寂しかったのよ」

「その話はあとだ、アンネリー」

「出来上がったの、見たくない？　タートルネック。あんたが……」

「あとにしてくれ、アンネリー」

キッチンを出て廊下を抜け、居間へ行くつもりだった。みんなもう荷物を開けて、詰めなおしを始めているはずだ。が、そのとき、流し台に置かれた空のワインボトルと、シンクに転がっている濡れたコルクが目に入った。

「飲んだのか？　おまえが運転するんだぞ」

「ちょっとだけよ。昨日の夜……レオ、あんたはあの森にいたからいいけど、わたしはなにもわからなかった。うまくいってるのか、無事に帰ってくるのか、だれかに見られてないか……眠れなかったのよ！　今日だって……いままでどこにいたの？」

「工事現場。まだ完成してなかったから。さっき終わったところだ」

レオはすでにキッチンを出ている。アンネリーはミシンの上下する針を止めた。

この両手。

自分から参加したがったくせに、なぜ手が震えているのだろう？　ベストはもう出来ていて、あとはタートルネックの襟を付け足すだけなのに？　明日はまずレオとヤスペルの変装を手伝って、それから車で送っていく役目を負っているのに？

こんなふうに両手が震えていると、針に糸を通すのも、襟の部分をまっすぐに押さえるのもひと苦労だ。


レオがスコーグオースのショッピングセンターが見える窓のブラインドを下ろし、フェリックスがバルコニーに面した窓のブラインドを下ろした。ソファー、ひじ掛け椅子、テレビ、本棚のあるこの部屋は、ごくふつうの居間のように見えるが、まもなく様相を変える。

社用車の荷台に載せていた木箱をみんなで開けた。ヤスペルとヴィンセントが地下の物置から運んできたアディダスのバッグと紙袋、さっきまで流し台の下にあった三つの茶色い箱も。そして、寄せ木張りの床に中身をひとつずつ、一列にずらりと並べた。すべてを一度に見られるように。さながら軍が攻撃を仕掛ける前の点検のように。

シートと背もたれが赤いビニールで覆われた折り畳み式の車椅子は、フッディンゲ病院の廊下に置きっ放しになっていたものだ。〝ストックホルム県〟と記された黄色い毛布二枚は、患者たちの眠っている病室からこっそり失敬してきた。

フォルクオペラ歌劇場の店で買った、ほんものの髪の毛でできたかつらが二つ入った袋。ドロットニング通りの眼鏡店で買った、茶色いコンタクトレンズ二組。

工事現場の黒いコンテナから取ってきたAK4二挺、短機関銃二挺。靴、ジーンズ、セーター、ジャケット、ニット帽、手袋。懐中電灯――小さいほうはヴィンセントがポケットに入れて持ち運び、大きくて光の色が変えられるほうは、フェリックスが信号を出すときに使う。ガソリンの入った五リットル容器が二つ。スポーツバッグが四つ、そのとなりに室内ホッケーのスティックが四本。

車椅子はたった二つの操作で開くことができる。レオはさっそく乗ると、つややかな床を横切ってバスルームに面した壁まで行き、ターンして戻ってきた。その場で何度も回転したり、ひっくり返そうと左右に体重をかけたりした。

ひっくり返ることはなかった。

キッチンへ向かったが、ドア枠に車輪が引っかかってしまった。そこで立ち上がり、ユーリズミックスに合わせて踊るミシン針のもとへ歩いた。さきほどと同じように、アンネリーの頰に手を当てる。

「どうだ？」

「ここにあるのは出来上がってる」

黒いタートルネックに付け足された襟は、きちんと縫い付けられている。彼女がかなりの力を入れて引っ張ってみせるが、縫い目は見えもせず、ほつれることもなかった。このデザインを考案したのは彼女だ。

「襟で顔を隠せるの。全部、うまく出来たわ」

それから彼女は緑色のベスト二着を指差した。

「これも。あんたのリクエストどおり。生地は丈夫なコットンナイロン。ヤスペルのには前ポケットが四つついてて、弾倉が八個入るようになってる。あんたのは前ポケット三つ、弾倉六個分」

レオはベストを身につけてみた。本番ではウィンドブレイカーの下に着る予定だ。ぴったりだった。彼女はレオの身体をよく知っている。

「これなら思いどおりに身体を動かせるな」

「ほんとに？　きつくない？　弾倉をポケットに入れるのよ。それに、車椅子から立ち上がるときとか」

「アンネリー、これで完璧だよ。だれにもおかしいと思われない」

身をかがめて、彼女にキスをする。

「居間の床に並んでるものは全部、だれだって手に入れられる。だが、このベストは違う。こっちもだ」

レオはベストを片手に持ちつつ、襟を付け足したタートルネックセーターも持ち上げてみせる。

「細かいところまできっちり作ってある。それが大きな違いだ。このおかげで、おれたちはじゅうぶん目標に近づける。あっという間に変身できる」

もう一度キスをしてから、ふたたび車椅子へ。がたがたと揺らしてドア枠から外すと、足置きを上げて右足を乗せ、ほんとうに脚を怪我している人ならこんなふうに座るだろう、と想像して座ってみた。前のほうでヤスペルがしゃがみ、透明な薄いビニール手袋をはめて、中身の詰まった茶色い箱三つのうち、一つ目を開けた——七・六二ミリ弾、鉛と鋼の弾芯。二つ目を開ける——九ミリフルメタルジャケット弾。三つ目——曳光弾。燐《りん》が入っていて、数百メートルに及ぶ赤く光る線を描く。

それから弾倉すべてに弾薬をこめ、二つずつテープで留めた。二つ一組になった弾倉を四組、出来上がったばかりの自分のベストのポケットへ。レオのベストに、三組。フェリックスとヴィンセントに一組ずつ、これは小さなウエストバッグに入れる。

「相手がふつうじゃないと思ったら、人は目をそらす。それを利用するんだ。人の偏見を。恐怖心を」

レオは車椅子でくるりと一回転した。

「見るにしても……長いことじろじろ見はしない」

母さんが働いていた施設の身体障害者たち。その動きを思い出しながら車椅子を動かす。白い看護師の制服を着て、介護施設で働いていた母さんは、三兄弟だけで留守番できなかったころ、ときどき職場に連れていってくれた。そのときに、三人とも目にしたのだ――どうしたらいいかわからない大人たちが、どんなふうに目をそらすものか。

「そうだろ？　ふつうとは違うと思ったら、じろじろ見ることは絶対にない」

ヤスペルがAK４をレオに手渡す。レオは黄色い毛布の下に入れた右手でその銃を持ち、足置きに乗せた片脚に沿わせてみた。

「おまえ、演技しすぎだよ」

「そんなことはない」

「ある。なあ、そう思うだろ？」

ヤスペルがフェリックスとヴィンセントを見やると、ふたりともうなずいた。

「やりすぎだよ、レオ。それじゃ失敗する」

「あの施設にいた人たちはみんな、こんなふうに車椅子に乗ってた。おまえらが覚えてないだけだ。まだチビだったからな」

レオがヤスペルに銃を返すと、ヤスペルはボルトを確認して、白い布で指紋をすべて拭き取ってから、スポーツバッグのひとつに入れた。

レオは車椅子から立ち上がり、室内をぐるりと見まわした。

これが第一戦だ。大掛かりな強盗など、四人のだれもやったことはない。が、いま、全員が役目を与えられ、自分がなにをするべきかを熟知している。目の前の床には、必要なものがすべて揃っている。チェックも済ませたし、荷造りも終わった。

これから丸一日も経たないあいだに、彼らは別人になる。

十七時三十五分。あと十五分だ。

沈黙の中での移動。

みなそれぞれ、自分の殻にこもっている。

アンネリーはバックミラーを調節した。数少ない女友だちと比べれば背が高いほうだが、自分のとなり、中央の席に座っているレオや、その向こう、反対側のドアに接する助手席に座っているヤスペルに比べれば、はるかに低い。赤信号。停止。ファーシュタのショッピングセンターに着く前の、最後の信号だ。黄昏の中、まるで信号の強烈な光にゆっくりと吸い込まれていくように感じる。見つめれば見つめるほど、光にとらわれる。連れ去られる。

ほんの一瞬だった。あのとき、決心に要した時間は。

もう覚えていない——が、思い出したかった。

これがいきなり人生にねじ込まれた、あの瞬間。なんということだろう。ほんの二年ほど前には想像もしていなかった。自分がこんなことに参加して、現金輸送車を襲撃しようとしているなんて。

いや、ひょっとすると、あの瞬間だけではなかったのかもしれない。もっとたくさんの、さまざまな、ちょっとした〝一瞬〟があって、気づかないうちに溶けあっていたのかもしれない。ある日、森の中に武器庫がある、とだれかが言い、開けて中身を奪うこともできる、とべつのだれかが言い、さらにまたべつのだれかが、武器庫から銃を盗み出せたらそれで強盗ができる、と言い——そんないくつもの瞬間のただ中にいることで、少しずつ仲間になっていく、そういうものなのかもしれない。だって、だれも彼女にはっきりと尋ねはしなかったし、彼女が立ち上がってイエスと答えたわけでもないのだ。ふつうでないことがふつうになり、他人の考えが自分の考えになり、ふと気づいてみればアンネリーという名の女が運転席に座って、考えもしなかった場所へトラックを走らせている。だからだろう、信号が赤から黄色、そして青に変わったとき、車を急発進させてしまった。アクセルとクラッチとギアの操作がばらばらになって、走りがぎこちなくなった。ふだんなら絶対にないことだ。

身体が震えている。ひどく震えているわけではないから、レオは気づいていない。そもそも彼はずいぶん前から、自分の殻に閉じこもっている。アンネリーが震えているのは、これほど怖いと思ったことがないからだ。いや、一度だけあったかもしれない。息子を産んだとき。あのときも、いまと同じだった。境界線を越えてしまうこと。これまでの人生を捨てる決心。これまでと同じ人生はもう生きられないのだ、と悟ること。

「あそこだ」

レオが指差した先には、歩道と、その縁に沿って並ぶ街灯があった。ファーシュタのショッピングセンターまでの距離は二百メートルといったところか。

「あの街灯のあいだに停めろ——いちばん暗いところに」

レオは目を閉じた。そこにある——自分の中にある、静けさ。おれだけが知っている。外にいる連中はだれひとり、これから起こることを知らない。これからいつ、なにが起こるのか、知っているのはおれだけだ。

広い前部座席に座っているふたりは、レオのゴーサインをいまかいまかと待っている。レオの左側に座っているアンネリーの呼吸は短い。途中で息をのみ込んで、急いで次の呼吸に移る。右側にいるヤスペルの呼吸はもっと長く、息遣いがはっきり聞こえる。必死に落ち着きを装っているせいだ。

車のエンジンが切れた。十月の夕刻、あたりの暗さがよくわかる。レオはこの四週間、毎週金曜日になると、フォレックス銀行の裏口に面した駐車場、バス停や地下鉄駅の入り口にもほど近い駐車場に車をとめて、車内でひとり時を過ごした。そうして、現金輸送車を担当する制服姿の警備員ふたりが現れる時刻、彼らが選ぶルート、その行動パターン、互いとのやりとりの方法を、すべて記録した。

「あと六十秒」

アンネリーの手がまた震えはじめた。レオは彼女の両手をつかんでその目をのぞきこんだ。彼女の震えがややおさまって最終チェックができるようになるまで、しっかりと手を握っていた。

まず、ほんものの髪の毛で作られたかつら。仮にだれかがどこかで髪の毛を見つけたとしても、かつらの毛だとはだれも思うまい——人間の太い黒髪だと思われるだろう。アンネリーは、かつらがきちんと頭におさまり、レオとヤスペルの金髪を隠していることを確かめた。完璧すぎないよう、ふたりの前髪をくしゃりと乱しもした。

それから、メイク。ウォータープルーフのマスカラを塗ったまつ毛と眉毛がさらに濃く見えるよう、ブラシで少し上向きに梳かす。額、頬、鼻、顎、首は、アパートのバスルームできれいに磨いて汚れや角質を落とし、ローションで湿らせて茶色のファンデーションを塗りこんである。そしていまアンネリーは、塗り残した白い部分がないか、逆に乾燥した肌がファンデーションを吸いすぎて不自然に茶色くなった部分はないか、ざっと確かめた。

「あと三十秒」

ふたりにまばたきをさせる。茶色のコンタクトレンズがきちんとはまった。

ふたりのジーンズとベストとブーツ、レオのウィンドブレイカーとヤスペルのオイルスキンコートをチェックする。男性の服装についてみんなでリサーチした結果、移住してきたばかりのアラブ人の若者ならこんな服を着るだろう、という結論に達したのだ。

最後に、タートルネック。

「頭、下げて」

彼女のアイデア、彼女のデザイン。

襟を折り返し、少々引っ張り上げて、また折り返す。

「ふたりとも襟を上げすぎ。その時になったら、襟をつかんで引っ張り上げるの。そうしないとおかしいでしょう。落ちてこないように、しっかり引っ張り上げて顔を隠して」

「あと十五秒」

予備の弾倉の入ったベストが胸にこすれるので、レオはその位置を直した。

「あと十秒」

薄い革の手袋をはめる。

「あと五秒」

レオが顔を近づけてくる。キスをひとつ。人の毛で作られた口ひげが上唇に当たって、アンネリーはびくりと身を引いた。口ひげが少し曲がっている。彼女は微笑み、二本の指でまっすぐに直した。

「行くぞ」

アンネリーがドアを開け、歩道に降り立つと、白い荷台カバーを開け、車椅子と毛布二枚を下ろした。片方の足置きをセットする。右足のほうだ——AK４に短い銃床を新たに取り付けたから、毛布の下にすっぽり隠せる。ヤスペルが身体の不自由な男を手伝って、車椅子のビニールクッションの上に座らせる。それからトラックに向かってうなずいてみせた。トラックは走り去った。

暗い歩道を進む。緩やかな下り坂を進む。少し行ったところで、傾斜がぐんときつくなる──フォレックス銀行、ストックホルム有数の大きな支店の、搬出入口につながる道。

各段階にかかる時間は、すでにきっちりと計ってある。

第三段階、最終段階にあたる、ゴムボートでの移動も実際に試し、暗闇の中で上陸してみた。平均時速五十キロで、各地点のあいだを車で走ってみた。いまこうして進んでいる緩やかな坂道、いちばん神経を使うこの第一段階も、あらかじめ実際に歩いてみたし、標的がいつも十七時四十八分から十七時五十三分のあいだに到着することも突き止めている。

「レオ」

ヤスペルが車椅子を止めた。かがんでブーツの紐をほどき、結び直しながら、だれにも見えないようにささやいた。

「やっぱり、演技しすぎだよ。お袋さんの職場、おれも行ったことあるけど、そんな動きをするやつはいなかったぜ」

黒いブーツの紐を結び終えると、ヤスペルは立ち上がり、ふたたびゆっくりと車椅子を押しはじめた。ストックホルム郊外の町の商店街、だれもがどこかに向かっている。男の子の姿がレオの目に入ったのはそのときだった。五歳か、六歳か。ほんの数メートル離れたところ、バスを待つ人々の中にいる。

──相手がふつうじゃないと思ったら、人は目をそらす。

男の子が母親の手を引き、指差す。

──どういう態度で接していいかわからない。だから、その相手がどんな外見だったか、あとから思い出すことなんてできやしない。

男の子がレオを──車椅子を指差す。

──だが、子どもは違う。子どもは、大人のようには世界を見ない。

男の子はいまや、大声で叫んでいる。

──子どもは、好奇心のおもむくまま、なんにでも興味を示す。まだ、おびえて縮こまる年齢になっていない。

毛布の下の銃。テープでとめ、ベストに入れてある弾倉。男の子はそれを見て指差し、大声をあげているわけではない。が、そうとしか感じられない。

また叫ばれたら。

あと一度でも叫ばれたら、見るまいとしている周囲の大人たちも、いっせいにこちらに目を向けるだろう。彼らの記憶に残ってしまう可能性もある。ヤスペルは車椅子をぐいと回転させて、急いでバス停から離れ、街灯の明かりがあまり届かない場所に移動した。

十七時四十八分。

ふたりは、待つ。ショッピングセンターの駐車場への入口をちらりと見やる。出入りする、乗用車、自転車、歩行者。

十七時四十九分。

あと一、二分。

十七時五十分。

あと一分ほどだろうか。

十七時五十一分。

もうすぐだ。

十七時五十二分。

「ちくしょう、どういうことだ」

「もうすぐ来る」

「でも、もう……」

「もうすぐ来る」

十七時五十三分。

ゆっくりと車椅子を押し、近づいていく――両替所の搬出入口を隠す塀までの距離は、もう十歩もない。白い現金輸送車には、ここまで来てもらわなければならない。群衆の中にいるこのふたり、車椅子に乗った男とその介護人に気づくことなく。

十七時五十四分。

ヤスペルが地面にしゃがみこむ。もうこれ以上、じっと立っているわけにはいかない。なにかしなくては――ごくふつうに、なにかを待っているように見せかけなければ。ほかに道はなかった。ブーツの紐をほどき、また結び直しはじめた。

「ねえ！」

ふたりとも、まったく気づかなかった。

「ねえ！　ねえ！　ねえ！　ねえ！」

近づいてきた音も聞こえていなかった。

「名前、なんていうの？　こっちの人は？」

指を差し、大声をあげていた、五歳か六歳のあの男の子が、すぐそばに来ている。

「どうしてそんなのに座ってるの？　どっか痛いの？」

母親の手をふりほどいて、ここまで走ってきたのだ。車輪のついた椅子なんて、珍しくてしかたがないから。

「おまえ《ユー・》、あっち《ゴー・》に戻れ《バック》」

「ねえ、名前は？　脚、どうしたの？」

ヤスペルはコートのポケットに手を入れると、内側の切れ目から中に手を這わせ、銃床を折り畳んで首から下げてある短機関銃を握りしめた。

「ゴー・バック」

「ゴーバック？」

「ゴー・バック！」

「それが名前？　ゴーバック？　いい名前だね」

そして、安全装置を外し、戻し、外す。カチ、カチ、癇に障る音。レオがひじでヤスペルの脇腹を突く。

ついに来たのだ。これから襲う車が。

「ママのところへ《トゥ・ユア・ママ》！　さっさと戻れ《ユー・ゴー・バック》！」

男の子は、怖いとは思わなかったかもしれない。が、立っているほうの男が顔を寄せてきて、きつい口調で言うので、なんだか落ち着かないとは思ったようだ。見るのも質問するのもやめて、言われたとおり、バス停で待つ母親のもとへとぼとぼ戻った。

十七時五十四分三十秒。

ふたりはまた移動を始めた。ゆっくりと、それでも、じゅうぶんな速さで。

現金輸送車はこれから駐車場でぐるりと向きを変え、早ければ八秒後、遅くとも十二秒後には、フォレックス銀行の搬出入口のスロープまでやってくるだろう。レオは前後に視線を走らせた。白い車のほうへ。六歳の少年のほうへ。母親が駆け寄って、障害のある人にあんなふうに話しかけちゃいけません、と言い聞かせている。

奇襲攻撃にはうってつけの場所だ。

あたりは暗く、人混みやざわめきからほんの少ししか離れていないのに、ここにはほとんど人がいない。標的となる車までは二、三メートル、すぐに飛びかかれる距離だ。車はバックで搬出入口の扉に近づいていく。もうすぐ制服を着た警備員がドアを開け、本日分の現金を回収するだろう。ここが最後の回収場所だから、車の金庫には、ほかの支店から集めてきた現金も入っているはずだ――おそらく、少なくとも七百万、多ければ一千万クローナは。

金曜日の夕方。あと二時間。サムエルソンはリンデーンをちらりと見やった。もう七年近くもこうして並んで座っているのに、彼のことなどほとんど知らない。現金輸送車の前部座席に座る、ふたりの警備員。リンデーンは運転が好きだが、サムエルソンは車をしばらく降りて腰を伸ばし、自分たちが警備することになる現金の袋を受け取りながら、退屈きわまりない銀行支店の奥に詰めているほかの警備員と天気の話やたわいない世間話をするのが好きだ。ふたりは互いの家でコーヒーを飲んだこともなければ、どこかでビールを一杯やったことすら一度もない。まあ、珍しいことではないだろう——同僚どうしが、そのままただの同僚どうしでいようとするのは。子どもの話もできない。サムエルソンは、リンデーンにも自分と同じ数だけ子どもがいるが、その子どもたちは一週間ごとに彼と元妻の家を行き来している、と知っている。自分はつねに子どもといっしょに暮らしているが、リンデーンはそうではない。気まずくなるのがオチだ。

駐車場をぐるりとまわると、ヘッドライトが街灯の明かりを蹴散らした。長い列をなしてバスを待っている人々、遅れている地下鉄に乗ろうとエスカレーターで下りていく人々のそばを通る。ふたりはいつものごとく、まわりに視線を走らせ、目を光らせる。それが警備員の仕事だ——現金を輸送し、守ること。駐輪場のそばに、自家製チョリソーを売る売店があって、エプロン姿の店主が毎夕、開いた窓の向こうで微笑みながら立ち働いている。ベンチに座った女性三人は、食料品でいっぱいになった買い物袋を傍らに、似たような服装、似たような髪型をして、なにやら大事な話をしているのか、大きな身振り手振りで話している。

車椅子に乗った男と、その傍らに立った介護人が、サムエルソンの息子たちと同じ歳ごろの男の子と話していたが、男の子はほどなく近づいてきた母親に腕を引っ張られている。少し離れたところに、十四歳くらいの少年の集団がたむろしていて、互いを軽く小突きつつ、これからどうしようかと相談している。おおぜいの人々、たくさんの顔。いつもどおりの夕方の光景。それ以外のなにものでもない。

もう七年近くになる。平日、毎日。スケジュールを組む担当者のファイルでは〝K9〟と称される地域を担当している。基本ルートは〝銀行周回コース〟で、隔週木曜日と金曜日に〝フォレックス周回コース〟を回る。ストックホルム中央駅のバスターミナル、中央駅、ストゥーレプラン広場、旧市街《ガムラスタン》、スカンストゥル、ナッカ、シッククラの各支店を回ってから、最後にここ、ファーシュタ・ショッピングセンターの支店にやってくる。

現金輸送車はバスがUターンするための急カーブで向きを変えると、単調な警告音を鳴らしつつ、搬出入口へのスロープをバックで下りて、施錠された扉のそばに停まった。

リンデーンが車のエンジンを切ると、ふたりは顔を見合わせ、軽くうなずきあった。ふたりとも、同じように周囲のようすをきちんと確認したのだ——ラッシュアワーの首都ながら、どこか穏やかなところのある夕方。サムエルソンが助手席のドアを開けると、たったの一歩で搬出入口の扉に着いた。本日分の現金は、ここから廊下を進み、もうひとつ扉を開けてさらに廊下を進んだ先、警備主任の部屋にいつも保管されている。そこにはモニターがいくつもあって、監視カメラ四台がとらえた白黒映像、両替銀行の窓口と閉店まぎわの客たちが映し出されている。机の上に置かれているのは布袋ふたつだけだ——紙幣と、硬貨と、赤インクで百三十二万四千五百七十三クローナと手書きされた伝票。

車椅子に乗ったレオは、自分の中で激しく打っているはずの心臓を探した。が、見つからない。穏やかだ。胸の中も、頭の中も。目をそらしていた人々の目撃証言などあてにはならない。だから、あたりを警戒し、脅威に敏感になっている相手に近づく手段として、車椅子はなによりもすぐれている。じゅうぶんに近づいてから、乗り込んで、乗っ取って、中身を奪って、去る。

トランシーバーは上着の右ポケットの中、黒いプラスチックのフックにかけてあった。もうすぐサムエルソンが、本日分の現金を入れた輸送ケースを持って警備主任の部屋をあとにし、施錠されたこの扉まで戻ってきて、彼も同じように持っているトランシーバーのボタンを二回押すだろう。

リンデーンは現金輸送車の運転席からあたりを見渡した。もう一度、周囲を確認する。バックミラー、なにも映っていない。サイドウィンドウの向こう、なにもない。フロントガラスの向こう、なにもない。あの車椅子も、もういない。

中年を迎えたいま、これが自分のたどり着いた先だ。制服を着た警備員。まあ、嘆くことではないだろう。いい仕事だ。単純で、わかりやすい。決まったスケジュール、決まった手順があるのがいい。現金の入った袋を回収する。次の場所まで運転する。また現金の入った袋を回収する。

ここが本日最後の回収場所だ。このあとはまっすぐ金庫へ行く。それから、私服に着替える。土曜日が来て、日曜日が来る。

上着のポケットの中で、ピッという音が二回鳴った。サムエルソンが戻ってきたのだ。リンデーンはもう一度周囲を確認した。すべてのミラー、すべての窓。そして、自分のトランシーバーの赤いボタンを二回押して応答した。

OKだ。

さあ、出てきてもいいぞ。

金曜日は、スウェーデンの両替所の売上額が最大になる日だ。そして、このルートを走るこの現金輸送車が最後に現金を回収するのが、ここファーシュタ・ショッピングセンターの支店だ。つまり、いまこそ、輸送車に積まれた現金の額がいちばん多い。

十七時五十六分。

標的、時刻、奇襲をかける場所、すべてレオが決めた。車椅子で行けるのは、搬出入口のスロープの上までだとわかっている。身を隠せる場所はない。だから、警備員が銀行の建物を出てから車の助手席のドアに着くまでのたった二歩のあいだに、相手をねじ伏せなくてはならない。それも、アラームを鳴らされないうちに。

十七時五十七分。

ふたりは、待った。スロープの向こう、搬出入口のスチール扉をちらりと見やる。

いまだ。

短い、ブーッという音。錠の開く音だ。

いまだ。行くぞ。

ふたりは言葉を交わさなかった。互いを見もしなかった。わかっているのだ。いまだ、と。

タートルネックの付け襟をつかんで引っ張り上げる。喉を、顎を、鼻を覆って、目のすぐ下で手を離す。

黄色い毛布で隠していたAK4と、ロングコートの中に下げていた短機関銃をあらわにする。

ふたりは現金輸送車に飛びかかるべく、勢いをつけて同時に塀を乗り越えた。


サムエルソンはスチール扉に身体をあずけた。手には緑色の現金輸送ケースを持っている。さきほど目の前で茶色の布袋がふたつ詰められ、閉じられたケース。袋にはそれぞれ認識番号が打たれ、プラスチックひもで封印されている。

やがて、聞こえてきた——トランシーバーがピッ、ピッと鳴る。

OKのサインだ。

サムエルソンは扉を開け、搬出入用スロープに出た。車の中から、カチリという音がする。

いつもどおりの音だ。リンデーンが貨物室のドアを開けた音。

　リンデーンは運転席に座ったまま、輸送ケースを持ったサムエルソンが建物から出てくるのを見守った。車内金庫のシャッターを開けるボタンも押し、同僚を迎えようと向きを変えかけたところで、いつもと違う光景が目に入った。はっきり見えたわけではない。もっと断片的だ。なにかを目にとめて、認識して、それでも理解はできず、パズルのピースを合わせようとしているような感じ。まず――たぶん、フロントガラス越しに――ここに着いたときには人混みの中にいたはずのあの車椅子が、前方の歩道にうち捨てられ、ひっくり返っているのが見えた。それから――片方のサイドミラー越しに――動きが見えた。だれかが塀の上からこちらへ落ちてきたような。顔の半分が黒い。そんな人間はめったにいないと知りつつ、そう思った。そして、最後に、助手席のドアを開けるサムエルソン――〝車を出せ！〟――彼が飛び込んでくる――〝さっさと出せ！〟――後ろの床に転がって身を隠そうとする。こうしたすべてを目にとめて、認識はしたものの、なにもかもが一体となって、同時に起こっているようにしか思えなかった。

「ドア《オープン》、開《ドア》けろ！」

　理解するのに、一秒かかった。

　これらすべては、ひとつのできごとなのだ、と。

　理解するやいなや、第一の四桁の暗証番号を入力するのに、二秒。車内金庫のスチールシヤッターがふたたび閉まり、中に入っている現金への道がふさがれる。それから、第二の暗証番号を入力するのに、二秒——ダッシュボード上で四桁の数字を入力すると、イグニッションキーを回せるようになる。

「急げ《ヤッラ》、急げ《ヤッラ》、オープン・ドア！」

もう手遅れだ。何者かがボンネットの上に乗っている。黒い布で顔を覆い、目をぎらつかせて、軍用銃をこちらに向けている。

リンデーンは両手を上げなかった。ドアのほうを向きもしなかった。なにもしなかった。

金属の大きな銃身がどんどん大きくなる。近づいてくる。

この七年、こうなることをずっと想像していた。周囲の人々のようすをうかがうたびに、こうなった場合にそなえて身構えていた。が、いま、現実になってみると、想像とはまったく違っていた。それが胸の中で生まれるなんて知らなかった。胸の真ん中で生まれて、そこからじわじわと、喉まで上がってくるなんて。どんなに叫んでも取れないなんて。

「さっさと開けやがれ《ユー・オープン・ファッキング・ドア》！」

それで、わかった。取れないのは、叫んでいるのが自分ではないからだ。だれか、べつの人間。すぐとなりにいる人間。サイドウィンドウの向こうに、もうひとりいる。ボンネットの男と同じように、黒い布で顎、鼻、頬を隠し、目だけを出した顔。だが、声が違う。必死だ。もうひとりの声より大きいわけでも、荒っぽいわけでもないが、こちらのほうがとにかく必死だ。

死人が出るだろう。胸の内で生まれたのは、それだ。死。

サイドウィンドウが割れる。硬い音。心に浮かんだのはそれだけだった。すぐそばで発砲されると、こんなに硬い音がするのか。二発撃たれたとわかって、あわててのけぞり、頭と背中をシートに押しつける。三発目が顎と喉仏をかすり、四発目はダッシュボードに、五発目は助手席側のドアに当たった。彼は反射的に指令センターへのアラームを鳴らした。

「ドア、開けろ《ユー・オープン・ドア》！」

三十六発撃って短機関銃の弾倉を空にするには三秒かかる。いま、車の窓越しに五発撃つのに、ヤスペルが引き金を引いていた時間はほんの〇・五秒ほどだが、はるかに長く感じられた。

「開けないと殺す《ユー・オープン・オア・ユー・ダイ》！」

レオはボンネットに立ったまま、運転席に体を押しつけた警備員に銃を向けている。ヤスペルはところどころ割れた強化ガラスを短機関銃の銃口で叩いた。やがて、前部座席の後ろの床に倒れていたもうひとりの警備員が、両手を頭の上に上げてみせた。

サムエルソンはリンデーンを、その喉を見つめた。血が流れ出ている。これまで考えたこともなかったが、鮮血というのはこんなにも赤いものなのか。両手を上げたまま身を起こし、助手席のドアを開けて、ボンネットに立っていた黒覆面の男を中に入れた。そしていま、男はサムエルソンのこめかみに銃を向け、片言の英語で、金庫室へのシャッターを開けろと要求している。サムエルソンは説明しようとした。が、言葉が出てこない。英語では無理だ。説明したいのに――いまや車内金庫のシャッターには暗証番号でロックがかかっていて、指令センターからしか解除できないのだ、と。言葉を探すが見つからない。覆面の男はじっと耳を澄まし、待っている。落ち着き払っている。切羽《せっぱ》詰まった声を出し、サイドウィンドウから銃撃してきた、もうひとりの男とは対照的だ。こいつがボスだ。間違いない。サムエルソンの右のこめかみに、さらに強く銃が押しつけられる。


リンデーンは運転席のシートに沈み、首から血を流していた。

背後の床の上で、サムエルソンが大声で泣いている。

落ち着き払った男の手が、リンデーンのズボンのポケット、上着のポケット、シャツのポケットを探り、鍵束を見つけた。

必死なほうの男が大声をあげ、リンデーンを突き飛ばして運転席から追い出しにかかる。なかなか動かないことに焦《じ》れたのか、胸に銃を押しつけてきた。

「エンジン、かけろ《スタート・エンジン》！」

銃口が、額から、口へ。そして、口の中へ。

「かけろ《ユー・スタート》！　さもないと撃つ《オア・アイ・シュート》！」

唇に銃身を、舌に銃口を感じながら、暗証番号の操作パネルに向かって身を乗り出す。四桁の数字。これを入力しなければ、エンジンはかからない。

「殺す《アイ・キル》！　殺す！　殺す！」

もはや手の感覚がない。指が思いどおりに動かない。暗証番号をもう一度押す。キーを回すと、やっとエンジンがかかった。


ヤスペルの運転で、現金輸送車は搬出入用の急なスロープをゆっくりと上がり、歩道を越えてUターン用スペースへ、そこから駐車場の出口へ向かった。窓の外では、だれも五発の銃声に気づいていない。搬出入口を隠す塀で音がさえぎられたうえ、都会の喧騒にまぎれ込んでしまったからだ――大声で笑いながら、チョリソー片手に売店をあとにする客。アスファルトの上にギターケースを広げて歌いだす人。立っている人、座っている人。小雨の中を、傘をさして歩く人。

スロープを何メートルか上がれば、そこではもうなにごともなかったかのように、日常生活が続いている。

ごくふつうの速度で走りつづければ。人目を引くことがなければ。悠々と金庫の中身を奪い、余裕を持って逃げられるだろう。

「中の戸を開けろ《オープン・インナー・ドア》」

レオは鍵束を掲げてみせてから警備員に渡した。ここにある鍵で、金庫の閉ざされたシャッターを開けられるはずだ。

「あのシャッターは、お願いです、信じてください、頼むから……」

車内の金庫には、さらに鍵が七つ入っている。それぞれ本日分の売上金が入った、七つの箱。どれにも百万クローナを超える金が入っている。

「……聞いてください《プリーズ》。シャッターはロックされてます。暗証番号が要るんです。特別な暗証番号が！　本部からの操作じゃないと開けられない……頼む、頼むから……」

「開けろ《ユー・オープン》。さもないと撃つ《オア・アイ・シュート》」

窓の外をちらりと見やる。

ラーシュボーダ通り沿いの賃貸マンション群も、ファーシュタ通りの下を抜ける自転車専用道も、ニューネース通りに架かる陸橋も、レオには見覚えがあった。

窓の外には、流れ去っていくストックホルム郊外の風景。窓の内側には、床に倒れたまま、事態に対処するのをやめて自分の世界に閉じこもってしまったらしい警備員と、顎と首から血を流しながらも、なんとかまだ意思疎通のできている警備員。

「わかりますか《アンダースタンド》？　聞いてください《プリーズ》！　開けられるのは……開けられるのは、本部だけなんですよ」

あと数分しかない。

ニューネース通り、エルビー街道、シェーンダール通り。賃貸マンションの数が増え、サッカー場が、学校が現れる。

そして、あそこ——もうすぐ通過することになる、あの急な丘の頂上。一瞬、車のヘッドライトに照らされて、そこにあるなにかがきらりと光ったように見えた。

もし、だれかがこの車を追っているとしても。そいつはけっして、ここから先へは進めない。

フェリックスはゆっくりと呼吸した。

吸って。吐いて。

二十四分前から丘の頂上で、ぼうぼうに茂り雨に濡れた草の上で腹這いになっている。子どものころに坂を駆け上がっては、下へ転がって遊んだ丘だ。シェーンダールの町に入る道のすぐそばで、母方の祖父母が住んでいたあの白く小さな家からもさほど離れていない。

銃が震える——吸って、吐いて——呼吸をするごとにリズムが崩れ、もう一度、あらためて息をする——吸って、吐いて——片方の手でグリップを握り、人差し指を引き金に。もう片方の手は、銃身の中ほどに。片方の目を開けて、照星と照門へ。

下に見えるニューネース通りは、こんなにも遠いのに、手を伸ばせばさわれそうな気がする。ヘッドライトの光が溶けあって、ぼやけた一本の線になっている。交通量の多いストックホルムの幹線道路、家路を急ぐたくさんの車。その向こうに、ファーシュタ・ショッピングセンター。ネオンサインに彩られた明るい外壁。フェリックスはいま、震える銃をその方角に向けている。レオはあそこから来るはずだ。

自分の車は市民農園の手前にとめ、バッグを肩にかついで農園に入ると、それぞれの小さな区画で落ち葉をかき集めたり植え込みを剪定《せんてい》したりしている人たちに会釈しながら通り抜けた。そのあと、うっそうと茂る森を抜けて丘までやって来ると、地面に腹這いになった。時刻は打ち合わせどおり、十七時四十分。奇襲をかけて標的を乗っ取る十分ほど前だ。

すべてレオの指示どおり。兄の言葉が、頭の中で渦巻いている。

〝フェリックス――まず、安全装置のかかった状態からセミオートに切り替えるんだ。それから、狙いをつける〟。フェリックスは息を吸い、吐いた。準備を固めた。〝で、撃つ。それだけだ。簡単だろ、兄弟〟。もし、ふたりが追われていたら。もしそうなったら、追っ手にあの陸橋を越えさせるな、というのがレオの指示だった。〝そんな、撃つなんて、無理に決まってるだろ。無理だよ……殺すなんて〟。銃を持ったことがないわけではない。盗んだ国防市民軍の制服を着て、何度か射撃練習をしてみたことはある。だが、それは遊びみたいなものでしかなかった。〝フェリックス、よく聞け。この銃は、おれが自分で調整したんだから、外すなんてことはありえない。だから、だれも怪我はしないし、させちゃならない。おまえはエンジンに弾を当てて、車をぶち壊すだけでいいんだ〟。遊びは終わった。これは現実だ。〝レオ、ほんとに撃たなきゃならなくなったら、もし窓に当たっちまったら、もし……〟。吸って、吐いて。身体の震えが激しくなり、銃身の揺れも強まる。〝なあ、あそこの木、見えるだろ？　あの陸橋も見えるな？　ほら、こういうふうに銃を持って、あそこの手すりにスコープを合わせて、車が……ここ、ちょうど照門に入ってきたところで、引き金を引く。そうすると、曳光弾が飛び出す。連中に見せてやるんだ、こっちは実弾で撃ってるんだって〟。顔の向きを変え、手首にはまった腕時計を回す。邪魔でしかたがない。いつもは時計など身に着けないのだ。時間を計るのはレオの役目だから。〝考えるな、フェリックス。考えすぎると当たらない。集中しろ。集中しろ！〟。十八時四分。十八時五分。もう来てもいいはずなのに。無事に車を乗っ取れたのなら。〝どうだ、やれそうか？〟警備員たちをねじ伏せたのなら。〝ああ、やれる〟。こっちに向かっているのなら。〝ほんとうだな、フェリックス？　おまえのこと、信じてるぞ。わかってるよな？〟

来た。あの白いバン。

いや、違う。

あれじゃない。白くて大きな車だが、あれは現金輸送車じゃない。

十八時六分。二分の遅れ。二分三十秒の遅れ。

いまいましい銃が、手の中で滑る。震える。

三分。三分三十秒。

あれだ。あれだ！

白いバンの屋根が見えた。陸橋を渡って、急な左カーブを抜けていく。フェリックスはスコープをのぞき、運転席を探した。自分が着ているのと同じ黒いタートルネックで覆われた顔が見える。前部座席の後ろのスペースにスコープを向ける。しゃがんだレオの前で、男がふたり床に横たわっていて、ひとりは頭の上に両手を上げている。

　そして、気がついた。現金輸送車の後ろ。乗用車。運転席と助手席に人が乗っている。

〝追いかけてくるとしたら、黒塗りのパトカーかふつうの車で、色はかならず黒、車種はサーブ9‐5かボルボV70だ〟。あの乗用車は、確かに黒い。銃身を動かしたときに見えた。が、車種まではわからなかった。〝車の右側を見ろ。サイドミラーがひとつ余分についてるはずだ。覆面パトカーかどうかはそうやって判断するんだ。そうとわかったら、引き金はぐいっと引くんじゃないぞ。軽く握り込むだけでいい〟

　スコープをのぞく。

　よくわからない。サイドミラーがひとつ余分についているのかどうか。百パーセントの確信は持てない。

　フェリックスは黒い車のボンネットに銃口を向け、引き金にかけた人差し指にほんの少しだけ力を込めた。


　レオは警備員たちを、運転しているヤスペルを見てから、窓の外に目をやった。丘の前を通過している。あの上なら、射界は開けている――陸橋まで、ずっと。あの特注スコープの付いたAK4なら、調整も完璧だし、だれでも三百メートル先の標的に弾を命中させられるはずだ。

　もし、追っ手がいたとしても。一発見舞ってやればじゅうぶんだろう。

フェリックスは震えていた。黒い車は、いまだに近くを走っている。近すぎる。

〝そのあとは、待つんだ。おれたちが通過するまで、だれにもつけられてないってわかるまで、その場を離れるな。銃も下ろすんじゃないぞ〟

白い現金輸送車は陸橋を渡ると、オーゲスタ・ブロー通りとペシュトルプ通りの交差点を左折した。予定どおりだ。その三十メートル後ろを、あの黒い車が走っている。

吸って、吐いて。

車の前のほう、ラジエーターのあたりに狙いをつけて、引き金に指を絡める。かすかに力を入れる。

そのとき、サイドミラーがひとつ余分についているかもしれないあの黒い乗用車は、いきなり現金輸送車とは逆方向の右へ曲がった。速度を上げ、視界から消えた。

フェリックスの震えはおさまった。が、今度はひどく寒気がした。息が上がっている。

車の運転席と助手席に人が乗っていた。家に帰る途中だったのだろう。フェリックスが人差し指にもう少し力を入れれば、あのふたりは死ぬところだったのだ。走っている場所と時間が悪かった、それだけで。

濡れた草むらから立ち上がる。銃をバッグにしまい、顔を覆っていた長い襟を下ろして、ふつうのタートルネックセーターにした。そして、駆けだした。丘を下り、森を抜け、市民農園を横切った。あたりは暗く、低くとがった柵につまずいて転び、バッグを落としてしまったが、また立ち上がり、市民農園の向こうにとめておいた車まで一気に走った。

現金輸送車は丘を通過した。フェリックスは撃たなかった。

ということは、追われていないわけだ。

レオは施錠されたシャッターを見つめた。中には、七つの支店から集めた現金が詰まっている――八百万、九百万、いや、一千万クローナかもしれない。

数秒しかないのはわかっていた。それでも、あと一秒あれば。

警備員はあの数秒のあいだに暗証番号を打ち込んだ。それで金庫を守るスチール製のシャッターが下がってしまった。弟たちとの集合場所にたどり着く前に、金庫を全部開けて中身を奪うつもりだったのに。もはやそれはできそうにない。が、計画を変更する時間はまだある。

「どこへ《ホエア》……頼む、命だけは……どこへ連れて行く気ですか？」

集合場所に着いてから、錠で撃ってこじ開ける手もある――が、それではあたりに轟音が響く。

「いったい……ああ、後生だから……いったい、おれたちをどうするつもりですか？」

指令センターに連絡させて、遠隔操作で開けさせる手もある――が、それでは時間がかかりすぎる。

「おれには……お願いします、聞いてください、頼むから……おれには子どもがいるんです！」

床に横たわり、顎と首から血を流している警備員が、制服の中に片手を入れた。レオは彼の肩を銃で殴りつけた。

「動くな！《ユー・スティ・プット》」

警備員は一瞬ひるんだが、それでも動きを止めなかった。上着の内側にまた手を入れると、なにかを引っ張り出してみせた。

「うちの子です！《マイ・チルドレン》　見てください！　ほら、写真がここに。ほら！」

財布から出される、二枚の写真。

「上の子です。十一歳です。見てください《ルック》！」

砂敷きのサッカー場に立っている少年。細くて、色が白い。ボールを小脇に抱えている。髪が汗まみれで、恥ずかしそうに微笑んでいる。青と白のサッカー用靴下がずり落ちている。

「それから、こっちが……お願いです、どうか見てください……この子が……七歳です。七歳！」

少し華やかなテーブル。ダイニングルームか、居間かもしれない。誕生日パーティーのように見える。客がたくさんいて、椅子はひとつ残らず埋まり、全員がめかしこんで着席している。白いテーブルクロスに、大きなケーキ。キャンドルに顔を近づけている少年。ほどなくこの半分が吹き消されるのだろう。少年はにっこり笑っていて、前歯が二本欠けているのがわかる。

「うちの息子たちです、お願いします、息子ふたり、見てください、ほら、兄弟なんですよ……」

「向きを変えろ《ターン・アラウンド》」

伸ばされた手から、露出過多な二枚の写真をひったくり、床に投げ捨てる。

「息子がふたりいるんです……お願いです！」

「向きを変えろ《ターン・アラウンド》！　うつ伏せになれ《オン・ストマック》！　そのままじっとしてろ《アンド・ステディ》！」


四人が乗れるゴムボート。空気を入れて膨らませ、空気を抜けば小さく畳める。

穏やかな湖面はもうすぐ終わる。ドレーヴヴィーケン湖。2ストロークエンジンのスロットルグリップを握り、もう一度大きく旋回すると、左のほうに光が見えた。森の向こう——ファーシュタ・ショッピングセンターのあるほうだ。正面には、シェーンダール湖水浴場の暗闇が広がっている。

ヴィンセントはエンジンを切り、岸辺の桟橋に近づいた。だれもいない。残り一キロになったあたりから、自分は予定よりも遅れているとばかり思っていたのに。

桟橋でゴムボートを降りると、葦《あし》の茂みの中へボートを引っ張り込んだ。

そして、なぜレオがこの場所を選んだかを理解した。人目につかない入江。いまは秋だから、湖水浴場も併設されているプールもとっくの昔に閉鎖されている。それに、ここは母さんが働いていた場所でもある。障害者用のプールや湖水浴場のあるここで、自分と同年代の子どもたちの世話をしていた。車椅子に乗っている子も、乗っていない子もいた。

木造の長い桟橋に立って、ゆっくりと身体を揺らす。少し離れたところに桟橋がもうひとつあるが、こちらよりもはるかに短く、はるかに古い。ふと、ある夏のできごとを思い出す。泳ぎを身につけた夏。水中でも陸上でもレオが熱心に教えてくれて、独自の水泳バッジ（本来はスウェーデン水泳連盟が発行するバッジ。レベルごとのテストに合格するともらえるもので、カメ、ペンギン、銀の魚などの名称がついている）まで作ってくれた。〝桟橋〟と名付けたそのバッジを獲得するには、古い木の桟橋と新しい桟橋のあいだの十メートルを泳ぎ切らなければならない。レオが勝手に作ったものだから、バッジは当然、この世にひとつしかなかった。ヴィンセントはひたすら腕を振りまわし、足をばたつかせ、ついにある日の夕方、人々がみな帰ってしまったあとの湖水浴場で、一度も水底に足をつけることなく泳ぎ切った。レオが盛大に拍手して、バッジを進呈してくれた——大きな木の切れ端で、ナイフで文字が刻まれていた。

身体を上下に揺らす。少々たわみすぎている板がある。上に、下に——あのころは新しかったこの桟橋も、いまや古くなりつつある。最後のひと掻きのあとにつかんだ板。それまではずっと、レオの手につかまっていた。冷たい水中へ沈まずにすんだのは、兄の手と、その絶えることのない声援のおかげだった——次のひと掻きに集中しろ、それだけ考えていればいい、なにも感じるな、まわりを見るな、とにかく前に向かって水を掻け。

あたたかな空気を腹に入れようとする。長いこともつように、深く息を吸い込む。が、うまくいかない。呼吸は短く、荒く、空気は外に押し出されてしまう。

もう着くころじゃないのか。やっぱり、おれもその場にいたかった。これだけはいやだったのに――なにもわからずに待たされるのだけは。

自分の身体がにおう。手、腕、肩に鼻を近づける。

毛穴からにじみ出てくる、内側から漂ってくる、ほかに逃げ場のない悪臭。ヴィンセントはそれをはっきりと感じた。初めて嗅ぐにおいだ。強烈で、鼻を突くようで、息が詰まりそうな――恐怖に近い不安が、体の中に収まらなくなっている。

桟橋にひざをついて、鏡のように穏やかな水面に向かって身をかがめ、凍てつく冷水をすくって顔を洗った。

銃の重みを背中に感じて、手で位置を直す。肩に掛けた短機関銃はことさらに重い。別れ際に玄関でこれを渡された。〝緊急事態じゃないかぎり、銃口は下に向けておけよ〟。レオは現物を見せながら噛み砕くように説明してくれた。〝ここが安全装置。オフ、オン、オフ〟。そしてヴィンセントの両肩をつかみ、こう言った。〝いいか、ヴィンセント。判断するのはおまえだ。銃じゃない。忘れるなよ〟。ヴィンセントは銃を受け取り、スポーツバッグに入れた。そして、工務店の車二台に分乗して去っていく彼らを見送った。ひとりでスコーグオースを突っ切って学校の前を通り、ドレーヴヴィーケン湖沿いの小道に、ふたつの岩場のあいだの谷間にたどり着いた。真っ暗闇の中、乾いた枝や緑の針葉を取り払うと、黄色と青のゴムボートが見えてきた。それを水辺まで引きずっていき、押して湖に浮かべ、ロープを引いてエンジンを始動させた。シェーンダール湖水浴場までは四十五分かかると知っていた。

あいかわらずの静寂。あいかわらずの暗闇。

十八時十一分。

もう着いているはずの時間だ。


フェリックスは丘を駆け下り、森と市民農園を抜けて車にたどり着いた。狭い未舗装の道路を走り、それから少し広いアスファルトの道路を進むと、ついさきほど自分が銃を向けていた陸橋に行き着いた。心臓の鼓動が少しばかり落ち着き、ハンドルを持つ手も安定してきた、そんな気がした瞬間――サイレンが聞こえた。

青い回転灯も見えた。

「ヴィンセント、みんな、どこにいる？」

「おれは集合場所にいるよ。栈橋のそば。まだ待ってる」

緊急時にしか使うなと言われていた携帯電話。

「まだ……待ってる、だと？」

いい、いい、いい、いい。

いまは、緊急時だ。

ヴィンセントの声。弱々しい。

「うん。まだひとりだよ。ふたりとも、まだ来てない」

「くそっ……くそっ」

「フェリックス？」

「くそっ！」

「フェリックス、いったい……」

「パトカーがおれの前を通過しやがった。たったいま！　もうすぐおまえのところに着くぞ！」


ヴィンセントは携帯電話を握りしめた。フェリックスの声が手の中で響く。におう。体内からにじみ出るにおい。どんどん強烈になる——恐怖が逃げ道を探している。

そのとき、見えた。聞こえた。

一台の車が停まり、ヘッドライトが岸辺の向こうにある更衣室の建物の窓を照らす。

それから——複数の声。

大きな声。叫び声だ。


レオは時計を見た。

十八時十二分。

あのチェックポイントでは、追っ手はいなかった。鍵のかかったシャッターを開けさせる時間はまだある。布袋に詰まった現金九百万クローナと、自分たちを隔てるシャッター。車を降りようとしたところで——外には、水の入っていない二十五メートルプールに、ぽつんと下がったブランコがいくつかあり、ドレーヴヴィーケン湖の岸辺が広がっている——ヤスペルが片方の警備員を車から引きずり降ろした。

「開けろ《オープン》！　さもないと撃つぞ《オア・アイ・シュート》！」

車内ですでに目にした光景だ。限界を超えた人間がふたり。

「無理ですよ……無理なんです。おれにはできないんです！」

ヤスペルが銃を警備員の口に押し込んでいる。

「撃つぞ《アイ・シュート》！」

警備員は地面にひざをつき、泣いている。

「やめてください！　頼む、頼むから、やめてください、やめてください！」

ヤスペルは銃口を引き抜くと、二歩後ろに下がり、ふたたび銃を構えた。前傾し、左足に体重をかけると、黒いブーツが芝生に沈んだ。床尾《しょうび》をぐっと肩に押しつける。引き金に指をかけている。意思疎通の叶いそうにない目をしている。

一台の車が停まり、ヘッドライトを消した。

そのあと、大声がヴィンセントの耳に届いた。そして、いま、銃声が聞こえる。

一発ではない。五発でもない。二十発。いや、三十発か。

だれにも自分の姿を見られてはいけないとわかっている。強奪犯はふたりでなければならないのだ。現金輸送車の警備員に、犯人はふたりだけだったと思わせ、警察にもそう証言してもらわなければならない。

だが、フェリックスがさっき電話をかけてきた。追っ手が近くにいるのだ。ほかに道はない。

銃の反動で、右肩の深いところまで痛みが突き抜ける。快感だった。息がはずんでいる。

ヤスペルは弾倉を空にすると、自分が撃ったシャッターに駆け寄り、触れてみた。

びくともしていない。

ジャケットの下、ベストに手を突っ込んで、新しい弾倉を出す。

そのとき、足音が聞こえた。

暗闇の中から。こちらへ近づいてくる。

ヤスペルは銃を構えて振り向いた。いつでも撃てる態勢だ。

ほかに道はない——危険だと知らせなくては。ヴィンセントは砂浜と芝生の上を走った。

昔はバスタオルを広げて日光浴していた場所。やがて車の輪郭が見えてきた。そばにレオとヤスペルがいる。

ヤスペルは近づいてくる足音に銃を向けた。

人の顔。間違いない。あそこだ、暗闇の中から出てきた。

彼は一発目を放った。

レオも足音に気づいていた。ヤスペルが足音のほうへ銃を向けるのも、引き金に指をかけるのも見えた。が、そのあと、知っている、と感じた。足の踏み出し方、上体の動かし方。それで、わかった——レオはヤスペルに飛びかかり、銃身をつかんで上に向けた。

「フェリックスが電話してきたんだ。あいつが言うには……」

レオが、知っている、と感じた相手はヴィンセントだった。本来ならここにいてはならない人物。さきほどのヤスペルの発砲で死んでいた可能性もある。その彼が、レオの耳に口を押し当ててささやいた。

「……サツがこっちに向かってる——チェックポイントを通過したって！」

レオは末弟をきつく抱きしめた。

——桟橋で待機してろって言ったのに。

「戻れ」

——あやうくおまえを失いかけた。

「すぐボートで出発できるよう準備しておけ」

レオはヤスペルを見やり、びくともしないスチールのシャッターを見た。急がなければ。

ヴィンセントが命令に逆らったのは、そうするしかなかったからだ。

「行くぞ《リーヴ》、いますぐ《ナウ》」

ファーシュタからドレーヴヴィーケン湖までの九分は使い果たした。さらに四分が経っている。もう時間がない。

「いますぐ《ナウ》」

ヤスペルには、湖のほうから聞こえてくる声が聞こえていた。レオの声だ。が、近づいてくる青い光、森の向こうに見える光のことで、頭がいっぱいになっている。銃撃態勢。弾がこめられた弾倉はまだある。三十六発。

レオの制止の声は後回しだ。ここにとどまりたい。連中と対決したい。

「いますぐだ《ナウ》！」

回転灯と、サイレン。レオの叫び声。

ヤスペルは走り出した。ボートのあるほうではなく、警備員たち、ひとりずつに向かって。

「ちくしょうめ《シャルムータ》、おまえらの名前はわかってる《ウィー・ノウ・ユア・ネーム》」

警備員たちをにらみつけながら、胸ポケットに下げてあった身分証を引きはがした。名前と社員番号が記されている。

「もし、しゃべりやがったら《イフ・ユー・エヴァー・トーク》……」

長さ三メートルのゴムボートが、葦の茂みをかき分ける。先頭にレオ、中央にヤスペル、後ろにヴィンセントが座って、エンジンのスタータープに手をかけた。

そして、引いた。なにも起こらない。もう一度。

やはり、なにも起こらない。

「くそっ、さっさと動きやがれ!」

指が滑って、うまくロープをつかめない——やっとつかめたと思って何度か引いても、エンジンはいっこうにかからなかった。

「チョークを使え、ヴィンセント、チョークボタンを引け!」

隅のほうにある四角いボタン。力を込めてスターターロープを引く。

エンジンが目を覚ました。

レオはあらためて弟を見つめた。幼いとばかり思っていたのに、さきほどは自分なりの判断で命令に逆らい、持ち場を離れて危険を知らせてくれた。ヴィンセントの背後に、パトカーの青い光が見える。漆黒の闇の中では美しいと言えなくもない。だが、このボートがやがて沖に出て、闇の中に姿を消せば、あの光も岩場の向こうへ消えていくだろう。

ヨン・ブロンクスは大きな窓に頭をあずけた。額がひんやりとする。冷たい、というほどではないが。クロノベリの警察本部の中庭にずらりと植えられたばかりのか細い木々は、長いあいだ緑の葉を茂らせていたが、やがてその葉も赤や黄に変わり、いまは地面に散って茶色になり、人々に踏まれている。

金曜の夜、十九時十分前。

建物の外も、中も、活気はあまりない。

もう帰る時間だ。

まあ、いつかは帰るかもしれない。そのうち。

犯罪捜査部門の廊下のほぼ中ほどに、小さなキッチンがある。鍋で湯を沸かし、だれかが買って置いていった大きな陶器のマグカップに注ぐ。白湯《さゆ》。いつもこれを飲んでいる。明かりのついている部屋はほんの二、三しかない。四部屋離れたカールストレムの部屋と、廊下のいちばん奥、そろそろ定年を迎える警部の部屋。いつも一九六〇年代の音楽をかけていて、茶色のコーデュロイのソファーをベッド代わりに、オフィスに泊まり込んでいる。自分はあんなふうにはなりたくないし、なるとも思えない。警部は孤独から逃れるために、ああやって警察で夜を過ごしている。ひとりきりでいると、巨大なブラックホールにのまれて、真っ逆さまに落ちていきそうになるから。ブロンクスがこうして職場に残っている理由は、それとは正反対だ。ここに逃げてくる必要などまったくない。家に帰るのは楽しみだ——仕事をきちんと片付けて、その褒美として、自分に帰宅の許可を出したあとなら。

熱いカップを手にする。白湯には味がないが、喉越しは滑らかだ。ブロンクスの机もまた、ほかの刑事たちの机と変わらない。山積みになったファイル、同時進行するいくつもの捜査。ほかの刑事たちはみな仕事に埋もれ、沈没しかけている。だが、ブロンクスはこれを、まるで秋の空気のようだ、と感じる。このほうが息がしやすい。

取調官ヨン・ブロンクス（JB）：じゃあ、奥さんは倒れてたんだな？
オーラ・エリクソン（OE）：ああ。
JB：そのあとに……殴った、と。
OE：ああ。
JB：どんなふうに？
OE：あいつの上に座ってやった。胸の上にまたがって。それから、右手で、また。
JB：また？　何度も殴ったのか？
OE：あいつ、演技するんだよ。

JB：演技？
OE：ときどきな……気絶したふりをしやがる。
毎晩。ちょうどこのくらいの時刻になると、ますます気になってしかたがなくなる。いくつもの捜査。このせいで、彼は窓の外に広がるべつの世界へ出られずにいる。
トーマス・セーレンセン（TS）：あいつを部屋に連れていって、どうだ、違いがわかるか、って訊いてやった。
取調官ヨン・ブロンクス（JB）：違い？
TS：電気がつけっぱなしだったんだよ。朝から、ずっとな。だから、躾《しつけ》のために懲らしめてやった。
JB：どういうふうに？
TS：本でな、頭の後ろを、ガツンと。まったく、無駄遣いしやがって！ 何回言っても直りゃしない。
JB：つまり、殴ったわけか？
TS：電気を消すのを忘れやがったからな。
JB：おまえの息子、まだ八歳だぞ。
（沈黙）

ＪＢ：八歳だ。

（沈黙）

ＪＢ：で、そのあとは？　殴りつづけたんだな？　本で……分厚いハードカバーの本で？

ＴＳ：まあな。

ＪＢ：それから……ここにある写真を見ろ――背中、腹、首、尾てい骨も殴った？

ＴＳ：あのガキが悪いんだよ。わかるだろ？

毎晩、毎晩、捜査に次ぐ捜査。たいていはこの類《たぐ》いの話だ。気になるのは、殴ったやつのことではない。殴られた人のことでもない。彼らのために、こうして職場に残っているわけではない――知り合いでもなんでもない、一度も会ったことのない人間たちだ。廊下から人の気配がなくなったいま、ブロンクスがここに座っているのは、殴るという行為そのものが気になってしかたがないからだった。次々とフォルダーをめくり、書類を読む。

エリック・リンデル（ＥＬ）：あの女、おれの言うことを聞かなかった。

取調官ヨン・ブロンクス（ＪＢ）：どういう意味だ？

ＥＬ：どういう意味もなにも、言ったとおりだよ。

ＪＢ：で、おまえは……おまえはなにをした？

（沈黙）
JB：この写真を見ろ——医者の話によれば、おまえはまず店員の顎の骨を折った。
（沈黙）
JB：それから、この写真——頬骨も折った。
（沈黙）
JB：この写真は彼女の胸郭《きょうかく》だ。おまえはここを何度も蹴った。
（沈黙）
JB：なにか言うことはないのか？
EL：なあ。
JB：なんだ？
EL：その女……殺そうと思えば殺せたんだぜ。

それでも。知らない人間に関心はないが、それでも。暴力事件を捜査するたびに、感覚が研ぎ澄まされていく気がする。興味が湧いてくる。なにかの力に引き寄せられ、引き留められる。ここから四階上がったところにある拘置所に犯人をぶち込むまで、ずっと。

「ヨン？」

ノックの音。だれかがオフィスの入口に立っている。中に入ってくる。

「まだ残ってるのか、ヨン」

カールストレム。犯罪捜査部門を率いる男。ブロンクスの上司だ。コートを着て、中身のあふれそうな紙袋を両手に持っている。

「おれのところにまわってくるだけでも、重大な暴力事件の数は一年当たり、平均五十一件。知ってました？　カールストレムさん」

「いつも残ってるじゃないか。毎晩だ」

女性の身体を写した写真の入った二枚の調書。ブロンクスはそれを掲げてみせた。

「聞いてくださいよ。〝その女、殺そうと思えば殺せたんだぜ〟だと」

「週末だぞ、ヨン。まだ残るつもりか？」

べつのフォルダーから、べつの写真を数枚。これも掲げてみせた。

「こんなのもありますよ、カールストレムさん。〝あのガキが悪いんだよ。わかるだろ？〟」

「本気でまだ残るつもりなら、それは後回しにしてもらいたい」

さらに数枚の写真。どれもピントがあまり合っていない。同じ鑑識官が、同じ病院の照明のもとで撮影したのだろう。

「じゃあ、これはどうです。なかなかの傑作ですよ。〝あいつ、演技するんだよ。気絶したふりをしやがる〟」

カールストレムは捜査資料を受け取ると、中身を見もせずに重ねて机の上の書類の山に置いた。

「ヨン、いま言ったこと、聞こえたか？」

そして、ヨン・ブロンクスの左肩の後ろにある壁時計を指差した。

「一時間七分前。ファーシュタ・ショッピングセンターで現金輸送車が襲われた。額は百万クローナ強。犯人は軍用銃で発砲している。車は乗っ取られてシェーンダールの湖水浴場に運ばれた。ここでも発砲があった。車内の金庫に入ろうとして発砲したんだ。強盗犯は覆面姿で、二人組だった」

ふたりのあいだに置いてある写真の束。カールストレムがそれを手に取り、ぱたぱたと振ってみせた。

そして、裏返して置いた。

「というわけで、これは忘れろ。それ以上捜査する必要はない。現場に向かってくれ。捜査を引き継ぐんだ。いますぐ」

カールストレムは微笑んだ。

「いまは金曜の夜だろう、ヨン。これで土曜日はつぶれるな。ひょっとすると、日曜日も——運がよければ」

買い物袋ふたつを持ち上げ、帰ろうとしたところで、気が変わったらしい。片方の袋から、黒い斑点のついたロブスターを取り出した。生きている。ハサミが輪ゴムで縛られている。

「ヨン、うちでは今晩、ラヴィオリを作る予定でね。丸い生地のひとつひとつに、バジルの葉を一枚ずつ載せるんだ。その上に新鮮なロブスターを載せて、おろして粉状にしたトリュフをかけて、塩、オリーブオイルも加える。生地を折って半月型にしたら、端をていねいに押さえてくっつける。子どもたちの大好物だ」

ヨンも微笑んだ。毎週金曜日の午後になるとエステルマルム食品市場に急ぐ上司を、じっと見つめる。食品市場に着くと、手始めにアントルコートのローストビーフを試食してから、カフェに落ち着き、トウモロコシを飼料に放し飼いで育てた鶏の肉が手に入りにくいことを嘆くのだ、この人は。

片や、輪ゴムをはめたロブスター。片や、現金輸送車襲撃の連絡。

望んだとおりの週末というわけだ。あんたも、おれも。

フェリックスは寒さを感じなかった。裸なのに。そのわけは、現金輸送車の後ろを走っていた車、やがて反対方向へ曲がっていったあの黒い車に発砲しなかったのと、同じ理由だ。

彼だけに備わっている、ある種の落ち着き。

三歳年上で、すべてを真っ先に受け止めるはめになった兄、レオ。彼があの丘にいて、後ろを走る車に銃を向けていたなら、きっと発砲していただろう――そうしたほうが安全だから。四歳年下で、いつも子ども扱いされ、守られてきた弟、ヴィンセント。彼があの丘にいたなら、やはり発砲していただろう――パニックに陥って。四人目の〝兄弟〟になりたくてたまらない、ヤスペル。彼があの丘にいたなら、やはり発砲していただろう――発砲できるチャンスだから、というだけで。

フェリックスは暗い森を見まわし、暗い水面に目をやった。

車に乗ってから、パトカーの青い回転灯に気づき、まだひとりで待機していたヴィンセントに電話をかけた。そのあとは計画どおり、ここまで車で走ってきた。自分も同じように、ひとりで待機するため。

湿った岩の上を裸足で歩く。

タイトなウェットスーツを身につける。浮力のあまりない、薄手の、半袖半ズボンタイプのもの。水中に潜って、ボートがちゃんと沈むかどうか確かめなければならないから。

懐中電灯を手にしているが、明かりはまだつけていない。水面に視線を走らせる。少し風が吹いていて、湖面が緩やかにうねり、白波がくっきりと見える。が、ほかにはなにも見えない。

静かだ。静かすぎる。

自分になにも聞こえていないだけだろうか。マーキュリー社製のエンジンを搭載した、空気を入れて膨らませるゴムボートの音が、風にかき消されているのだろうか。

懐中電灯の明かりを点滅させる——緑色の光を、三回。

ＯＫの合図だ。

緩いカーブを描く入江、それから、尖った岬と、ふたつの湖水浴場を結ぶ送電線。頭上に張られた太い物干しロープのようだ。そのあとに、切り立った崖。そうして、到着した。

あそこだ。

かすかな光。まだ距離があるうえ、湖畔の木々が邪魔をする。それでも、見えた。緑色の光が、三回。

「ヴィンセント」

「なに？」

「そこ、代われ」

レオはすでにこんな暗闇の中、ここでボートの試し乗りを済ませているから、上陸まであとひと息というところで、見えない鋭い岩がそこかしこに隠れているのを知っている。スロットルグリップを握り、スピードを落とす。曲がる。ふたたび曲がる。

「ヴィンセント、やったぜ、おれたち！」

席を代わったヴィンセントはいま、ヤスペルのすぐそばに座っている。ヤスペルが首に手を回してきた。

「なあ、ヴィンセント！こんなにカッコよく現金輸送車を乗っ取ったやつなんて、いままでいたか？おれたちが初めてだろ！」

ヤスペルの喜びが伝わってくる。ありありと。だが、同じように喜んでみせるエネルギーは残っていない。

「どうしたんだよ。気分でも悪いのか？　なあ、うまくいったんだぜ！」

「どうした、だって？　あんたに撃ち殺されるところだった」

「だって、おまえ、ボートのそばにいるはずだっただろ。そのへんうろついてるなんて知らなかったんだよ」

「でも、おれが知らせなかったら、あのとき……」

「ふたりとも、黙れ。ヤスペル、かつらを取って袋に入れろ。それから顔を洗え」

レオがまた少しスピードを落とした。暗い水の中で、プロペラがゆっくりと回転する。

あそこの岩。あれを大きく迂回する。それから、あの丸みを帯びた大きな岩も。

光が、三度。

緑の光が強さを増す。はっきり見えてくる。

レオはそちらを目指して舵を操った。

細い松の木が二本生えている、あの岩場。あの木が目印だ。そこに、ウェットスーツを着た、裸足のフェリックスが立っている。

着いた。

軍用銃三挺と、さきほどまで両替銀行の支店にあった現金輸送ケースをひとつ持って、三人はボートから陸に上がった。フェリックスはそのあいだに、少し離れたところ、ぼうぼうに茂った雑草の中に置いておいた、アディダスの同じスポーツバッグ四つを回収した。中にはジーンズ、セーター、ジャケット、室内ホッケーのスティックが入っている。それから、足ヒレとダイビングマスクを身に着けた。あらかじめ転がしてここに集めておいた大きな石を、ほかの三人と協力してすべてゴムボートに積み込むと、長いロープをまわして固定し、エンジンにくくりつけた。

レオ、ヴィンセント、ヤスペルが、ボートを冷たい湖へ、フェリックスのいるところまで押し出す。フェリックスはボートの傍らを泳いだ。茶色のウェットスーツは第二の皮膚だ。そうして湖の狭くなっているところの中ほどまで来ると、幅の広い船べりに手をかけて、大きなナイフでゴムボートの底に穴をあけはじめた。両側面と船首に長い切れ目を入れ、空気がほとんど抜けてボートが沈みはじめても、手の届く範囲あちこちに小さな穴をあけた。

ゆっくりと潜っていく。水面下へ。

視界が悪く、腕を伸ばした先はなにも見えないが、地形図を確かめておいたから、このあたりの水深は十メートル強だと知っている。フェリックスはボートとともに三、四メートル水中に潜ってから、浮上した。子どものころ、ここで数えきれないほど何度も泳ぎ、水中に潜って宝探しをした。湖底には青みがかった粘土の層があって、結局そこまでは近寄れず、宝物も見つからなかったけれど。あの粘土の層が、沈んだゴムボートをしかととらえて離さないだろう。

陸に上がると、ほかの三人とともに新しい服に着替えた。揃いのスポーツバッグから突き出すスティックの位置を直した。ふつうのペースで歩けば十八分かかる。高い崖とドレーヴヴィーケン湖にはさまれた小道を進む。森を抜け、野原を横切り、シェートルプ小学校の体育館の前を通る。まるで、ついさきほどまでその体育館で、室内ホッケーの白いボールを追いかけて走りまわっていたかのように。セイヨウナナカマドの木立のところで二手に分かれ、高架橋の手前で合流する予定だ。

現金輸送車襲撃の連絡を受け、ヨン・ブロンクスは地下駐車場にとめてある車へ急いだ。ドロットニングホルム通りを走り、ヴェステル橋を渡って、ホーンストゥルのセブンイレブンに立ち寄ってホットドッグを買った。ロブスター入りラヴィオリの作り方を語るのと同じ所要時間で、四百カロリーの食事を終えた。さらに車を走らせる。スカンストゥル、グルマシュプラン、ニューネース通り。いたるところに、金曜の夜をめざして歩く人々がいる。ひとつの生活から、もうひとつの生活への移行。だれもが褒美と認識している日。

連絡を受けた時点で、一時間と七分が経過していた。この車に乗ってからは二十二分。エンシェーデにさしかかったころにはもう、わかっていた。現金輸送車を乗っ取って警備員を連れ去ったふたりの覆面強盗は、もうとっくにどこかへ逃げているにちがいない、と。

テューレセー通りと交差するあたりでスピードを上げた。が、意識はまだ、机に残してきた書類のもとにあった。妻を殴り殺したあの夫は、パトロール警官が現場に到着するまでのあいだ、ずっとその場に座っていたという。妻を殴るたびに孤独を深めながらも、その孤独への恐怖に耐えられなかったのだ。息子を医者に連れて行ったあの父親は、息子に嘘をつかせた。ハードカバーの本で殴られたのではなく、階段の手すりをスケートボードで下りようとして失敗し、怪我をしたのだと説明させた。大怪我を負った店員の写真を見せられて黙り込んでいたあの男は、自分のことは自分でコントロールできる、だから殴るのをやめようと思えばいつでもやめられる、と思い込んでいた。今週、事情聴取をした連中。全員が犯行を認めた。あの犯人たちのせいで、ブロンクスは捜査資料をめくらずにはいられない。彼らの暴力、被害者に消えない傷痕を残す暴力についての捜査資料を。

金曜のラッシュアワーから徐々に週末の落ち着きへと変わっていく幹線道路を離れ、ストックホルム郊外の小さな町の小さな道路を急ぐ。町の名はシェーンダール。団地を抜けると、一戸建ての並ぶ住宅街になり、やがて入江に面し閑散とした湖水浴場が現れた。いや、閑散としているはずの湖水浴場、か。いまはパトカーが三台、救急車が一台に、ドアの開け放たれた現金輸送車がとまっている。

〝望んだとおりの週末というわけだ。あんたも、おれも〟

ヘリコプターが上空を飛んでいる。犬たちが遠くで吠えている。そちらは後回しでいい。まずはあの白いバンだ。ブロンクスは現金輸送車に近寄った。サイドウィンドウに銃痕が五つ。そばには警備員が横たわっていて、顎から首へ流れた血が凝固している。その傍らに、救急隊員。命にかかわる重傷ではないらしい。真の傷が――のちのちまで傷が残るのはむしろ、心のほうだ。

「まだですよ」

救急隊員の緑の制服を身につけ、胸に赤いネームプレートをつけた若い女性が、ブロンクスに会釈してから、地面に横たわっている警備員を目で示して言った。警備員はあたりに視線を走らせているが、なにも見えていない。脳が情報を処理できていない。スイッチが切れた状態になっているのだ。壊れてしまわないように。

「そうですか。いつなら大丈夫ですか？」

「まだショック状態です」

「いつならいいのかと訊いてるんです」

「まだと言ったらまだです、この人の事情聴取は。わかりましたか？」

ブロンクスはもうひとりの警備員に近づいた。さきほどから現金輸送車のまわりを、大きな円を描くように何度も歩いている。

「失礼、ヨン・ブロンクスと申します。お話を……」

「おれのせいですよ。わかります？　おれがあいつらを車に入れちまった」

歩調が速まる。車のボンネットのまわりで、さらに大きな円を描く。

「そうでもしなきゃ、ふたりとも殺されてた。わかります？　その時点でもう、窓から弾を撃ち込まれてたんだから。でも、そのあと、リンデーンがシャッターをロックしてたんですが、やつらがどうしても中に入りたがって、開けろって言ってきて、それで……また撃ったんです」

「シャッター？」

「金庫のシャッターですよ。そこに残りの現金がしまってあった」

前部座席のドアがひとつ開いている。ブロンクスは車内をのぞき込んだ。

「やつら、金庫の中にもっと金があるって知ってたんですよ。だからシャッターを撃った。必死なほう、大声で脅してきたほうがね。短機関銃の弾倉には、弾が三十六発入るそうですよ。知ってました？」

　ブロンクスはさらに近寄った。座席や床に、血痕、ガラスの破片、薬莢。ダッシュボードにも薄く積もったガラスの破片の下に、〝フォレックス中央駅支店３００１〟と書かれた伝票が見える。

「あの男、大声で叫んで……とにかく開けたがってた」

　警備員はブロンクスの背後に立っているが、すぐにまたそわそわと歩きだしそうだ。

「必死なほうがね。アラブ人でしたよ」

「アラブ人？」

「ええ。〝急げ《ヤッラ》、急げ《ヤッラ》〟とか、〝ちくしょうめ《シャルムータ》〟とか言ってましたから。あとは英語でした。訛りのある英語」

　プラスチック製の現金輸送ケース。運転席と助手席のあいだに落ちている。ブロンクスはほかの現金輸送車襲撃事件の捜査で、こういうケースを目にしたことがあった。

「いくら残ってるんですか？」

　警備員はすでに遠ざかろうとしていた。

「ちょっと……この中に、いくら残ってるんです？」

　警備員は声を詰まらせながらも、はっきりと答える。背を向けたまま。

「両替所八か所から現金を回収しました。一か所当たり、だいたい百万クローナです。やつらに盗られたのは一か所分です」

パトカーが三台。警察犬が二匹。ヘリコプターが一機。現場は封鎖され、鑑識官も到着している。アラブ人らしき外見の、英語を話す強盗犯がふたり、現金輸送車を乗っ取ってこの湖水浴場までやってきて、銃でシャッターを壊して開けようとした。そのあと、小道をたどって住宅街を抜けたか、湖畔の遊歩道を歩いていったかして、姿を消した。

サムエルソンという名の警備員は、ブロンクスと車のまわりをぐるぐると歩きつづけている。ブロンクスはその動きを目で追った――いったいどこへ向かっているのか、自分でもわかっていない人間の動きだ――そのとき、緑の制服を着たあの女性救急隊員が、大声で呼びかけてきた。

「いまならいいですよ。五分だけ」

ブロンクスはもうひとりの警備員が乗せられているストレッチャーに向かった。握手を交わす。冷たく汗ばんだ、力のない手。

「ストックホルム市警のヨン・ブロンクスです」

「ヤン・リンデーンです」

リンデーンという名の警備員は身を起こして立ち上がろうとしたが、すぐにぐらりとバランスを崩した。ブロンクスは彼の身体を支え、ふたたび寝かせてやった。

「気分はどうですか？　なんなら……」

「あの強盗……あの男……前のめりになって」

「前のめり？」

「あれを、銃を……おれの口の中に押し込んできて」

「前のめり……どういうことですか？」

「だから……重心を低くして。わかります？　おれに銃を向けてきたときです」

警備員は両脚を伸ばし、ひざを曲げてみせた。

「こんなふうに……脚を曲げて、上から銃を構えるみたいにして。で、片方のブーツがぐんと沈んで」

「ブーツ？」

警備員がまたストレッチャーから立ち上がる。今度はうまくいった。

「ブーツが沈んだ。どういうことです？」

そして、この警備員も歩きはじめる。もうひとりの警備員と同じように。

「いますぐ家に帰らなければ」

女性救急隊員とブロンクスは彼のあとを追い、それぞれ片腕を同時につかんだ。

「あいつら、おれの身分証を盗っていったんです。住所を知られてしまった」

警備員は身を振りほどこうとしたが、その力がなかった。

「子どもたちが。わからないんですか？　帰らなければ！」

そして、泣き出した。女性救急隊員にそっとストレッチャーまで誘導され、事情聴取を中断してその場を去るあいだ、彼はずっと泣いていた。聴取の続きは明日になるだろう。

ブロンクスはひとり、その場に残された。

目の前にある現金輸送車は、まるで芝生の上でライトアップされた舞台のようだ。鑑識官がひとり、車内や周囲を這いまわりながら調べを進めている。背後の岸辺では、鑑識官がもうひとり、桟橋から次の桟橋へ移動していて、弱々しい光がさまよっているように見える。

恐怖というものを、ブロンクスは目にしたことがある。どんなふうに見えるものか、どんなふうに聞こえるものか、知っている。そして、この種の恐怖はもう二度と避けて通らない、と学んでいる。

過剰な暴力。

こんなふうに意図的に相手を恐れおののかすのは、何者だ？　こんなふうに恐怖を利用するのは、何者だ？

自分も恐怖を味わったことのある人間だ。

恐怖のしくみを、その効果を知っている人間だ。

ブロンクスは明かりがさまよう湖のほうへ歩きだした。場所、時間——綿密に計画された犯行。重武装している。相当な暴力を使いこなしている。冷静に誘拐を実行している。人目につかない場所を目的地に選んでいる。初めてではないはずだ。初心者のしわざではない——

——おそらく以前にも、似たような強盗事件を起こしている。

ブロンクスは葦の茂みに囲まれた長い桟橋に近づいた。

懐中電灯を持った、もうひとりの鑑識官がそこにいた。

それだけで、わかることもある。

暗闇の中でも、懐中電灯の弱々しい光しかなくても、わかる。あんな動き方をする人間は、世界にひとりしかいない。ブロンクスはさらに少し近寄った。彼女の輪郭がはっきり見えてきた。

「ガソリン」

彼女はあいかわらず若く見える。自分はそうでないと、ブロンクスは自覚している。

「それから、ここ。桟橋の端のほうの板に、草と土がついてる」

彼女は桟橋にしゃがみ、懐中電灯を水面に向けている。水滴がきらきらと輝き、溶けあう。

「どうやらこのルートで逃げたようね」

それだけだった。彼女はそれだけ言うと、踵を返してブロンクスのもとを離れていった。現金輸送車に戻って、同僚と並んでひざをつき、赤外線ライトの中、肉眼では見えないものを探しはじめた。

彼女がヨン・ブロンクスを見たときの目つきは、まるで他人を見るようだった。

はじめの数年――ヨンは毎日、彼女のことを考えていた。一日に何度も考えていた。もう一度会いたい、と思った。不安になり、希望を抱き、夢を見た。やがて毎日思い出すことはなくなったにしても、ほぼ毎日のように考えていた。それなのに……これだ。挨拶すらない。微笑みもない。

奇妙な感覚だ。だれかにとって自分が存在しない、というのは。

ヨン・ブロンクスは桟橋を歩きだした。夜露のせいで滑りやすくなっている。湖をはさんだ反対側、森の向こうに、ファーシュタ・ショッピングセンターがある。そこからべつの方角に目をやると、ストックホルム南の郊外の町がずらりと並んでいる。小さなボートが上陸できる場所は無数にあった。

彼女の言うとおりだ。

連中はここから逃げた。過剰な暴力を道具として使いこなす、プロの犯罪者。今回が初めての犯行ではないはずだ。

そして、おそらく、最後でもないだろう。

アンネリーは寒さに震えた。それでも、バルコニーを離れたいとは思わない。だって、ここからなら見えるのだ、あの薄暗い歩行者用トンネルが――もうすぐレオが通るはずのトンネルが。緑の箱に入ったミンデンというメンソール味の煙草が、心を落ち着かせてくれる。たてつづけに吸えば、少しは寒さも和らいだ。

煙草を、もう一本。

あのあと、駐車場に車を入れてから共同階段を駆け上がり、家のドアを開けると、コートも脱がずに玄関と居間を突っ切り、バルコニーに出た。サイレンが聞こえてきた。

不安。

なにが起こっているのか、さっぱりわからないのだ。いまこの瞬間、みんなは警察に囲まれて、撃たれているのかもしれない。いまこの瞬間、レオは銃弾を受けて、彼女を置いて死にかけているのかもしれない。

何か月も、ずっと耳を傾けてきた。どうやって武器庫を爆破するか。どうやって現金輸送車の中身を奪うか。だが、彼女が参加することはなかった。意見したことは何度かあるが、だれも耳を貸さなかった。レオも聞いてくれなかった。四人の結束は固かった。彼女はその結びつきを、触れられそうなほどにありありと感じたが、仲間に加わることはけっしてできなかった。彼女のそばにいるときのレオは上の空だが、弟ふたりと、兄弟になりたがっているもうひとりと一緒にいるときは、集中して活き活きとしている。ふたりきりで食事をすることもなくなった。〝なあアンネリー、おれたちの食事、買ってきてくれないか？　ほら、あの冷凍の魚フライ。ちょっと大きめの鱈のフライで、衣がサクサクしてるやつ。わかるよな？〟。彼女は三キロ痩せた。もともと少々痩せすぎの彼女が、さらに三キロ痩せるというのはおおごとだ。なのに、レオは気づいてもいない。

新しい煙草に火をつける。息を吸い込み、肺へ送り込む。煙が空洞を満たしてくれる。

サイレンの数が増えた。音も大きくなった。耳を塞いでいるのに、頭のまわりを渦巻いて離れない。アンネリーは室内に入り、バルコニーのドアを閉めた。外界を遮断して、ボトルに半分残っていたワインを飲み干し、テレビをつけた。十九時三十分。ニュースの時間だ。ニュース番組は好きではない。ここ、スコーグオースのアパートにいる自分には、なんの関係もない話ばかりだから。流れてくるテーマ音楽。重大ニュースをまとめた冒頭の映像は、いかにも深刻そうだけれど、彼女の耳には外のサイレンと同じようにしか聞こえない。干涸びてひび割れた地面に横たわる、腹の膨れた人たち。株価を表示する電光掲示板の前にいる、背広を着た人たち。カメラの前で、戦火の中を走りまわり、他人に銃を向けている人たち。

ニュースキャスターが微笑んでいる。見覚えのある顔の女性だ。

いまから一時間半前、ストックホルムの南で、銃を持った男二人組に現金輸送車が襲われ、百万クローナ強が奪われました。

ロ。アンネリーには、それしか見えていない。ゆっくりと動く唇だけ。

警備員たちは銃で脅され、現金輸送車に乗ったまま拉致されました。うち一名が撃たれ負傷しています。

撃たれた。

――だれが？

アンネリーはテレビに、唇を動かしている女に近寄った。ちょっと、聞こえなかったんだけど。聞こえなかった！　だれ？　もう一回！　もう一回言って！　だれが撃たれたの？

ローテーブルに置いてあったリモコンを引ったくる。

警察は広い範囲で検問を行っていますが、犯人二人組の足取りは依然としてつかめておらず、共犯者がいるかどうかもわかっていません。

やっと聞こえた。〝百万クローナ強〟。初めから聞こえていたのだ。〝警備員たちは銃で脅され〟。音量を落としても、ニュース番組の音声がまだ聞こえている。初めての、自分に関係のあるニュース。〝足取りは依然としてつかめておらず〟。映像も見えてきた。とはいえ、使われている映像はひとつだけだ――乗り捨てられた現金輸送車。その手前で、青と白の立ち入り禁止テープが風に揺れている。車のそばには人が何人かいる。よく見えないが、警察の制服を着ている人、ほかの制服を着て地面に座っている人がいるようだ。腹這いになってなにかを探している人もいるように見える。

それで、終わりだった。

国会議事堂が映し出され、ニューヨークの国連本部の映像が映し出された。どれくらいの長さだっただろう。三十秒。いや、四十五秒か。それでも、あの車が映っていた。彼らのニュースだった。彼女のニュースだった。

アンネリーはまたバルコニーに出た。煙草をくわえて、高架橋とその下を抜ける歩行者用トンネルがよく見えるよう、手すりから大きく身を乗り出した。冷たい床から両足が浮きそうになるほどに。

サイレンはもう聞こえない。いまは風の音だけだ。いや、ほかにも、なにか聞こえる。鳥の鳴き声かもしれないし、一階下の開いた窓から音楽が漏れているのかもしれない。

身体が軽い。手すりの向こうへさらに身を乗り出す。落ちてもかまわない気すらする。ここは高いから、落ちたら痛いだろうけれど。

かつら屋の場所をレオに教えたのはアンネリーだった。移民に変装させてあげられる、と提案したのも彼女だ――少なくとも自分ではそう記憶している。メイクをほどこしてブラシで整えてあげたら、最初の何回かは本人たちに大爆笑された。襟を引っ張り上げて顔を隠せる、あのタートルネックセーターをデザインし、縫ったのも彼女だ。最高の出来だ、ほかの強盗に売れるかもな、とレオは言ってくれた。

ようやく彼らの姿が見えた。

低めの街灯が高架橋を照らしているのが、まるで白いボールのように見える。その光の中を歩いてくる彼らを、バルコニーにいるアンネリーは斜め上から見下ろすことになった。だから、最初に見えたのは、靴だった。歩行者用トンネルから出てきたレオの靴。すぐにレオのひざがのぞき、腿、胸、頭も見えた。その後ろを歩く三人。全員がスポーツバッグを肩に担いでいる。ホッケーのスティックが外に突き出て、軍用銃と百万クローナ強の現金を隠している。

帰ってきた。

心に温もりが生まれた。愛しあって、互いをきつく抱きしめるときのように。生まれたばかりでまだべとべとだった息子のセバスチャンが腹の上に乗っているのを、初めて目にしたときのように。

玄関まで走りたいのをぐっとこらえた。心配でたまらなかったなんて、レオに知られたくない。彼は気に入らないだろうから。

真っ先に入ってきたのはヤスペルだった。いまにも爆発しそうに見える。すぐにでもしゃべってガス抜きをせずにはいられない。どうせ今夜は何度も同じ話をするのだろう。そのたびに内容が少しずつ変わっていって、かと思えばいきなり話すのをやめて、彼女の目をのぞき込み、こうささやくのだろう――〝なあ、アンネリー、ほんとにわかってるか？　おれがどんなことをやってのけたか〟。ヤスペルはバッグを肩に担ぎ、がっちりとしたブーツを履いたまま、以前にも増して迷いのない足取りで居間に入ってきた。いや、行進してきた、と言ってもいい。寄せ木張りの床にどさりとバッグを下ろすと、テレビをつけ、リモコンを操作して文字放送にチャンネルを合わせた。「おい、来いよ、レオ、これ見てみろ」。そして、大声で笑いだした。ひとつひとつの言葉を歌い上げてみせた。他人の口に「おれたちが！」銃を突っ込んだときの「今日の！」アドレナリンが、まだ消えていない。「トップ！」ジャケット、セーター、Tシャツを脱ぎ捨てると「ニュース！」強烈な汗のにおいがした。ブーツのひもをほどいて脱ぎ、ズボンを下ろすと、勃起しているのがはっきり見てとれる下着姿で「おれたちが今日のトップニュース！」沈黙したテレビに映し出された文字の前で「おれたちが今日のトップニュース！」くるくると踊りはじめた。

次に、フェリックスとヴィンセントが入ってきた。両手を高く掲げてガッツポーズをし、満面に笑みを浮かべている。控えめに歓声をあげ、順番にアンネリーを抱きしめる。ふたりともヤスペルに劣らず汗臭かった。どちらも誇らしげに、それでいてほっとしたようすで、それぞれひじ掛け椅子にどかりと腰を下ろした。そして最後に、彼の足音が聞こえてきた。

レオ。バルコニーからは見えなかったものが見えた――彼の顔、瞳。アンネリーは彼にキスをして、耳打ちした。「警察はまだ足取りをつかめてないって。さっき、ニュースでそう言ってた」

「でも、シャッターを閉められちまった」

レオは彼女のもとを離れ、携帯電話のいくつも入ったビニール袋を持ってキッチンに向かうと、電話のカバーをひとつずつ開けていった。

「シャッター？」

ＳＩＭカードを取り出し、ペンチで切り刻む。

「車の金庫のシャッター」

小さな鍋に、アセトンを半ばほどまで入れ、ＳＩＭカードの破片を入れると、徐々に溶けだした。

「でも、テレビでは……あんたたちが百万クローナ盗った、って」

「その代わり、九百万盗りそこねた」

「盗りそこねた？」

「あの閉まったスチールシャッターの向こうに、九百万クローナあったのに。おれのせいだ。おれがあのとき……もう二度と同じミスはしない」

ＳＩＭカードのなくなった携帯電話は、布製の袋に移した。

「でも、ほかは全部、うまくいったのよね？」

「ほかって?」

布袋の口を紐できつく縛り、しっかりと密閉する。

「わたしが縫った、あの襟とか」

「あれは完璧だった」

「メイクは……?」

「うまくいった」

流し台の下のひきだしからハンマーを出す。口を縛った布袋をまな板の上に置いて、何度もハンマーで叩く。四台の携帯電話が粉々に砕けるまで。

「いい仕事をしてくれた。アンネリー――おまえも一緒にやり遂げたんだ。そうだろ?」

レオの手がアンネリーの頬に触れる。そのようすを見て、アンネリーは悟った。彼は、こんなはずじゃなかったのに、と思っている。誇らしい、嬉しい、と思うはずじゃなかったのか? なのに、虚ろな気分なのだ。この人はもう、わたしのもとにはいない。家に帰ってきたばかりなのに、レオはもう次に向かって歩きだしている。

居間のソファーで、アンネリーとヤスペルのあいだに座り、ほかの三人と同じように喜んでいるふりをしているあいだも、レオの表情はずっと変わらなかった。フェリックスとヴィンセントは、さきほどと同じひじ掛け椅子に座ったままだ。甲高い声、力のこもった声、満足げな声。フェリックスが想像上の車椅子を倒し、想像上の塀を乗り越えてみせる。ヴィンセントが、本来なら水と砂と金魚を入れるはずの大きなガラス鉢を持ってきて、さまざまな額の紙幣で満杯にする。ヤスペルがレオの気を惹こうと彼の肩を抱く。「なあ、レオ、見たか？　おまえがボンネットに立ってたとき、警備員のやつ、まずおまえを見て、それからおれを見ただろ。あいつの目、見たか？」それからまたアラブ人になり、声を荒らげる。「おまえらの名前はわかってる《ウィー・ノウ・ユア・ネーム》」身分証を引ったくるふりをして、「ちくしょうめ《シャルムータ》、逃がすもんか《アイ・ウィル・カム・フォー・ユー》」

そのとき、アンネリーは自分の感じていることの正体に気がついた。この人たち、まるで映画の話をしているみたいだ。ファーシュタとは逆方向、ストックホルムの繁華街へみんなで出かけていって、映画館〈リゴレット〉で新作を見たあと、バー〈スズメバチの巣《イエーティングボーエット》〉でビールを一杯やりながら、気に入ったシーンについて語りあっている。互いに負けじと、俳優の口調やしぐさを真似ている。〝覚えてるか、あのシーン？　アラブ人の片方がサイドウィンドウに五発ぶち込んで、そのうちの一発が警備員の顎をかすったシーン。あれもよかったな、もう片方が車椅子に乗ってて、寄ってきたガキに質問攻めにされただろ。それから、湖に着いたあとにさ、シャッターをぶち壊そうとして、弾倉ひとつ空になるまで撃ちまくって。すっかりテンション上がっちまって、サツが来たら撃つ気満々だったよな。末っ子は言いつけに逆らってボートから離れるし、丘で待機してたほうは覆面パトカーが追いかけてるって勘違いして、ふつうの車に銃を向けてただろ。そうそう、そいつが湖で泳いでたとき、ウェットスーツがぴちぴちで玉袋が締めつけられてさ。覚えてるか？〟そしてアンネリーは、やはり自分はその場にいなかったのだ、と実感した。同じ映画を見られなかったのだ。だから黙りこくったまま、ひたすらレオの手を握りしめていた。彼女が仲間はずれだと感じていることにようやく気づいたらしいレオは、立ち上がって金魚鉢に向かうと、全員が静かになるまで待った。三人が沈黙すると、札束をひとつかみずつ、何度かに分けて取り出した。二十クローナ札、百クローナ札、五百クローナ札。額を数え、それぞれに一万クローナずつ手渡した。

「おい、冗談だろ？」

フェリックスはもう、バーで映画のシーンについて語ってはいない。古いコンクリート建築の並ぶ郊外にあるぼろぼろのアパートで、ひじ掛け椅子から立ち上がり、金魚鉢から紙幣を出しはじめた。

「おい」

さらに、何枚も。

「おい！　フェリックス、なにやってんだ？　ひとり一万だ」

「だから訊いてんだよ——冗談だろ？」

「一万クローナだ」

「なに言ってんだよ、レオ、百万以上あるんだぜ！　おれはこれから出かける。五千クローナ、パーッと使ってやる。それだけの仕事をしたからな。で、明日になったら家賃を払う。それから……」

「じゃあ、そのときにあらためて話そう。明日」

「ちくしょう、一万かよ！　十八のガキでもマクドナルドでそれぐらい稼ぐぜ！」

「明日、話そう」

フェリックスはまだ、紙幣の束を手に持っている。決心するまでの時間稼ぎか、あたりをぐるりと見まわした。それから、わざとらしく見せつけるように、紙幣を一枚ずつ金魚鉢に戻した。

「全部戻したか？」

一枚ずつ。

「戻したのか？」

紙幣は結局、金魚鉢に戻った。全部。

レオはキッチンから紙を取ってくると、なにやら書きつけた。全員が座ったまま見守った。

「そう、ここには百万ある。だが、ほんとうなら一千万だったはずなんだ。盛大に祝うのはまったくかまわない。おれたちみんなでやり遂げたんだから！　だがな、次回までの生活費だって要るんだ。それを確保するのがおれの義務だ。で、次こそは成功させる。それも、おれが果たすべき責任だ」

紙をテーブルの中央、金魚鉢のとなりに置く。レオはそこに書き込んだ何行にもわたる数字をペンで示した。

「外の駐車場に、工務店の社用車が二台停まってる。この数字はそっち関係だ。フェリックス、見えるか？　おれたちのやってる工務店は、これからも工務店らしく見えなきゃならない。毎日ちゃんと現場に出てるように見せるんだ。車、作業着、工具。そういうのにかかる費用をちゃんと出さないと、こっちの仕事もできなくなる。で、実際にこっちの仕事をするとなると……それがこの数字だ……人の髪の毛で作ったかつらに、コンタクトレンズ、服、靴、ウェットスーツ、全部燃やさなきゃならないだろ。武器を入れるためにコンテナも借りなきゃならないし、ボートもエンジンも沈めなきゃならなかった。今回だけでもこの調子だ。次回はもっと金がかかる。会社ってのがどんなしくみで動くもんか、知ってるだろ？　金を稼ぐには投資しなきゃならない。もうじゅうぶんだ、と思えるぐらいの大金を手に入れるまで。で、そうなったら、頭のいい起業家がみんなやってることをやるんだ——会社そのものを売り払って、でかい利益を挙げる」

レオとフェリックスは互いを見つめる。まるで子ども時代に戻ったようだ。いつもこんなふうに互いを見つめていた——片方が楯突《たてつ》き、食ってかかる。片方がそれを受けて立ち、勝つ。リーダーでありつづけるためには、そうやって勝ちつづけなければならない。

だが、紙幣の詰まった金魚鉢をはさんで互いを見つめたのは、これが初めてだ。

「納得したか？」

答えはない。

「どうなんだ？」

フェリックスが唇を嚙みしめる。

「うん」

レオは弟を引き寄せて抱きしめた。

「まったく、困らせやがって」

すぐそばに座っているアンネリーは、彼らがひどく遠いと感じた。彼らの結束は固い。はっきり見てとれる。これほどまでに強い兄弟の結びつきを、アンネリーはいまひとつ理解できない。彼女にも姉と弟がいるが、こんな結びつきは感じたことがないし、いまではほとんど連絡を取りあってもいない。この兄弟は、互いを信頼している。互いを必要としている。心から。でも、自分がそれをどう思っているのか、よくわからない。いや、ほんとうはわかっているのだ——気に入らない。だって、こんなに固い絆で結ばれた人たちの中に、他人が入り込んで仲間になるのは、けっしてたやすいことではないのだから。

レオはベッドの縁に腰掛けている。

顔と背中が汗ばんでいる。時刻は三時五分。窓枠を叩きつづけ、頭の中でも降りつづける、執拗な雨。ベッドに入ったときには凍えそうだったのに、いまは暑くて息が詰まりそうだ。

ベッドの反対側で、アンネリーはぐっすりと眠っている。いびきをかき、かすかにうめき、ときおり切れ切れの寝言をつぶやく。寝言はいつものことだ。〝ヤスペル、パブではこの話、絶対にするなよ。いいな？〟レオは立ち上がった。〝なんだ、おれが話すと思ってんのか？〟固くひんやりとしたビニール床。いまはその冷たさが心地よい。〝そういうわけじゃない。ただ、気をつけてもらいたいだけだ——しこたま飲んで酔っぱらったら、きっと話したくなる。大声で触れまわりたくなる〟。タクシーは酔った弟ふたりと幼なじみを乗せて、クルスティーゲン通り十四番地を去った。そのときですら、ヤスペルの意識はまだ現金輸送車の中にあって、シャルムータと叫んでいた。〝おい、おれのこと、そんなに馬鹿だと思ってんのか？　おまえとの仲を、この計画を、台無しにしちまうようなことするわけないだろ？　おまえらはおれにとって、ほんとの兄弟みたいなもんだ！　なあ、レオ。そうだろ?〟三つのジーンズのポケットに三万クローナ突っ込んで〈クレイジーホース〉へ。未成年のヴィンセントも確実に入店させてくれるのはそこだけだから。

玄関から中に入ったとき、すぐにわかった。

アンネリーはひどく緊張していたのだと。だが、レオを見た瞬間、彼女の身体の力が抜け、顔が緩み、呼吸が深くなった。

ほかの三人が、ストックホルムでの夜遊びをめざしてエレベーターで下りていくと、アパートに残ったレオはアンネリーをベッドへ運び、服を脱がせ、抱いた。そして、彼女は眠りに落ちた。手の力は抜け、まぶたは閉じられ、唇がかすかに開いた。

いつもなら寝入るのはレオのほうで、起きているのはアンネリーだ。が、すべてが完了し、計画にしがみつくこともなくなったいま、アンネリーがぐっすり眠っていて、自分はまったく眠れていない。まるで安心感はたったひとつだけで、ふたりで分かちあうことなどできないかのようだ。

スチールの壁の向こうに九百万クローナあったのに、手が届かなかった。その思いが頭の中を渦巻いていて、どうしても眠れない。

なにをしても無駄だった。

眠れないときによくやっていることを、今夜もやってみた——真っ赤に焼けた鉄をイメージして、頭蓋の真ん中に突き刺す。かつて泉門があったところから、右脳と左脳のあいだに、抽象と具象、男と女、陰と陽、音楽と雑音、想像と論理のあいだに、ゆっくりと押し込む。

赤熱の鉄は、左脳にも右脳にも触れてはならない。思考を呼び覚ましてはいけない。触れてしまったら、最初からやり直しだ。鉄を引き上げ、ふたたび頭蓋骨に突き刺す。けっして、けっして左脳にも右脳にも触れないように。そのまままっすぐ脳を通過して、喉を、喉仏を通らなければならない。そこにある自分の声を黙らせなくてはならない。鉄が喉仏と声帯に触れると、それらはギターの弦のように振動しはじめ、うるさく鳴って思考を呼び覚ましてしまう。何度かやってみて、ようやくそこまで鉄を刺せるようになった。そして、喉から先へ、さらに鉄を押し込む。胸を通って、心臓へ。ここにあるのは思考ではなく、感情だ。ところがこれも、思考と同じように混乱していて、同じように二分化されている。愛と憎しみ、喜びと悲しみ、悪意と善意。こうして赤熱の鉄が右の心臓弁に触れることなく、そのすぐそばを通過できれば、成功だ。眠れる。だが、今夜はだめだった。脳、喉、胸は大丈夫なのに、心臓に触れてしまう。何度やっても結果は同じだった。いまいましい思考がいくつも、バタバタと羽ばたきつづけるのだ——プラスチック爆薬を持っていけばよかった。そうしたらあのシャッターを開けて、さらに九百万クローナ奪ってやれたのに。

窓辺へ行き、しばらくたたずんで外を眺める。子ども時代を過ごしたスコーグオースの街が広がっている。

あのころと同じ高層アパート群。同じアスファルト。

だが、自分はべつの人生を選んだ。銀行強盗。この道を選んだからには、ほかのだれよりもうまくやるつもりだ。なぜって、そうしなければならないから。失敗は許されない。弟たちを道連れにしている以上、けっしてつかまるわけにはいかない。兄弟みんなで、金に困らない生活を手に入れるのだ。

——ああなったのは、おれのせいだ。

だから眠れない——今日の時点ですでに、もっとうまくやるべきだった。

——もう二度と同じミスはしない。

あくびをし、ソファーに身を沈めた。紙幣の詰まった金魚鉢が目の前にある。そのほぼ中央に、少し突き出しているのが二枚あって、レオはそれを引き抜いた。しわくちゃになった五百クローナ札二枚。テーブルに置き、手のひらを押しつけてしわを伸ばした。自分でも子どもじみていると思いつつ、金というのは実は場所を取らないものなのだな、と考える。百万クローナを超える金が、金魚鉢ごときに収まってしまうのだから。

クリアファイルは、ソファーとコーナーキャビネットのあいだのタンスに入れてあった。テーブルの上、しわを伸ばした五百クローナ札二枚のとなりにそれを置き、開く。

ある銀行支店の見取り図。

逃走経路は四つ。それぞれがロータリー交差点につながっていて、さらに四方向へ逃走できる。最終的に考えられる逃走経路の数は、計六十四。警察はそのすべてを捜索させられるはめになる。

玄関の呼び鈴が鳴った。

金魚鉢の上に毛布を掛け、現金輸送車の襲撃に使ったばかりの銃、四挺が入った箱にふたをする。

また呼び鈴が鳴った。

レオは立ち上がり、窓の外に目をやった。駐車場や中心街からの道路を確かめる。閑散としている。道路からアパートの正面玄関までの進入路にも、車は一台もとまっていない。慎重な足取りで進むと、寝室のドアを閉め、玄関へ向かった。やや低すぎる位置にあるのぞき穴から外を見る。

見慣れた顔。レオは自分がどれほど緊張し、どれほど警戒していたかに気づいた。

「街に出たんじゃなかったのか？　五千クローナ、パーッと使ってやる、って言ってたよな。それだけの仕事をしたからな、って」

「結局〈クレイジーホース〉には行かなかったんだ。ヤスペルはハンデンのヤバいクラブに行っちまうし、ヴィンセントはどっかの女の子と雲隠れしちまうし。なあ、泊まってもいいか？」

レオは唇に人差し指を当て、寝室のドアを目で示してうなずいてみせた。金魚鉢に掛かっていた毛布を取り、フェリックスにひょいと投げてやる。フェリックスは服を着たままソファーに横になった。

「なんだ、これ？」

テーブルの上の見取り図を、フェリックスがさっと引き寄せる。

「次の計画」

「どこ？」

「スヴェードミューラのハンデルルス銀行。さあ、もう寝ろ」

「寝ろ、だと？　乾杯しようぜ、兄貴！　金に困らない未来に乾杯！」

「大事なのは金じゃない」

「じゃあ、この金魚鉢はなんなんだよ。あふれそうになってるぜ！」

「大事なのは……他人の指図を受けなくてもよくなることだ。これをしろとか、あれをするなとか、言われても従わなくていい。全部、無事にやり遂げたら、おれもおまえもヴィンセントも、だれにも頼らずに生きていける」

フェリックスは兄をじっと見つめた。眠れずに次の計画を立てはじめた兄は、もう質問は受け付けない、とばかりに窓辺へ向かい、ブラインドを上げて外を見た。

「レオ？」

「なんだ」

「まったく信じらんねえよ。この街に住もうと思うなんて」

酔っ払いの声だ。が、含みのある声でもある。

「確かに、どの植え込みもどの階段も知ってる、と思うことはあるな」

「だからだよ！」

「おれたちはここで育った」

「ああ、そうだよ――それなのに、わざわざ好きこのんで戻ってくるのが信じらんねえ！」

車が一台、駐車場でバックし、方向転換した。自転車が一台、高架橋の下のトンネルを通り抜けた。それを除けば、すべてが穏やかだ。昨晩最後のニュース番組から、朝刊が配達されるまでの数時間、そのあいだにしか訪れない穏やかさ。

「引っ越す予定はある」

「わかんねえよ。そもそもどうしてここに引っ越してきた？」

「そうしなけりゃならないってこともある」

「よりによって、ここに！」

「ずっとここにいるわけじゃない。また引っ越すって言ってるだろ。今度は腰を落ち着ける。アンネリーが一軒家に住みたがってるしな。で……実は、もう見つけてある」

「一軒家だと？」

「ああ」

「庭の芝生、刈ったりするのか？　本気でそんなこと？」

「芝生はない。地下室もない。そこがいいんだ」

四人の初心者によるデビュー戦。シャッターを開けるのに暗証番号が必要だと思い至らなかった。一千万クローナが、百万クローナになってしまった。

最後までやり遂げられなかった——今回は。

次回こそ、完璧にやり遂げてみせる。

フェリックスの呼吸が深く、緩やかになった。アンネリーの寝息と同じだ。レオはまだ、居間の窓辺にたたずんでいる。迷子になった雨粒に覆われた窓ガラス。その外に広がる、スコーグオース。一九六〇年代から七〇年代にかけて建てられた、画一的な高層アパートの並ぶ、ストックホルム南の郊外の町だ。

かつては、ここのアスファルトが、彼にとっては世界そのものだった。

昔

第一部

たぶん、かなり寒いのだろう。

冬の夜更けならではの暗さ。白、茶色、少々灰色のまじった雪が、大きな斑点のようにアスファルト上に散らばっている。息が白い。レオははずむ息を数える。

上着は着ていない。それでも、寒さは感じない。しばらく前からせわしなく動きまわっているからだ。上へ、下へ。上へ、下へ。額と頰が汗で光っている。手でぬぐい、濡れた手をズボンで拭く。

まったく同じ三階建ての建物が並んでいる中の一棟。ロフト通り十五番地。共同玄関まで、あと五歩。頭の向きを少し変える。となりの共同玄関、ロフト通り十七番地までも、さほど離れていない。そこに立っている競争相手を、じっと見つめる。向こうも見つめ返してくる。

フェリックス。弟はもう小学一年生だ。

レオは軽く手を上げ、街灯の光にかざす。薄茶色の革ベルトに、短くて不恰好な赤い針のついた文字盤。いつの日か金持ちになったら新しいのを買うつもりだ。みんなに注目されるようなやつを。

レオは、待っている。秒針はいつも同じ速さで進んでいるはずなのに、いつも違って見える。9を通過する。10。11。手を高く上げる。

「スタート！」

秒針が12を指した瞬間。

レオは走りだす。ロフト通り十五番地の共同玄関を開けると、フェリックスも同時に十七番地のドアを開ける。

階段を一段飛ばしに駆け上がる。とはいえ、踊り場の手前で余る最後の一段だけはべつだ。手にはチラシの束を持っている。七つの会社の、七種類の広告。居間の床に座って、配達しやすいようにあらかじめ七種類まとめて折り畳んでおいた。

一番上の階の、一番奥のドアへ。

最初のドアポストを開けた時点で、赤い秒針を確認する。階段を駆け上がって、最上階のこのドアにチラシの束を突っ込むまでに、二十四秒かかっている。どの階にも、ドアポストは四つ。手の付け根でぐいと押さないと、チラシの束がきちんと入らない。一戸ずつ、なるべく速く。チラシを落とすと、バサリと音がする。次のドアポストへ、黒い編み上げブーツでバタバタと走る。

生まれてからずっと、ここに住んでいる。つまり、十年。ストックホルムの南の郊外にある、スコーグオースという町。似たり寄ったりの四角い建物が整然と並び、その中に幾千もの住まいがある。

どのドアも同じだが、それでも少しずつ違う。掲げられた名前、におい、音。たいていはテレビの音だ。たまに音楽を聴いている人もいて、ドアのすき間から高音や低音が漏れてくる。ドリルで壁に穴をあける音はごくまれだが、大声で怒鳴りあう声はかなり頻繁に聞こえる。最悪なのは犬だ。この番地では、二階に一頭いる。チラシの束を押し込むと、そこに飛びかかってくるのだ。チラシがドアポストから突き出したままではいけないことになっていて、たまに雇い主の抜き打ち検査がある。一戸当たり四十八オーレ、一番地当たり五クローナ七十六オーレを払ってくれる雇い主だ。

ドアに近づく前から、犬はもう吠えはじめている。ドアの向こうで待ち構える大型犬。そっとドアポストを開けると、長い舌と鋭い歯が襲ってくる。よだれを垂らしながらチラシを押し返そうとするので、六秒もかけて一枚ずつ入れるはめになった。

そのうえこの番地には、いちばん下の階に一戸だけアパートがあって、そこへの配達に十二秒よけいにかかる。十七番地にはこれがない。

フェリックスはどこまで終えただろう。

階段を二段飛ばしで駆け下りても、あの犬とこのよけいなアパートのせいで、配達を終えるのに一分半近くかかりそうだ。フェリックスはきっと、十五秒は早く外に出て、生意気な笑みを浮かべているだろう。

そのとおりだった。レオがドアを開けて外に出ると、フェリックスはすでにスタート兼ゴールのラインに戻っている。階段上り下り競争の最終戦は弟の勝ちというわけだ。今晩は寝るまでずっと、しつこくこの話ばかりされるのだろう。

レオは前かがみになってひざに両手をつく。深呼吸をして、心臓の鼓動がおさまるのを待つ。それからフェリックスを、そのまなざしを、笑顔を探す。

だが、笑顔は見つからない。弟は勝ったのに、笑っていない。

レオは上体を起こして弟のほうへ歩きだすが、すぐに立ち止まる。フェリックスはひとりではない。そばに——真正面に、だれかいる。分厚くてダサい、青のダウンジャケット。ハッセだ。七年生で、始業のベルが鳴っても校庭の喫煙スペースにいつもしぶとく残っている。ひとりきりでいることはなく、いつも手下を連れている——ハッセよりも背が低く、冬でもデニムジャケットしか着ない、寒さ知らずのフィンランド人、ケッコネンだ。

とはいえ、いまは違う。ハッセひとりだ。そのハッセが、フェリックスの前で腕を広げている。フェリックスを囲い込むように腕を伸ばして、どこにも行けないよう邪魔している。

「おい、なにしやがる！」

レオは叫ぶ。おれの弟だぞ。

「邪魔するなよ！」

ハッセの口元。笑っている。フェリックスが浮かべるはずだった、勝ち誇ったような笑み。

「なんだ、チビのカマ野郎がもう一匹か」

「さっさと通してやれ！」

「へえ、チビのカマ野郎が叫んでるぜ！　チビのカマ野郎は頭が悪いな！　前にも言っただろ。忘れたのか？　あと一回でもここに来やがったら……ぶっ殺してやる、ってな」

レオの呼吸がふたたび荒くなる。階段を二段飛ばしで下りたからではない。恐怖。怒り。どちらも同じように感じられる。恐怖と怒りがまじりあって、胸を叩く。内側から。

「おまえな……チラシ配りの場所を決めるのはおれたちじゃねえんだよ！」

恐怖と怒りに突き動かされて、フェリックスの邪魔をする腕、青いダウンジャケットに包まれたハッセの腕に、つかつかと歩み寄る。レオが近づくにつれ、ハッセのいまいましい顔に笑みが広がる。レオは少し歩調を落とす。おかしい。ハッセが笑っている。こいつは背こそ高いが、腕力はあまりない。自分と同じ気持ちのはずだ。恐怖と、怒り。あんなふうに立っているなんておかしい。もっと身構えているはずだ。

それなのに、ハッセは笑っている。そして、ちらりとなにかを見やる。レオの……背後にあるらしい、なにかに。

気づいたときには手遅れだ。

背後から、洗っていない服のすえたにおいが漂ってくる。たまに教師に命じられたときにしか脱がない、あの汚いデニムジャケット。レオはにおいには気づいたが、後ろから飛んできた拳には気づかない。拳はレオの首を直撃し、頰をかすめる。どうやら、ゆっくりと倒れているらしい。まだらに雪の残ったアスファルトが、もう片方の頰と額に近づいてくる。だれかが顔のそばに立っているのが、地面に倒れたレオの目にぼんやりと映る。ハッセよりも背の低い、角張った身体つきをした、だれか。寒さ知らずのフィンランド人、ケッコネン。丈の高い植え込みの中に隠れていて、後ろから襲いかかってきた。ハッセはそのことを知っていたから、ニヤニヤしながら立っているだけだったのだ。

地面が冷たい。そう思う時間はあった。が、起き上がる時間はない。

一発目の蹴りが頬に命中する。二発目はもっと下、顎に当たる。最後にレオの記憶に刻まれたのは、夜の暗闇が奇妙にも街灯に吸い込まれて消え、白くなり、やがて真っ暗になる光景だ。

刺すような痛みが走るのは、主に左側、肋骨のあたり。薄いTシャツを引っ張り上げ、指先で皮膚をたどると、まだ腫れているのがわかる。

レオは幅の狭いベッドに寝ている。長さも足りず、足が縁からはみ出しそうだ。窓の外はまだ暗いが、ベッドに入ったときよりは明るい。なるべく動かないようにする。動かなければ、刺すような痛みもあまり感じないし、こうしていれば顔の半分も、額から左目、頬へと、引き攣る方向が片方ですむ。

掛け布団をつかみ、マットレスに手を置いてどうにか起き上がると、頭の真ん中あたりがズキズキと痛む。机の上に、鏡が掛かっている。顔の引き攣っている側からは赤みが引いて、いまは青くなっている。そのうち黄色くなって、肋骨のあたりと同じくらい腫れるのだろう。顔に触れてみる。痛みが増す。指先でたどる皮膚には滑らかさがない。いつもはない凹凸がそこにある。

部屋の中を裸足でそっと歩く。フェリックスはまったく動かない。自分のベッドでうつ伏せになり、両手を枕の下に突っ込んで、なにやらぶつぶつ言っている。弟が寝言を言うのはよくあることだ。寝室から玄関に出る。昨晩は忍び込むようにしてここに入った。なるべく遅くまで外にいて、心配される前に帰ってきた。帰りが遅ければ、顔を合わせる可能性も減るから。しばらくして父さんが部屋をのぞき込んできたときには、壁のほうを向いて眠ったふりをした。

ヴィンセントの部屋のドアを閉めてやる。昔は自分も使っていた、あの小さなベッド。三歳のヴィンセントは寝相が悪く、足が枕に乗っている。それから両親の寝室へ向かい、そのドアも閉める。そして、しばらくたたずむ。いつものことだ。においの中でしばらく立ち止まる。赤ワインのにおいのする、父さんの息。メンソールのにおいのする、母さんの息。だが、それ以上に、すぐそばの帽子ラックから漂ってくるにおい。鉄のフックからぶら下がった、父さんの大きなオーバーオール。細長いポケットに、モーラナイフや折尺《おりじゃく》が入っている。いつもそこに漂っているにおいだ。乾いたペンキのような。あるいは、日に焼けた腕の皮膚のような。だが、いまはケッコネンのデニムジャケットが思い出される。レオはオーバーオールにそっと手を伸ばす。もう二週間近く、ここにぶら下がったままになっている。冬にはままあることだ。仕事の途切れる期間が少し長くなる。

音。

閉めたドアの向こうから。

レオは、じっと待つ。目を閉じて、音が消えるよう願う。実際、消えた。ニス仕上げのドアに片耳を押しつける。静かになった。きっと母さんだろう。車椅子なしでは動けない人たちのための介護施設で、何日も夜勤を続けているとき、ようやく仕事から帰ってまだ少ししか眠っていないとき、母さんはときどきあんな寝声を出す。朝の音のパターンは熟知している。父さんが深い寝息を立てているのが聞こえたら、大丈夫。聞こえなかったら危険信号だ。レオはもうしばらく耳を澄まし、やがてキッチンへ向かう。食卓に、シロップの入っている甘めの白パンと、大きな穴のあいたチーズ、新しい種類のオレンジマーマレードを並べる。うるさい音をたててしまうから、トースターはまだ出さない。オレンジジュースはグラスに注いでから混ぜる。三つのグラスに一センチずつ入れて、水道水で薄めるのだ。流し台に近づくたび、ワインのこびりついた片手鍋にぶつからないよう気をつける。ワインは黒く固い層と化していて、簡単には洗い流せない。調理台には宝くじの用紙が積まれ、ところ狭しと並んでいる。数字を選ぶ方式の宝くじで、一つ目の山は1から15までの数字に×がついたもの。二つ目は、15から30までの数字に×がついたもの。ほかの山についてはよくわからない。父さんはずっと昔から、父さんなりのルールに従って数字を選んでいる。灰皿に残っている吸い殻を数えてみる。昨晩は遅くまで起きていたようだから、もうしばらくは起きないだろう。レオは部屋へ戻ってフェリックスの腕を揺すり、それからヴィンセントも起こす。人差し指を唇に当てて静かにさせ、両親の寝室を指差してみせる。弟たちは、いつものようにうなずく。

食事のあいだ、三人はいっさい話をしない。シロップの入った食パンにチーズを載せ、その上にオレンジマーマレードを載せる。グラスになみなみと入ったジュース。レオは椅子の位置をかすかにずらし、両親の寝室に耳をそばだてる。父さんの深い寝息——あれが聞こえなくなっている。寝返りをうっただけ？　それとも、おれたちが食べ物を噛む音がうるさくて、目を覚ました？　レオは食パンの最後の一切れをビニール袋から振り出すと、バターを塗り、チーズを載せ、マーマレードを載せて、ヴィンセントに手渡す。末っ子は、指にも頬にも髪にもマーマレードをつけている。

ドア。間違いない。あのドアだ。ちくしょう。

そして、父さんの足音。寝室からトイレへ、ゆっくりと歩いていく。トイレのドアは閉まっているのに、小便の音がはっきり聞こえてくる。

チーズとマーマレードを載せたパンを、もう半切れ。オレンジジュースを二口。そこに父さんが現れる。長い、青白い上半身に、太い前腕。ボタンのはずれたジーンズ。靴下をはいていない、大きすぎるほど大きな足。こんなふうにキッチンの入口に立って中をのぞき込まれると、戸口が全部ふさがれて、まるで建物の一部になったかのようだ。

褐色の髪を手でかき上げ、後ろに流す。父さんの髪型はいつもそうだ。

「おはよう」

レオは噛みつづける。食べものを噛んでいるときは、返事ができない。噛んでいるせいで返事ができないことにして、そのあいだにフェリックスのほうを向く。父さんに、右頬しか見えないように。父さんが続ける。

「おい、返事は？」

「おはよう」

自分だけでなく、弟たちもほぼ口を揃えて返事をしたのがレオの耳に届く。さっさと終わらせたがっている声だ――そうすればさっさと席を立って、顔をあまり合わせずにキッチンを出ていけるから。父さんがレオの後ろを通り、戸棚を開けてグラスを出し、水を注ぐ。半分ほど飲んだらしい音がしたところで、父さんがまたテーブルのほうを向く。

「なにかあったのか？」

レオは父さんのほうを向かない。無事なほうの目でちらりと見るだけだ。

「レオ？　なんだ、ちゃんとこっちを見ろ」

また少し、頭を動かす。なるべく顔をそむける。不自然にならない程度に。

「顔、見せろ」

止める時間はなかった。フェリックスが先に口を開く。食卓にパンを置き、大声で言う。

「二対一だったんだよ、父さん。あいつら、ふたりがかりで……」

父さんはもう、流し台の前にはいない。裸の上半身が、レオの肩のそばにある。

「なんだ、これは」

レオはさらに顔をそむける。

「なんでもない」

父さんの手がレオの顔をつかむ。強くつかんだわけではないが、顔の向きを変えさせる力はある。レオの頬は青や黄色に変色し、目元まで腫れ上がっている。

「いったいどういうことだ、これは」

「レオも……殴り返したんだ。ほんとだよ。父さん！　レオは……」

レオ本人がひとことも言えずにいるうちに、フェリックスがまた答える。奇妙なことだ。いつもは言葉が次々と湧いてきて、レオの口の中でひしめきあっているのに。いまは、ひとつもない。湧き上がってきても、ごくりとのみ込んでしまう。

「ほんとうか？」

　父さんは動かない。レオの顔をずっと見つめている。フェリックスをちらりと見やってから、またレオの顔に戻る。目を合わせようとする。見つめる。見つめる。

「レオ？」

「父さん、ほんとだよ。ぼく、見たんだ。何回も、いっぱい殴り返した。ちゃんと……」

「おれはレオに訊いてるんだ」

　見つめるのをやめない目。尋ねるのをやめない口。

「いや。殴り返さなかった」

「向こうはふたりだったんだよ、父さん……しかもでっかくて、十三歳か、十四歳かも……」

「わかった。もういい」

　大きな両手が、顔の傷ついた側をさらに少し上向かせる。指先が、そっと触れる。

「よくわかった。レオ、とりあえず学校へ行け。帰ってきてから……けりをつけるぞ」

イヴァンがこうして上から見ると、ふたりはいかにもちっぽけだ。やや背の高いほうは金髪で、リュックサックを背負っている。背の低いほうは褐色の髪で、巾着型のリュックを肩に掛けている。

ふたりが一緒に登校するところを見るのは、たぶんこれが初めてだ。レオが一年生になったときは、最初の一週間、息子に付き添って登校した。レオと並んで歩きつつ、さんざん説明し、忠告し、にらみを利かせていた――〝いいか、学校ってところはな、サバンナみたいなもんだ。やるか、やられるか。幅を利かせたやつの勝ちだ。おまえはドゥヴニヤック家の一員だからな。だれにも見くびられるんじゃないぞ〟――が、レオは次の週になると、何メートルか後ろを歩いてほしいと頼んできた。その次の週には、もう付いてこないでほしい、と言われた。やがてフェリックスが学校に上がったときには、付き添うことなど考えもしなかった。レオが付き添っていたから。それでじゅうぶんだと思っていた。

だが、じゅうぶんではないのだとわかった。

長男が、自分の身すら守れないとは。

イヴァンは植木鉢をふたつ動かし、窓台に両手を置いて身を乗り出す。いたって簡素なキッチンだ。狭い通路に、ダイニングスペース。七階にあるこのアパートの窓からは、スコーグオースの町も、下を歩いているふたつの頭も小さく見える。だが、とにもかくにも、自分の家だ。つい最近まで存在もしなかったのに、背広姿のお偉いさんたちが、深刻な住宅不足をなんとか解消しようと、紙の上に線を何本かちょちょいと引いて、似たり寄ったりのアパートを百万戸も建ててくれたおかげで、ストックホルム郊外にいきなり誕生した町の、五部屋のアパート。リノリウム敷きの狭い通路に、四角いダイニングスペース。まったく。これまでずっと、仕事でキッチンの改修工事をやってきたが、どのキッチンもひとつとして同じようには見えなかった。それなのに、ここはどうだ。

一つ目の卵を割る。二つ、三つ、四つ。カリカリになるまで焼き、塩はたっぷりと振る。大の男の食べるものだ、噛み応えがなければ始まらない。コンロのそばに立ち、フライパンの中身をフォークでかきまぜるが、目に浮かぶのはあの顔ばかりだ。腫れ上がった顔。青。黄色。どうしても頭から消えない。

子ども用の座席の高い椅子に、料理中の父親に手を振っているヴィンセントに、意識を集中しようとする。もう一杯、大きなグラスに水を注ぎ、飲み干す。ヤカンがシューッと音をたてる。沸いた湯をインスタントコーヒーと混ぜる。濃くなるように、コーヒーの粉は何さじも、山盛りで入れる。

それでも、足りない。邪魔な光景を消し去ってはくれない。

腫れ上がった頬、開けられない目、叩きのめされた顔。

「こらこら！」

皿を食卓に置き、コーヒーカップを手にしたところで、ヴィンセントが前に身を乗り出し、ボールペンと宝くじの用紙をつかむ。すでに×のついている紙に、もっと×をつけようとする。

「だめだ、それは……父さんのだから。落書きするんじゃない」

「でも、いっぱいあるよ」

「もうするな。こら！」

紙をつかんで離さない小さな両手を、三歳の息子を見つめる。三歳児にこんな力があるなんて、だれも想像するまい。ふと、三歳児の顔に、十歳児の顔が重なって見える。どうしても頭から離れない。イヴァンは顔をそむけ、目を閉じる。それから向き直ると、顔の腫れはさらにひどくなっている。殴られ、地面に倒れ、這いつくばり、それでも殴り返すことなく、されるがままになっていた、レオ。

五つ目の卵。インスタントのブラックコーヒー、もう一杯。食べ終わっても、イヴァンは長いこと食卓についたままだ。窓の外に視線を走らせ、アスファルトの道を目でたどる。その先に、息子ふたりが日々を過ごしている白いレンガ造りの学校がある。六年生までが通うあの平たい校舎に、腫れ上がった顔の息子がいる。席について、質問に答え、ときおり不安げに校庭を見やる。息子を殴ったやつが、そこにいるかもしれない。また殴ってやろうと待ち構えているかもしれない。

急がなくては。

イヴァンはヴィンセントを椅子から下ろすと、自分の部屋に戻れ、そこでじっとして待ってろ、母さんを起こすなよ、と告げる。茶色の靴。かつては外出用の洒落た靴だったが、いまは靴紐もなく、つま先のあたりの側面が少々擦り減っている。いちばん手近にあったその靴に素足を突っ込むと、共同階段へ飛び出してエレベーターに乗り、七階から地下まで下りる。電灯の壊れている狭い通路を抜けて、頑丈な格子扉のついた新しい物置スペースをいくつも素通りし、やや古いほうの区画にたどり着く。そこの物置は金網で囲まれ、簡素な木のドアがついているだけだ。鍵をつけたところで意味はない。

自分の物置スペースの金網に大きな穴があいていて、そこからマットレスがはみ出しているのが見える。表面はひだのついた青い生地で、中には紡いで毛羽立てた馬の毛が詰まっている。空気マットレスや羽毛入りのマットレスが流行《はや》りの昨今、こういう硬いのはずいぶんと手に入りにくくなった。まだストックホルム市内に住んでいたころ、最初の何年かはこのマットレスに寝ていた。

重く、丸めることも折り畳むこともろくにできず、エレベーターがマットレスに埋め尽くされる。廊下の壁に掛かっている装飾品や、帽子ラックにぶら下がっている服をことごとくはたき落としながら、キッチンへ向かう。二十年前に製造された馬毛マットレスを広げると、冷蔵庫と食卓のあいだの床にちょうど収まった。左ひざで押さえながら丸め、両端をロープで固く縛る。キッチンから机のある部屋にそれを移し、壁に立てかけてから、椅子を部屋の中央まで引っ張ってくる。イヴァンは長身だが、それでもやはり踏み台が要る。筒状の塊を片手で持ち、もう片方の手で和紙の丸いシェードのついた大きなランプを外す。丸めたマットレスを天井のフックにむりやり引っ掛けると、マットレスは意図したとおりにぶら下がる。

その瞬間、観客がいることにイヴァンは気づく。好奇心たっぷりの瞳。部屋でじっとしてなどいられなかったのだ。

「それ、なあに？」

イヴァンは笑みを浮かべ、ため息をつき、末っ子を抱き上げる。

「新しいランプだ」

好奇心たっぷりの瞳が、まじまじと見つめてくる。

「違うよ、父ちゃん。ランプじゃないよ」

「そうだな、違うな」

「じゃあ、なんなの？」

「秘密だ」

「秘密？」

「父ちゃんとレオ兄ちゃんの秘密だ」

イヴァンはキッチンへ向かう。ふたりはキッチンへ向かう。イヴァンは食卓に置いてあったロープの残りを片付け、ヴィンセントの小さな体をテーブルの端の子ども用椅子へ運ぶ。

流し台の下、九本入るワインラックから、赤ワインのボトルを一本――モンテネグロのワイン、ヴラナッツ。ラベルがひどく気に入っている。後ろ足で雄々しく立つ、けっして飼い馴らされることのない、黒い雄馬。中身の半分を片手鍋に注ぎ、砂糖を大匙で二、三杯入れて、砂糖が溶けるまで温め、かき混ぜる。それからビールグラスに移す。

「飲むと力持ちになれるハチミツだよ、ヴィンセント。漫画の『バムセ』に出てくるだろ」

グラスを掲げてみせると、ヴィンセントは笑いながら人差し指でグラスをつつく。小さな指先の跡がくっきりと残る。

「力持ちになれるハチミツだね、父ちゃん」

イヴァンはグラスを口に運び、目を閉じる。また邪魔をする、あの顔。腫れ上がった、青い、黄色いあの顔。もう少しで飲み込めそうだ。

長い一日だ。が、それでも足りない。レオは低学年用の校庭にあるベンチに座り、弟を待った。今日は弟の授業のほうが終わるのが遅かったから。それから並んで座り、しゃべり、時間が過ぎるのを待ち、もう少ししゃべった。意味のないことを。ただの時間稼ぎだと、ふたりともわかっていた。なるべく長いことそこに座っていれば、そのぶん父さんがワインで酔いつぶれて寝ている可能性が高くなるから。

七階までの階段を、一段ずつ上がる。

最後のほうは、とくにゆっくりと。

ゆっくりと。

うちのドアも、ほかの家のドアと変わらない。ドアポストは指先で軽く押すだけで滑らかにパコンと開く。黒い呼び鈴を押すと、鈍い、間延びしたような音が鳴る。その上に貼ってある、〝物乞い・物売りお断り〟という金属プレート。それでもそういう人たちに呼び鈴を鳴らされると、父さんはいつもイライラした顔でこのプレートを指差す。

レオはフェリックスを見やる。フェリックスもこちらを見ている。

自分だって中に入りたくはないけれど、それでもドアに顔を近づけて、父さんの足音に耳を澄ませる。ドアに耳をつける勇気はない。

ふたりはドアに掲げられた名前を見る。〝ドゥヴニヤック〟。三度、深く息を吸い込む。そしてドアを開け、中へ入る。

「レオ!」

一歩足を踏み入れただけで声が飛んでくる。両脚がそこから前に進みたがらず、ふたりは狭い玄関に立ちつくす。

「レオ、来い!」

父さんはキッチンに座っている。いまだに上半身裸のジーンズ姿だ。山と積まれた宝くじ用紙の横に、空のグラス。コンロには、やはり空の片手鍋。床を見下ろしているほうが楽だ。黄色い床に集中していれば、自分を見つめてくる目も、すでに突き出されている顎や下唇も見なくてすむ。

「ここに来い」

レオは前に進む。フェリックスがついて来ようとするが、レオは弟を止める。〝ヴィンセントの部屋に行ってろ〟。それでもぐずぐずしているので、突き飛ばす。〝ヴィンセントの部屋に行ってろ。ドア、閉めろよ〟。床を見下ろしたまま、もう一歩。

「なに?」

「顔、見せろ」

床から少し視線を離して、父さんの脚を見る。

「顔を見せろ。全部だ」

父さんの脚から、腹、胸、目へ。なにを考えているのか、なかなか読みとれない。

「痛むか？」

「ううん」

顔をさわられて、引き攣っていた皮膚がヒリヒリと痛む。

「嘘をつくな」

「ちょっとだけ」

「ちょっとだけか？」

「もうちょっと痛いかも」

「同じ学校のやつらにやられたのか？」

「うん」

「名前は知ってるのか？」

「うん」

「それなのに、やり返さなかったのか？」

「だって……」

「同じ学校なんだろ？　名前も知ってるんだろ？　それなのに……なにもしないのか？」

父さんはすでに立っている。それなのに、いきなり勢いよく立ち上がったように感じられる。

「怖じ気づいたのか。おれの息子が……ドゥヴニヤック家の一員が、怖じ気づいた、だと？言っておくがな、だれだって怖いんだ！　おれだって怖いと思うことはある。それでも、だれもが尻尾を巻いて逃げるわけじゃない。おまえは、逃げるな。耐えろ。大きくなれ」

大きな身体が震えている。そして、廊下を指差す。机のある部屋のほうを。

「あそこに行くぞ」

「あそこ？」

「いますぐ」

まただ。さっき玄関で起こったことが、また起きる。両脚が動かない。立ちつくすことしかできない。

「いますぐだ」

レオには聞こえている。ゆっくりとはいえ、なんとか身体が動きはじめたと思ったところで、両親の寝室のドアが開く。母さんだ。髪はぼさぼさで、黄色のネグリジェは寝乱れている。

「なんなの……大声出して……」

父さんは声を落とす。それでもまだ大きい。

「部屋に戻れ。まだ寝てろ」

「ねえ……どうしたの？　イヴァン？　なにやってるの？」

「おまえは口を出すんじゃない」

「いったい……ちょっと、レオ、あんたの顔、それ……」

「これはおれとレオの問題だ。おれの責任だ」

すべてが動きを止め、しんと静まりかえる。

やがて父さんがレオの肩を抱き、軽く引き寄せる。強い力ではないが、それでも、あの部屋へ連れていかれるのだとはっきりわかる。

「さあ、行くぞ」

フェリックスは閉まったドアのそばで耳を澄ましている。体をドアに押しつけると、母さんの声が聞こえる。なにやってるの、と父さんに尋ねている。おまえは口を出すんじゃない、と父さんが言う。

どんなに耳をそばだてても、レオの声はまったく聞こえない。いやだ。これはまずいことになる。あのハッセのクソ野郎に通せんぼされて、前にも後ろにも行けなかった、あのときと同じ胸騒ぎがする。

いやな予感は増すばかりだ。

首をめがけて飛んでくるケッコネンの拳のことを、レオに知らせる暇もなかった、あのときと同じ。

フェリックスはドアを開け、廊下に出る。そうするしかない。もうじっとしていられない。

そして、母さんに向かっていく。

フェリックスの足音が聞こえてはいるようだが、母さんはこちらを見ない。もうひとつの閉ざされたドア、机のある部屋のドアを、じっと見つめている。フェリックスは母さんのとなりに立って、一緒に耳をそばだてる。

聞こえる……ドスン……なにかが落ちたような音。

もう一度。

いや、むしろ……殴っている。なにかを殴っているような音だ。何度も、何度も、何度も。

昨日と同じだ。あのときも、フェリックスにはなにもできなかった。ハッセの腕に向かって泣きわめくことしかできなかった。

ドアを勢いよく開ける。母さんが止めようとするが、間に合わない。

奇妙な光景だ。

こんな体勢の父さんは見たことがない。床にひざをついて、上半身裸で、丸めてロープで縛った大きな青いマットレスを支えている。抱きかかえている。まるで抱きしめているみたいだ。

だれかを抱きしめたりなんて絶対にしない、父さんが。

「全身を使うんだ、こういうふうに」

レオもシャツを脱いでいる。父さんと同じ。上半身裸で、ジーンズをはいている。

「全体重をかけろ」

フェリックスはようやく気づく——青いマットレスは、天井からぶら下がっている。大きな和紙のランプが下がっていたところに。

「手で殴るんじゃないぞ。身体を使って殴るんだ。全体重をかけて」

もうひとつ、気づいたこと――殴っているのはレオのほうだ。父さんが抱きかかえているマットレスを殴っている。

何度も、何度も、繰り返し、繰り返し。

「いいか、攻撃してくるやつがいたらな」

父さんが立ち上がる。その場で軽く、何度かすばやくジャンプしてから、ぶら下がっているマットレスを殴る。思いきり、激しく。

「鼻を狙え。一発でいい。相手が何人もいたら、その中でいちばんでかいやつを狙え。鼻に一発見舞ってやれば、そいつは涙ぐむ」

父さんはマットレスを殴るのをやめ、レオに向かってうなずいてみせる。レオは右手の指関節をさすっている。もう皮がむけて赤くなっている。

「人間、鼻をぶん殴られると前かがみになるもんだ。どんなやつでも、絶対にな。で、涙が出てくる。おまえの拳がちゃんと鼻に命中すれば、涙管が開く。するとそいつはこんな体勢になる。ちゃんと見てろよ、レオ。こんなふうに、おまえに頭を向ける」

父さんが前かがみになる。レオの胸のすぐ近くで。まるで相手に角を向けて戦う山羊のようだ。そのときになってようやく、父さんはこちらに気づく。母さんを見る。いったいどういうことなの、と言いたげな母さんのまなざしに気づくが、それには答えず、代わりにフェリックスのほうを向く。

「水を持ってこい。大きなグラスに入れるんだぞ。兄ちゃんは喉が渇いてきてるからな」

そして、レオの胸を頭で突く。突き飛ばす。

「ここでもう一発殴れ。だがな、絶対にまっすぐ手を出すんじゃないぞ。そうすると相手の頭に当たる。頭蓋骨だ。人間の骨の中でいちばん固い骨。こっちが手を痛めかねない。だから、二発目はここを狙う」

父さんは自分の顎を指差す。顎から、頬にかけて。

「顎の骨だ。腕を曲げて、斜め下からパンチを繰り出す」

拳を固め、自分の顎と頬を殴ってみせる。

「ここに命中させろ。もろい顎の骨を狙え。全体重をかけて、斜め下から、さっと右フックを出すんだ」

レオは殴る。何度も、何度も。ひじを曲げて、曲線を描いて、父さんの言うとおりにパンチを繰り出そうとする。

「水は？　フェリックス、水はどうした？　取って来いって言わなかったか？　走れ！」

フェリックスは言われたとおりにキッチンへ駆け込んで蛇口へ向かう。水はいつもぬるく、冷たくなるまでには時間がかかる。大きなグラスを両手で持って、慎重に戻る。

「よし。これからはこれがおまえの仕事だ。三十分おきに、兄ちゃんに水を持って来い。だが、いまは……ドアを閉めろ」

父さんはそう言うと、裸の背中をこちらに向ける。そして、レオの肩を抱く。

「おまえは相手の鼻を殴った。そいつが前かがみになった。そうしたら、あとはそいつが立ち上がれなくなるまで、ひたすら殴りつづけろ。敵が何人だろうと、おまえは負けない。相手がひとりでも、ふたりでも、三人でも関係ない。これはな……熊のダンスだ、レオ。いちばんでかい熊を狙って、そいつの鼻面を殴ってやれば、ほかの連中はみんな逃げ出す。ステップを踏んで、殴る。ステップを踏んで、殴る！　そいつのまわりでステップを踏んで、パンチを命中させる。たいしたパンチに見えなくても、何度もやられれば相手は疲れてくる。混乱して、不安になってくる。そこにおまえがまた次の一撃を食らわせる。ちゃんとステップを踏んで、ちゃんとパンチを命中させれば、おまえは熊にだって勝てる！」

フェリックスは、母さんを待っている。母さんはドアを閉めようとしない。逆に部屋の中へ入っていく。中は暑く、空気がむっと淀んでいる。

「イヴァン——どういうつもり？」

「出て行けって言っただろ」

「わたしだって見たのよ、この子の顔。なにがあったかはわかってる。でも、こんな……」

「こいつにケンカを覚えさせる」

母さんの声は、父さんの声とは種類が違う。母さんが叫ぶと、耳をつんざくような声になる。

「やめてよ、こんなこと！　イヴァン！　レオはあんたとは違うのよ。この先になにが待ってるか、あんたがいちばんよく知ってるはずでしょうに！」

「自分の身ぐらい自分で守れなくてどうする！」

「部屋に来て！　寝室に！　いますぐよ、イヴァン！　話し合いましょう！」

父さんがしばらく黙り込む。それでも、怒鳴り返しているような表情だ。

母さんにつかつかと近寄り、母さんを部屋から追い出す。

「なにを話し合うっていうんだ？　ブリット＝マリー。次に殴られたときの倒れ方か？　こっち側を上にして寝転べば、もっと蹴られやすくなるわよ、ってか？　自分の身ぐらい守れなくてどうする！　それとも、なんだ……こいつもアクセルソン家の連中みたいになれって言うのか？」

母さんは答えない。

父さんがドアを閉める。フェリックスは母さんの手をぎゅっと握る。

フェリックスは足を震わせながら、戸棚の上に置いてある緑の箱に手を伸ばす。正面に白い十字の描かれた、取っ手付きの箱。母さんが職場から持って帰ってきたものだ。きっと看護師の箱なのだろう。フェリックスはそれを抱えて、かすかなふくらみのあるトイレのふたに座り、箱を開けて中身を取り出す。引っ張ればどこまでも伸びるガーゼの包帯と、引っ張るとすぐに切れてしまう白いテープ。これは〝外科用テープ〟というのだとフェリックスは知っている。包帯とテープを両手に持って、茶色いカーペットの敷き詰められた廊下を走り、居間へ。寄せ木張りの床はいつも冷たく、父さんが歩くと不満そうにギシギシと音をたてる。そこから、バルコニーへ。ここへは居間からもキッチンからも出られる。

あのデニムジャケットのクソフィンランド人め。

角張った身体がレオに後ろから襲いかかる瞬間を、フェリックスは目のあたりにした。インディアンごっこを思い出す。不案内な土地にやってきた開拓者のレオと自分が、いきなり先住民に襲われたようなものだ。道に迷って、敵の領地に入り込んでしまって、待ち伏せ攻撃をかけられた。ハッセとケッコネンにつかまるとどんな目にあうか、耳にしたことは何度もあった。とがった石で血が出るほど前腕を引っかかれて、その傷に塩をすり込まれた、とか。三階に住んでいるブッダの話とか。蜘蛛が大の苦手なブッダはある日、戦争ごっこでやつらにつかまってしまった。やつらはブッダを縛り上げた。そして、地下階の至るところにいる、あのガガンボとかいう虫——蜘蛛の一種なのか、むしろ大きな蚊の一種なのか、よくわからないが——を集めて紙箱に入れ、その底を開けて、ハッセがそれをブッダの頭にかぶせ、ケッコネンが箱の底の折り返しをブッダの首にあてがってふさいだ。大量の虫がブッダの顔や髪の中を這いまわり、その長い足が耳や鼻や口に入ったという。ブッダがそのあと、ふらふらと歩いて自分の住む通りに戻ってきたところを、フェリックスは目撃した。まるで自分がだれなのか、どこにいるのかもわかっていない、戦争帰りの捕虜のようだった。

自分も、レオも、これまでは運がよかったわけだ。

フェリックスはバルコニーに出る。冷たい風が顔に当たる。高層階だが、怖くはない。包帯と外科用テープを父さんに渡す。父さんはいつものごとく、手すりの外に身を乗り出して、スコーグオースの町を覆うアスファルトを見下ろしている。

「殴るんだからな。指を固くしないと」

父さんは、縞模様のキャンピングチェアのほうを、そこに座っているレオのほうを向く。レオの頬はまだほんのりと赤い。父さんはレオの両手をつかんで腕を伸ばさせ、指の付け根に包帯を巻きはじめる。

「だが、初めのうちは……こうやって指を守らないといけない。もっと頻繁に、もっと長いことを練習しなきゃならないからな」

左手。右手。

「拳が相手に当たったら、そこでやめるんじゃないぞ。続けるんだ。全身の力を使ってな。そうすれば、そうすれば、相手を叩き潰せる」

茶色がかった包帯が、両手の指の付け根に巻かれ、親指と人差し指のあいだを通って、手首をななめに覆う。何重にも巻きつけられる。

「拳を握ってみろ」

レオが包帯を巻かれた右手を握る。しばらくすると、父さんが手のひらでその拳を打つ。

「どんな感じだ?」

「いいよ」

左手も同じようにしてから、レオはフェリックスの前で、何度か宙にパンチを繰り出してみせる。ぴょんぴょんと跳ね、居間を駆け抜け、廊下を走りながら、だれもいない空間を殴りつづける。父さんがそのあとを追う。机のある部屋に戻ると、床にひざをついて、マットレスを拳で殴る。マットレスは、ドスン、ドスンと音をたてながら動く。

「そいつら、なんて名前だ?」

「ハッセ」

「もうひとりは?」

「ケッコネン」

父さんはゆらゆらと揺れるマットレスを殴る。それから、自分の肩を叩く。

「そのハッセとケッコネンとやらだがな。そいつらのパンチは……ここ、せいぜいここ止まりだ。肩のあたり！　そいつらの動きは、ここで止まってる」

マットレスに右腕を伸ばし、上半身をひねって右肩をマットレスに向ける。そのまま動きを止めず、前へ踏み込んでいく。

「おまえは、こんなふうに殴れ。そいつらの身体を突き破って、そのまままっすぐ突き進むつもりで殴れ。叩き潰してやれ」

父さんは一歩ずつ、狭い歩幅で移動して、レオの真後ろに立つ。フェリックスにはふたりの背中しか見えないが、部屋の中まで入る勇気はない。代わりに部屋の入口でつま先立ちになる。どうやら父さんがレオの腕を握っているようだ。さっき自分でやってみせたように、レオの身体をぐいっとひねる。

「鼻を狙え。叩き割って爆発させろ！　でかい水風船みたいにな！」

よく見えなくても、音は聞こえる——腕から繰り出されたパンチに、今回はレオの全体重がかかっている。マットレスへの当たりが激しい。さっきよりも。

「それから、脳だ。脳はこの中にあって、ゆらゆら浮かんでる。金魚鉢の中の金魚みたいなもんだ！　最初のパンチが鼻に当たって、次が顎の先に当たったら……脳ががくがく揺さぶられる。ハッセとケッコネンのちっぽけな脳みそが、金魚鉢の壁に何度もぶつかる」

レオがまた殴る。

「鼻！　顎！」

もう一度。

「鼻！　顎！」

もう一度。

「鼻！　全体重をかけろ！　顎！　身体をぶち抜いてやるつもりで行け！　鼻！　これで、そいつらの脳みそはな！　顎！　さんざん揺さぶられてゴボゴボ言いだすぞ！」

しばらくすると、つま先が痛くなってくる。細くて角張った高い敷居に立っているのがつらくなってきて、フェリックスには中のようすがあまりよく見えない。そこで床に寝そべって、マットレスにアッパーカットを食らわせるレオの腕を眺める。なんだか現実味のない、可笑しな光景に思える。

そのままずっと横になっていると、やがて何度も鼻、顎と叫びつづけた父さんがフェリックスをまたいでキッチンへ向かう。片手鍋をコンロにかけ、ワインを注いで砂糖を溶かす。少なくとも小さなグラス一杯分の〝力持ちになれるハチミツ〟。それから、ずいぶん長いこと玄関にぶら下がっていた作業着に着替える——仕事は入札制で、見積もりを出して条件が合えば、数日分の仕事を確保できるのだ。フェリックスは床に寝そべったまま、玄関を出ていく父さんの足を目で追う。エレベーターが開き、閉まるときに、ガタンと音がする。そのあとに、穏やかさがやってくる——父さんが出かけたあと、アパートにできる空洞を、代わりに満たす穏やかさが。

レオは青いマットレスを殴りつづける。床を跳ねる。鼻、顎、鼻、顎。身体から腕を繰り出し、当たるとマットレスが重い音をたてる。手の包帯は自分で巻いた。父さんが、一戸建ての並ぶ住宅街でだれかのキッチンにペンキを塗る仕事で何日も忙しくなる前に、手に包帯を巻いてくれた、あのときのように。おかげで手の痛みに悩まされることなく、強い、すばやいパンチを繰り出せるようになった。毎朝、朝食と学校の前にトレーニングをする。昼休みになると学校から駆け戻り、昼食抜きでマットレスを殴る。夕方も夜も練習する。目が覚めてしまって眠れなければ、夜中にも。

ふと、聞こえる。掃除機の音。学校から帰ってきてからもう、これで二回目だ。

レオは殴るのをやめる。

母さんが起きているのだ。これまでにも何度もこの部屋の前を通っては、中をのぞき込んできた。その目つきを見れば、すぐにわかる。母さんはこのトレーニングが気に入らないのだと。

レオはまた殴る。鼻と顎。ハッセとクソフィンランド人。あのふたりとは顔を合わせないようにしている。見つからないよう隠れている、と言ってもいい。いつどこで待ち伏せされていてもおかしくないが、トレーニングの成果が出るまでは出くわしたくない。鼻と顎、ハッセとクソフィンランド人。身体が自然に動くようになってきた。全体重をかける。身体をひねって、肩を前へ、そこから続けざまにパンチを見舞って、叩き潰す。

「それ、下ろすわよ」

母さんは掃除機のスイッチを切っている。

「このフックはね、電灯を引っかけるためのものなんだから」

三脚スツールを持ってきて、そこに上がり、天井のフックに手を伸ばす。レオは母さんを見ずにマットレスを殴りつづける。

「やめてくれない？」

強烈なパンチ。母さんが想像していたよりも強烈だ。マットレスが揺さぶられる。

「聞こえないの？　叩くのをやめなさい」

さらに、強く。

「レオ？」

「鼻と顎だよ、母さん」

しゃべりながら殴りつづける。一音節ごとに、パンチを一発。母さんがマットレスをつかむ。抱え込む。

「ちゃんと聞きなさい、レオ！　あんたの顔にそんなことした子たち、なんていう名前？」

母さんはマットレスを抱きかかえ、レオとマットレスのあいだに割り込む。レオはもう殴れない。

「ハッセとケッコネン」

「名字と名前、ちゃんと教えて」

「どうして？」

「親御さんたちに電話するから」

「だめだよ！　電話なんかしたらどうなるか……わかんないの？」

レオはスツールに座る。狭いが、真ん中に毛玉のある母さんのスリッパのそばに、なんとか腰を下ろす。

「レオ——この件はわたしがなんとかするから」

「そんなことしたら、ますますひどくなるんだよ！　母さんはなにもわかってない！」

母さんはもう、マットレスを抱きかかえてはいない。いまは息子を抱いている。

「ふたりの名前、ちゃんと教えなさい」

レオは首を横に振る。額が母さんの胸をこする。

「もういいわ」

母さんはまたスツールに上がり、ロープで縛ったマットレスをフックから外して、床に落とす。

「おれが自分でなんとかするから！　邪魔しないで！」

「まずはそのみっともない包帯を外しなさい」

「練習しなきゃ！」

「さあ、レオ」

「父さんに言われたんだ！　練習しろって！」

「母さんがやめなさいと言ってるのよ」

レオは黙り込む。ひと言も発しない。母さんが掃除を終えても、フェリックスが帰ってきても、みんなで食卓についておやつを食べているときにも、ずっと黙っている。それから、みんな上着を着るよう、母さんに言われたときにも。父さんのペンキ塗りの仕事が終わると、みんなで父さんを迎えに行って、そのあと買い物に行く習慣になっている。

車に乗っても、レオは黙ったままだ。

レオが助手席に、フェリックスとヴィンセントが後ろの席に乗る。その後ろに、父さんのペンキ塗りの道具。運転手は母さんだ。送っていくときも、迎えに行くときも、たいてい母さんが運転する。ふだんなら、こんなふうにみんな揃って車でどこかに行くのが、レオは大好きだ。いちばん好きな時間だと言ってもいい。

アパートの並ぶ界隈から二、三分も走れば、そこはもう一戸建ての並ぶ住宅街だ。とある家の前に車をとめて、父さんが門の外に置いた道具を運び入れる。きれいに洗ってあるが、まだシンナーのきついにおいが残っている刷毛。口を縛ったビニール袋に入ったペンキローラー。ペンキの缶に、壁紙を貼る接着剤の入った缶。そのあいだに、父さんが年配のご婦人と話をし、封筒を受け取る。

レオはひと言も発しない。黙りこくっているのが心地いい。

後部座席に移動してからも、レオは黙っている。父さんが母さんのとなりに座って、母さんの頬にキスをしている。とてもうれしそうだ。笑い声をあげる父さん。さっきお客さんと話していたときにも、こんなふうに笑っていた。五月にまたお願いしたい、家の外壁を塗り直してもらいたいのだけれど、どうかしら、とお客さんが言っていた。あのとき、父さんは談笑しながらレオのほうを見た。なぜかはわかっている。大きな仕事をするには、手足がもっと必要だからだ。

「なあ、レオ？　手はそれで大丈夫なのか？」

もう見たのか、それとも勘で嗅ぎつけたのか。父さんは前の座席に座って、違うところを見ているのに。

「鼻と顎を狙う練習は？　ちゃんとやってるか？」

レオは片方の手のひらで、もう片方の手の指関節に触れる。もう包帯は巻かれていない。

「レオ？　質問してるんだが」

「ええと……」

答える間もない。母さんが割り込んできて、代わりに答える。

「あれは今日下ろしたわ」

父さんが母さんのほうを向く。父さんの表情はまだ変わっていない。

「あれは下ろしました。わたしたちが出会ったころに使ってた、あのマットレス」

いまだ。たったいま、父さんの表情が変わった。

頬がこわばる。唇がきつく結ばれる。なによりも変わったのは、目だ。獲物を追うような目。

「なんだと？」

「車の中では話し合いたくないわ、イヴァン」

「なにをしたって？」

「なにを車の中で話し合いたくないって？　おれたちの息子が顔を腫らしてるから、身を守る術を覚えさせなきゃならないことについて？」

「お願い、イヴァン、あとにしてくれない？　買い物して、家に帰って、金曜の夜をゆっくり過ごしましょう。で、明日話し合うの」

父さんの沈黙に、息子たちは後部座席で身を寄せ合う。そのうえ父さんからは、仕事が終わりかけているときに飲んだ黒ワインのにおいが、すでに漂っている。

「今日の練習はちゃんとやったよ。ねえ、父さん……」

「手を見せてみろ」

レオは右手を差し出す。

「やわらかいな」

父さんがその手を引き寄せ、ぐいと押す。

「やわらかすぎる」

レオは父さんを見ない。バックミラーに映る母さんを見る。その目は正面を向き、狙った駐車スペースから出ていく車を、じっと見つめている。スコーグオースの商店街の駐車場だ。

「でも、もうできるようになったよ。ねえ、父さん。鼻と顎を狙って、全体重をかけて……」

「おれがいいと言うまで、練習は終わりじゃない」

全員が車を降りる。いやな雰囲気だ。商店街の入口の前で大声が上がっていて、レオはちらりと父さんを見やる。父さんはこういう声が嫌いなのだ。だから、レオは少し立ち止まる。いま、あいつらのそばを通るときに、父さんと並んで歩きたくない。

あいつらは、前回と同じ場所にいる。

声の大きい連中はベンチに、声の小さめな連中は低い鉄のフェンスに座っている。全員が緑のビール缶を手に、ずらりと一列に並んでいる。みんな大人だが、父さんや母さんよりは若い。そんな連中の前にさしかかると、父さんはときどき立ち止まり、質問を浴びせる。どうしてこんなところに座ってるんだ。どうして人並みに働かないんだ。それから、連中をまじまじと見つめて、寄生虫呼ばわりする。とくに標的になるのが、フードのついた黒いダウンジャケットを着た金髪の巻き毛と、そのとなりに座っている茶色い長髪の、てかてか光るムーンブーツを履いた野郎だ。が、今回、父さんはなにも言わない。ほっとする。これで腹がキリキリ痛むこともない。父さんが国営酒販店のある左へ向かうと、巻き毛のほうがなにやら大声で叫ぶ。レオとフェリックスとヴィンセントは母さんについてICAに入る。ビニール袋七つ分の買い物をし、父さんの封筒に入っていた金で母さんが支払いを済ませると、みんなで手分けして荷物を車に運ぶ。ヴィンセントまでもが、トイレットペーパーの入った大きなビニール袋を両手で抱えている。

父さんのペンキ塗り道具の脇や上にビニール袋を置く。父さんはもう車に乗っていて、あの黒い馬のラベルのついたワインボトルを手に持っている。すでに半分がなくなっている。父さんはサイドウィンドウ越しに、ベンチやフェンスに座っている七人を、〝寄生虫ども〟を見やる。

母さんがバックで駐車スペースから車を出そうとしたところで、父さんがキーをつかんで回し、エンジンを切る。

「レオ。降りろ。いっしょに来い」

母さんがあらためてキーを回す。

「帰るわよ」

「おれに逆らうな！」

父さんがキーを逆に回す。

「おまえは帰れ。フェリックスとヴィンセントも連れて行け」

父さんがドアを開け、車を降りる。レオが降りるまでじっと見張ってから、窓枠にひじをついて、開いたサイドウィンドウから車内に首を突っ込む。

「とにかく言うとおりにしろ。帰れ。チビどもと一緒に」

　父さんが歩きはじめる。ふたりとも歩きはじめる。商店街に戻る。レオは最後にもう一度、母さんのほうを見るが、母さんはこちらを見ていない。エンジンをかけて、狭い駐車スペースからバックで車を出している。

「あそこ、真ん中にいるやつ。見えるか？　あれがリーダーだ。寄生虫どものリーダーだ」

　父さんが、黒いダウンジャケットを着た金髪の巻き毛を指差す。だれよりも声の大きな男。硬いフェンスに座らずにすんでいる男。

「ちょっと、あいつと……話をしようと思う。どうだ、レオ？」

　ふたりは男の前で立ち止まる。集団の前で立ち止まる。

「おい、ガキども。よく聞け」

　このまま店のあるほうに行けたら。こいつらがひしめきあって座っているベンチが、いきなり壊れたら。ちょうどここに原子爆弾が落ちてきたら。この場にいなくてもよくなるのに。

　レオは背を丸め、目を閉じる。原子爆弾は落ちてこない。

「あそこのピザ屋、見えるか？　あそこでちょっと食事してくる。息子とな。たぶん……四十五分くらいはかかるだろう。で、おれたちが戻ってくる前に、おまえらはここから失せろ」

「冗談だろ？」

「もうおまえらの耳障りな声は聞きたくない。おまえらの顔も見たくない」

金髪巻き毛が、手に持ったビール缶をぶんぶんと振る。

「冗談のつもりか？　おい、聞こえたか？　この移民野郎が冗談ぬかしてるぜ。冗談言われたらどうするんだっけ？　みんなで笑ってやるんだよなあ？」

巻き毛が両腕を派手に動かし、振りまわしながら言う。爆笑の斉唱を指揮する指揮者のように。

「冗談だと？　冗談だと思うのか？　ここじゃあ仕事もしないチンケな寄生虫野郎が仕切り役か？　おい、おれはそうは思わんな。こうしよう。おれがピザ屋から出てきたときに、おまえら寄生虫どもがまだビール缶を片付けて消えてなかったら、そのだらしなく伸びた髪の毛ひっつかんで、そこの植え込みの中に放り込んでやるよ」

レオは少し移動する。父さんのそばを離れることなく、身体をピザ屋のほうに向ける。ここに立っていれば、向こうからはたぶん見えない。相手は七人だ。全員がダウンジャケットかデニムジャケットを着ている。ハッセとケッコネンの兄貴でもおかしくない。いまや全員がわめいている。金髪巻き毛の声がとくに大きい。〝なんだと、このきたねえトルコ人野郎〟。となりのムーンブーツ男が両手の中指を立て、ぺっと遠くまで唾を飛ばす。〝そうかそうか、うすぎたねえギリシャのおっさんよ、息子の目の前で痛い目に遭いたいってか〟。花壇の土をつかんで投げつけてくる。

「父さんはトルコ人じゃないぞ」

レオは一歩前に出る。まだ父さんの陰ではあるが、それでも姿を現す。これは言っておかなければ、と思ったから。

「ギリシャ人でもない。半分セルビア人で、半分クロアチア人だ。おれの母さんはスウェーデン人。だから、おれは……三分の一スウェーデン人だ」

唾を吐き、土を投げつけてきた男が、ビール缶をベンチに置いて大笑いする。今度は、腹の底から可笑しそうに。

「こりゃ傑作だ、ギリシャのおっさんよ。三分の一？　頭の足りないガキ連れて、とっとと失せな！」

大きなレストランではない。テーブルが九台。中はかなり暗く、各テーブルの上に雪玉のような丸い小さなランプがそれぞれ下がり、赤いチェックのテーブルクロスの端がだらりと垂れている。うち三つのテーブルで、男性のひとり客がビールを飲んでいる。二つには若い男女のカップルがいて、皿からはみ出すほど大きなピザを食べている。父さんがカウンターへ向かい、マフムードという店員に、ビールを一杯、フィンランド製のウォッカを六十cc、ラージサイズのシンゴー（オレンジ味の炭酸飲料）を注文する。そして、窓際のテーブルを選ぶ。

この店には何度も来たことがある。いつもなら、薄暗がりの中で父さんとシンゴーを飲むのは、レオのお気に入りだ。が、いまは違う。オレンジの味がするオレンジ色の炭酸ジュースなんか飲みたくない。のどはカラカラに渇いているのに、ジュースがろくにのどを通らず、胸郭と胃のあいだのどこかで止まってしまいそうな気がする。

「飲まないのか？」

大きな両手が、ジュースのなみなみと入ったグラスを持ち上げる。

「のど、渇いてないのか？　ひと口飲みなさい」

レオは首を振った。

「美味くないのか？」

「美味いよ」

ひと口飲む。やはり途中でつかえる。心臓のあたりで。

「これ、いくらかわかるか？　レオ」

父さんの封筒。分厚い札束が入っている。

「八千クローナだ。おれは働かなくちゃならない。母さんも働かなくちゃならない。みんな金が要るんだ。で、仕事に出てるあいだ、おれは……レオ、おまえを守ってやれない。おまえは自分の身を、自分で守らなきゃならない。弟たちのことも守ってやらなきゃならない」

ビールを半分。ウォッカを全部。

「母さんにはわからない――自分の身は自分で守らなきゃならない、ってことが。あそこにいる寄生虫どもにはわからない――人は働かなきゃならない、ってことが」

父さんが窓の外を指差す。連中は怒っているように見える。ひとりが立ち上がっている。父さんをギリシャのおっさん呼ばわりした、褐色の長い髪の男。

「あいつら、ほかにすることがないもんだから、フェンスのまわりにたむろして騒いでやがる。まずい缶ビールを一緒に飲んでるから、みんな友だちだと思ってやがる。兄弟ってのはな、レオ！　家族ってのはな、もっと大事なもんだ！　もっと強い……固い結びつきがある。互いに守りあう。どんなことがあっても絆は切れない。あいつらはどうだ？　話にもならん！　ひとりの鼻をへし折ってやれば、残りの連中だってひとたまりもない」

窓の向こう。大声でわめいていた長髪の男が、叫ぶのをやめて、この店の扉へつかつかと歩み寄ってくる。

「ひと悶着ありそうだな」

父さんもその姿に気づく。顎と下唇を前に突き出し、頭をかすかに下げて、眉間から正面をにらみつける。父さんがすでに決意を固めているときの表情。もうなにが起こってもおかしくない。

「よく見てろ、レオ。この場はおれがなんとかする。おれたちは家族だ。互いを守る家族だ」

ドアが開く。

ムーンブーツの男。さっきよりもはるかに大きく見える——さっきはこいつのほうが座っていたから、父さんより背が高くて体格もいいなんてわからなかった。

男が近づいてくると、長い髪が揺れる。ふわふわと跳ねて左右の肩に触れる。やがて男は立ち止まり、父さんを見つめる。父さんがビールグラスをテーブルに置く。

「火、貸せよ」

男はテーブルのそばに立っている。口の端に煙草をくわえている。父さんは座ったまま、なにも言わない。

「火を貸せって言ってるんだよ、移民野郎。ないのか?」

長い髪が父さんのビールに届く。男はさらに頭を下げ、髪の毛をビールに浸す。ゆっくりと頭を振ると、髪でビールがかき回される。そこからは、あっという間だ。あとになってから、この場面を一秒ごとに思い出そうとしてみたけれど、現実に起こったことなのかどうかすらよくわからなかった。

グラスに入った髪。

父さんがオーバーオールのポケットから柄の赤いモーラナイフを出すと、男の髪をがしりとつかみ、ばさりと切り落とす。

「この野郎……」

髪をビールに浸していた男がよろよろと後ずさる。片手を頭に当てている。その部分の髪がなくなっている。

「いい、いい、なにしやがる……」

ドアがまたもや開く。もう三人入ってくる。金髪巻き毛と、そのとなりに座っていたふたり。父さんが切った髪を床に放つ。髪はまるでバラの花びらみたいにひらひらと落ちて、椅子の足元に散らばる。父さんが立ち上がる。そして、実演してみせる。これまでにも、父さんがこんなふうに〝話をする〟のは見てきたけれど、父さんが具体的になにをしているのか、理解しきれてはいなかった。いまならわかる。父さんの右の拳が鼻に命中し、左の拳が顎を打つ。肩を前に出して、上半身のすべてを使って繰り出す、激しい二発のパンチ。鼻の骨が折れる音。次に、以前も驚かされたことのある音が響く——大の男が手もつかずに床に倒れると、こんなに大きな音がするものなのか、と。

二人目もあっという間だ。フェンスに座っていた男は、鼻に一発食らっただけで、トイレにいちばん近いテーブル、客のめったに座らないあのテーブルに突っ伏してしまう。

三人目、金髪巻き毛。その場に突っ立ったままで、まるで待っているようだ。父さんが一歩近寄ると、巻き毛は顔をそむけ、両手を上げる。

「やめてくれ！」

あいかわらず突っ立ったままだ。

「わかったよ……あそこに集まるのはもうやめる……」

「座れ。ここに」

父さんが、さっきまで自分の座っていた椅子を引く。店の外にいて、中に入ってこようとしていた連中が、去っていく。逃げていく。

「ここに座れ。椅子じゃなくて、床の上にな。息子のそばに。ひざをつけ」

巻き毛がぐずぐずしている。

「座れ！」

巻き毛はがくりとひざを折る。床にひざまずく。

その後ろから、店員のマフムードがあわてて駆け寄ってくる。

「イヴァン？」

「もうすぐ終わる」

マフムードが父さんの肩に手を置く。

「イヴァン、馬鹿なことはやめてくれ……」

「なにか壊れても大丈夫だ。ちゃんと弁償する。わかったか？」

父さんが封筒を見せる。ふたりはしばらく互いを見つめている。やがてマフムードがうなずき、父さんの肩から手を離す。父さんはひざまずいている男に向き直る。

「おまえはリーダーじゃねえな」

モーラナイフ。父さんはそれを握って、リーダーの顔に突きつける。

「いいか、ほんもののリーダーは、気に入りの子分を先に送り込んで、おれのビールに髪をつけさせたりしない」

ナイフを顔に近づける。

「ほんもののリーダーは、手下を先に送り込んだりしない。自分が先頭に立つ。先陣を切る」

鼻と口のそばでナイフが動く。巻き毛は泣いている。大泣きはしていないが、見ればそうとわかる。

「おまえも聞こえたか、レオ？」

父さんが巻き毛の顔にナイフを突きつけたまま、こちらを見る。

「なに？」

「ちゃんと聞け！」

「なにを？　父さん」

「ほんもののリーダーは先陣を切る」

巻き毛は少し頭を動かして、口元を、顔を、刃に白いペンキのついたナイフから遠ざけようとする。

「動くな！　息子の脇でひざをついてろ！」

父さんが巻き毛の髪をつかみ、汗に濡れたうなじをあらわにする。

「レオ？」

「はい」

「見ただろう？　初めの一発はかならず鼻を狙う。全体重をかける」

「見たよ」

父さんが巻き毛の髪を引っ張る。指の付け根が白くなるほど力を込めて。

「いいリーダーは強く出る。みんなを公平に扱う。弟たちが殴られるのを放っておかない。責任をもって弟たちを導く。この怠け者の寄生虫野郎、手下を先に送り込んできやがった！リーダーはつねに先頭を走るもんだってことがわかってない」

テーブルの上に、ビールグラスがまだあって、中身が半分残っている。父さんが、やはり半分ほど残っているオレンジ色の飲み物を目で示して、うなずいてみせる。

「飲み干せ。行くぞ」

レオは首を振る。胸と胃のあいだのつかえが、さっきよりもはっきりと感じられる。まるで、いいかげんな結び目を作られたような感じ。だれかに食道を引きちぎられて、中途半端に修理されたような感じ。

「飲み干せ。行くぞ」

「おまえは座ってろ！」

父さんとレオが席を立ったので、巻き毛も立ち上がろうとしていた。

「言ったとおりにしろ！　ずっとだ！　おれと息子が店を出ていって、ここから姿が見えなくなるまで、動くんじゃないぞ！」

外のほうが暖かい。少なくとも、そう感じられる。

商店街の入口はそのままだ。が、ベンチにもフェンスにも人がいない。緑のビール缶が控えめな風に吹かれて地面をころころとさまよい、火がついたままの吸い殻から煙が上がっている。

レオは息を吸い、吐く。さっきよりも呼吸が楽だ。

アパートの並ぶ界隈を切り裂くアスファルトの道をたどって、門の閉まった学校や閑散とした駐車場を素通りする。ヴァルホーン通り八番地への最後の坂を上がるところで、父さんが立ち止まり、振り返る。

「聞こえるか、レオ？」

風。それだけだ。

「なにが？」

「聞こえないのか？」

「うん」

「静けさだよ」

父さんは商店街に向かってうなずいてみせる。

「あのベンチを見ろ、レオ。あのフェンスも。三十分前には、寄生虫どもがあそこに座って騒いでた。それが、いなくなった。おれが失せろと言ったからだ」

ふたりが立っている場所は、何日か前にレオが倒れた場所と、よく似ている。

植え込み、街灯の柱、アパートの共同玄関に続くアスファルトの小道。

父さんはそうと知っているのだろうか、とレオは考える。それとも、ただの偶然だろうか。

「意志の力だ、レオ、わかるか？　肝心なのはそれだ。強い意志があればなんでも変えられる。決めるのはおまえだ。他人じゃない！　自分で決めて、あとはまっすぐ突き進むんだ」

父さんはエレベーターを使うが、レオは七階まで走る。競争だ。階段を一段飛ばしで駆け上がり、各階の踊り場を二歩で駆け抜けると、父さんがエレベーターから出てくる前に玄関の茶色いドアを開けられる。キッチンの前を通り過ぎると、アルミの調理台に向かう母さんの背中が見える。ステンレス製の深いボウルに手を入れているから、きっとミートボールかハンバーグだ。ヴィンセントの部屋の前を通ると、弟たちがふたりとも、街に見立てた模様のカーペットの上に座っている。ヴィンセントの片側にフェリックス、もう片方の側にちょうど七十七個のミニチュア兵士たち。イギリスのコマンド部隊とアメリカ海兵隊の兵士たちがていねいに並べられ、対峙させられている。これじゃ間違ってる、イギリスとアメリカは敵じゃない、とレオがささやくと、フェリックスからは、わかってるけどヴィンセントがこうしたいって言うから、という答えが小声で返ってくる。

後ろのほうで父さんが歩いているのがわかる。マットレスが壁に立てかけてあるあの部屋へ、急ぎ足で直行している。マットレスを片手で持ち上げ、スツールに飛び乗り、もう一方の手でランプをフックから外す。

「イヴァン？」

母さんが部屋の入り口に立っている。

「さっき言ったでしょ。こんなのはいやだって……」

これた挽肉が両手にべったり、片方の袖にも少しついている。

「……マットレスがそこにぶら下がってるなんて」

「これはマットレスなんかじゃない。サンドバッグだ。おれたちの息子が練習を終えるまで、ここに吊るしておく」

母さんが片方の手で額をこする。うっすらと挽肉の縞模様ができたことには気づいていない。

「ハンス・オーケルベリ。ヤーリ・ケッコネン。相手の名前。スコーグオース基礎学校の七年生だって。親御さんたちと話しましょう。話し合うのよ、イヴァン。そうやって解決するの」

「話し合うだと？　ろくでなしどもの親と話なんかするもんか」

「どうして？」

「それでやめるわけがない！　こういうやつらは、こっちが力ずくでやめさせないかぎり、絶対にやめないんだ。そういうもんなんだ。おまえにはわからないだろうがな、ブリット＝マリー」

母さんがまた手で額をこする。縞模様が増える。母さんも気がついたらしいとレオにはわかる。が、母さんは気にもとめない。

「あんたこそわかってない。子どもがどんなふうにお互いと向き合えるものか。そもそも興味がなかったものね、イヴァン。わたしのまわりにいる人たちと、あんたは親しくなろうともしなかった。父、母、エリック、アニータ、わたしの友だち。あんたは揉めごとを起こすことにしか興味がない！　わたしたちを孤立させるために。わたしたちだけで家族になるために。家族だけで生きていくために！」

「おれたちの息子がやられたんだぞ」

「あんたは家族だけが味方で、ほかはみんな敵だと思ってる」

「後ろから襲って、足蹴にしやがったんだぞ。なのに、親父と話し合えだと！　夕食にでも呼ぶのか？」

父さんがマットレスに一撃を加える。父さんと母さんのあいだでマットレスが踊りだす。

「子どもどうしで片をつけさせたほうがいい。親は首を突っ込まないほうがいいんだ」

レオは部屋の中には入らず、代わりにヴィンセントの部屋を見やる。本来なら味方どうしであるはずの七十七人の兵士たちが、互いを撃ちあってばたばたと倒れていく。そうして全員が倒れると、また立ち上がらされる。

父さんは机のある部屋に残っている。母さんはキッチンに戻っている。

レオはサンドバッグに向かう。Tシャツを脱ぎ、左足に体重をかけて構えの姿勢を取り、一発目を繰り出す。

「右手で右の頬を守れ」

右手の位置が低すぎるのだ。父さんが豹のような足取りで一歩近づいてきて、レオの顔を手のひらで軽く叩く。

「右手で右の頰を守るんだ、レオ」

レオは父さんを見て、右手を握りしめ、左手で殴る。同時に父さんの手のひらが飛んでくる。今度は頰がぴりりと痛む——右手の位置がまだまだ低すぎるのだ。

レオはふたたび構えの姿勢を取る。

冷たい床に素足をつける。薄いパンツ一丁でベッドに腰掛け、あくびをする。うるさい目覚まし時計はニューヨーク・レンジャーズのチームカラーで、二本の針はアイスホッケーのスティックの形をしている。四時四十五分。ブラインドのすき間から見える外は、まだ暗い。今週は毎日、ひとりで何度も練習をこなして、夜になると父さんとまた練習した。朝もこうして早起きした。

これが最後だ。

机のある部屋へ行き、鼻と顎を殴る。今、日、だ。腕から、胸、腹、股間にまで、その感覚がある。

ほんとうなのだ。股間にまでエネルギーが満ちている。

そのあと、バルコニーでしばらく休憩し、遠くにある学校の屋根を眺める。洗面台で顔を洗い、朝食の準備をする。フェリックスを起こす。ヴィンセントを起こす。

「レオ――どうしたの？」

「どうもしない」

ヨーグルト。トースト。オレンジジュース。

「なんかあったんでしょ」

「なにもない」

「変だよ。いつものレオらしくない。ひと言もしゃべらないし」

フェリックスがスプーンでヨーグルトをすくう。

「なんていうか……レオはここにいるけど、ぼくといるんじゃないみたい。ひとりきりで座ってるみたいだ」

「今日、あいつらをやっつける」

「あいつら?」

「ハッセ。それと、ケッコネン」

フェリックスがヨーグルトをかきまわす。食べたいわけではないのだろう。もうどうでもいいのだろう。

「レオ?」

フェリックスは、玄関に出たレオのあとを追いかける。レオは鏡の前に立っている。左足に体重をかけ、右手で宙を打っている。

「レオ?」

レオはそれから帽子ラックのほうを向き、父さんの作業着にそっと触れる。いつも着ている服。ほかの服装をしているところはほとんど見たことがない。もっとも、父さんがだれかをしこたま殴って刑務所に入れられて、面会に行ったときには、べつの服装をしていたけれど。いつもの服は、作業用のシャツと、オーバーオール。どのポケットにも工具が入っている。

「レオ？」

ナイフのありかはふたりとも知っている。ズボンの片方の脚についている細長いポケット。そのボタンを、レオが外す。モーラナイフを手に取る。髪を切り落とすこともできる武器。レオが自分の上着のポケットにそれをしまう。

「なにしてるの？」

兄は自分の世界に閉じこもっている。奥深くに潜っている。

「それ、ナイフだよ！　レオ！」

他人には手の届かない場所。

「さっき言っただろ。今日だ。今日、あいつらをやっつける」

やがて、兄弟は肩を並べて歩く。片方は四年近く、もう片方は一年近く、毎日歩いている同じ道のり。駐車場を斜めに横切って、植え込みを突っ切り、道を渡れば、校庭までの距離は数百メートルもない。

ふたりはひと言も話さない。自分の世界に閉じこもってしまった兄と、どうやって話をすればいいというのか？　ふたりは低学年用の校庭にたたずむ。待つ。

始業のベルが鳴る。フェリックスはもう我慢できない。

「レオ。あのナイフ、あれ……」

「始業のベルが鳴ったぞ」

「……使っちゃだめだよ……」

「いまから四十分経ったら、終業のベルが鳴る。そうしたら、走って家に帰れ。父さんといっしょにバルコニーに出ろ」

「どういうこと？」

「帰って、父さんを連れて、バルコニーだ。終業のベルが鳴ったら。いいな？」

レオはなかなか立ち去ろうとしない弟を見つめる。

「いいな？」

弟は、しぶしぶうなずく。

「いまみたいに、ベルが鳴ったら。終業のベルな」

長々と続く、耳障りなベルの音。じっと耐えて、ようやく脳が解放されたと思ったら、また鳴りだす。

レオはあたりを見まわす。

さっきまで生気にあふれていた校庭が、いまは死んだように静まりかえっている。走り、跳びはね、叫び、小突き合い、笑い、さらに走っていた子どもたちは、もういない。六学年それぞれの入り口が、掃除機のように吸い込んでしまった。そして四十分後にまた吐き出すのだ。

レンガ造りの壁のそばに立ち、坂の下、中学生用の校庭に視線を走らせる。そちらのほうは、まだ空になっていない。教室へ向かう生徒たちの足取りは、小学生よりのんびりとしている。中でもいちばん遅いのが、七年生のあのふたり。青いダウンジャケットとデニムジャケット、ハッセとケッコネンだ。レオの身体が震え——怖さと、期待で——背中がレンガの壁をこする。ハッセとケッコネンはいま、中学生用の校庭の中央、旗竿のそばの地面に白線で描かれた四角の中に立っている。そこで煙草を吸いながら、教室へ向かう生徒たちに大声を浴びせたり、そばを通る生徒たちの背中を拳で叩いたりしている。遠くから見てもふたりはでかい。ハッセは背が高く、疲れたような、凶暴な目つきをしている。ケッコネンは角張っていて、じっとりと貼り付くような目つきをしている。だが、今回、レオにはわかっている。なにをどうすればいいのか、ちゃんと知っている。今回は、こちらが待ち伏せをする側だ。

ふたりが校舎に向かって歩きはじめるまで、レオは壁に身体をぴたりと寄せてじっと待つ。時間を計る。あいつらが教室に入るまで待たなければ。レオに時計は要らない。五分が経てばそうとわかる。そうして五分経ったところで坂を駆け下り、校庭を横切って中学の校舎に入る。ここには何度か来たことがあり、なるべく壁際を歩いたほうがいいと学んでいる。

生徒用のロッカーに沿って歩く。上着の内ポケットに手を入れ、ナイフを握っている。レオの手にちょうどいい大きさだ。木製の柄は滑らかで、日々父さんの手に握られて研磨されたかのよう。

教室のある区画に入って廊下を進み、閉まったドアや上着の掛かったフックをいくつも素通りする。一つ目の教室では、だれかがなにかの楽器を演奏していて、二つ目の教室ではだれかがヒューヒューと口笛を鳴らしている。次の区画にも、いくつもドアが並んでいる。五つめの区画でようやく見つけた。ここだ。物理室へのドア。その脇のフックに、あのジャケットが両方とも掛かっている。レオはその前で立ち止まる。胸に油のシミがあり、片方の袖に煙草の焦げ跡がついたダウンジャケット。舌を出した口のマークのワッペンがついたデニムジャケット。この授業の教師には、脱げと命令されたのだろう。

身体の震えは止まっている。気持ちはすっかり落ち着いている。

手に滑らかなナイフを、二着のジャケットの背に突き立て、切り裂く。ほぼ直線に近い切れ目をいくつも作る。

それから、二十歩後ろに下がる。これでじゅうぶんだ。ここに座って待っていよう。

授業時間は四十分。たぶん、終わるまであと二十五分だ。

レオは時間を計りはじめる。一秒ずつ。六十まで。それを繰り返す。

二十五回近く繰り返したところで、あの長い、耳障りなベルが廊下に氾濫する。レオは立ち上がる。両足を大きく広げて立ち、背中の切り刻まれた上着のほうを向く。

もうすぐだ。もうすぐ。

ドアが開く。

生徒たちが出てくる。ひざを揺らす。ひとり、またひとり、そばを通り過ぎていく。上体を軽く前に傾ける。

ふたりは最後に出てくる。狭い戸口から、同時に。ハッセ。ケッコネン。

そして、自分たちのジャケットに気づく。

背中に入った切れ目に気づく。

レオに気づく。

レオは手を上げ、振ってみせる。ふたりが走りだす。レオも走りだす。廊下、生徒用ロッカー、正面玄関、校庭。

振り返る。距離が縮まっている。

坂を登る。四年生から六年生までの校庭。一年生から三年生までの校庭。道を渡り、石塀を乗り越え、植え込みを抜けて、駐車場へ。

背後でふたりが叫んでいるのが聞こえる。

自分の脚がこんなに速く走れるなんて、フェリックスは自分でも知らなかった。エレベーターがいつまで経っても来ないから、共同階段を七階まで、一気に駆け上がる。

レオの指示はこうだった。

〝終業のベルが鳴ったら〟

家に入ると、廊下を抜けて、キッチンへ。食卓についている父さんのところへ。

〝いまから四十分経ったら〟

父さんは疲れた顔でヤカンを手にし、コーヒーカップに湯を注ごうとしている。

〝走って家に帰れ。父さんといっしょにバルコニーに出ろ〟

「おい……どうした？　もう帰ってきたのか？」

フェリックスは答えない。質問が聞こえてもいない。バルコニーへ出るドアに向かって走る。が、ドアが開かない。ノブを回す。回す。ちくしょう……やっとドアがすうっと開く。

フェリックスはつま先立ちになって、手すりの上から外を見ようとする。

背後でふたりが叫んでいるのがレオには聞こえる。

だが、その声は、走る両足の音にかき消される。

呼吸が腹の底から始まって肺を満たし、膨らみ、広がる。空を飛ぶってこんな感じなのか、と初めて思う。駐車場を横切り、アスファルトの小道を走って、アパートの共同玄関へ。

レオは立ち止まり、ちらりと上を見る。

あそこ。間違いない。フェリックスの頭がバルコニーの手すりから突き出している。

レオは向きを変え、追いかけてきたふたりを待つ。かすかに腰を落としてひざを揺らす。

両腕を上げる。右手で、右の頬をガードする。

建物の下へ走ってきたのはレオだ、とフェリックスは気づく。共同玄関の前で立ち止まっている。向きを変えている。

それから。

レオを追いかけているふたりが見える。今回はふたりともジャケットを着ていない。それでも、わかる。ふたりが何者か、フェリックスにはわかる。

「父さん！」

キッチンへ、食卓へ駆け戻る。父さんは陶製のカップを手にしている。

「来て！　来て、父さん！　早く！　バルコニー！」

熱いコーヒーを、ごくりと飲んでいる。

「早く、父さん！」

父さんはカップを手に座ったままだ。ハッセとケッコネンが、あのハッセとケッコネンのくそったれが、この下に、レオのそばにいるというのに。

「父さん！」

父さんの腕をつかんで引く。ひたすら引っ張る。引っ張る。

「父さん！　父さん！」

ついに父さんが立ち上がる。裸足のままバルコニーに出ると、いつものように手すりから身を乗り出す。

そして、気づく。フェリックスと同じことに。

「父さん！　レオが下にいるんだ！」

「ああ。いるな」

「あいつらも！　あいつらだよ、父さん！　助けに行かなくちゃ……」

「大丈夫だ」

「でも、父さん！　ハッセが！　それに……」

「レオが自分でなんとかする。自分ひとりで解決する」

場所はあらかじめ決めておいた。バルコニーからよく見えて、植え込みと街灯が近くにある場所。まずハッセが近づいてくる。レオと同じくらい息をはずませている。ふたりは睨みあう。ジャケットなしのハッセ。背が高いので、見下ろされてようやく目が合う。

両足を開いて立つ。両手を構える。

七階のバルコニーを最後にもう一度、ちらりと見やる。フェリックスは手すりをつかんでジャンプし、半分身を乗り出している。そのとなりに、父さんがいる。

たったの一発。右手で。鼻の真ん中に。

ハッセはなにが起こったのかわからないまま、がくりとくずおれて地面にひざをつく。開いた涙管から涙が噴き出し、血が口や顎や首を伝う。

そして、その場に倒れる。レオが倒れたのと似た場所で。

ケッコネンが近寄ってくる。その息遣いはさらに速く、荒い。

ケッコネンはハッセよりもはるかに背が低いが、がっしりとした体つきで、力がある。一発目が頰のすぐそばに飛んできたが、レオはひざをうまく使い、すばやく足を動かす。ケッコネンが二発目、三発目を繰り出してきても、レオにはかすりもしない。

レオの一発目が当たる。鼻には命中せず、どちらかといえば頬、顎のほうに。がっしりとした身体は立ったままだ。

そして、殴り返してくる。

ひざも足もあいかわらず滑らかに動く。スムースに、すばやく。レオの拳がケッコネンのこめかみに、肩に、もう一方の頬に命中する。ついにケッコネンがよろめき、倒れる。目つきが変わっている――さっきまで怒りに燃えていたクソフィンランド人の目は、いまや恐怖におびえ、虚ろだ。

バルコニーを見ようと振り返る。父さんとフェリックスが見ているはずのバルコニー。だが、その瞬間、すべてが一変する。なにがどんなふうに一変したのかは見る間もない。ただ、父さんがいきなり大声をあげ、指差す。危険を伝えようとしている。

指差されたケッコネンが、背後からレオをつかむ。

ふたたび立ち上がり、レオのジャケットをつかむ。けっして放そうとしない。

レオは必死になって身をよじる。引っ張る。放せ！　どうにか振りほどけそうだ。

そのとき、上着のポケットからそれが落ちる。

ナイフ。

父さんのモーラナイフ。

間に合わない。身をかがめて地面から拾おうとするが、ナイフはもうそこにはない。ケッコネンが先に拾い、前に掲げて振ってみせている。

顔の前でゆっくりと動くナイフ。見えるのはその鋭い金属の刃ぐらいだ。ナイフがこちらへ向かってくるときにも。身体に突き立てられるときにも。

ハッセは汚いアスファルトの上に倒れたまま、ケッコネンに向かって叫ぶ。鼻が落ちそうになっているのを防ぐかのように、両手で押さえている。

「刺しちまえ！」

「さっさと刺しちまえ！」

最初の一刺しが、レオの左肩に深々と沈む。いや、正確には、分厚いダウンジャケットの左肩に沈む。モーラナイフがジャケットに大きな穴をあけ、ふわふわの白いものが飛びだしてくる。

二度目にナイフが向かってきたとき、レオは上体を少し傾けて横にひねったので、ナイフはすぐそばの宙を切る。三度目の攻撃はもっとすばやく、もっとまっすぐだ。またジャケットに当たる。今度は袖だ。が、穴はたぶん、一つ目ほど大きくはない。

ハッセが叫ぶ。〝刺せ！　刺しちまえ！〟ケッコネンがにらみつけてくる。ナイフを突き出すたびに嘲《あざけ》りをあらわにする、胸くそ悪い目。顔を狙って、二度ナイフを向けてきたところで、背後のドアが開く。

レオは振り向かない。ナイフの刃先がすぐそばにある。いま振り向いたら、次の攻撃をかわすのは無理だ。

そのとき、聞こえる。それだけで、レオにはわかる。

アスファルトを叩く足音。裸足の足音。

父さんの足音だ。

父さんの呼吸。

父さんの声。

「ナイフを放せ、クソガキ！」

ケッコネンは言われたとおりにする。ナイフが地面に落ち、跳ねる。そして、ふたりは走りだす。ハッセは鼻を両手で押さえながら、ケッコネンは角張った身体でつんのめるようにして、駐車場を横切り、植え込みを抜けて逃げていく。ちょうど道を渡ったころに、また始業ベルが鳴る。

ふたりは並んで立ち、落書きだらけの簡素な鏡を見つめている。ひとりは身長百九十三センチで、褐色の髪を後ろに撫でつけている。もうひとりは身長百五十二センチで、金髪がぼさぼさに乱れている。

「ナイフだと」

父さんが手のひらを上に向けて差し出す。そこにあるのは、赤い木製の柄と、片面にペンキのついたカーボンスチールの刃。オーバーオールの細長いポケットに、折尺といっしょに入っていたはずのナイフだ。

「ナイフだと、レオナルド！」

ふたりを乗せたエレベーターは、二階を過ぎ、三階を過ぎる。レオは、鏡に映った父さんの姿の意味について考える。震えているのだ。もちろん、砂糖を溶かしたワインを飲む前や、怠け者の寄生虫に苛立っているときに、父さんが身体を震わせることはよくある。だが、それは表面だけのことだ。これは違う。いまの父さんは、内側から震えている。

「確かに、ケンカは教えてやったがな。おれが教えたのは、素手で殴りあうやり方だ！　それなのに、おまえときたら……おれのナイフなんか持ち出しやがって！」

「刺すために持って行ったんじゃない」

「ナイフなんぞ必要ない！」

「ケンカを仕掛けるために使ったんだ。あいつらをここまで連れてくるために。父さんに見てほしかったから」

父さんはナイフを握りしめる。怒っている。おびえている。怒っている。それで怖くなる。それでまた腹が立つ。

「わからんのか、馬鹿野郎。おまえは……おまえは……」

「父さんだって使ってた。それであいつの髪を……」

「おれはナイフなんか使う前に、素手で殴ることを覚えた！」

六階。七階。着いた。それなのに、ふたりはまだ狭いエレベーターの中にいる。

このままドアを開けず、落書きだらけの鏡越しに互いの姿をじっと見ているかぎり——ふたりきりだ。この空間がすべてだ。

「馬鹿息子め」

父さんの声も震えている。レオは、鏡の上のほう、スプレーの落書きが少し薄くなっているところ、そこに映っているはずの父さんを探す。

「でも、おれ、あいつを殴ったよ、父さん。ちゃんと鼻を殴った。見てただろ？」

父さんは、微笑んでいる。金の入った封筒を受け取るとき、それから、あの黒いワインを飲んでいるときにもときどき、父さんは声をあげて笑う。だが、微笑むことはめったにない。

その父さんが、いま、微笑んでいる。

第二部

いま

雨が降っている。

ここ数週間、毎日だ。灰色のコンクリートの立方体の前に掘り、土と砂でふさいだあの穴が、雨水にうがたれる。そのことは考えるまいと決めているが、それでもずっと不安だった。レオはスコーグオースのショッピングセンターの前に車をとめ、運転席で待っている。フロントガラスが濡れた膜と化していて、外がよく見えない。昔はただの商店の集まりで屋根などなかった場所だが、いまは改築されてショッピングセンターになっている。とはいえ、それぞれの店の位置は変わっていない。ＩＣＡのとなりに同じくスーパーのコンスム、そのとなりに国営酒販店。左側の入口の手前に、マフムードのピザ店。白地に赤いチェックのテーブルクロスについたしみは昔より大きく、バーカウンターの上の棚に並ぶピルスナービールの種類も昔より増えたような気がするが、オーナーはいまも同じで、行くたびに会釈してくれる。屋外だった場所にガラス張りの天井ができ、ごつごつとした石畳はつややかなタイル張りになった。〝寄生虫〟がたむろしていたベンチやフェンスは消えて自動ドアになり、人が近づくとすうっと開く。ちょうどいま、アンネリーが近づいてきたときにも。

彼女はほんの数歩で立ち止まると、煙草の箱のビニール包装を剝がし、入口の軒下で火をつけて、深々と息を吸い込んだ。なにかを期待しているとき、彼女はいつもそうする。それにしても美しい女だ。レオより年上だが、パブのドアマンに年齢確認を求められ、ハンドバッグを探って身分証を差し出すはめになるのは、たいてい彼女のほうだった。そしていま、この車に近づいてくるアンネリーは、ただ単に歩いているだけではない。そぞろ歩き、という言葉がふさわしい。そんなふうに気の向くままに歩いているとき、自分たちふたりはなかなか絵になる、とレオはよく思う。

「南のほう？」

「いや」

「西のほう？」

「すぐにわかる」

「北のほう？」

「まあ見てろって――売り出し中の家はあちこちにあるんだ」

レオはまずトロングスンドとファーシュタ方面へ車を走らせた。北のほうだ。アンネリーは窓の外を眺め、期待をふくらませているようだった。それからフッディンゲとトゥリンゲ方面、西のほうへ。彼女がときおり大きな家を指差す。あんな家に住んでみたいと、これまでさんざんアピールしてきた類いの家。やがて車はトゥンバへ向かった。南のほう。彼女はまだ希望に胸をふくらませていて、ギアを操るレオの手に自分の手を重ねている。なじみの界隈をゆっくりと走る。小さな一戸建ての並ぶ住宅街、団地、アスファルト、工場の並ぶ界隈、そしてまた一戸建ての並ぶ住宅街。ここは肉体労働者の町だ。労働者と、中小企業。ふたつの世界の境界地帯。ストックホルムの外の世界が、ストックホルムになろうとしている場所。

レオはそういう世界に属している。仕事でやりとりをする相手は、口うるさいガッベに、配管工のロッフェ、配電工のラッセ。壁職人のベンケに仕事を頼めば、全種類のタイルを三十パーセント割引してくれる。アンネリーが理想とする世界にはそぐわない連中だ。以前、ドレーヴヴィーケン湖でボートを走らせたとき、彼女は岸辺の木立の上に見える家々の屋根をじっと眺めていた。彼女はそういう家を望んでいる。いまもそんな家を期待しているのがありありとわかる。

重ねられた手。彼女がぎゅっと握ってくる。温かくやわらかい肌からにじみ出る、期待感。

「アンネリー？　ここだ」

二十世紀初頭に建てられた美しい家。広い芝生にリンゴや梨の木が植わっている。アンネリーはその家をまじまじと眺め、そこかしこに視線を走らせると、レオの手を握ってその頬と唇にキスをした。が、彼は立ち止まらなかった。その家ではなく、となりの敷地へ向かっている。入口には、高い鉄製の門。車が五台は入りそうな車庫に、くたびれた灰色の石壁の、小さな、小さな家。

「ここ？」

アンネリーの視線が泳ぐ。ふたりはでこぼこのアスファルトの前庭にできた水たまりを避けながら歩いた。両側はどちらも交通量の多い幹線道路だ。

移動してきた気がしない。賃貸アパートの三階から、地下のシェルターに来たようなものだ。

「柵がないわ」

レオがアスファルトの庭を横切っていく。アンネリーはそのあとを追った。

「レオ？」

彼の腕を取り、引っ張る。

「柵がないわ。ねえ、聞いてる？　柵がないのよ」

「あるよ」

レオは深い水たまりのあいだを縫って歩き、高さ三メートルはある金網に向かった。上には有刺鉄線が張られている。

「前の持ち主は車のディーラーだったんだ。だからこんな金網が必要だった。わかるだろう？　だれも忍び込んでこないように」

「ねえ、ほんとに……これなの？　これが……一軒家に引っ越すって、一緒の暮らしを築いていくって、こういうこと？」

「おい……」

「こんな馬鹿みたいに大きな車庫に、でこぼこのアスファルト敷きの庭に、有刺鉄線のついたフェンス？　いやよ、こんな家！　わたしはね、白い木の柵が欲しいの。真ん中に飾り用の丸い穴をいくつもあけて模様みたいにした柵がいいの。ほんものの木が欲しいの。花壇とか、芝生とか、ルバーブとか……レオ、聞いてる？　わたしはね……ああいう家がいいの！　あれがいいのよ！　木造りで、砂利道があって、素敵なタイルが敷かれてて。ああいうふうに暮らしたいの」

アンネリーが大きくて優雅なとなりの家を指差すと同時に、背後のドアが――金網のこちら側にある小さな家のドアが開いた。出てきたのは、グレーのストライプのスーツに白シャツ、水玉のネクタイ姿の男だった。

「ちょっと……会う約束までしたの？　不動産屋さんと？」

「おいで」

アンネリーは動かなかった。髪はずぶ濡れになり、コートにもズボンにも靴にも水が浸み込んでいる。

「何週間も前から、ちゃんとした家に引っ越すんだって期待させておいて……こんなところに連れてくるなんて」

レオは彼女の手をつかんだ。

「来たからには見ていこう」

「レオ」

「なんだ？」

「わたし、こんなところには住みたくない。わからないの？」

もう一方の手もつかむ。

「アンネリー、ここはいい家だよ。いまのおれたちにとっては」

「いやよ、こんなの！　わたし……」

「電話でお話しした方でしょうか？」

スーツにネクタイ姿の男が、いかにも練習して身につけたらしい笑みを浮かべている。押しが強いほうが信頼感を与えると思い込んでいるタイプだ。レオも微笑む。アンネリーはレオの目を見ようとした。〝勝手に不動産屋と会う約束したのね？　わたしにはひとことも言わずに〟。レオは彼女の視線を受け止め、〝来たからには見ていくぞ〟、つややかな四色刷りのパンフレットを受け取った。不動産屋はアンネリーの拒否反応に気づいていて、そのもとなった方角を向いて言った。

「まあ、のどかな田舎のコテージという感じではないかもしれませんね。二十世紀初頭に建てられた瀟洒《しょうしゃ》な家でもありません」

そして、レオの車を、彼のジャケットについた工務店のロゴを指差す。

「ですが、職住近接という意味では理想的な家ですよ。お値段も手頃です」

続けて前や後ろを指差そうとしたが、ふっと手を下ろした。まわりの風景を見せようとしたが、見えるものがひとつしかなかったので、やめたのかもしれない——県道の向こう側で影を落としている、トタン張りの青い大きな建物だ。

「あそこの改装工事、うちがやったんですよ」

レオがその建物に向かってうなずいてみせる。

「ソルボ・ショッピングセンター」

タイヤ店にインド料理店、花屋、日焼けサロン、〈ロッバンス・ピッツェリア〉のある一角。その脇に、鍵のかかったコンテナ。

不動産屋にも見えている。車でそばを通ればかならず見える。

だが、中身は知らない。

軍用銃、二百二十一挺——スヴェア近衛連隊に属する歩兵中隊、二個分の軍装だ。

「ではなおのこと、ぴったりですね」

雨に濡れたスーツの腕が、アスファルト敷きの庭を指して弧を描く。

「敷地面積、計千百平方メートル。住居以外の建物の面積が三百平方メートル強。母屋の面積は九十平方メートルです」

不動産屋が顔を向けると、レオはうなずいたが、アンネリーはうなずかなかった。

「四か月前までは車のディーラーさん、その前は確か、配管業者さんが住んでらっしゃいましたよ」

有刺鉄線つきの金網と水たまりをあとにして、一階のキッチンに入る。不動産屋が滔々《とうとう》と語る声が聞こえる。〝電化製品はほぼ新品です〟〝改装のしがいがありますね〟〝住みやすい間取りです〟〝コストパフォーマンスのいい暖房ですよ〟。声は聞こえるが、内容はふたりとも聴いていない。アンネリーはさっさとここから出ていきたくて、耳を傾けようという気になれなかった。レオも聴いていなかった。すでに決心はついていたから。

がらんとしたキッチンを出て、がらんとした廊下へ。正面に、なにもない二階への階段。左側には、やはり空っぽの部屋。ドアが閉まっている。

不動産屋がそのドアを大きく開けた。

「増築して、一部屋増やしてあるんですよ」

ぼろぼろの壁、ぼろぼろの床。広さは十平方メートルほどだろうか。

「事務室として使われていました」

レオは指の節で漆喰の壁をあちこちノックし、ビニール床の上で足踏みをした。だが、聞こえるのはアンネリーの靴音だけだ。そぞろ歩きにはもはやほど遠い。外へ出ようとしている。レオは不動産屋に失礼を詫び、急いで彼女のあとを追った。彼女は窓の外に立っていた。霧雨となった雨の中、煙草を手にして、短く、鋭く煙を吐いている。がっかりしたときの煙草の吸い方だ。

「あと一年だ」

レオはアンネリーを抱きしめた。

「一年経ったら、どこでも好きな家を選んでいいんだ、アンネリー。どこでもいい。どんな値段でもかまわない」

彼女の頬に手を当てる。

「でも、いまはこの家が要るんだ。わかるか？　その先へ行くために。次の家を手に入れるために。ここは工務店にうってつけの家だ。本部があって、訓練所があって、倉庫もある。この界隈は昔、湖の底だったから、この家に地下室はない。ここがおれの〝ドクロの洞窟〟なんだ」

彼女の濡れた前髪、濡れた額、頬。シャツの袖でそっと拭いてやる。

煙草を、もう一本。

「児童館みたいなものってことね」

吐く息が少し長く、ゆっくりになる。

「いまのアパートよりもっと児童館っぽいわ。どうせあんたの弟たちもここに入りびたるんでしょ」

レオは彼女の肩を抱く。ふたりとも家の中が見えるように。それから、そっと向きを変えてやる。自分のほうを向かせる。

「おまえの期待と違ってたのはわかる。でも、一年待ってくれ、アンネリー」

「一年？」

「一年だ」

「そのあとなら、どこでもいいの？　どんな家でも？」

「どんな値段でもいい」

レオがアンネリーの手を取り、ふたりは家の中へ戻った。廊下を抜け、増築された部屋へ向かう。

「ここ」

「ここがどうしたの？」

「おまえの部屋だ。好きなようにしていい」

「わたしの部屋？」

「ここがおまえの部屋。この下が、おれの部屋だ」

階段で二階へ上がる。不動産屋はそこで待っていた。レオとアンネリーはその前を通り過ぎ、寝室となる予定の部屋に入ると、となりの家に面した窓へ向かった。

「一年ね？」

レオはアンネリーを見つめ、抱きしめた。

「ああ、一年だ。約束する。そのあとはもう自由だ」

アンネリーが振り向き、手を振り、ストックホルム中央駅へ向かう近郊列車に乗り込んでいった。どうして街に出なければならないのか説明されたはずだが、レオはもう覚えていない。ろくに聴いていていなかった。彼自身、べつの場所へ向かっていたから。二度と行くまいと誓ったはずの場所へ。

トゥンバ駅を離れ、森や畑を抜ける狭い道路を三十分ほど走って、まっすぐ南へ向かう。アンネリーには嘘をついた。ふだん嘘をつくことはない。彼女に対しても、だれに対しても。単純に、嘘が嫌いなのだ。子どものころはよく嘘をついた。ほんとうのことを言うと、かならず悪いことが起こるから、しかたがなかった。さっき嘘をついたのは、うまく説明できなかったからだ。自分でもわからないことを、どうやって説明したらいい？　買う約束を交わしたあの家の前で、レオはアンネリーを抱きしめると、自分は一緒に行けない、ガッベと最終チェックがあるから、と話した。真実は、自分でも理解できない――負ってもいない借金を払いに行くため、なんて。だから嘘をついた。

シャツの胸ポケットに入った封筒。またあそこに行くのはこのためだ。

このためだけだ。

あのときは、確信していた。四年半前のこと。一緒に工務店を営んでいた父と息子。レオは工具の入った作業ベルトを投げ捨て、父のもとを去った。〃レオ、三万五千、前払いしてやっただろう〃。あのときは、金の問題だと思っていた。〃その分、働いてもらうぞ。辞めるのはそれからだ〃。だが、ほんとうは金など問題ではなかった。〃借金はどうした、レオ！　辞めるなんぞ許さん！〃レオにとっては。いや、どちらにとっても、だ。とにかく抜け出したかった。自由になりたかった。

さほどスピードは出ていない。くたびれた服をまとった景色。昼間なのに明るくない。左側に見えるマルムシェーン湖の静かな水面に、薄い靄のベールがかかっている。牧場には、白と黒の牛たち、追いかけあう四頭の馬たち。そして、また穏やかな湖。今度はアクサレン湖という名だ。

〃レオ、週にたった三千クローナしかもらえないって文句垂れやがって。何様のつもりだ？　いまのおまえがあるのは、おれのおかげだろう？　おれの遺伝子のおかげだろう？〃期限に間に合うよう、顧客に満足してもらえるよう、夜中まで床に這いつくばってビニール床のサイズ合わせをしていたのは、このおれなのに。〃しかもだ、レオ、仕事してやってるんだからありがたく思え、だと？――おまえのほうこそ、おれに仕事をもらえるのをありがたく思うんだな！〃あんたが金曜の夕方から、ワインボトルを二本、三本と空にしていったせいで、週末ずっとひとりきりで壁紙を張り替えたのは、このおれなのに。〃どうせそのうち戻ってくるだろうよ〟。だから、おれは去った。〝金に困ってすごすご戻ってくるのがオチだ！〟作業ベルトを蹴飛ばして、そのまま去った。〝おまえはな、レオ、おれがいなきゃなんの価値もない。おれがいなきゃやっていけないんだ！〟

残り数キロのところで車をとめる。そこは店じまいしたガソリンスタンドで、カルテックスの錆びついた看板が風に揺れ、窓には黄ばんだブラインドが下りている。がらんとした敷地の中央に、ポンプが一台。機械仕掛けの数字は、かつては回転していたのだろうが、いまは七六・四〇クローナで止まっている。

レオは車の窓を下ろし、湿った空気を吸い込んだ。

あれ以前にも、父のもとを去ったことは何度もあるが、そのたびに戻っていた。便利な道具、こき使える人材、ドールハウスのしかるべき椅子に座った人形、家族というもののイメージ――あの野郎の抱いている家族のイメージを強める小道具として生きるのは、もはや屈辱以外のなにものでもなかったのに。だが、四年半前のあの日は、ほんとうに立ち去った。その翌年、フェリックスがレオのもとで働きはじめた。さらにその翌年、ヴィンセントが高校を中退して、三兄弟がともに働くようになった。

家族で、一緒に。あんたがやろうとしてできなかったことを、おれは成し遂げたんだ。

あと少しだ。牧場、湖、狭い道路。家畜小屋をいくつか通り過ぎると、一戸建ての並ぶ住宅街に入る。学校があり、店が何軒かある。エースモという町の中心だ。ストックホルム都心から三十分強だが、まったくべつの世界がここにある。

レオはゆっくりと近づいていった。

レンガ造りの大きな家。集めた落ち葉の山が規則正しく並んだ、手入れの行き届いた庭。

レオは郵便受けの前に車をとめ、明かりのついている一階の窓を見やった。この時間、親父はたいてい家にいる。

片手に、玉ねぎの最後のひとかけ。もう片方の手に、豚肉の燻製《くんせい》の最後のひと切れ。のみ込んで、酒と一緒に喉へ流し込む。ローテーブルの上には、すでに記入して提出したキノ（番号を選んで当てる方式の宝くじ）の半券が積んである。抽選は毎日、十八時五十五分に行われる。

イヴァンは身を乗り出してリモコンをつかみ、テレビの音量を上げた。

一つ目の黄色いボール。番号は、30。

二つ目の黄色いボール。40。30の真下のマス目だ。

三つ目のボール。39。40の左側、30の左斜め下だ。

数字がかたまっている。いい傾向だ。

四つ目のボール。61。左端のいちばん下。五つ目のボール。51。ちょうどその真上。予想していた側ではない。印をつけないと決めたあたりに、数字が集中している。

イヴァンは音量を落とし、ひじ掛け椅子にもたれた。これ以上黄色いボールを見届ける必要はない。もう終わりだ。61などという数字は、彼のシステムにけっして含まれない。彼の計算によれば、出現率がもっとも低い数字なのだ。だが、39は違う。40もだ。このふたつはいつも印をつける。もっとも出現率の高い、核となる数字だ。

たいていの人は、これが肝心なのだということをわかっていない——パターンを見極めること。出現率の高い数字の組み合わせがあるということ。たいていの人はそれにまったく気づかず、記入用紙全体に×印が広がるよう、ランダムに印をつける。だが、偶然などないのだ。つねに同じパターンが繰り返される。すべては繰り返される。結びついている。

用済みになった半券四十枚を集める。未来へ向かうための地図だったのに。そのための道しるべとして、十一か所に×印が入っていたのに。イヴァンは全部をくしゃくしゃに丸め、床に払い落とした。

明日、十八時五十五分。次の抽選だ。

テレビの音声を完全に消して立ち上がろうとしたところで、べつの音に気づいた。窓の外。車がとまり、ドアが開く。イヴァンはカーテンを開けた。この家具付きの一階に間借りを始めたときから、ずっとかかったままになっているカーテンだ。

荷台のある、大きめの車。工務店とおぼしきロゴが側面についている。

その車が、敷地のすぐ外にとまっていた。


窓の向こうに現れた顔。

父が窓に顔を近づけ、外を、つまり自分を見ようとしているのがレオにはわかる。ペンか、ワイングラスか、豚肉の燻製を置いて、うつむき加減になって老眼鏡を少し下げ、その上、眉間から、射るようなまなざしをこちらに向けているのが想像できる。

だからだろう、砂利道を歩くレオの足取りは、見られていることを意識している人間のそれだった。ひとつひとつの動きに、いつもより少し時間をかける――車のドアをゆっくりと閉め、両足をゆっくりと地面につけ、胸ポケットの封筒にゆっくりと手を運んで、きちんとそこに入っていることを確かめた。さあ、じっくり見てくれ。いま、ここを歩いているおれは、なにをするかを自分で全部決めている。おれがまたここに来たのは、自分でそうしようと決めたからにほかならない。

植木鉢が邪魔だ。イヴァンはそれを脇へ押しやった。窓の外がもっとよく見えるように。若い男が近づいてくる。かなり背が高い。

力強い足取りで、玄関の外階段への道を半分ほど進んできたところで、イヴァンはようやくそれがだれなのかに気づいた。髪が短くなっている。顎が昔より角張っている。成長して、肩幅も広くなっている。もう少年の面影は残っていない。

レオ。

イヴァンは玄関と直結しているキッチンをぐるりと見まわした。まず、空のワインボトルをテーブルから流し台の下のゴミ袋に移した。次に、丸めたキノの半券をゴミ箱に捨てた。

あと数秒で、呼び鈴が鳴るだろう。

彼は急いだ。茶色い革靴に素足を突っ込んで、ダンガリーシャツの上に灰色のジャケットを着る。昔と変わらない生活ぶりをどこかにしまい込む時間はない。

　そして、ふたりは顔を合わせる。互いを観察する。

「新しい車か？」

「ああ」

「つやつや光ってるな――仕事がないのか、レオ？」

　閉まった玄関扉の前で、灰色のフェルト地のドアマットに立っている父親。少々色褪せた外階段の下に立っている息子。ふたりのあいだに、階段七段、四年半。

「あんたと違って、おれは持ち物をきちんと手入れする主義でね」

「工務店の車はな、レオ、埃まみれじゃなきゃ話にならん。仕事が増えれば埃も増える」

　イヴァンが見ているのは、昔の自分のようにも思える人間だ。レオが見ているのは、自分は絶対にこうはなりたくない、と思う人間だ。片や息子は、釘を踏んでも足に刺さらない特別な靴底の作業靴を履き、専門店でじっくり吟味して買った、胸ポケットにふたとスナップボタンと自社のロゴを入れるスペースのある厚手のシャツを着ている。片や父親は、昔はつややかでもいまはすっかりすり減っている外出用の靴に素足を突っ込み、町はずれの安売り店で五着まとめて買った、一着四十九クローナの半袖シャツを着ている。

「埃まみれだと？　おれはあんたとは違う。汚い車で客に会いに行ったりしない」

「よく見れば、たいした車じゃないな……人手を増やさなきゃならなくなっても、それじゃ乗せられんだろう。だれかと一緒に仕事をしようと思っても。だから来たんだろう？　それともなんだ、こびとでも雇う気か？　レオ」

「言ってろ——おれはな、これと同じ車を二台持ってる。いや、おれたちは、だな。おれたちの会社は」

ほとんど見えないほどの変化だ。まばたき、かすかに引きつった頬、若干突き出た下唇。

だが、レオは見逃さなかった。

「なんだ……どういうことだ、おまえ……人を雇ってるのか？」

「ああ」

この顔はよく知っているのだ。

「何人だ？」

「三人」

「三人だと？　じゃあ……組合に気をつけるんだな。建設労働者組合。どんなことにも口出ししやがる。まるでゲシュタポだ。言っておくがな、レオ、人を雇うなんて、揉め事になるだけだぞ」

「揉め事にはならない。言っておくがな、親父、おれはいま、ちょうどデカい仕事をひとつ終わらせたところなんだ。トゥンバのソルボ・ショッピングセンター。七百平方メートル。商業施設だから、いい儲けになった。いや……おれたちが終わらせた、と言うべきか」

「おれたち？　おれたちの会社、だと？」

「ああ」

答えはいずれ教えてやるつもりだ。こちらの気が済むまで待たせてから。

「今日、ここに来たのは……さっき、なんて言ったっけ……人手を増やさなきゃならなくなったからじゃない。これを渡しに来たんだ」

レオは胸ポケットから封筒を出した。ちゃんとここにあると、何度も確かめた封筒。それを差し出す。

「四万三千」

イヴァンが受け取る。少ししわになった、白い封筒。開封する。

「おれの借金は三万五千だと言ってたな。五千は利息だ」

使用済みの五百クローナ紙幣。現金輸送車に載せるケースには、こういう紙幣を詰めるものだ。

玉ねぎのにおいのしみついた指が、一枚ずつ紙幣を出し、数える。

八十六枚。

「ああ……あとの三千は、あんたにやる」

「なんでまた？」

「肋骨一本につき千クローナ」

五百クローナ紙幣をつかんだまま、無意識のうちに上半身の左側へ手をやる父親を、レオはじっと眺めた。作業ベルトを投げ捨てて去ろうとしたレオに向かって、親父が感謝しろだのどうせすごすご戻ってくるだのとわめいた、あのとき。なんと怒鳴り合ったかは覚えていないが、父親に腕をぐいとつかまれて、レオは向きを変え、教わったとおりに殴った。鼻ではなく、身体を狙ったが。

「おれには金があるんだ、親父」

四年半前の、あのとき。レオは父親の目を見つめながら、肩に、腕に、握った拳に力を込めて、思い切り殴りつけた。

「だから、受け取れよ。あんたは金が要るだろ？」

そして、拳が当たった瞬間にはもう、父親の身体の中でなにかが壊れたとわかった。

あのあと、ふたりはしばらく黙っていた。息子が先に殴りかかってきたのが信じられず、右腕を上げたまま軽く前のめりになった父親。自分が先に父を殴ったのが信じられず、右腕を下ろしたレオ。

「ところで……あんたの生活はどうなんだ」

「仕事ならちゃんとやってる。肋骨を三本折られたぐらいでくじけるおれじゃない」

イヴァンは五百クローナ札の詰まった封筒を片手に持ち、もう一方の手を閉ざされた玄関扉について体を支えた。凍えている――半袖のシャツに薄手のジャケット姿で、摂氏二度しかない屋外に出たせいだ。

「しかし、その態度からすると――おまえ、あのときあんなふうに辞めやがったこと、まったく反省してないんだな？　この金はな、レオ、おれの金だ。前払いしてやったのに、おまえが働いて返すことをしなかった金だ」

「あんたとは四年も働いて、毎週チンケな給料で我慢してやってただろ」

「仕事に見合った額だった。多すぎも少なすぎもしない」

「ケンカしに来たわけじゃない。あんたに金をくれてやるために来たんだ。これで借金はチャラだ」

レオは車に向かって歩きはじめた。父が後ろから大声で呼びかけてきた。

「おい、待て……弟たちはどうしてる？」

レオは立ち止まり、振り返った。

「元気だ」

いよいよ来た。質問が。

「ということは……よく会ってるのか？」

「ああ」

「まだ母親と一緒に暮らしてるのか？　あそこ……ファールンで」

「ここに住んでる。ストックホルムに」

「ここに？」

「ああ」

「どうして……なにを……学校に行ってるのか？」

「働いてる」

「あいつらが……働いてる？」

「ああ」

「なんの仕事だ？」

「おれと一緒に働いてる」

「おまえと？」

「ああ」

「ヴィンセントは……ヴィンセントもか？」

素足を革靴に突っ込んでいる五十一歳の男が、急にひどく老けて見えた。顎と下唇がさらに突き出される。顔から血の気が引いている。ほんとうに凍えているのだ。

「ああ。ヴィンセントも」

そして、外階段の湿った鉄の手すりをぐっと握りしめている。ひざががくんと折れそうになっているかのように。

「あいつ、まだ十六か十七じゃないのか？」

「おれはその歳でもう、あんたと働いてた」

「てっきり……まだあそこで暮らしてるとばかり……あの女のところで」

手に持った封筒。どうもおさまりが悪いようだ。父は胸ポケットにそれをしまった。

「背は伸びたのか？」

「あんたと同じぐらいだ。おれと同じぐらい」

父がふと背筋を伸ばしたように見えた。手すりにしがみつきながらも。

「そんなに伸びたのか？」

「ああ」

「いい遺伝子だな」

「あと一、二年で、もっと伸びる」

「実にいい遺伝子だ」

凍えていた身体は、もう凍えていない。力を得て、手すりから離れ、レオに近づいてくる。

「フェリックスは？」

「ん？」

「元気にしてるか？」

「昔よりもずっと元気だ」

イヴァンがいきなり両手を広げた。

「ずいぶん時が経ったもんだ」

次になにを言われるか、レオにはわかっている。

「あいつらと最後に会ってから」

わかっているのだ。

「レオ？　なあ、おまえ、あいつらに言ってくれよ！」

「けど、フェリックスは……」

「みんなで会おうって！　四人そろって、一緒に！」

「……フェリックスは、あんたに会いたがらないよ。絶対に。なにがあっても」

父はずいぶん近くまで来ている。距離は一メートルほど。昨日飲んだヴラナッツの名残がありありと感じとれる。

「あいつがそう言ってるのか」

「ああ」

「だが、おまえも知ってるだろ……」

「いい、あんたこそ知ってるだろ。フェリックスの性格。一度こうと決めたら貫きとおす」

「ちくしょう、十四年前の話だぞ！」

「十四年……それなのに、あんたは謝ろうともしてないんだろ？」

距離が近い。赤ワインのにおいに、ブラックコーヒーと生の玉ねぎのにおいがまじりあう。

「そこまで根に持つか！　あいつ、水に流せんのか？」

「顔に唾を吐かれたようなもんだからな。そうだろ？　親父」

「とにかくあいつに話してみてくれ。みんなで会えるように。いいな？」

この、目。揺るがない自信。

「おれもな、仕事が入ってるんだ。でかい仕事だぞ、レオ。ホテルだ。五十五部屋の壁紙を張り替えて、木の部分のペンキを塗り替えて、窓も全部替える。一部屋当たり、少なくとも一万三千クローナ。でかいだろ。それで、おまえのことを考えてた。この仕事は一緒にやったほうがいい、ってな。おまえと、おれと――おまえの弟たちも」

このいまいましい、黒い目。人をおびえさせる目。レオが子ども時代をともに過ごし、そこから逃れた目。

「なあ……親父」

「なんだ？」

「おれはもう、あんたのパシリじゃないんだよ」

だが、いまはもう効かない。この目を怖いとは思わない。

「パシリだと？」

「ああ」

「まったく、おまえは自分のことしか考えとらん！　わかってるのか、レオ？」

レオは目の前にいる縮んでしまった人間を眺めた。かつてはいっぱしの男だったのに、いまはそうではなく、ふたたびそうなろうとする意欲すら失っている。昆虫の触角よろしくあちこちに伸びた、ぼうぼうの眉毛。不潔な服――新たにかいた汗のせいで、すでにしみついた汗のにおいまで呼び覚まされたのが、こんなふうに近づく前、距離があったときにもよくわかった。

「昔からそうだった。おまえは自分のことしか考えない」

レオは答えなかった。

「自分を守ることしか考えてない」

答えないと決めたから。

「そうだろ？　チクリ野郎ってのはそういうもんだ」

それなのに、答えてしまう。

「いま、なんて言った？」

「わざわざここまで来て、生意気なツラ見せやがって。何年も連絡ひとつよこさなかったくせに。金を返すつもりなんてこれっぽちもなかったくせに。どうしていきなり四万三千も持ってきやがった？　四万三千だぞ！　呪文でも唱えてケツの穴から出したのか？　ああそうですかって受け取るとでも思ったのか？　まさかな。こんな大金、どうやって稼いだ？　おれ無しで？　どんなヤバい仕事をしたんだ？」

　もうひとつの胸ポケットから、巻き終わった手巻き煙草が出てきた。イヴァンはそれに火をつける。

「おまえの狙いがわからんとでも思うのか？　ご立派な車が何台もあるとか、弟たちが父親に会いたがってないとか、そんな話をするために、わざわざここまで来やがって。ガチョウの喉に餌を押し込むみたいに、おれを苦しめようと思ったんだろ？　おれを見下して威張ってみたかったんだろ？　まさに裏切り者のやることだ！　チクリ野郎《ポトカジーヴァニェ》！」

「おれはひと言もしゃべらなかった！　知ってるだろ！」

「おまえがチクったんだ」

　いつもこうだ。怒鳴りつづけようと、また肋骨を三本折ってやろうと、なにも変わらない。いつまでも続く。けっして終わらない。レオは決めたとおりに深呼吸をすると、手を伸ばし、安物のシャツの胸ポケットを軽く叩いた。

「これで貸し借りなしだ」

住宅街を走るにしては、スピードを出しすぎている。〝チクリ野郎〟。学校と屋内プールと図書館の前を、猛スピードで通り過ぎる。〝チクリ野郎〟。やがて急ブレーキを踏んだ。父の声、〝チクリ野郎〟、いつものようには消えてくれない。

赤い低層建築が並ぶエースモ中心街の外に、空いている駐車スペース。レオはそこに車をとめ、エンジンを切ってしばらく座っていた。窓の外には、食料品店がいくつかと、銀行がいくつか、喫茶店、靴修理店、ドライクリーニング店、花屋がある。

――おれはなにも言ってない。おれはあのとき十歳で、あのデブのお巡りの前に座らされて、あんたの言いつけどおり黙りこくってたんだ。

少し遠くのほう、小さな売店のある角の向こうに目をやると、あの家のレンガの煙突が垣間見える。父のいる家。父と仕事をしていたころには、自分も一緒に住んでいた家。

――チクリ野郎ならできないはずだ。おれがやってのけたことは。

あのころのことはあまり覚えていない。思い出そうとしても思い出せない。作業ベルトを投げ捨てたあと、レオは五歳年上のシングルマザー、アンネリーと出会って、彼女の暮らすハーグセートラの二部屋のアパートに転がり込んだ。

――チクリ野郎に、現金輸送車の襲撃なんてできるわけないいんだから。

その三か月後、レオとアンネリーはふたりの名義でアパートを借りた。かつて彼の世界そのものだったスコーグオースの、キッチンと四部屋のアパート。だが、その生活ももう終わりだ。

——あんたはやったことあるのか？　親父。現金輸送車を襲ったこと、あるのか？

レオは車のドアを開け、建物の角にある小さな売店へ向かった。煙草、新聞、サッカーくじが並んでいる。キャメルの箱をレジカウンターに置く。売店の主人ヨンソンとは目を合わせたくない。白髪まじりの頭のてっぺんが禿げている。昔から髪は薄かったが。

「ほかにはなにか？」

「これだけで」

「親父さんには？　ローリング（手巻き煙草）とか、リズラ（煙草を巻くための紙）とか、要るんじゃないの？」

「今日は要りません」

——警察はおれのこと、なにか嗅ぎつけただろうか？

石膏ボード用ネジの入った作業ズボンのサイドポケットに手を入れて、紙幣を探す。現金輸送車から奪った、使用済みの五十クローナ札。石膏の粉のついた手でそれをヨンソンに渡すと、店主はそれを受け取り、キャッシャーに入れた。現金を入れるひきだしがいつも少し開いていて、それがバネで飛び出しカタンという音だけが響く。レシートは発行されない。

——いや、まだだ。警察は嗅ぎつけてない。なにひとつ。

「あれはどうだった？」

「あれって？」

「キノだよ。宝くじの抽選。親父さん、今日は山ほど置いていったが」

レオは答えなかった。煙草と釣銭を手にすると、軽く頭を下げて歩きだした。

「なあ、久しぶりだねえ、若いの」

そのときにはもう、ドアのそばの新聞コーナーまで来ていた。

「ああ。久しぶりですね」

店主が微笑む。

「なあ」

「なんですか？」

「親父さんによろしくね」

——あんたはいつだって、すぐ警察に嗅ぎつけられてたよな。

イライラと煙草をふかし、店のショーウィンドウの前をイライラと歩く。あの野郎に、自分はいまだに打ちのめされる。おれがそうさせてしまったからだ。ちくしょう、ひと言もしゃべらなかったのに！　おれはたった十歳だったのに、サツの前で黙秘を貫いたんだぞ。

煙草を手に、商店街をうろうろと歩く。

行っては戻り、行っては戻り。

やがて、ふと立ち止まった。

何度も来ている場所なのに、初めて見るような気がする。

銀行が、二軒。となり合わせに並んでいる。まるで愛しあう恋人のように。

スーパーと花屋にはさまれるようにして、壁を一枚隔てて並んでいる。ここなら、すぐ前に車をつけられる。広場も駐車場も見渡せて、敵の一挙一動を観察できる。

ターゲットがふたつ。

同じ場所。同じ時間。同じリスク。

レオはもはや、イライラと煙草を吸ってはいない——ときおり訪れる穏やかさを味わっている。息子を〝チクリ野郎〟と呼ぶ父親ですら、けっして損なうことのできない穏やかさを。

ヨン・ブロンクスは水滴を数えようとした。左側の窓の上半分に、水滴がいくつついたか。初めはうまくいっていた。だが、やがて水滴は合わさってひとつの流れとなってしまった。外の世界はぼやけ、警察本部の中庭を走る同僚たちの動きが粗く、ぎこちなく、意味不明に見えた。背後の机には、さまざまな色のフォルダーに入った同時進行中の捜査の資料が、十八件分。そのいちばん上の事件が起きて以来、雨の降らなかった日は一日もないように思える。最優先となった事件。読もうとしていたほかの資料を、すべて背景へ押しやってしまった事件——ちょうどこの窓の雨粒のようだ。ほかの捜査に集中しようとしても、これが邪魔をする。思考がぼやける。

マックス・ヴァッキラ（MV）：あのお店の人みたいな話し方だった。

取調官ヨン・ブロンクス（JB）：どういう話し方？

MV：アリーとおんなじ。アリーじゃなかったけど。でも、おんなじ話し方だった。

あの警備員ふたり以外から得られた、唯一の目撃証言。犯人の近くまで行った人物。六歳の少年だ。顔が見えるほど、声が聞こえるほど、犯人に近づいた目撃者。

JB：座ってたほうの人は、どんな感じだった？
MV：よだれが垂れてた。
JB：よだれ……。
MV：顎がびしょびしょでね。ゴーバックって名前だって。
JB：ゴーバック？
MV：そう言ってたよ。

大人には見えなかったものを見た、子ども。

JB：顔のほかの部分はどうだった？
MV：日焼けしてた。
JB：日焼け……ちょっと赤くなってたってことかな？
MV：ううん、茶色だった。夏みたいに。
JB：そうか。よく覚えてるな、えらいぞ。ほかに覚えてることはあるかな？

MV：脚がね。
JB：うん？
MV：骨が折れてててね。ていうか……まっすぐ突き出てた。で、毛布がかかってた。
JB：見えたのかい？
MV：うん。で、靴履いてたよ。

だがその一方で、子どもには現実でないものが——おとぎ話が見えることもある。

JB：立ってたほうの人は？　どんな人だった？
MV：ぼく、よく見てなかった。
JB：でも、ちょっとは見ただろう？
MV：怒ってたよ。
JB：怒ってた？
MV：早口だった。
JB：あとは？
MV：目が怖かった。
JB：どんなふうに？
MV：黒かったの。真っ黒でね。『アラジン』のジャファァーみたいだった。

武装した二人組の強盗犯は、アラブ人のような外見をして、アラブ人のように英語を話していたという。ほんとうにアラブ人なのか？　それとも、周囲にそう思わせようとしただけか？　強い訛り。会話にまぜ込んだアラビア語の単語――ヤッラヤッラ（急げ）、シャルムータ（ちくしょうめ）、アッラーフ・アクバル（アッラーは偉大なり）――アラブ人のふりをしろと言われたら、自分だってこうした言葉を使うだろう。

ブロンクスは資料の山を前にして座っていたが、やがてあくびをすると、立ち上がって廊下のコーヒーマシンへ向かい、湯をコップに注いだ。それから食べ物の自動販売機へ向かった。押すボタンは十七番と決まっている。白い丸パンのサンドイッチで、中にはバターが塗ってあり、チーズとトマトがひと切れずつ入っているが、トマトの水気がパンに浸みてふやけている。彼はトマトをつまみ出しはじめた。

おまえたちは、他人を従わせる手段として暴力を使う。

殺すぞと脅す。

過剰な暴力とはいえ、目的を達成するためにシステム化され、コントロールされた暴力だ。そういう暴力を、おれはよく知っている――言うことをきかない身体を何度も殴る大の男の手、あれと同じだ。効果のある、欲しいものを与えてくれる、暴力。

ヨン・ブロンクスは自動販売機を離れて歩きだした。サンドイッチは持っていない。トマトごとゴミ箱に捨ててしまったからだ。ドアを四つ素通りして、犯罪捜査部門長の部屋へ。

いつものとおり、ドア枠をノックする。

「ちょっといいですか？」

カールストレムは本を閉じて脇に置いた。少なくとも本のように見えるなにかだった。ブロンクスは部屋に入って来客用の椅子に腰を下ろし、タイトルに目を凝らした。背表紙しか見えないが、著者はフランス人らしい。〝ボキューズ〟とある。

「なんだ？」

「現金輸送車襲撃事件のことですが」

ブロンクスは鑑識の報告書をカールストレムの机に置いた。

「これを優先させてください」

「優先……というと？」

「これから、少なくとも何週間かは、この事件だけに集中したいんです」

カールストレムは首ぐらいの高さにある棚へ手を伸ばし、ファイルを抜き取ってぱらぱらとめくってから、向きを変えてブロンクスに差し出した。

「同時進行中の捜査が十八件あるだろう。ほかの捜査。ほかの犯人」

「ええ」

「王立公園そばのナイトクラブ〈カフェ・オペラ〉のクロークでの、重傷害・脅迫事件。オーデン通りの貴金属店〈グルドフィンド〉での、強盗事件。メドボリヤル広場そばの中華料理店〈ミン・ガーデン〉での、放火事件」

「それがなにか？」

「ヴィータベリ公園でのレイプ未遂。レイエーリング通りでの違法薬物取引。カーラ広場での売春斡旋幇助。リラ・ニュー通りでの殺人謀議……」

カールストレムはファイルを閉じた。

「……この先も続けようか？　きみの担当している捜査、だれに引き継がせたらいいと思う？」

「犯人の二人組は経験者です。前にもやったことがあるはずです」

「ヨン、だれがいいと思う？　きみの同僚たちもみんな、同時進行中の捜査を十八件ほど抱えているんだが」

「また同じような事件を起こすにちがいありません」

「聞いているのか……」

「絶対にまた事件を起こします。で、今回以上に暴力をふるう。そのあとも犯行を繰り返して、そのたびに暴力的になっていくんだ」

ブロンクスは上司を見つめた――自分とはまったく違う種類の人間。この部屋には、いかにも警察という雰囲気、ヨンのオフィスにはつねに充満しているあの雰囲気が微塵もない。自分の人生を誇りに思い、見せびらかしたがっている人間の部屋、安定した人生を送っている人間の部屋だ。カールストレムの後ろの壁には、彼の警察での出世の軌跡を示した地図がある――左端に法学部の卒業証書、中央に警察の射撃クラブの表彰状、右端には額に入った、ストックホルム市警察犯罪捜査部門の長に任命する旨の通達。机の上には、もうひとつの地図、彼の私生活の軌跡を示した地図がある——三つの写真立てに入っているのは、娘ふたりの写真だと、ブロンクスは知っている。コロンビアから養子として迎えた姉妹で、確かもうすぐ五歳、いや、六歳だっただろうか。彼の妻の写真もある。上司が妻の悪口を言うのを、ブロンクスは一度も聞いたことがない。写真立てのとなりには、ほぼきっかり二十分ごとに使っているイルカ型のプラスチックの肩もみ器に、警察官組合から贈呈されたペーパーナイフ、そして、さっきの本。タイトルもいまなら全部見えた。ポール・ボキューズ『フレンチ・クッキング』だ。

〝絶対にまた事件を起こします。で、今回以上に暴力をふるう〟。そういう暴力に囲まれて生きてきたわけではない人間に、どうやって説明したらいい？　〝そのあとも犯行を繰り返して、そのたびに暴力的になっていくんだ〟。背後の壁に輝かしい経歴を掲げて、そこにゆったり身体をあずけられる人間に、目の前の机に私生活を並べて、それを楽しみに思っている人間に、どうやって説明したらいい？

「強盗犯の二人組はＡＫ４と短機関銃を持ってました。軍用銃です。全国の国防市民軍、射撃クラブ、軍の施設から、該当する武器の盗難届が出ていないか調べました。結果、ゼロです。似たような事件を起こして有罪判決を受け、刑期を終えて釈放された連中、あるいは一時釈放中の連中を全員チェックしました。結果、ゼロです。いまのところ、内部の者が関与している可能性はできるだけ除外して考えています」

上司がほんとうに聴いているのかどうか心もとない。ふたりは机をはさんで座っている。それぞれの側に座っているのだ——仕事で初めて暴力に接したカールストレムと、暴力とともに成長し、暴力に囲まれて生活し、警察官としてまたもや暴力に接する道を選んだブロンクス。

「カールストレムさん、この二人組の犯行には迷いがありません。計画どおりに行動しています。現金輸送車を乗っ取って、ファーシュタ・ショッピングセンターからドレーヴヴィーケン湖の湖水浴場までふつうの速度で走り、シャッターの向こうにもっと金があるとわかると、弾倉ひとつ空にするまでためらいなく発砲した」

上司は耳を傾けている。いま、そう確信できた。

「冷静で、迷いがない。二十分に及ぶ犯行のあいだ、役を演じそこなうことは一度もありませんでした」

「役？」

「おれは騙されません。警備員たちは犯人がアラブ人だったと証言してますが、おれはそうは思わない。犯人のひとりが身体障害者を装って車椅子に乗ってたのと同じですよ。この国生まれでもおかしくない。すさまじいプレッシャーの中でも芝居を打てる——銃を道具として扱える人間。まるで暴力を操る職人みたいに。過剰な暴力の訓練を受けたみたいに」

彼らのあいだに並んでいる、上司の妻と子どもたちの写真。ブロンクスは彼女たちをよく知っているような錯覚に陥る。カールストレムは折に触れて家族の話をするタイプだから。

「犯人がふたりだけだったともおれは思いません。もっといるはずです。おそらく、ギャング集団——だとしたら、これからもっと大きくなります」

ブロンクスは、自分の家族の話をけっしてしない。だれに対しても。

「連中が撃って壊そうとしたスチールシャッターの中に、九百万クローナ残ってましたからね。大失敗ですよ。犯人たちは目的を果たせなかった。今回は」

「さっき……暴力の訓練を受けた、と言ったね」

「違います。過剰な暴力の訓練です」

「どういう意味だ？」

「その中で育ったってことですよ」


ヨン・ブロンクスは廊下を急いだ。たったいま最優先となった事件。これから一か月間、このフォルダーだけに集中していいことになった——いずれにせよほかのフォルダーはかすんで見えるのだが。階段を三階分下る。エレベーターを待つ時間も惜しかった。狭い廊下を進み、鑑識のラボへ——まず暗室を、次に犯人の衣服の繊維を調べる部屋、次いで被害者の衣服の繊維を調べる部屋をのぞき込む。彼女の姿はなかった。サンナ。桟橋のたもとに立って湖面を指差し、強盗犯の逃走経路と思われるルートを示してみせてから、彼のことなど知らない素振りでその場を去った、彼女。サンナはいま、ここストックホルム市警に戻っている。出ていったのも突然なら、戻ってきたのも突然だった。二年ほど前、クング通りで偶然すれちがったことがあるが、そのときブロンクスは彼女を無視した――遠くからでも彼女とわかった。顔はよく見えなかったが、独特の身体の動きで。だが、通りの反対側に逃げるには遅すぎたので、しかたなくそのまま歩きつづけた。べつの方角を見ているふりをしながらすれちがった。

広いラボの作業台のひとつに、彼女の黒いバッグが置いてある。その傍らに、ゼラチンシートのロール、綿棒の箱、プラスチック容器、試験管、ピンセット、顕微鏡。彼女は部屋の反対側で、べつの事件の捜査だろう、シアノアクリレートの蒸気が充満した金属製の箱のそばに立って、指紋が浮かび上がってくるのを待っていた。

メモをするとき、彼女はメモ帳を少々斜めにする。罫線紙に、鉛筆。昔と変わらない。

「やあ」

彼女が振り向き、こちらを見た。なにも顔には出さない。

「こんにちは」

「きみの報告書、読んだよ、サンナ。何度も」

これこそ、なによりも避けたかったことだった。こんなふうに、眉ひとつ動かさない彼女の前に立たされること。

「捜査は行き詰まってる。でもさっき、カールストレムと話をして、使える時間が増えた」

サンナはメモを再開し、やがてジャケットのポケットにメモ帳を入れると、戸を開けて、中に残ったシアノアクリレートを外に放った。

「ヨン――わかってると思うけど、あのほかに付け加えることはないのよ」

「もう一度、じっくり検証したい。きみと一緒に」

　ふたりは階段を下りて地下駐車場に向かった。警察本部のあるこの街区の地下全体が駐車場になっている。

　あのとき、サンナもおれに気づいたのだろうか、とヨンは考える。クング通りで、おれが顔をそむけたのがわかっただろうか。おれが顔を見なくても気づいたように、彼女も気づいただろうか？　ふたりとも仕事で、証人保護プログラムを受けている被害者に何人も会ったことがあり、新たな身分を得た人がまず変えなければならないのは身体の動きのパターンだ、ということを知っている。追っ手がまず気づくのはそれだ。人混みの中でもわかってしまう。鼻でも口でも手でも髭でも髪でも服装でもない。それらをつなぐ身体の動きなのだ。だから、あのときは歩き方を変えるべきだったのだろう。歩幅を狭くするとか、外股で歩くとか、うつむいて歩くとか。

　駐車場の一角に、駐車スペース四枠分を占める小さな四角い建物がある。車庫の中の車庫。鑑識が押収した車両を保管している。サンナがドアを開けると、それは中央にとまっていた。白いバン。ブロンクスは近寄り、車内に入った。ビニールに覆われたシート。ガラスの破片、書類、輸送ケースはなくなっている。襲撃事件の前にファーシュタ・ショッピングセンターやガムラ・シェーンダール付近から届け出のあった自動車やボートの盗難事件をしらみつぶしに調べたが、どれも無関係だった。あの二人組はおそらく、第一の犯行現場まで、だれかに車で送ってもらったのだろう。そして第二の犯行現場からは、だれかにボートで送ってもらった。

しゃがんだ姿勢で車内後方の貨物室を歩く。金庫はどれも開いている。鑑識報告書によれば、残っていた血液、繊維、指紋の一致レベルは4――すべて、車を乗っ取られたあの警備員ふたりと、それ以前にこの車に乗ったほかの警備員のものだった。ほかの痕跡はない。ブロンクスが探している人物たちの痕跡はない。

「入射角は九十度」

サンナはいつも持ち歩いている黒いバッグを開け、台の上に薬莢を五つ並べた。それから、運転席側の窓にあいた穴と、そこから助手席側のドアまでの弾道を示してみせた。ヨンは彼女の報告書にあった一連の写真を思い出した。銃弾の軌跡を示す細いひもが渡してあった。

「それから、これ。変形した弾丸五つ――フルメタルジャケットの九ミリ弾。車のドアにめり込んだもの」

サンナはそれらをひとつずつ手に取って掲げてみせた。

「詳しく見てみると……ほら、ここ、見える？　右向きにねじれた線が五本。幅は一・四から一・五ミリ。どれも同じ銃から発射されてる。スウェーデン製の短機関銃、カール・グスタフm／45」

機械的。ヨンが探していた言葉はそれだった。分析結果を語る彼女の話し方が機械的だ。

いまの彼女はなにかを説明するとき、いつもこうなのだろうか。それとも、自分の前で平静を装おうとしているのか。

車椅子はバンの後ろに置いてあった。犯人のひとりがこれに乗って、脚の上に毛布を掛けていたらしい。フッディンゲ病院から盗まれたもので、鑑識の調べで七人の指紋が検出された。そこでデータベースのAファイルに登録されているほかの事件の容疑者、十二万人の指紋と照合してみた。一致するデータはなかった。

「手袋をしてたんでしょうね。あるいは、一度も捜査の対象になったことがないか」

警備員の制服のシャツは緑色だった。これは写真ではわからなかった。サンナはビニール手袋をはめた指先で、右の襟にあいた穴にそっと触れた。

「運がよかったわね、この人。もうちょっと前かがみになってたら、弾は頬骨を貫通してたでしょうから」

彼女が初めて、機械的に空気を切り裂くのではない声を発した。ブロンクスが少し離れたところに移動したから、言葉や声の調子で距離を置かなくてもよくなったのかもしれない。

「やつらは結局、狙ったものを奪えなかった」

「やつら？」

ブロンクスは車全体を見ようと、彼女からさらに少し離れた。側面のドアもバックドアも開いている。

「『アラジン』のジャファー。それと、ゴーバックとかいう男」

「ジャファー？　ゴー……バック？」

「今回の事件のいちばんの目撃者が、そう言ってた。六歳の子どもだ。おれたちはつまり、実在しない人物を追ってるわけだ。幼い男の子や、そのほかの目撃者が見たのは、犯人たち自身がそう見せたがった犯人像だ。おれは騙されない。ジャファーもゴーバックも実在しないんだ」

彼女の歩き方はよく知っている。メモを取るときにメモ帳をどんなふうに持つかも知っている。部屋に入ったときに、自分が無意識のうちにどんな香りを探し求めているかも自覚している。彼女が微笑むとどんな気持ちになるかも、自分でよくわかっている。こんなふうに、彼女が遠く離れて立っているときにも。

「ヨン——わたしの仕事の対象は、繊維や血痕や指紋よ。真実よ。実在するもの、証明できるもの。でも、あなたが言うように、ジャファーやゴーバックは存在しない。実在しない。わたしとあなたの結びつきがもう存在しないのと同じ。わかる？」

彼女が車庫を離れたあとも、ヨン・ブロンクスはしばらくそこにたたずんでいた。車庫の空気は冷たく、油と埃の味がした。それから、空になった現金輸送車のまわりを何度も歩きまわったが、頭に浮かんでいたのは、事情聴取で警備員ふたりが言っていたことだった。犯人の片方には、相手の言うことに耳を傾け、返事を待つ余裕があったという。冷静で、落ち着いていた。警備員たちの頭に銃口を押しつけ、命令を下した、覆面姿の男。道具としての銃。職能としての暴力。

ジャファーは実在しない。ゴーバックも実在しない。
過剰な暴力の訓練。
だが、おまえは、実在する。

レオは目が覚めたあとも、しばらく仰向けのままじっとしていた。よくあることだ。すぐそばにアンネリーの寝息がある。彼女の寝息はいつも深い。両腕を大きく広げてぐっすり眠っている。レオのほうは眠りが浅く、すぐに目が覚めてしまう。昔からそうだった。静かな廊下へ忍び出て、高いびきをかく父、夜勤明けで起こすわけにいかない母のそばを通り抜け、裸足に下着姿でヴィンセントとフェリックスの朝食を用意してやったものだった。

いまでもそれは変わらない。彼女よりも先に起きて、朝食の支度をする。

彼女がいびきをかいている——こんなふうに寝ているときはいつもそうだ——レオは彼女の肩をつかみ、横向きになるよう寝返りを打たせた。そうして頬にキスをするころには、規則正しいいびきも止んでいた。

眠ることはできた。〝チクリ野郎〟と呼ばれたのに。借りたわけでもない金を返しに行ったのに。

チクリ野郎。

心をえぐる言葉。言葉はときおりそんな力をもつ。鋭い刃先で食い込んでくる。だが、もう昔ほど深くは食い込まない。頭にこびりついて消えない期間も、昔より短くなった。

ベッド脇に引っ越し用の段ボール箱が並んでいる。数えてみると七つあった。居間と玄関にも同じ数だけある。

もうすぐ、ここを出ていく。行き先は、巨大な車庫のついたみすぼらしい小さな家――保管場所の問題を解決してくれる〝ドクロの洞窟〟。だれかの家の一階に間借りして、くしゃくしゃに丸めた宝くじの用紙とともに暮らす、そんな生活に陥らないために。

昨日の夕方から夜、早朝にかけて、雨は止んでいた。いま、また降っている。何時間も、何時間も、あの強化扉の前にあけて埋め直した穴に、雨水が降り注ぐ――まわりほど踏み固められていない、濡れた砂。やがて周囲の地面よりも低くなり、緑の服を着て煙草を吸う点検係に発見されてしまうだろう。

アンネリーが伸びをして、なにやらつぶやく。また仰向けになり、いびきをかきはじめた。この女と話をしなければ。指示を与えなければ。あそこへ行ってもらわなければ。それができるのは彼女だけだ。

廊下に出た直後、玄関扉の向こうから人の声が聞こえてきた。ひとりは一段飛ばしに階段を上がっている。もうひとりは一段ずつ、足全体を床につけて上がっているが、それでもスピードは変わらない。そして、呼び鈴が鳴る前の、一瞬の沈黙。立ち止まり、気持ちを落ち着けている弟。いつもじっくり考えてから行動に移す。

「おい、どういうことだ?」

フェリックスは赤いチェックのフランネルシャツに、少々ぶかぶかで擦り切れたジーンズ、ティンバーランドのベージュのブーツを履いていた。ヤスペルは革ジャンに、新品でまだ鮮やかな紺色のジーンズ、黒のリーボックという組み合わせだ。

まるで木こりと私服刑事だった。

「まったく……どういうつもりだ？　その服」

あれから数週間が経ち、彼らはしだいに、やってはいけない唯一のことをやるようになっていた——警戒を緩めることだ。ヤスペルは工務店のナイロンジャケットに代わって、五千クローナもする革のジャケットを着るようになった。フェリックスに至っては、まるで世界一周旅行をコキ・ビーチで終えて帰国し、税関を通過したばかりのように見える。

「平日の朝は毎日、青いオーバーオールに青い作業用シャツを着て、汚れた作業用ブーツを履いて来いと言ったはずだ！」

フェリックスとヤスペルがいれたてのコーヒーのあるキッチンへ向かう。レオは寝室のドアを閉めた。

「それがおれたちの隠れ蓑だぞ！　他人にはそう見られなくちゃならないんだ。ヤスペル、おまえ、要人警護かなんかやってる公安のデカみたいだ！　フェリックス、世界一周旅行なら、全部終わったあとにいくらでもさせてやるよ。約束する。シドニーで中古のマスタングを買うのも、ウィンドサーフィンをやるのも、冷えたピルスナーを飲むのも、全部後回しだ」

朝食をテーブルに並べる。パン、バター、チーズ、ジュース、ヨーグルト、小皿、コーヒーカップ。

「おれたちは建設作業員だ。そういうシグナルを出さなきゃならない。そういうふうに見せなきゃならない。〝あいつら、どうやってあんなに稼いでるんだ？　工事なんかしてないみたいなのに〟――そう思われたら一巻の終わりなんだ。これからはもう、釘ひとつ打つ必要はない。それでも、やるんだ！　キッチンの改装、屋根の修理。おれたちにはこの会社が必要だ。その売り上げと、隠れ蓑が要るんだ」

もう一度、呼び鈴が鳴る。短い、慎重な押し方。ドアが開いた。

「おれだよ」

ヴィンセント。

「キッチンにいる。朝食だ」

ヴィンセントがキッチンの入口で立ち止まる。青いオーバーオール、青い作業用シャツ、汚れた作業用ブーツ。三人は黙って彼を見つめた。

「なんだよ」

「ひとりだけ、ちゃんとわかってるのがいるな」

「わかってるって、なにが？」

レオはコーヒーメーカーのフィルターを捨て、カップ四つにブラックコーヒーを注いでから、ヤスペルとフェリックスのほうを向いた。

「食べ終わったら、おまえたちふたりはピックアップトラックで家に帰れ。で、この中で最年少のやつが着てるのと同じ服に着替えろ。着替えたらケンタの木材店に行って、厚さ八ミリのオーク床材、百五十平方メートル分を受け取って、シスタのグレンランド通り三十二番地に持っていけ。ガッベが受注したコンピューター会社だ。おれとヴィンセントが行くまでそこで待ってろ」

ヤスペルが持ち上げたばかりのカップを置く。

「おい、本気かよ……まだ工事するのか？」

「これからも、こういう仕事はちょくちょくやる。いいな？　百五十平方メートル分の木の床材──おれたちなら二日あれば完成させられる。で……」

「……で、あらかじめ決めておいた固定価格でやるんだ。そうすれば、工期を一週間以上に延ばせる。規模は大きいが、簡単な仕事だ。ちゃんとした作業員が四人もいればすぐにでも完成する。それを長期間にわたってやって、決まった値段を請求する。そのあいだ、ときどき現場を出入りして、人に姿を見てもらう」

「おいおい……」

まだスコーグオースだ。が、町の反対側に来ている。レオとヴィンセントは、学校や、子どものころに住んでいたヴァルホーン通りのあたりを通って、ここにやって来た。広かったのに狭く感じられた、あのアパート。ワインのボトル、バルコニー、閉ざされたドア。

レオが車をとめ、ふたりは草の伸びた斜面を下りた。サッカー場と体育館にはさまれた空間。あの襲撃のあと、揃いのスポーツバッグから室内ホッケーのスティックを目立つように突き出させて、この体育館のそばを通った。

小道をたどり、森の中へ。あの急な崖のそばを通る。ここ数週間、湖に沈めたゴムボートが浮かび上がっていないか確かめるため、何度もこの小道を通っている。ふたりは岬に出た。子どものころは半島のように大きいと思っていた岬。ここから向こう岸までよく泳いだものだった。当時もあった二本の松の木は、いまも変わらずひょろひょろで、岩塊からぽつんと生えているように見える。

「大丈夫みたいだね」

いくつかの大きな岩に、低いいばらの藪、しおれたシダの茂みを通り過ぎる。そこに――松の木の生えた岩場の向こうに、幅数メートルほどのきれいな砂浜がある。あの夜、上陸した場所だ。

ふたりは湖を見渡した。目を凝らした。

「ああ、そうだな。湖の底に沈んだままだ」

レオはヴィンセントの肩に手を置いた。

「おまえ、ボートを見張ってるはずだったよな。桟橋のそばで。覚えてるか？　それなのに、おまえはあの場を離れた」

「だって……」

「おまえはあそこで待機する、そう決めたのに」

ヴィンセントは身をよじり、兄の手を振り払った。

「しょうがないだろ……サツが来てたんだから。知らせなきゃまずいと思って……」

レオは逃げようとする肩をつかんだ。

「ああ、よくやったな、兄弟」

そして、微笑んだ。

「おまえはひとりきりだった。暗闇の中で。でも、ヴィンセント、おまえはチームの一員として、自分なりの決断を下した。みんなのために。おれはな、決めてたんだ。おまえを信用しよう、って――で、それでよかったんだと、おまえ自身が証明してくれた」

誇り高く、少しくたびれたような森。暗い湖面は、初雪の降る前の数週間にしか見られない色合いだ。

「だが、次はこの前とは違うぞ。第二の標的は現金輸送車じゃない――銀行だ。人のたくさんいる場所だ」

「わかってる」

「なあ……確認させてくれ。おまえがちゃんとわかってるのか。ほんとうにわかってるのか。やりたくないなら抜けてもいい。抜けるなら、いまだぞ。そうしたら、おまえがかかわってたことなんて、おれはひと言もばらさない。フェリックスもヤスペルもばらさない。おまえには抜ける権利がある。おれにはそれをちゃんと説明する義務がある」

ヴィンセントは唇をかすかに歪めて微笑んだ。

「やりたいと思ってるよ。おれの意志で」

「おれはおまえの兄貴だ。おまえに対して責任がある。リーダーはおれで、始めたらもう後戻りはできない。でも、いまならまだ間に合う」

「わかってる。後戻りするつもりはない」

風が吹いている。ささやかな波が立ち、波頭が白く泡立つ。まるであわてているような波だ。

肩に置かれた手が、そのまま首の後ろにまわされ、腕が頭を引き寄せる。レオは七歳年下の弟を抱きしめた。これからも、同じ方向に進むのだ。一緒に。

「そうか」

そして、ふたりは歩きはじめた。肩を並べて、くねくねと曲がる森の小道を戻る。あの夜、暗闇の中で歩いたのと同じ方向へ。

「おまえには防弾チョッキを着てもらう。ケブラーって繊維を使ったやつで、そこらのお巡りが着てるのよりいいやつだ。で、実弾の入った銃を持ってもらう。短機関銃、重さは四キロ。それから、もっと大きく見えるようになってもらう。黒いブーツ、青いツナギ、目出し帽――実際より肩幅が広く、背が高くなったように見えるはずだ。そのいかにも十代らしい、かぼそい脚も隠してやる。だが、動きのパターンまでは隠せない」

レオは立ち止まり、ヴィンセントが立ち止まるのを待った。

「おまえの歩き方は十七歳そのものだ。知ってたか？　あのとき、おまえが警備員と現金輸送車に向かって走ってきたとき、暗闇の中で後ろからおれたちに近づいてきたとき、ヤスペルが振り向いておまえに銃を向けたが……おれが止めただろう。おまえの顔は見えなかったけど、それでもわかったんだ。動き方でわかった——おまえだ、って」

レオはふたたび歩きだした。ゆっくりと。森の小道は広くなっている。レオはあからさまに歩幅を広げてみせた。

「次のを成功させるには——まわりにいる人たちに、おまえが大人だと思い込ませなきゃならない。わかるだろ？　兄弟。銀行の支店の中で、窓口のガラスの向こうに座ってる銀行員には、ドアを開けて入ってきたのは成人男性三人です、って断言してもらわなきゃならない。警察の連中にも、監視カメラに映ったなけなしの映像、たった何秒かの映像を見たときに、成人男性が三人だ、と思ってもらわなきゃならない。人はな、ヴィンセント、身体の動きを見るもんだ。それで相手を判別して、記憶する。おれたちのことはギャング集団だと思わせたい。筋金入りの銀行強盗のプロだと思わせるんだ。〝いったいどこから来たんだろう、何者だろう、どのくらい凶暴なんだろう〟……そう思わせる。不安にさせる。いかにも十代らしい歩き方じゃあ、人を不安にさせるのは無理だ」

森の小道は広くなったが、それでもスペースが足りない。

「ついてこい。おれの後ろ」

レオは草地に出た。牧場を横切りはじめた。

「しっかりした足取りで歩け。足全体を地面に下ろすんだ。足はまっすぐ前に向ける。外股でバタバタ歩いて歩道を占領するような真似はするなよ」

振り向き、大人のように歩こうとしている少年を見る。

「そうだ。いいぞ、ヴィンセント！　もっと体重が増えて、重くなったと想像してみろ。自分がどこに向かってるのか、ちゃんとわかってる歩き方をしろ。十代のガキはふらふら歩きやがる」

レオが立ち止まると、弟も立ち止まった。歩みの途中で、歩幅を広げた状態で。

「自分の行き先がちゃんとわかってると、歩き方も変わってくる。遠慮なく、自信たっぷりに目的地へ向かえ」

「わかった」

「それから、重心を落とせ。こうだ」

レオは両ひざをやわらかくしてかすかに身体を沈めた。ヴィンセントは観察し、真似をした。やがてレオが片腕をヴィンセントの身体に回し、軽く押した。

「ここを低くするんじゃない。それじゃ背が曲がって顎が突き出るだけだ。金玉を落とせ。ここを、地面に何センチか近づけるんだ。おれを見ろ。わかるか？　これからはな、ヴィンセント、金玉がおまえを重力で地面に引っ張る。金玉が地球の中心へおまえを引っ張るから、身体が安定する。胴体を沈めろ。こんなふうに。わかるか？」

ふたりは広く開けた野原に並んで立ち、身体を軽く揺らしている。上へ、下へ。上へ、下へ。

「わかった」

「ほんとうだな？」

「うん」

レオは弟の胸を片手で強く押した。弟は倒れなかった。ほとんどよろめきもしなかった。

「わかったな？　いまのおまえは安定してた。そうだろ？」

「うん」

「よし。もうひとつ、大事なことがある。声だ」

「声？」

「思春期のガキの声じゃ困る。声のトーンを下げろ」

「トーンを下げるって？」

「鍵。言ってみろ」

「はあ？……どうして？」

「ヴィンセント——いいから言ってみろ。鍵」

「鍵」

「そうじゃない。声を低くしろ。胸の中から、いや、腹の底から声を出せ。そうだな……おれに命令するつもりで。もう一回言ってみろ。『鍵を出せ』」

「鍵を出せ」

「もう一度！　低い声で。もっと大きな声で」

「鍵を出せ」

「もう一度！」

「鍵を出せ。鍵を出せ！　鍵を出せ！　鍵を……」

「きっぱり言わなきゃ話にならない。おまえはいろんな声を出せる――これからはそれをうまく使え！　いいな？」

　ふたりは車に向かって歩いた。牧場を横切り、斜面を上がる。ヴィンセントはひざをやわらかくし、軽く揺れるように歩く。右足の踵が地面につくたびに〝鍵を出せ〟と繰り返した。

　シスタにあるＩＴ企業。レオは荷台の両側面に工務店のロゴのある、自分のとまったく同じ車のとなりに駐車した。ドアを開け、外に出る。そして、待った――移動中、ずっと黙って助手席に座っていたヴィンセントを。

「さっさと来い」

「なあ」

「なんだ？」

「これからは、これが仕事になるのか？」

「これって？」

「銀行強盗」

レオはドアに手をかけたままヴィンセントを見つめた。ヴィンセントは車から降りようとしない。まだ。

レオはまた車に乗り込んだ。

不安そうには聞こえなかったが、期待にあふれているようにも聞こえなかった、そんな質問に答えるため。

「ヴィンセント？」

「なに？」

「ロータリーのそばの標的はな——銀行ひとつだけだ。ただの練習だ」

ふたりは同じ作業服姿で、並んで座っている。先に現場へ来て、まずまずの品質のフローリング張りを始めているふたりと、まもなく合流する。

ひとつの世界から、べつの世界へ。

「その次は……ふたつ襲う。いっぺんに」

「そのための練習ってこと？　それが終わったら？」

「その次はな、ヴィンセント、三つ襲う……いっぺんに」

同じ場所、同じ時間、同じリスク。

「こんなこと、だれもやらないし、だれもやったことがない。だから、こんなことができるなんて、だれも想像しない。それを、銀行にいちばん金がある時を狙って、絶好のタイミングでやったら……わかるか？」

「三つ……いっぺんに？」

「絶好のタイミングで、銀行を三つ、いっぺんに襲う。一千万、いや、千五百万、二千万になるかもしれない。それが終わったら、手元にある銃を全部売り払って、同じくらいの金を稼ぐ。そこまで来たら、もうじゅうぶんだ。もう銀行強盗なんかやらなくていい。必要な額を手に入れるまでは、続ける」

「最後のところがわかんない。だれに銃を売るわけ？」

「警察に」

オフィスビルのドアが開いた。フェリックスとヤスペル。正しい服装をしている。となりの車まで歩いてきて、荷台のカバーを開けると、苛立ったようすで腕を動かした。

「さっさと出てこいよ！」

梱包されたオークの床材を荷台から下ろし、アスファルトに置く。レオとヴィンセントがなかなか降りてこないので、ヤスペルが窓ガラスを叩いた。

「早くしろよ――仕事するのがどんなに大事か、説教垂れたのはおまえだろ！」

「すぐ行く」

「今朝と話が違うじゃねえか」

「すぐ行くと言ってる」

レオは弟を見やった。ヴィンセントはまっすぐ前を見つめている。兄の話に耳を傾け、身体の中に抱えて理解しようとしている。

「なあ、ヴィンセント……熊のダンスだよ」

この弟はいつもそうだ。黙り込んで、ひとりで情報を嚙み砕こうとする。ひっくり返して眺め、分析しようとする。

「熊の……ダンス？」

「熊を相手に踊るんだ、ヴィンセント。ほんとうに勝ちたいのなら。近づきすぎちゃいけない。そんなことをしたら生き延びられない。熊はおまえよりずっと大きいんだ。八つ裂きにされるのがオチだ。けど、熊のまわりを踊ることはできる。そうやって、じっくり待つことはできる。繰り出せるパンチは一発だ。それが命中したら、そのままステップを踏みつづけて、次のパンチの準備をする……銀行強盗もこれと同じだ。小さなグループ、たった数人の強盗犯でも、警察に勝てる。毎回、小さなパンチでも、何度も殴りつづければ熊はイライラする。混乱する。回復する時間を熊に与えちゃいけない。イライラしてキレるまで、何度も何度も殴りつづける。熊のダンスだよ、ヴィンセント。殴って、混乱させて、退散する。次も同じことを繰り返す。銀行を次々に襲う」

レオは運転席の下に手を伸ばし、破れかけたビニール袋を出した。片方の持ち手がちぎれていて、ひとつしかない持ち手が指の皮膚に食い込む。

「ほら。教科書だ」

ヴィンセントはビニール袋を受け取り、中を探った。一冊ずつ取り出す。

『偽装爆弾——米陸軍野戦マニュアル』。彼が読んだことのない本ばかりだ。『爆薬A——

キッチンで作る雷管』。聞いたことすらない。『アナーキストクックブック』。ほとんどは薄い本だ。『自家製C-4――〝サバイバル指南〟』。厚めの本もある。『サイレンサーの作り方――図解マニュアル』。どれも英語だ。『爆薬B――キッチンで作る肥料爆薬』。

あてもなくパラパラとめくってみる――理解できない用語の並んだ文章、小型爆弾のしくみを示した図――そのあいだに、レオが車のドアを開けた。

「一週間後にテストするぞ」

ヴィンセントは、積み上がった床材へ向かうレオを見送った。レオは梱包された床材をつかむと見せかけて、代わりにヤスペルの首を後ろからがしりとつかんでプロレスごっこを始めた。険悪な雰囲気を一掃したいときによくやることだ。フェリックスも持っていた床材を手放してふたりに飛びかかった。プロレスごっこの相手がレオなのかヤスペルなのか、車からではよく見えない。本人もよくわかっていないかもしれない。

兄貴ふたりに、幼なじみがひとり。

ヴィンセントはひとつしか持ち手のない袋に本を戻した。その顔には笑みが浮かんでいる。

後戻りはしたくない。仲間でいたい。一緒にいたい。

そうして、銀行をひとつ襲う。ふたつ襲う。三つ襲う。

ヨン・ブロンクスは桟橋の最後の板の上、あと一歩踏み出せば湖に落ちるところに立っている。そして、べつの桟橋に、はるか昔の夏に思いを馳せている——板に響く足音、帰るわよ、という母の呼び声が、いまにも聞こえそうだ。土砂降りの雨の中、半歩先を行くサムとともに、メーラレン湖に浮かぶ小島の別荘から湖まで走った。雨粒が落ちるたびに水温が上がる気がした。かすかに塩味のする汽水湖の水に、仰向けになってぷかぷかと浮かび、雨粒を顔で受け止めた。

ブロンクスはその場にしゃがみ、十一月の暗い水面を片手で切った。記憶の中の水より、ずっと冷たい。おそらく三、四度。あと一、二か月で薄い氷が張るだろう。

最初に来たときは夜だったが、今回は昼の光に迎えられた。まだ青い芝生や、ペンキを塗っていない更衣小屋が見える。

「ヨン？　これ？」

背後から、木の桟橋を歩く足音。けっして重くはないが、桟橋がたわみ、揺れるにはじゅうぶんな重さだ。

「ああ」

「で……なにをするの？」

サンナは係留されたボートを目で示している。八馬力の簡素なアルミボートだ。

「ヨン？」

「言っただろう。足取りはここで途絶えている」

「で、いったいなにをするつもりなの？」

「犯人たちがどこに向かったのか。どこで陸に上がったのか。いま、どこのテーブルに集まって、次の襲撃計画を練ってるのか。そういったことを突き止める」

表情のない視線。眉ひとつ動かさない顔。ヨンの話を聞く彼女の表情は、さきほど警察本部の地下駐車場で、彼が同じ疑問を何度も口にしていたときと、まったく変わらない。

機械的な声も、まったく同じだった。

「で、それを突き止めるためには、雨のドレーヴヴィーケン湖でいまにもひっくり返りそうなボートに乗らないといけないの？　あなたはもう何回もここに来てるんでしょうに」

「きみの助けが要るんだ。やつらの考え方を理解するために」

片足を桟橋に、もう片方の足をボートの真ん中に置いて、防水ポンチョ二着を抱えた彼女が乗り込む。

そして、一着をブロンクスに差し出した。

「なら、これが要るわね——雨はますますひどくなるらしいから」

ブロンクスがエンジンのスターターロープを二度引くと、やがてプロペラが水中で回転を始めたが、その水が少々漏れたガソリンと混ざりあうことはなく、水面にターコイズブルーや紫のしみが島のごとく浮かび上がった。桟橋をぐいと押して離れ、しおれた葦のあいだを抜けて、開けた湖の沖へ向かう。葦はもはや夏ではないとわかっているのだろう、押されるままにおとなしく身を折り曲げた。

ブロンクスはプラスチックカバーをかけた地図を腿の上に広げ、低速でタルウッデン岬とカニーンホルメン島を通過した。印字が読みにくいが、どうやらミュールホルメンというらしい島も通り過ぎた。スロットルレバーに軽く手をかけたまま、針葉樹の森に沿ってボートを走らせる。トウヒや松の木のあいだから、ときおり灰色の集合住宅の高層階や、岸のそばに建てるのが許されていた時代の一戸建てのレンガ屋根が垣間見えた。やがて湖の幅が狭くなる。ドレーヴヴィーケン湖は湖峡となり、左舷側には草の生い茂る無人の土地が広がっている。フラーテン自然保護区域だ。建物はなく、湖や沼、針葉樹と広葉樹と市民農園が、静かな景観を作りだしている。が、右舷側には建物が密集している。雑然とした、道路、家々、コンクリートのビル。ストールトルプ、シェーエンゲン、トロングスンド、スコーグオース。湖の幅がこれほど狭ければ、暗闇の中をボートで逃げた連中は、ほんの少し進路を調整するだけで、どちらの岸にも上陸できたことだろう。

「きみならどっちの岸に上陸する？」

サンナは地図を手に取ってじっくり見つめてから、地図の示す現実に目を向けた。両岸を見渡してから、建物が密集している側を指差した。

「こっちね」

「おれもそう思った」

ヨンはボートを近づけた。こちら側に集中するつもりだ——逃走中の強盗犯は、逃げ道の選択肢が多いほうを選ぶだろうから、このあたりで上陸したにちがいない。

「おれが調べたかぎり、この辺でボートが盗まれたという届けは出てない」

「犯人たちの自前のボートだったとしたら？」

サンナは地図上の青や緑や黄色をもう一度見やり、それらの色が接している線を指でたどった。

「ここには……五、八、十一……ボートをつけられる桟橋が十五もある。もっと多いかもしれない。犯人が自前のボートに乗ってたとしたら、どこにだって行けたでしょうね」

「やつらが桟橋から上陸して、そこにボートを残していったとは考えにくい——そういう連中じゃないからな。徹底的に痕跡を消す連中だ」

スクルッバ群島の一つ目の島を通過する。二つ目のほうが少し大きいが、人影がないのは変わらない。ふたりは高層住宅のそばにいくつもある、こぢんまりとした美しい湖水浴場に目を凝らした。

「こういうタイプの強盗犯は、逃走に使った移動手段をかならず処分するんだ。ボートを使ったということは……」

好奇心旺盛なカモメの群れが近づいてくる。甲高い鳴き声がしばし沈黙を破る。

「……あとで沈めたにちがいない」

白い鳥たちが去っていく。どこかべつの場所で鳴き声を聞かせるために。

「入江、岬、桟橋、湖水浴場。このあたりならどこでも上陸できる。そこで仲間が待ってたんだろう――新しい逃走手段を用意して」

「そうともかぎらないわ」

ヨンは微笑んだ。ふたりの思考はいまも似ている。少なくとも、警察官としては。

「ああ、そうともかぎらないな。もうこれ以上、逃げる必要がなかったかもしれない。これが最終段階だったかもしれない。やつらは、このあたりのどこかに住んでるのかもしれない」

ヨンがそう言って目で示した先には、小さな浜があった。ごつごつとした木が湖面に身を乗り出し、大きく広がった枝を水に浸けている。

「時刻は十九時。十九時半だったかもしれない。陸地の輪郭は暗闇に溶け込んでたはずだ。どこから陸に近づいたにせよ、だれかが光信号で誘導したにちがいない」

野ウサギが二匹、近づいてきたボートの音におびえて、あわてて崖の向こうへ駆けていった。

「というわけで……どう思う?」

「どう思う、ですって?」

「ああ」

「ヨン、わかってるはずよ。わたしみたいな人間は、思う、じゃだめなの。鑑識捜査で百パーセント立証できることしか報告書には書かない、つまらない人種なの」

「それでも、どんなことが見える？　どんなことを思いついた？　推測でいい……」

「推測はあなたがやればいい。というより、推測しなくちゃだめでしょう。それがあなたの仕事だもの——犯行現場を見て、事情聴取をして、解釈を加える。わたしは解釈しない。証拠を手に入れて、真実を断定する。現実にあるものだけを相手にする。それがわたしの仕事」

「鑑識官の断定じゃなくて、サンナの意見を聞きたい、って言ったら？」

サンナは彼を見た。ヨンは彼女を見た。

このままボートに乗っていることもできる。陸に上がり、逃げることもできる。

「言ってみてくれ」

「わたしの意見は……」

彼女は沈黙し、頭を振る。

「やっぱりいやよ。当てずっぽうでものを言うなんて」

「ここは湖の真ん中だ。おれしか聞いてない」

彼女はため息をつかなかった。それでも、ついたように感じられた。

「犯人ふたりは——いまのところ、そのふたり以外に仲間がいたかどうかはわからないから

——現金輸送車を襲って現金を奪ったそのふたりは、前にも似たような事件を起こして有罪になっていると思う。発砲したこと、凶暴な手口、迷いのなさ、リスクを恐れない姿勢——どれをとってみても初犯とは思えない。それがわたしの意見」

ふたりの乗ったボートが滑るように岸へ近づく。岩に行く手を阻まれて、ヨンは少し沖へ戻った。

「それから……わたしの知識を話すとね。こういうことは、かならず話題になる。あっちの世界で。塀の中で」

サンナがヨンを見つめた。まっすぐに。ふたりがボートの両端で、それぞれ渡された板に腰掛けて以来、初めてのことだ。

「こういう事件が起こると、だれがやったのか知ってるっていう人間が塀の中に現れる。知らなくても、みんなが憶測をめぐらせて、議論する。知りたがる」

彼女の言わんとすることが、ヨンにはわかる。サンナも、ヨンがわかっているはずだと知っている。

「あっちの世界。閉じ込められてる人たち。暇を持て余してる人たち。そうでしょう？　ヨン？」

なにはともあれ、彼女はヨンをよく知る数少ない人間のひとりなのだから。

「あっちの世界。起こった事件が話題になる場所。これから起こる事件が話題になる場所。そこでなによりも話題になるのが、うまくいった犯罪、システムの裏をかいて警察を煙に巻いた犯罪よ。ヨン、あなたはこんなボートに乗ってる場合じゃないし、話すべき相手はわたしじゃない。わかってるはずよ。行きなさい。話をしてきなさい。あなたのお兄さんと。わたしやあなたの推測が正しくて、今回の犯人が前にも事件を起こしたことのある、これからも起こすにちがいない凶悪犯なのだとしたら、お兄さんはあなたやわたしよりずっと、いろいろなことを知ってるはず」

「だめだ」

「どうして？」

「役に立つわけがない」

「それでも……」

「だめだ」

岸辺に小道のある森のそばを通り過ぎる。高層住宅が建ち並ぶスコーグオースへの道だ。これほど対照的な風景もない。穏やかで美しい、やわらかいものと、雑然として醜い、硬いもの。

「変わってないわね、ヨン。秘密にしておきたいのね。ほかの人に知られたくないのね」

「きみも……変わってない」

毎日。頭の中に、胸の内に、彼女が住みついていた。どんなに振り払おうとしても、逃げようとしても、消し去ろうとしても、けっして離れてはくれなかった。考えまいとしても無理だった。十年前のこと。一緒にいたのはたったの二年、一緒に暮らしていたのは一年だが、あのころはまだ若かったから、一、二年の持つ意味は大きかった。

「嬉しかったよ。あのショック状態の警備員から離れて、桟橋に行ったら……きみが見えた。いや、顔が見えたわけじゃない。暗かったから。それでも、身のこなしで……きみだとわかった」

ほかの女と付き合おうとしたこともある。別れたあとの数年は、とくに。だが、サンナの影がいつも邪魔をした。女たちもそれに気づいて、そこにいないのに影だけは落とす厄介なライバルと闘うはめになった。

「あなた、ほんとうに変わってないわ、ヨン。まったく……そういうこと？　そういうつもりで、こんな雨の中、わたしを連れ出してこんな金属のボートに乗せたの？」

サンナが上体をひねって勢いよく向きを変えたので、そのひざから地図が落ち、ボートが揺れた。まるでボートを降りて湖に飛び込みたがっているように見えた。

「そういう話をするつもりはないって言ったでしょ？　わたしにとってはもう過去のことなの、ヨン。わかってるくせに！　いったいどういうつもり？」

またもや自分がふたつに分かれてしまったような気がした。

鋭い推論や分析を自信たっぷりに披露する、有能な成人男性。なにも知らず、人間どうしがどうやって気持ちを伝えあうものかさっぱりわかっていない、幼い少年。

「おれは、きみのことを考えてるよ——毎日」

「わたしはあなたのことなんかいっさい考えてない」

別れを切り出して去ったのはヨンのほうだ。当時はサンナのほうが苦しんでいた。そして、じゅうぶんに苦しんだあと——彼を切り捨てた。

わかっているのだ。一年ほど経って、彼のほうから連絡を取ったときに、サンナはそう言った。もうあなたのことはいっさい考えないって決めたの。もう、二度と。それは、まるで……ヨンがもはやこの世に存在しないかのようだった。

そしていま、彼女はあのときと同じことを言った。

過去の一部をえぐり取って、できるかぎり遠くへ投げ捨ててしまったのだ。

「もうこれで話は終わりよね？　ヨン」

ヨンは黙っている。もうひとりの自分。幼い少年。

「それなら……警察官に戻りましょうか。同僚どうしに。あなたは捜査を進めたいから、こうしてボートで湖に出ようとわたしを誘った。そういうことにしましょう」

ヨンは小さくうなずいた。

「じゃあ……」

サンナが地図をふたたび手に取る。

「……さしあたり、捜査員を動員して付近一帯を捜索して、あちこち聞き込みをしたにもかかわらず、犯人たちが陸に上がるところを見た目撃者は見つかっていない」

プラスチックカバーを手で拭うが、雨粒を払いきることはできず、地図がぼやけて見える。

「警察犬やヘリコプターも使ったし、道路を封鎖して、鑑識捜査もしたけれど、手がかりはなにも見つかっていない」

もう少し進むと、湖の果て、水の冷たい長い入江に入る。そろそろ引き返したほうがいい。ヨンはスロットルレバーを押した。ボートがゆっくりと旋回する。

「というわけで、ヨン、確実にわかっていることはただひとつ、覆面姿の二人組が現金輸送車を乗っ取って、湖水浴場でそれを乗り捨てた、ってことだけ。あんな目立たない場所を目的地に選んだ以上、犯人はあのあたりに土地勘があるはず。あの場所を以前から知っていて、ちゃんと下見をしたはずよ。土地勘こそ、犯人たちが警察よりも優位に立てる自信のあった、唯一の強みだったはずだから」

ヨンのまなざしがサンナを素通りする。このボートに乗ってから初めてのことだ。湖の幅が広くなり、目の前がふたたび開けてきた。ヨンはスピードを上げた。桟橋まで、あと四十五分。

「あの付近はもう調べたでしょうけど。もう一度、そこに戻りなさい、ヨン――そして、調べつづけるの」

アンネリーは、道路からほんの少しだけ離れた場所、頑丈な南京錠がついた遮断桿の前でレンタカーをとめた。ボルボ240。色は赤。車種も色もあえてこれを選んだ。スウェーデンでいちばん普及している車だ。アパートから一軒家に引っ越すための大型トラックを予約したついでに、レオがこの車も予約し、支払いを済ませた。

ハンドブレーキを少し強めに引く。いつもの車よりも力が要った。坂道だから、念のため。

アパートでは、キッチンの戸棚に最後まで残っていたものを箱に詰めると、積み上がった段ボール箱のあいだを縫って部屋から部屋へ歩いた。引っ越しは決まったものの、アンネリーの期待とはかなり違っていた。だが、レオは約束してくれた。一年だけ待ってくれ、と。すべてが終わるまで。そうしたら、どんな家でも、どんな場所でも、どんな値段でも、おまえが好きに選んでいいから。そう言ってくれた。そこでアンネリーはレオの知らないあいだに二、三度、バスでスルッセンまで行き、サルトシェー鉄道に乗り換え終点で降りて、建ち並ぶ大邸宅や広い庭を見ながらひとりで散歩した。フェリーでユールゴーデン島へ行き、やはり大邸宅の並ぶ界隈を散策したこともある。自分たちが積み上げた段ボール箱の数ほど部屋のありそうな邸宅だった。ああいう家に引っ越せば、きっと息子のセバスチャンも一緒に暮らしたいと言ってくれる。

レインコートのボタンを留め、ズボンの裾をゴム長靴に入れると、キノコ狩り用のバスケットを右手に持って、苔と濡れ落ち葉の上を歩きはじめる。レオは弟たちに指示を出すのと同じ調子でアンネリーにも指示を出した。それが彼女には嬉しかった。レオの期待に背かないよう、説明を忘れまいと集中して耳を傾けた。キノコ狩りなんて楽しいと思ったこともないのに、いまはこうしてちょくちょく身をかがめ、地面に顔を近づけて目を凝らしている。あそこ、あの茶色いの、確か名前はカール＝ヨハン（和名はヤマドリタケ）。人間みたいな、変な名前。そもそもキノコ狩りなんてどうしてするのだろう。なにが楽しいのかわからない。キノコを探すだけならまだわかる。摘み取らなくてもいいのに。

もうひとつ、黄色いのを見つけた。アンズダケ。これはわかる。

そのとき、犬の吠え声が聞こえた。

一匹。いや、何匹かいるかもしれない。すぐ近くに。この森にいるのは自分だけではなかったのだ。

さらにいくつかキノコを摘み取る。種類はなんでもいい。白っぽいのをひとつ、真っ黒に近いのをひとつ——少なくともバスケットの底が見えなくなるぐらいは取らなければ。キノコ狩りに来た人のふりをするのだから。レオに何度もそう言われたではないか。

キノコは好きではない。ベリーも。そもそも森というものがわからない。陰気で、寂しすぎるし、謎の音がする。どこから聞こえるのかよくわからない音。

吠える犬の数が増えた。さっきよりも近い。大型犬。ジャーマン・シェパードだろうか。

「今日はなにしたの？」

「サイクリング」

「雨の中で？」

「そんなに降ってなかったよ。ここは」

こんな気分のとき、アンネリーはときどきセバスチャンに電話する。かならず穏やかな気持ちになれるから。

「こっちは小雨が降ってるよ」

「ふうん」

「いまね、森にいて……キノコ狩りしてるの。大きいのも、小さいのもあってね。で、可愛いセバスチャンのことを思い出したのよ」

「ふうん。ぼく、もう行かなくちゃ」

「セバスチャン……」

「パパがもう、靴履いて待ってるから。じゃあね」

「じゃあね、セバスチャン、また今度……」

電話が切れたあとの沈黙。なによりも耐えがたい。

「……また今度ね」

セバスチャンに切られてしまい、携帯電話はなんの役にも立たなかった。彼女はあいかわらず孤独で、森はあいかわらず陰気だった。腐った果実と土のにおいのする、果てしない木の棺桶。

犬は一匹ではない。いま、はっきりわかった。あの吠え声は、警告を発している。

ふと気づくと、だだっ広い砂敷きの広場のそばまで来ていた。木が減って明るくなり、風通しがよくなっている。ここが目的地だ。バスケットを手に持って、キノコ狩りに来たふりをして歩きまわり、空になった武器庫のようすを見ること。

だが、広場ではなにかが起こっていた。木々や高い藪の向こうに、緑の服を着た人たちが垣間見える。さまよう風にまじって、人の声が聞こえる。

見つかったのだ。

まさにこうなることを想像して、レオは夜中、眠れずに汗びっしょりで歩きまわっていた。アンネリーは眠っていると彼は思っていたようだが、彼女は気づいていた。こうなることを、レオは何週間も恐れていた。

それが現実となったのだ。

アンネリーはあわてて何歩か引き返した。知らせなければ。レオに知らせなければ。だが、走りだしたのと同じくらい突然に、はたと立ち止まった。まだなにもわかっていないではないか。わかっているのは、レオとヤスペルとフェリックスとヴィンセントが建物の床を爆破して武器を盗んだ場所に、人がいるということ。何人もの人がいて、犬を連れて歩きまわっているということ。それだけではないか。レオは弟たちにするようにわたしにも指示を与えてくれた。仕事をくれた。参加させてくれた。それなのに。

彼女はふたたび踵を返し、ゆっくりと広場へ近づいた。

犬たちは牙をむき、よだれを垂らしながら、けたたましく吠えている。五歳のころ、ボクサー犬に飛びつかれて左頬を咬まれたことを思い出した。ちょっと遊びたかっただけだよ、と飼い主には言われた。以来、大型犬が近づいてくると、道路の反対側に移動するようにしている。もうすぐあの犬も、こちらが死ぬほどおびえているのを察して、よけいにうるさく吠えてくるのだろう。間違いない。

見えてきた。

広場に近づくにつれてまばらになる木々、その最後の何列かの向こう。犬は二匹、いや、三匹か。緑の服を着た人が、五人……六人……七人。このまま進んで広場に足を踏み入れたら、犬たちに不安を嗅ぎつけられるだろう。心を読まれるだろう。それでも、行くしかない。あの穴が、トンネルが、空になった武器庫が発見されたのなら、レオに知らせなければならない。

広場の端に立派なトウヒの木があり、彼女はその枝のあいだに入り込んだ。姿を隠してくれる防護服のような木。そこからコンクリートの武器庫がはっきり見えた。

ドア。間違いない。閉まっている。

ドアがまだ閉まっている！

来たときと同じ慎重な足取りでその場を離れようとしたところで、身体が滑りだした。ゆっくりと。砂と苔、軍の敷地と森を分かつ溝、そのぬかるんだ縁から、底のほうへ。ゴム長靴の底が砕石にこすれて、空気を切り裂くような甲高い音が響いた。

犬たちが勢いよく吠えたてる。リードをぐいぐいと引っ張る。

彼女のたてた音が聞こえたからだ。

アンネリーは溝から這い出した、と思ったところで、また滑り落ちてしまった。

「大丈夫ですか？」

七人ではなかった——八人だ。制服姿で、MPと記された白いヘルメットをかぶっている。犬はやはりみなジャーマン・シェパードで、彼女の一挙手一投足を観察していた。

「その犬……みんな、ちゃんとつながれてますよね？」

「ここは軍用地ですよ」

「わたし、ちょっと犬が苦手で……」

白髪まじりの口ひげを上向きにくるりとカールさせた、長身の男性。リーダーらしき彼が、先頭にいる犬のほうを向く。小さな目で射るように彼女を観察していた犬だ。

「カリーベル、おいで。……お座り」

男は茶色の革ベルトで肩から銃を吊るしている。親切そうだ。

「よかったら、ちょっと……挨拶してみませんか」

〝アンネリー——いいか、武器庫まで行くんだぞ〟

「片手を差し出してみてください。鼻のほうに」

それがレオの指示だった。それが彼に頼まれたことだった。

「そう……この子にあなたのにおいを嗅がせてやってください」

〝アンネリー――閉まったドアの前まで行け。穴を掘った場所だ。穴を埋めた土がちゃんと固まってるか、それとも陥没しはじめてるか、確かめてほしい〟

「ほら……あなたがやさしく接すれば、この子もおとなしくなりますよ」

男が微笑む。初めて見せた笑み。アンネリーは彼のヘルメットをちらりと見やった。MP。憲兵だ。それから、彼の黒いブーツのそばにいる犬を見やった。この犬にはいろいろな恐怖の見分けがつくだろうか、と考える。無意識の、本能的な恐怖――いま自分が感じている、口を開けた犬への恐怖。あるいは、考えた末にたどり着く、意識的な恐怖――ほんの数メートル向こうにあるあのコンクリートの箱が、実は空っぽだということを知っているのは、もはやわたしだけではないかもしれない、という恐怖。

「あの……通り抜けは禁止ですか？　広場の向こうに行きたいんですが」

「禁止です。さっき言ったとおり、ここは軍用地なので」

「そうですか」

「われわれは憲兵でね。ここで訓練をするんですよ。速やかにここを離れていただきたい」

「知りませんでした……」

「下のほうに、関係者以外立ち入り禁止の看板があるはずですが」

「それは……気がつきませんでした。森の中を歩いてきたんです。車をとめたのは……」

「ここでなにをしているんですか？」

彼に気づかれた。緑の制服を着た八人に気づかれた。ためらっている、と。

「ええと……」

バスケット。地面に置いたのだった。彼女はそれを持ち上げて差し出した。

「キノコを」

男が中をのぞき込む。白樺の樹皮でできたバスケットには、キノコがまばらにしか入っていない。

「あまり収穫はなかったようですね」

「ええ……」

「だが、これは……クロラッパタケだ。あまりお目にかかれない種類ですよ。どこで見つけたんですか？」

アンネリーは笑い声をあげた。張り詰めた、わざとらしい笑い声。それでも少しはリラックスしているように聞こえることを願った。

「秘密です。いいキノコのある場所は、人には教えたくないものでしょう？　でも、あんまり見つかりませんよ。こんなに雨ばっかりで……」

「まあとにかく、ここは立ち入り禁止ですから、出ていってください」

今度は彼女が微笑む番だ。かすかに首をかしげて。

「まっすぐ横切るのもだめですか？　そうしたほうが早いでしょ？」

男がじっと見つめてくる。アンネリーは、効くとわかっている笑顔を披露してみせた。

「いいでしょう。まっすぐ横切るだけですよ」

全員が彼女を観察する。監視している。彼女が武器庫のそばで立ち止まり、振り向いたときにも。

「あの……これ、なんですか？　この小さい建物。もしかして……犬小屋ですか？」

アンネリーは建物に近づいた。見物したがっているかのように。

「いや」

「違うんですか？　大きさはぴったりだと……」

「動員用武器庫ですよ」

扉まで、あと一メートルほど。ここだ。少なくとも、そうにちがいないと思う。いま自分が立っている場所こそ、最近穴の掘られた場所だ。もう少しで灰色の壁に触れられそうだった。中はもう空っぽなのだ。ただの殻。レオもそう言っていた。中が空洞になったコンクリートの殻、と。

「動員用武器庫？」

右足。砂を強く踏みしめる。

「戦争に備えて用意してあるんです。武装しなければならなくなったときのために」

スカスカでもないし、やわらかくもない。レオたちが掘った穴はきちんと埋められている。

見た目ではわからないし、踏んでみてもわからない。

アンネリーはまた歩きはじめた。憲兵たちもまた彼女を観察しはじめた。

背中に貼りつくような、鋭い視線。

やり遂げた。よだれを垂らした犬に吠えられても。胸が痛んでも。レインコートの下を冷や汗が流れていても。

「ちょっと」

武器庫に近づきすぎたのだ。男の声が彼女を追いかける。さきほどよりも大きな声。

「ちょっと、待ちなさい！」

彼女はためらった。立ち止まった。目を閉じた。

長靴、厚いレインコート、クロラッパタケ。

それがいまの自分だ——森を散策している女、この森にいるのが好きな女。

「なんですか？」

「キノコ狩りに来たんでしょう？」

「ええ。というか……キノコ探し、って言ったほうがいいかもしれませんけど」

首をかしげてみせる。真剣な顔に向かって。

彼は、知っている。

「じゃあ……あれ、毒キノコかもしれないのはわかってますか？」

ここにいる男たちは、知っている。

「毒キノコ?」

最初から、ずっと知っていたのだ。

「黄土色の細いやつ。バスケットの真ん中あたりに入ってました。ちゃんと確かめたほうがいいですよ」

「あの……それは、つまり……」

「ミキイロウスタケだと思いますが、ズキンタケの可能性もありますからね。難しいんですよ、見分けるの。ズキンタケはまったく食べられません」

男がにっこりと笑う。

「用心するに越したことはありませんからね」

作り笑いではない、ほんものの笑顔。戻ってこいとは言わなかった。穴について、中身を奪われた武器庫について、尋ねてくることもなかった。

やがてアンネリーはうなずき、軽く手を振った。広場を横切っているあいだ、振り返りたくてしかたがなかった。憲兵たちが離れていくのを確かめたかった。が、振り返りはしなかった。

それから、森の中を走った。木の根や石を飛び越え、思わぬ猛スピードでレンタカーを走らせてトゥンバに向かった。自分は、あの武器庫からほんの一メートルほどしか離れていないところに立った。〝レオ、ちゃんと踏んで確かめたのよ。大丈夫。穴はしっかり埋まってる〟。身のすくむ思いを味わった。〝近づいていって、話をしたの。ほんものの憲兵の犬がいてね、レオ、ジャーマン・シェパードよ、すごく大きかった〟。手に持ったバスケットを少し傾けて、取ったばかりのキノコを憲兵たちに見せた。〝憲兵は八人もいてね。みんなわたしを見てたけど、なにをしてたかはばれなかった。うまく騙してやったのよ〟

アンネリーは笑い声をあげた。ひとりきりで、大きな声で。なんと爽快な気分だろう。森の中を歩いているあいだ、彼女は二種類の恐怖を抱えていた。どちらも犬に嗅ぎつけられるのではないかと不安だった。が、いま気づいた。この数週間ずっと、毎日、三つめの恐怖も感じていたのだと。ほかのふたつよりはるかに大きく、いま笑いとともに解消された、恐怖。愛する人になにが起こっているのかわからない。自分にはなにもできない。そんな恐怖は、自らその場に行くことでしか解消されない。いまの自分はまさに、その場にいる。参加している。ほかのメンバーにはできない任務を与えられ、期待を上回る出来でそれを成し遂げてみせた。

ずいぶん手前からウィンカーを点滅させ、〝青ビル〟を通り過ぎてからその向かい側へハンドルを切り、門を抜けて自分たちの新居に入った。道路と商業用車庫にはさまれ、アスファルトの庭と有刺鉄線に囲まれた家。でも、たった一年の辛抱だ。森での任務もきちんと成功させたのだ、それくらい耐えてみせる。

玄関の前にトラックがとまっている。荷台の後ろの扉が開いていて、中は空っぽだった。引っ越し荷物の運び入れはもう終わったのだ。いつもみたいにフェリックスとヴィンセントとヤスペルがいるといい、レオへの報告を彼らにも聞いてほしい、そう思っていたのに。

車から家までは数メートル。一階のどの窓を見ても、段ボール箱が積み上がっているのが見える。取っ手を押し下げて、鍵のかかっていない玄関扉を開けたところで、敷地内にあるもうひとつの建物、あの巨大な車庫からレオが出てくるのが見えた。彼女は駆けだしそうになった。

「レオ……」

彼のそばにたどり着く前から、もう話しはじめていた。

「……ただいま!」

みんなにも、ここにいてほしかった。ほかの三人にも。

「わたしはいまや……」

フェリックス、ヴィンセント、ヤスペルにも、話を聞いてほしかった。

「……強盗の女頭領よ!」

レオに抱きつき、頬に、唇にキスをする。

「人がいたの」

「人?」

「憲兵がね。八人。犬も連れてた」

ささやき声で話す。なぜかは自分でもわからない。

「でも、ただ訓練してるだけだった。わたし、ちゃんとやったわ。あんたの指示どおりに」

レオの顔。それが、いきなり変わった。

「やったって……なにを？」

「建物に近寄って、ドアの前の地面を確かめてきた。足で踏んでみたの。そしたら……」

こんなふうに変わるはずではなかった。顔の表情が内向きになった。

「なんだと？」

「言ったとおりよ。怪しまれることもなかったわ」

レオが自分の世界にこもるとき。彼女には手の届かない思考をめぐらせるとき。そんなときと同じ、表情の変化。

「つまり、おまえはそこに——武器庫から一メートルのところに立って、地面を足で引っ掻いたっていうのか？　憲兵八人と軍用犬の目の前で？」

彼女はもう一度、レオにキスをした。誇らしい気分だった。

「そうよ、でも……」

レオがあたりを見まわす。アンネリーが引っ越し先と勘違いした隣家を、道路を見やる。停まらざるをえなくなった車が一車線をふさいでいて、早くも渋滞が始まっている。

「中に入るぞ」

レオがアンネリーの身体をつかんだ。強くつかんだわけではないが、いつもよりは強く、ついて来るよう促すにはじゅうぶんな強さで。そして、玄関扉を閉めた。

「憲兵っていうのはな」

玄関の明かりは簡素なものだ。長いコードでぶら下がった裸電球。レオがぶつかると電球は大きく揺れた。

「おまえが気づかないことに気づく。そういう訓練を受けてる連中だ。そんな中にノコノコ出ていって……足で地面を掻いたっていうのか？　猫が小便を隠すみたいに！」

不快な、まぶしい明かり。

「レオ、わたし、あんたの言うとおりにしただけよ」

「名前は訊かれたか？　おまえ、名乗ったのか？」

「いいえ。レオ……」

「車は見られたか？」

「ねえ……」

「見られてたら、そこから身元が割れるんだぞ！」

怒らないよう、平常心を失わないよう、冷静でいるよう、いつも気をつけているレオが。まるで別人のようだ。

「大丈夫よ。怪しまれなかったから」

「怪しまれなかった？」

「ほんとよ、レオ」

こんなレオを見たことがないわけではない。だがそれは、ほかの男——彼に楯突いてくる男が相手のときだけだった。そんなときのレオは好ましいとすら思っていた。見ていると安心できるから。

「あの武器庫が空っぽだってばれて憲兵がおまえの身元を突き止めたら、尋問されることになるんだぞ。わかってるのか？」

自分が相手のときにこんな態度を取られるのは初めてだ。弟たちが相手でも見たことがない。近しい相手に対して、レオはこんな態度をとらない。

「尋問ではな、脂ぎったお巡りが目の前に座って、おまえの言うことにいちいち突っ込んでくるんだぞ。自白が取れるまでネチネチとな。乗り切れるのか？　どうなんだ……強盗の女頭領さんよ？」

「なんなの、レオ、ひどいわ！　なにが言いたいの？　やめて！」

「いまのおれをあしらえないようじゃ、尋問の結果も目に見えてるな」

あたりは狭い。積み上がった段ボール箱、乱雑に置かれ重ねられた椅子、テーブル、照明器具、本棚。

「そんなことになっても、あんたの名前は絶対に出さない」

レオはアンネリーの手をつかんで壁ぎわに移動した。そのほうが進みやすい。段ボール箱をいくつか脇へ押しやればキッチンへ行ける。

「警察に呼ばれて、尋問されても……レオ、こっちを見てよ……ねえ、わかってるでしょ？　わたし、口が裂けたって、あんたの名前は絶対に出さない」

「そもそも尋問されないようにすることだな。役を演じきるんだ」

レオは箱ふたつとコーヒーメーカーを動かして、冷凍ボックスまでどうにか通れるすき間を作った。ボックスを開ける。

「アンネリー、おまえにはいま、人生がふたつある。表の人生と、裏の人生だ」

冷凍ボックスの中は霜だらけで、なにも入っていない——プラスチックの製氷皿を除けば。

「いまから六週間前、おれは工務店の経営者だった。フェリックスとヴィンセントとヤスペルは従業員だった。おまえはおれの恋人、婚約者、同居相手だった」

コンロのそばに積まれた段ボール箱。そのいちばん上からアイスペールを出す。

「六週間前の話だ」

その下の箱から、タオルを出す。

「そのあとに、武器の略奪をやった」

製氷皿を捻じ曲げて、角氷をアイスペールに落とす。

「そのあとに、現金輸送車の襲撃をやった」

最後に冷蔵庫を開け、中に入っていた唯一のものを出した。最上段のボトルだ。

「おれたちは追われる身なんだ、アンネリー。ちゃんとわかってるか？　なにもかもが変わった。警察はおれたちを捜してる——これが現実だ。わかってるのか？」

白いタオルをボトルに巻く。ボトルの首から本体にかけて。

「なにもかもが変わった——これからも変わりつづける。まだ序の口だ。これからますますでかくなる。知ってるよな。おまえは全部知ってるんだ——おれが信用した相手だから」

白い布に包まれた、頑丈なコルク栓と洒落たラベルのついた美しいボトル。レオはそれをアイスペールに入れた。

「どんなことがあっても痕跡を残すな。見られるリスクを冒すな。警察はまだなにも知らないし、証拠もつかんでない。残ってる痕跡は、おれが残すことにした痕跡だけだ。おれたち五人は、集団で動く犯罪者だ。だれにも前科がない。警察にとっては前代未聞だ。凶悪事件を起こす凶悪犯なのに、警察の記録にはまったく載ってない。やつらにとっては悪夢そのものだ――存在しないも同然なんだから！」

レオがまたアンネリーの身体をつかむ。さきほどとは違う手つき。やさしく引き寄せる。

「ふたつの人生だ、アンネリー。片方は、あの木の家に住んでる人たちに見せる人生。もう片方は、おれたちのほんとうの姿――新聞に載ってる銀行強盗」

食器棚にはグラスがふたつだけ入っていた。新品のシャンパングラス。これまでそんなものを持ったことはなかった。レオが流し台の上にグラスを並べ、ボトルのコルク栓を引き抜く。ポン、という音が、まるで映画の一場面のように響いた。ほっそりとしたグラスに注ぐと、泡が少しこぼれた。

「乾杯しよう、アンネリー。おれたちの新居に」

レオは弟たちを早々に帰したのだ。あの子たちがうちに居座るのを、わたしがいやがるから。

で、値の張るドン・ペリニヨンを冷やしておいた。黄色いリンゴとトーストしたパンの香りのする泡が、ふたりの絆の証になる――わたしがそう思っているものと、レオは思っているから。

「乾杯」

アンネリーはグラスを掲げ、レオを見つめて、飲んだ。味がしなかった。喉を流れていった気がしない。まるで身体の外を流れているような、頭から浴びせられたかのような。わけがわからない。レンタカーの中ではひとりで笑っていたのに。ずっと抱えていた恐怖の正体に——仲間に加われないことの不安に気づいたのに。キノコ狩りに行った森から、仲間意識を持ち帰ってきたのに。たったいま、レオにそれを奪われてしまった。もう二度と戻ってこない。どんなに笑みを浮かべても。

つややかに磨かれた木の床を、彼女はいつも裸で歩いていた。裸で眠ったり、裸で歯を磨いたり——こんな筋張った青白い身体でも裸でいてかまわないのだと、ヨンに教えてくれたのも彼女だった。あのころも使っていた古い食卓。ヨンはいま立っているのと同じ場所に座り、その向かい側に彼女が座っていた。初めての朝、気恥ずかしさにふたりとも黙り込んだり、目を合わさずにすむようどうでもいいことを話したりしていたときに、ふと彼女の足がヨンの足に触れた。それだけでよかったのだ。足に触れた、ただそれだけで、夜中の親密さと信頼感が戻ってきた。それまでずっと長いこと、裸の自分を見せられる相手などいるわけがない、と思い込んできたのに。

ヨン・ブロンクスは紅茶にミルクを注いだ。

〝そういう話をするつもりはないって言ったでしょ？　わたしにとってはもう……過去のことなの、ヨン。わかってるくせに〟

空になったカップを流し台に置くと、着替えを済ませ、ストックホルムのセーデルマルム島西部、中庭に面した二部屋のアパートをあとにした。妙に暖かい朝だ。秋と冬がふたたび眠りに落ちたところに、晩夏が忍び足でやってきて、しばらくひとりで遊んでいるような。中庭を横切って、ヘーガリード通り沿いにある二十世紀初頭の建物へ、その出入口をつねに見張っている、塔のふたつある大きな教会へ向かう。濃い影を落とす鐘楼からは、十五分おきに鈍い鐘の音が響く。はじめの何年かは癇に障る音だと思っていたが、いまとなっては鐘がまだあるのか、いまだに鳴っているのかどうかもよくわからない。いつも開いている窓のそばを通る。ラジオ・ストックホルム、ローカルニュースと交通情報。ポールスンド通りを渡り、いつものカフェへ。カフェと言っても、小さなテーブルが二台あるだけの、焼き立てのパンの香りが立ちこめるベーカリーだ。イタリアのオペラを歌いながらイタリアのパンを出す店主は、ヨンの〝いつもの〟を承知している。ライ麦の少し入ったパン、トマトは抜きで。

紅茶を、もう一杯。

二年経ったある日の午後、クローゼットに入っていた彼女の持ち物をバッグに放り込んだ。無香料のラクタシード石鹸、デニビットの歯磨き粉、『第二の性』、『パープル・レイン』。他人の家に転がり込むときに持参する品々。他人の中に少しずつ、自分の一部を入れていくようなものだ。イケアの大きな黄色い買い物バッグを玄関マットの上に置き、出ていってくれ、と彼女に告げた。そして、彼女が事情を理解しようとしているあいだ、アパートから一ブロック離れたこの店に座って、ミルクを入れたフルーツ味の紅茶を大量に飲んだ。もう彼女は出ていっただろうと確信できるまで。

オレンジジュースの入ったグラスを手に取り、大きな天板に載ったままの少し乾いた小さなクッキーをひとつつまむ。

〝おれは、きみのことを考えてるよ――毎日〟

出ていけと告げたのはヨンのほうだ。彼女が自分に近づきすぎている、優位に立たれている、そう思ったから。あのときはわかっていなかった――相手よりも優位に立ったなら、しっかりとそこにとどまることだ。むやみに力を振りかざすものではない。でないと十年後、アルミボートの上でまた優位に立たれてしまう。力を得た彼女は、エネルギーに満ちていた。自分はただ、虚しさを感じるばかりだ。

〝わたしはあなたのことなんかいっさい考えてない〟

鑑識の報告書を書くときや、ドレーヴヴィーケン湖沿いの上陸可能な場所を分析するときと、同じ声の調子、同じ距離感。

紅茶とオレンジジュースを飲み、分厚いパンにぱさぱさの丸いクッキーまで食べたのに、それでも腹が満たされない。指先を皿につけて残りのパン屑をさらう。

ドレーヴヴィーケン湖畔。

何度も行って調べた場所だ。〝あの付近はもう調べたでしょうけど〟。あのとき、ほんの一瞬、彼女の声が機械的ではなくなった。〝もう一度、そこに戻りなさい――そして、調べつづけるの〟。強盗犯たちが知っていたはずの場所。何度も訪れたにちがいない場所。

白いエプロンを着けた店主に会釈し、ゆっくりと歩きはじめる。向かった先のロングホルム通りでは、たくさんの車が競うように走り、朝の時間を通勤に費やしていた。ヴェステル橋にさしかかり、昨夜できた水たまりを避けながら、歩いて橋の頂上へ。そこからの眺めは格別だ。首都の風景は息をのむほど美しく、ヨンはいつものごとく手すりから大きく一歩退いた。飛び降りたいという衝動に駆られるのが怖いから。

ジャファー。ゴーバック。

おまえたちには共犯者がいる。

警察犬が手がかりを失ったあの桟橋に、だれかがボートを係留して待っていた。暗闇の中、だれかが水先案内をして、おまえたちを上陸地点へ導いた。

クングスホルメン島への下り坂が始まると、橋の手すりが高くなる。ヨンはふたたび手すりに近寄った。もはや飛び降りたいと思う景色ではなくなっている。

おそらく、そのほかにも仲間がいただろう。

だれかがおまえたちをファーシュタ・ショッピングセンターまで車で送っていった。車が盗まれたという届けは出ていないし、乗り捨てられた車も発見されていない。変装して車椅子に乗り、これから強盗しようという現場に向かうのに、地下鉄やバスを使ったとも思えない。

ローラムスホーヴ公園への石階段を下り、スケートボード場やペタンクのコートのそばを通り、ノール・メーラルストランド通りへ曲がっていくランナーたちを横目に進む。車の多い道路を渡って、湖沿いの高級マンションにはさまれた通りを北上し、ハントヴェルカル通り、ベリィ通り、そしてスウェーデンの警察機構の中核であるクロノベリ街区へ。

おまえたちは少なくとも四人、おそらく五人のグループだ。どんなグループにも、メンバーたちを率いるリーダーがいる。リーダーには過去があり、経験がある。今回のような強盗事件は、なにもないところからは生まれない。それまでの行動の積み重ねだ。ジャファー、ゴーバック——おまえたち、いったい何者だ？　警察の記録に載っている、ほんとうの名前は？　過去のどんな犯罪が記録に残っている？　足取りが途絶える前の、最後の手がかり——あの湖水浴場や桟橋と、おまえたちとの関係は？


レオはコーヒーカップを手に、汚れたキッチンの窓から早朝の外を眺め、埃に阻まれつつ室内に入り込んでくる日差しを見つめている。変な感じだ。長く降りつづいた雨のせいで、規則正しく窓を叩くあの単調な音にすっかり慣れてしまったから。床には段ボール箱、天井には裸電球。窓を大きく開けると、新鮮な空気が下水のにおいを追い出してくれる。新しい家主がトイレ、シャワー、シンクに水を流してくれるのを、何か月も待っていた家のにおいだ。

封をしたままの段ボール箱に載っていたシャンパングラスふたつを、流しへ運ぶ。

彼女は機嫌をそこねたようすだった。が、しかたがない。

そのとなりに積み上がった段ボール箱の上に、図面が三枚載っている。レオはいちばん上の図面を手に取り、じっくりと眺めた。土や砕石を搬送するベルトコンベア。排水ポンプ。

コンクリート管。自ら設計し、各工程を図面にした。きちんと動くことは間違いない。これで自分たちの〝ドクロの洞窟〟が完成する。

これからの計画を立てること。すべてを自分でコントロールすること。

一枚目の図面を手にキッチンを横切り、廊下を通って、段ボール箱が置かれていない唯一の部屋へ。玄関を入ってすぐ左、前の家主が事務所として使っていた増築部分だ。

そして、完璧にやり遂げること。けっして発覚しないように。

突き詰めれば昔と変わらない。授業のあいまの休み時間、登校中に見かけた新型の駐車料金支払い機の絵を描いていた。機械の背面についているリベット二本の頭を、どうすればノミとハンマーで簡単に叩き落とせるか。それからどうすれば、毎日こっそり背面の金属板を外して、二十五オーレ硬貨（オーレはクローナの百分の一にあたる単位で、硬貨が二〇一〇年まで使用されていた）や五十オーレ硬貨、一クローナ硬貨を集められるか。またあるときは、その日最後の授業のあいだ、熱心に鉛筆を削るふりをしつつ、教室の窓の掛け金をこっそり外した。終業ベルが鳴ると同時に家へ飛んで帰り、目覚まし時計をセットした。そして真夜中、フェリックスを起こして学校に向かった。黒いゴミ袋を持ったフェリックスを外で待たせて、開いた窓から教室へ忍び込み、先生が〝自由活動〟の授業に使うため注文したプラモデルを、次から次へと外へ放り投げた。エアフィックス社製の第二次世界大戦の戦闘機の模型に、映画『アメリカン・グラフィティ』に出てきたレベル社製のカーモデルもあった。

あのころはまだ、全然気づいていなかった——毎回、どうしてあんなにうまくいったのか。

ほかの人が考えもしないことをやればいいのだ。表にはなにも出さず、自分の中の限界を少しずつ広げていけばいいのだ。ルールを自分で変えてしまえばいいのだ。

駐車料金の支払い機に入った五十オーレ硬貨も、教室にあったプラモデルも同じことだ。毎回、すべてを自分の力でコントロールしていた。表には出さなかった。父の二の舞は避けようと決めていた。騒いで、目立って、しまいにつかまってしまうようなことは、絶対にしない。父のように、独自のルールに従って生きる。が、そのルールは自分の中にしまい込む。他人には見せない。知らせない。

ヨン・ブロンクスはクロノベリの警察本部に入るとき、いつもベリィ通りから入ることにしている。どんな季節であろうと毎朝、あの小さなイタリアンベーカリーからヴェステル橋経由でここまで歩き、バスや地下鉄の雑踏に邪魔されない休息と思考の二十分間を過ごす。使っているオフィスは、制服を着る生活を離れて私服を身にまとったあの日から、ずっと変わらない。銃を携えて真っ先に事件現場を訪れる警察官ではなく、しばらく経ってから到着し、現場から消え去ったもの――脅迫する声のこだま、逃げようとする身体の熱、そんな断片をひとつひとつ再現して、暴力の地図を徐々に描きだしていく捜査官となった、あの日から。

フォルダーを開き、書類をめくる。目撃者の証言、捜索活動の報告書、専門家の意見。最後に、茶色い封筒が入っている――車の座席に散らばったガラスの破片や、ドアに残った弾痕の拡大写真。ブロンクスはそれらの写真を回転させ、目に近づけ、目から遠ざけ、ためつすがめつ眺めていたが、やがてあきらめてパソコンのキーボード上から脇に押しやると、犯罪届出定型簿（RAR）と呼ばれるデータベースを開いた。サンナのアドバイスに従い、過去にさかのぼってみるつもりだ。ジャファーとゴーバックが最後に目撃された場所、つまりシェーンダールの閑散とした湖水浴場につながりのある人物を捜す。物的証拠は残していないが、過剰な暴力をふるうという行動パターンは色濃く残していった、その人物を捜すのだ。

二段目のひきだしに、大きな地図がしまってある。ブロンクスはそれを広げ、赤いフェルトペンで線を引きはじめた。まず、ドレーヴヴィーケン湖の湖畔から、黒く太い線で表されたニューネース通りへ。次に、ニューネース通りからティーレセー通りへ。三本目は、ティーレセー通りからオルヘム通りへ。最後となる四本目は、そこから元の湖畔へ。

赤い線で囲まれた四角。面積は三平方キロメートルほどだろう。

四角形の中を人差し指でたどる。あらゆる通りで指を止め、あらゆる地名をパソコンに入力して、検索する――まずはこの四角形の内側に住んでいて、過去に暴力事件を起こして服役したことのある人物を探した。

「おはよう」

次に、住んでいるのはこの四角形の外だが、この内側で暴力事件を起こして服役したことのある人物を探した。

「ヨン？　もしもし？」

ブロンクスは画面から顔を上げた。彼女の足音すら聞こえていなかった。

「寝てたの？」

サンナはドア枠に軽くもたれて立っている。書類の束を手に持っている。

「薬莢はどれも、底に８０７００という数字が刻んであったわ」

あたりを見まわしながらこちらに向かってくる。部屋のようすを観察している。鑑識官としての職業的な反応だろうか。ひとりの人間として好奇心に駆られているのだろうか。

「すでにわかってたことだけど、これで確定ね――銃弾はスウェーデン製、軍用の銃弾よ」

サンナはブロンクスに書類の束を手渡してからも、しばらくその場にとどまった。いかにも警察らしいオフィス。開けていない段ボール箱が壁ぎわに積まれ、床を覆っている。ここはいつまで経っても仮住まいでしかなく、本格的に引っ越したわけではない、そんな印象を与える。

「この部屋……いつから使ってるの？」

「着任してから、ずっと」

「もう十年近くになるわよね？　それなのに、あなたらしさが全然ない。個人的な持ち物がひとつもない。写真も……なにもない」

「そうだな」

「ヨン……あなたのにおいすらしないわ」

「それでいいんだ」

ブロンクスは書類をめくった。顔を上げもしない。

「これでもう、お互い関わることはない？」

サンナが踵を返して歩きはじめても、ブロンクスは顔を上げなかった。

「これでもう、お互い関わることはないわね、ヨン」

だが、彼女の足音、あまりにも耳に馴染んだあの足音が、廊下を遠ざかっていくのは聞こえた。

それからパソコン画面に目をやった。ＲＡＲの最初の検索結果と、その次の検索結果が出ていた。

該当者、計十七人。

増築された部屋。レオはその寸法を正確に測った。十一・四平方メートル。

部屋にひとつしかない窓は門に面している。そこから外をのぞくと、三人が到着したのが見えた。前部座席に並んで座っている。

手の中にあるのは、図面の一枚目。置き場所の問題をすべて解決してくれる〝ドクロの洞窟〟。

車は玄関の前、低い外階段と簡素なポーチのそばにとまった。時間どおりだ。服装も正しい。フェリックスが荷台カバーを開け、ヤスペルとヴィンセントが、重さ三十キロの削岩機、鋤《すき》四本、シャベル四本、工具の入った木箱に、防塵マスクや手袋の入った袋、コカ・コーラのパックを下ろした。

「おれたちは限界を広げた。ルールを変えた」

作業用具を部屋に運び入れるあいだ、レオは語った。

「だが、その限界やルールが通用するのは、連中が動員用武器庫の扉を開けて、軍用銃二百二十一挺がなくなってるのに気づくまでの話だ」

工具箱から長いバールを出してフェリックスに渡すと、自分は短めのバールを持った。最初に薄い幅木を、次に黄色いビニール床を、最後にメゾナイトとパーティクルボードの層を、引き剝がし、壊し、砕く。破片はヤスペルとヴィンセントが運び出して車の横に積んだ。

「いまから、また限界を少し広げる。ルールをまた変える」

ほんの数分で床材が消えた。

「軍が武器庫の扉を開けて、銃が盗まれたことに気づくころにはもう、おれたちには自前の武器庫があるってわけだ」

折尺と太い鉛筆を持ってひざをつき、部屋の中央に長方形を描く——縦二百二センチ、横百七十センチ。それから、太く鋭い鋼鉄製の刃のついた重い削岩機でコンクリートを削りはじめた。

「おれたちのほうが一歩リードしてる。それを利用しよう——すばやく攻撃を仕掛けるんだ。まず、いまから十三日後に」

砕石用のベルトコンベアはまだ荷台に置かれたままだ。ヤスペルとヴィンセントがふたりがかりでそれを運んだ。四本の張り詰めた腕が震えながら、どっしりとした機械を前庭に下ろす。そして窓から室内へベルトを通した——泥や砂を外へ運び出すベルトコンベアだ。

「ロータリーのそばの銀行」

この日のために借りたトラックは、ベルトコンベアの先に駐車する。土を荷台に落として、そのまま運び出したいからだ。フェリックスは何度もトラックをバックさせて位置を直した。

におい、いや、悪臭、数百年分の悪臭だ——圧縮され腐敗した植物。床下を掘りはじめる。シャベルでひと掻き、またひと掻き、念のため二メートル半の深さまで掘り進める。かつて湖だった場所だから、掘ってもすぐに土が押し寄せてくる。何十回、何百回、何千回と泥を掻き出す。それにしても、各人のやり方がずいぶん違う。レオはフェリックスを見やった。自分とほぼ同じペースを保っている。疲れを知らないフェリックス、たとえ疲れたとしてもその気配は見せず、単調な動作をひたすら繰り返す。効率のいい掘り方だ。シャベルを持ち上げる直前に軽く揺らし、ブレードの下に空気を入れて持ち上げやすくしている。ヤスペルは長方形のべつの一角を掘っていて、すでに顔も髪も泥まみれになっている。鼻息荒く、全身を使って掘っているから、そろそろ疲れて無駄話を始め、笑いを取ってサボろうとすることだろう。ヴィンセントはベルトコンベアのそばにいる。ひょろりとした腕に華奢な背中で、一度に掻き出せる泥の量は限られている。レオやフェリックスの動きをちらちら見やり、真似ようとしている。

三十二センチ。

「銀行に押し入って、監視カメラを撃って壊したら、従業員が通報用のボタンを押すだろう。で、そのときに、たまたまパトカーが近くを巡回してたとする。そうなっても、そのお巡りにきっちりわからせてやるんだ。おれたちは必要以上に暴力をふるう、いっさい容赦はしない、ってことをな」

ある者は工夫し、ある者は鼻息を荒くし、ある者は他人を真似ながら、シャベルで泥を掻き出してベルトコンベアに載せる。泥は窓を抜け、トラックの荷台へ運ばれていく。まだまだ土は固い。

地面を掘りながら、時をさかのぼる。

百年前、ここは木々のまばらな林だった。二百年前、ここは人を寄せ付けない湿地だった。三百年前、ここはオタマジャクシやザリガニ、魚のいる湖だった。

「お巡りってのは、おれたちのほうが強力な武器を持ってるってわかったら、手を出せないもんなんだ。そもそも出したくないだろうし、その許可も下りない」

八十センチ。

「ちょっと考えてみろ。簡単な心理学だ。こっちのほうがいい武器を持ってて、迷いがなくて、しかもチームとしてよくまとまってて、いつでも銃をぶっ放す覚悟があるってことを見せつけてやったら、のこのこ近づいてくる巡回パトカーなんているわけがない」

部屋の壁ぎわに立って、泥の槽の縁から中を掘りつづけるには、もうバランスが取りにくくなってきた。レオとフェリックスが茶色い中に入り、泥の入ったバケツを頭上のヴィンセントに渡す。ヴィンセントはひざまずいてバケツを受け取り、ベルトコンベアに中身を空ける。ねっとりとした泥は窓の外へ運び出され、トラックの荷台に落とされる。それをヤスペルが鋤で均等にならす。

「だから、お巡りはようすを見ようとする。もっと人員を呼ぶ。時間が経つにつれて、やつらの捜索の範囲は広がることになるが……捜索が始まるころにはもう、おれたちは遠くまで逃げてるんだ」

一メートル十二センチ。

カプリチョーザの箱がひとりひとりに配られた。道路をはさんだ向かい側、新たにオープンしたあの青いショッピングセンターに入居した〈ロッバンス・ピッツェリア〉のものだ。ヴィンセントが湯の入ったバケツをゆっくりと下ろす。だが、汚れた両手をどんなに洗ってみても、レオがピザをひと切れ口に近づけるたびに泥のにおいがした。かつての湖が体内に入り込もうとする。

一メートル五十七センチ。

「やっと応援が来て人員が集まったところで、警察は気づくんだ――逃走ルートが六十四通りもあるってことに。それでやつらはショックを受ける。やる気をなくす」

レオは泥の上にバケツを置き、背筋を伸ばした。

四十二日前、武器庫の下に、まるで戦時中の脱走用トンネルのような穴を掘った。いま、こうしておおかた掘り終えた〝ドクロの洞窟〟は、戦時中の集団墓地に似ている。

「早々にあきらめて、家に帰ってテレビを観たいと思うようになる。お巡りにだって家族がいる。子ども、妻、夫、金曜日の酒。そのあいだにおれたちは服を着替えて、車を乗り換えて、おれたちの家に帰る。おれたちの酒を飲む」

二メートル二センチ。

終わりが見えてきた。が、彼らは疲れ切っていた。ヤスペルは疲労のあまりくだらない話を始めた。AK4の発射速度の話をしたかと思えば、車のナンバープレートをUZI600（UZIはイスラエル製の短機関銃）にしようかなと言う――〝知ってたか、フェリックス、一分当たり六百発だぜ〟。フェリックスはますます淡々と掘りつづけた。なにも考えず、なにも感じず、ただひたすら悪臭を放つどろどろの粘土を掻き出すことに集中していた。ヴィンセントは穴の縁に座り、アルミの梯子のそばで両脚をぶらつかせ――〝ヴィンセント、疲れたのか？〟――子どものようにあくびをし――〝いや、疲れてない、目を休ませてるだけだよ〟――もう一度あくびをした。そこへアンネリーがインスタマチックカメラを持って現れ、写真撮影が始まった。全員が笑いながらポーズを取る。穴の底で、泥との試合に勝ったサッカーチームのように並んでみせる——レオが真ん中に立ち、弟たちの肩に手を回す。ヤスペルがその前でぬかるみにひざをつき、両手でVサインをつくる——〝ちょっと、みんな、集合写真なんだから、もうちょっと真面目な顔してよ〟。アンネリーがシャッターを押すたびに、笑い声が大きくなっていく。〝おい、見ろよ、これじゃあ世界でいちばんデカい便所に押し入った糞強盗だよなあ〟。顔についた泥にひびが入るほどに笑いつづけた。

二メートル六十九センチ。

レオは折尺を畳むと、泥の床が水平で泥の壁が垂直であることを、水準器を使って最後にもう一度確認した。水がちょろちょろと流れ込んでくる。子どものころ、砂浜に一所懸命掘った穴が、しばらくすると海水で水浸しになってしまったのに似ている。こうなることは予想していた。これを見越して設計しなければならないとわかっていた。どんな計画にも、鍵となる瞬間、すべてを決する、こちらが主導権を握ることになる瞬間がある。たとえば、動員用武器庫の床板が壊れた瞬間。現金輸送車を襲ったあと、暗闇の中でボートを沈めた瞬間。そして、いまから二週間後、スヴェドミューラの銀行に押し入って監視カメラを撃ち壊すことになるわけだが、そのときに——その瞬間に主導権を握れるわけではない。その時点では、なにが起こってもおかしくないのだ。銀行員や客がどんなふうに反応するかは、けっして予測できない。鍵を握るのはそのあとだ。混乱に乗じて姿をくらますこと——銀行強盗から建設作業員に変身すること。そのときにこそ、計画したすべてがうまく収まって、敵よりも優位に立てる。ただのアマチュア連中、ただの素人ギャングには、それができない。鍵となる瞬間をきちんと計画せず、主導権を握るポイントを逃してしまうから、警察に負けるのだ。

「レオ？」

ひとつひとつの段階をきちんとこなさないアマチュアは、たちまち警察に目をつけられる。火をつけた現場を去っておきながら、身体から煙のにおいを漂わせているようなものだ。で、逃げ場がなくなり、つかまってしまう。

「レオ？」

鍵となる瞬間。主導権を失わないためのチェックポイント。

いまもそうだ。本来なら穴を掘るべきではない場所、掘っても数百年分の泥にすぐ埋められてしまう場所に、あえて穴を掘った。この水を閉め出さなければならない。水量を調節するシステムを築かなければならない。時に任せるのではなく、自分で水の量を決めなければならない。

「レオ？　兄さん？　疲れたのか？」

末の弟が戻ってきたことに、レオは気づいていなかった。笑みを浮かべる。ついさっき自分がしたのと同じ質問、同じ声の調子だ。

「いや、疲れてない。目を休ませてるだけだ」

ヴィンセントは廊下にいて、砂利を満載した手押し車を押している。丸い、大粒の天然砂利だ。敷居を越えるときに空気で膨らんだタイヤがため息をついた。掘った穴のそばまで来ると、ヴィンセントは手押し車のハンドルを高く持ち上げて、重い中身を穴の底に落とした。ヤスペルが二台目を押してきた。九十リットルの砂利だ。フェリックスがそのあとに続く——穴の底を薄く覆うだけでも、手押し車十二台分の砂利が必要だった。それからコンクリート管を下ろすのに腕が四本、下でそれを受け取るのにも腕が四本必要だった。幅一メートル、高さ六十センチのコンクリート管を、隠し部屋のほぼ中央に立てる。合計で手押し車五十二台分の天然砂利を穴に落とし、コンクリート管のまわりの空間を縁まで埋めた。このコンクリート管が、床の排水口になる。かつての湖の水がしみ込んでくると、管の中で水位が上がるのでそれとわかる。フロートが一定の高さに達すると、自動的に排水ポンプが作動するしくみだ。

レオは管を見下ろし、光る水面をじっと見つめた。砂利で濾過されたきれいな水が、鏡となって彼の姿を映し出している。これで置き場所の問題は解決だ。そう思った瞬間、自分の顔がひび割れた。小さな輪がいくつもでき、やがてその輪が広がって、コンクリート管の内壁に当たって消えた。

「おれたちの幸運の泉だな、兄貴」

銀色のなにかが水面を破って、コンクリート管の底に落ちたのだった。レオはそれを拾い上げた。一クローナ硬貨だ。

「拾うなよ、レオ。まじないなんだから。知らないのか？」

フェリックスが穴の縁に立っている。ズボンのポケットに手を突っ込んで、コインをもう一枚、出して投げたが、水中に落ちる前にレオがキャッチした。

「運に任せるんじゃなくて、自分でコントロールしろ。全部おれの計画どおりだ。幸運の泉なんて、おれたちには必要ない」

これまでに一度でも来たことのある場所かどうか、ヨン・ブロンクスには思い出せなかった。教会、近郊鉄道の駅、屋内プール、図書館。車でさっさと素通りする類いの町だ。

サイドウィンドウを開ける。気温が上がり、雨のせいで窓が曇って外が見えにくくなっている。ここへ来る前、地図に赤ペンで三平方キロメートルの四角を描き、警察のデータベースで〝当該地域で起こった重大な暴力事件〟を検索した。十七件が該当した。

もうすぐ着くはずだ。駐車場に囲まれた低層建築、エースモの商店街、その裏のほうに、レンガ造りの二階建て。そこが目的地だ。

家主が自らペンキを塗った郵便受けのそばでスピードを落とし、その前に車をとめた。家の窓辺に人が座っていて、こちらをじっと見ていた。

画面に現れた十七件の捜査資料は、クロノベリの警察本部の地下の資料室に眠っていた。とっくに捜査は終わり、有罪が確定している事件だ。ヨンはそれらの資料をオフィスへ持ち帰り、分類した。床を埋め尽くすように積み上げた。

犯人のうち、二人はすでに亡くなっていた。三人はストックホルム県外に転居していて、現住所はそれぞれヨーテボリ、ベルリン、スペインのコスタ・デル・ソルだったが、現地の警察に確認してもらったところ、三人とも現金輸送者襲撃事件のときにはアリバイがあったとわかった。四人が服役中で、輸送車が襲われた日に外出許可は出ていなかった。五人の罪状はレイプや児童への強制猥褻で、今回の事件の性質には合わなかった。

残るは三人。これらの犯人には直接当たってみるしかない。そこで捜査資料を持って車に乗り込んだ。かつてシェーンダール付近で暴力事件を起こしたことのある人物、ふたたび起こしてもおかしくない人物に会って、話をするために。

一人目は、警察本部からほんの二ブロック離れたサンクトエリック通りに住んでいた。違法薬物関係で有罪になった男。四十歳なのに、まるで八十歳のような身体つきだった。背は曲がり、髪は薄く、頰はこけ、目はぼんやりとした膜に埋もれ——ブロンクスはひと目見ただけで、汚いアパートで自分を迎えたこの男が、二十分にわたる現金輸送車襲撃作戦を実行できたはずがない、との結論を下した。カールベリ運河を望むそのアパートをさっさと立ち去ったあと、しばらくしてから、いまの男と自分が同年代だということに思い至った。それぞれ相手のたどった道を選んでいたら、いまとはまったく逆の立場になっていたのだろうし、時計で測れる単位としての時間がすべてではないのだと実感させられた。

いま目の前にある、広い庭のあるレンガ造りの家。一階のテラスや窓の造りを見るに、一九二〇年代に建てられたものだろう。やはり、間違いない。窓辺に人がいる。

サンクトエリック通りのアパートを出たあと、車を飛ばして、当該地域内の次の訪問先、ヤコブスベリに向かった。ここでもヨン・ブロンクスは相手に会った瞬間、彼をリストから除外した。男は四十七歳、過失致死で有罪になったことのある人物だが、それはまだ彼の両足が動いていたころの話だ。いまは障害者年金で暮らしていて、肥満体で頭は禿げ上がり、連棟住宅のキッチンでコーヒーをすすりつつ、ささやくような小声で話す男だった。両ひざから下に義足がはまっていた。復讐として徹底的な暴行を受けたせいで、警察にも通報が行ったのだが、目撃者全員が証言を取り下げたため、捜査は打ち切りになっていた。

残るはひとり。長いこと替えていないらしいカーテンの向こうに座っている、あの男だ。

ブロンクスは、警察本部の資料室に保管され、この車の助手席に持ち込まれたフォルダーを引き寄せた。タイプライターで書かれた、五十一歳の男についての記録。六〇年代にユーゴスラビアから移住してきて、何度も刑務所に入っている。最後に起こした事件は重傷害罪、ノルテリエ刑務所で懲役十八か月――まるで学校のアルバム写真のように、青い背景の中に立っている女性の写真。金髪がポニーテールにまとめられているのは、顔の怪我をあらわにするためだ――目元の大きな腫れは、やがて頰のほうへ下がっていくだろう。深い裂傷がよく見えるよう、鑑識官が額の血を洗い流した結果、前頭蓋底の骨折も著しいのが見てとれる。とはいえ、それ以上に目立つのが、彼女の顔のほかの部分だ――ひとつの大きな血腫と化した皮膚、破裂して青や黄色に浮かび上がった血管。最後のほうの写真はもっと下のほう、身体の右側を写したものだ。腕の付け根から尻にかけて、大きな斑状出血がすき間なく広がっていて、白いブラジャーのまわりの青白い皮膚との差が激しい。男の暴力がそれだけ周到だったということだ。

ブロンクスは写真の束を裏返した。もう見たくない。だが、遅かった。不意に、いつものごとく、べつの母親の姿が頭をよぎった。あの人もこんなふうに、鑑識官の探るようなカメラの前に立つことになったのだろうか。あの人の髪はもっと暗い色だが、顔の腫れや青あざがよく見えるようにと、やはり髪をポニーテールにまとめられたのだろうか――もしあの人が、この女性のように、警察に通報する道を選んでいたとしたら。

また雨が降りはじめた。霧雨程度だが、目の前の家がかすんで見えるほどには降っている。ワイパーを動かそうかとも考えたが、やめた。自分に外が見えないのだから、一階の窓辺にいるあの人物にも、こちらのようすは見えていないはずだ。

男はほかにも事件を起こし、いくつも有罪判決を受けていた。いずれも傷害罪、あるいは重傷害罪だ。アスプトゥーナ刑務所、エステローケル刑務所、イェヴレ刑務所で服役している。フッディンゲでの改築工事の現場監督への傷害罪、スルッセン―ユールゴーデン島間フェリーの改札員に対する重傷害罪、レイエーリング通りのダンスホールでの男性二名に対する重傷害罪。このときは彼を逮捕しようと駆けつけた警察官二名に対しても暴力をふるった。あの恐ろしく痛めつけられた女性の写真を見ると、こいつは女に暴力をふるうのが専門なのかと思うが、どうやらそうではないらしい――相手がだれであろうと殴る男だ。

フォルダーに残った書類が、もうひとつ。検索でヒットした事件について。

ハンデン地方裁判所　判決　案件番号301−1

被告　ドゥヴニヤック、イヴァン

罪状　放火罪

根拠法　刑法第八章第六条

判決　懲役四年

ヨン・ブロンクスは文字の詰まった紙の束をめくっていった。これだけは、まったくタイプの異なる犯罪だ。放火。シェーンダールの小さな一軒家で起こった事件。あの湖水浴場と桟橋、つまり現金輸送車の襲撃犯たちの足取りが途絶えた場所から、ほんの数百メートルしか離れていない。男はこの事件のあと、エステローケル刑務所で服役している。過剰な暴力をふるう犯罪者。捜査の対象となる地域に縁のある男。こいつがジャファー、あるいはゴーバックという可能性もある。

ブロンクスは車を降り、門を開けた。

一階の右端の窓、カーテンの向こうに垣間見えた人物は、まだ座ったままだ。

四人は排水口のまわりを補強し、新たな床板をはめ込んだ。泥の壁には床から上まで軽量焼成粘土のブロックを積み上げ、セメントで固定した。排水口の底に排水ポンプを取り付けてフロートスイッチにつなぎ、水位が高くなりすぎると警告を発するよう設定した。

こうして、図面の一枚目、〝ドクロの洞窟〟の床と壁の建設が完了した。

レオは図面を折り畳んで工具箱にしまい、次の図面を取り出した。蝶番。黒いベルベット。金庫。ごくありふれた金庫を入口にする。だれにも見つからないように。レオは中央に深さ二メートルの穴のあいた部屋を去り、庭を横切って車庫へ向かった。

その途中から、もう聞こえた――唸るような金属音。鋸《のこぎり》の歯が金庫の背面にゆっくりと食い込む音だ。ドアを開けると、火花が飛ぶのが見えた。鉄の塊から剝がれた鉄粉が燃えている。車庫はがらんとしていて、フェリックスがひとり、長い作業台に載った重い金庫に覆いかぶさるように立っているだけだ。耐熱性ポリアミドの黒い防護マスクが、汗まみれになった顔を覆っている。

「フェリックス――日にちを決めたぞ。時間と、場所も」

最後の火花が散り、金庫の背面が完全に外れた。

「スヴェドミューラの銀行だ――十二月十一日、水曜日」

どこにでもある金庫。四角くて味気ない。モーラにある株式会社ハンス・ダールクヴィスト金庫製作所の製品。レオは錠の番号を合わせ、扉を開けた。中をのぞき込むと、フェリックスが見えた――背面のなくなった金庫の向こう側から、まっすぐにこちらを見つめている。

「そのあと、銀行ふたつを同時にやるのは――一月二日、木曜日」

黒いベルベット生地。レオは作業台の上、金庫の載っていない側にそれを広げて、寸法を計り、白いチョークで裏側に印をつけた。研いだばかりのハサミを手に取り、生地を切り刻む。

「場所も決めた。銀行がふたつ、壁を隔てて並んでる。小さな町の小さな商店街だ。入口の前まで車で行ける」

「逃走ルートは？」

「おまえが選んでいい。大きな道路なら、国道七十三号線がある。小さな道なら無数にある。どれを通ってもここに戻って来られる」

チューブ入りの接着剤は少し乾燥していた。レオは固まった部分を取り除くと、小さなローラーを使って、乳白色の繊維用接着剤を金庫の内壁に塗った。

「どこなんだ？」

「エースモ」

「エースモ？」

「ああ」

「それなら……小さい道のほうがいいな。ヴェッガレーとスンネルビーを通ってもいいし、ソールンダ経由でもいい。トゥンバへの裏道だ」

接着剤をつけた内壁に、四角いベルベット生地をいくつも貼りつける。しわが寄ったり空気が入ったりしないよう、手のひらを押し当てて生地を伸ばした。

「しかし、エースモだと？」

するのが難しい。

「よりによって、エースモ？　レオ……あんなところになんの用があったんだ？」

ふたりは、背面のないどっしりとした金庫をはさんで座っている。目を合わせないように

「レオ？」

「なんだ」

「エースモになんの用があったって訊いてるんだよ」

「偵察に行っただけだ」

「あそこに行ったんだな」

フェリックスが目を合わせようとする。知りつくしている相手の目を見ようとする。

「レオ？」

だが、相手は目を合わせようとしない。

「行ったんだな……あいつの家に。あのろくでもない野郎の家に！」

「ああ。行った」

「どうして？」

「金だよ。借りてた金。おまえも知ってるだろ？　借金を返しに行った。これでもうごちゃごちゃ言われなくてすむ」

「ああ」

「あいつから借りてた金なんてないんだよ、レオ、いつになったらわかるんだ！　それに、

払おうと思えばいつだって払えたじゃないか！」

ベルベット生地の切れ端が一枚残っている。レオは切り離された金庫の背面にそれを貼りつけた――これが〝ドクロの洞窟〟への入口だ。

「どうして、よりによって……いま払った？　レオ、答えろよ！　現金輸送車を襲ったばかりで、これから五週間のうちに銀行を三つも襲おうっていう、この時期に！」

「たまたまそうなっただけだ」

「たまたまなわけがあるか！　あいつに話したかったくせに！」

「それは違う」

「話したかったんだろ！」

「どうして話したりするんだ？」

「どうしてかって？　どうしてかって？　おれはな、レオ、あんたって人間をよく知ってる。あのろくでなしと一緒にいるとどうなるのかも知ってる。あいつにしょうもないことたくさん言われて、いつまで経ってもそれが忘れられないんだ」

「なにを興奮してるんだ。もういいだろう？　水に流せよ、フェリックス」

「ああ、もういいよ。水に流してやる！　スヴェドミューラの件は忘れるんだな、兄貴。エースモもなしだ。おれは下りる。いますぐ」

車庫のドアに向かうフェリックスの肩を、レオががしりとつかんだ。

「落ち着けよ」

ふたりはその場で動きを止めた。ずいぶん長いあいだ、互いの目を見つめていた。

「レオ――約束しろよ！」

「なにを？」

フェリックスはまだ叫んでいる。

「あいつには絶対に会うな！　逃げる車を運転するのがおれであるかぎり、絶対に」

「フェリックス……」

「約束しろ。約束してくれ！」

レオのもう一方の手が、フェリックスのもう一方の肩に置かれる。

「わかった。約束する。これでいいか？　今後、親父とはいっさい連絡を取らない」

首をかしげ、かすかに笑みを浮かべて、レオはそっと弟の両肩を引き寄せた。自分よりも少しだけ幅の広い肩を。

「これでいいな？」

弟からの返事はなかった。返事が来ると期待してもいなかった。

「いいな？　フェリックス。これで満足か？　もう二度と会わない」

ブロンクスは呼び鈴を鳴らした。妙な形をした小さなボタンだ。ドア枠に咲いた花のようだな。

カーテンの向こうにいるあの男が立ち上がり、玄関に来てドアを開けたら、ヤコブスベリの義足の男やサンクトエリック通りのヤク中男に会ったときと同じように接しよう、とブロンクスは決めていた。真の用件とは直接関係のない質問をして、ほんとうに聞きたいことを間接的に聞く――〝いまのおまえは何者だ？　どんなことができる？　十月十九日の十七時五十四分から十八時十四分までのあいだはどこにいた？〟

足音。足全体をしっかりと床につける、重い足取り。ドアの小窓にはまった縞模様のガラス、その向こうに影が差す。カチリと錠が回った。

「どうも、あの……」

「スティーヴなら留守だぞ」

ブロンクスの予想よりもはるかに大きな男だった。想像していたより背が高いわけでもたくましいわけでもないが、とにかく大きく見える。そばに立つと威圧感を放つ人間というのはままいるものだ。

「この家の持ち主。おれは間借りしてるだけだ」

オールバックにした褐色の髪。洗いたてには見えない、少々長く伸びすぎた髪、くっきりとしたもみあげ。長髪のエルヴィス・プレスリーを思わせる。

「今晩、また来たらどうだ」

無骨な手は真鍮製の取っ手にかかったままで、さっさとドアを閉めるつもりであることを示している。拳の関節のうち、人差し指と中指の付け根が陥没して平らになっている。頻繁に人を殴る人間の手だ。

「スティーヴに用があるわけじゃないんですよ。イヴァン・ドゥヴニヤック氏に会いに来ました」

ブロンクスはプラスチックカードと金属プレートの入った黒い革ケースを出してみせた。

大男はちらりとそれを見やった。

「ストックホルム市警のヨン・ブロンクスです」

ブロンクスは男を見つめ、それから向きを変えて、まず右どなりの家を、次に左どなりの家を見た。どちらの家にも広い庭がある。

「ここ一、二か月、このあたりで空き巣の被害が増えてましてね。ご存じでしたか？」

「それでポリ公が聞き込みしてるってわけか」

ヤク中男や義足の男と同じ声の調子。何度もこんなふうに玄関扉を開けては、警察の訪問を受けてきた連中。法廷で司法システムに取り込まれ、何度も繰り返し服役してきた連中。つねに疑り深い態度を取る。なんの疑いもかけられていないのに、自分は疑われている、と感じる。

「ええ、まあ、そういうことです」

「で……おれになんの用だ」

これ以外の反応など、ブロンクスはまったく期待していなかった。のどかな住宅街での空き巣被害について、しらじらしい会話が礼儀正しく進むなどとは思っていない。ここに来た目的は、パソコンがはじき出した該当者リストから、関係のなさそうな人物を除外することだ。

「さっき、わたしの身分証をお見せしましたよね。あなたのも見せてください」

「そんなものは持ってない」

「身分証をお持ちでない？　ひとつも？」

「ああ」

「パスポートとか、なにかないんですか？」

「どうして持たなきゃならないんだ？　法律で決まってるのか？　ポリ公が家に来やがったら、すぐに玄関先で身分証を見せなきゃならん、とでも？」

ふたりは狭い玄関ポーチで、かなり接近して向きあっている。これまでのふたりは、このくらい経ったころには質問に答えだし、身分証を探しはじめていた。容疑者扱いされるのは頭に来るが、さっさと容疑者リストから消してほしいという気持ちもあるからだ。

「社会の一員として暮らすために、身分証は必要だと思いますが」

「言っておくがな……おれはこの家の一階に間借りはしてるが、クソいまいましい社会とやらにはいっさい間借りしてないぞ」

ところが、この男はどうだ。さしたる理由もなく反抗する。延々と飽くことなくいちゃもんをつけ、一秒ごとに自分の力をひけらかそうとする男だ。

「じゃあ、あの車は？」

ブロンクスは車庫への小道を目で示した。旧型の錆び付いたサーブが駐車してある。後部座席から、ペンキを塗るためのローラーと折り畳まれた梯子が突き出している。

「あなたの車ですか？　それなら、運転免許証はお持ちですよね」

男はエルヴィスふうの髪を手でかき上げた。

「おい、おれが空き巣だと思ってるのか？　そういうことか？　どうせおれのことは調べ上げたんだろう、おまえのクソ社会にあるクソみたいな資料で」

「十月十九日の十七時三十分から十八時三十分までのあいだ、どこにいらしたか教えていただけますか」

短い笑い声がふたりのあいだに響いた。心からの笑い声ではない。

「五時から七時のあいだに押し入る空き巣がどこにいるんだ？」

威圧感を放つ大男が、さらに半歩前に出る。

「自分が昔やったことを隠すつもりはない。あのときは抑えがきかなかった。だが、ケチな盗みなんぞ……くそったれが、このおれが人の家に忍び込んでコソコソ盗みをはたらく男に見えるか？　おれはな、人の目を盗んでものをくすねたりしない。戦うんだ。おまえのクソ資料を読めばわかるはずだぞ」

ヨン・ブロンクスは後ずさらなかった。この男の身分証を見るまでは、一歩も動くつもりはない。

おまえは妻を殴った。

妻の実家に火炎瓶を投げ込んだ。

他人を支配するための暴力。クソみたいな資料なんか要らない。おれはそのすべてを知っているんだ。

「しょうがねえな、わかったよ。見たらさっさと車に戻れよ」

男は玄関のドアを開けたまま家の奥へ向かい、キッチンらしき部屋に入っていった。テーブルの上には宝くじの記入用紙が山と積まれ、ワインボトルが二本転がっている。グレーのジャケットが椅子に掛けてあり、男はその内ポケットから擦り切れた財布を出した。

「どうも」

ブロンクスは、レシートや二十クローナ札数枚と一緒に財布に突っ込まれていたプラスチックカードを受け取った。運転免許証。イヴァン・ゾラン・ドゥヴニヤック。発行は七年前、あと三年は有効だ。

そして持ち主に返した。

「すぐに見せてくだされればよかったのに」

「どうしておまえなんかに見せなきゃならない？　偏見まみれでおれの家まで来たくせに。おれがこの十年、ずっとおとなしくしてるって知ってるくせに。他人の家にネズミみたいにコソコソ忍び込んだりしないってこともな」

「それを証明してくれる人はいるんですか？」

ふたりの距離はすでに近い。が、それでもまだ足りなかったらしい。イヴァン・ドゥヴニヤックという名であると確認できた男が、さらに十センチほど近づいてくる。首をポキリと鳴らし、顎を前に突き出し、にらみつける。ヨン・ブロンクスが警察官としてこの種のパワーゲームに乗っていたのは、もうずいぶん昔のことだ。

「わざわざここまで来て、おれを揺さぶろうとしてるんだろうがな。実際、抑えがきかなくなるかもしれないぜ。それ以上なにか言いやがったら」

それでもなお、ブロンクスは一歩たりとも動きたくなかった。

「それは脅しですか？」

「そう思いたければ、勝手に思え」

「十月十九日の午後から夕方にかけて、あなたがなにをしていたか、なにをしていなかったか、証明できる人はいないんですか？」

「スティーヴに訊いてみろ」

「スティーヴ？」

「ここの家主だ。上の階に住んでる。やつなら証明できる。電話すればいい。あいつの職場は……ゴットランド島行きのフェリー会社だ、代表番号にでもかけてみろ」

外階段を下り、石畳の小道を歩いて、門を抜け、車へ。ブロンクスが振り返る必要はなかった。すでにあの目がカーテンの後ろに戻り、こちらを見つめているのが感じられたからだ。

検索ヒット数は十七件。服役中の者も、すでに釈放された者もいた。いまなお犯罪に手を染めている者も、足を洗った者もいた。ひとりずつチェックして、ひとりずつ除外していった。この男が最後だった。そして、ブロンクスは男の言葉を信じた。あの男は確かに、人を殴りはするが、盗みははたらかない。

ジャファーとゴーバックは、どこかべつのところにいるのだ。


一枚目の図面——部屋の下にべつの部屋を掘ること。二枚目の図面——金庫の背面を切り離し、溶接しなおすこと。三枚目の図面——〝ドクロの洞窟〟の天井と入り口になるもの——これがいま、レオの手の中にある。すでに工事は半分終わっていた。

油圧機械。点検パネル。金属製のリング。

まず、地下に掘った隠し部屋の上、穴の縁に鉄筋を張った。この鉄の骨組みをまたコンクリートで固めて、人の目に触れてもいい部屋の床、触れてはならない部屋の天井とする。隠し部屋などないように見せるのだ。次に、車庫から金庫を運んでくると、組み合わせ錠を上に、蝶番をつけた背面を下にして、張り巡らされた鉄格子の真ん中に設置した。そうすると、少なくともまわりの鉄格子に木箱を固定してどろどろのセメントを流し込むまでは、金庫は浮いているように見えた。重さ四百キロの金庫が、空中に。

「もう一回、聞きたい」

レオは図面を畳むと、穴の長辺に沿って壁ぎわに横になった。そして反対側に横たわるフエリックスから厚板を受け取った。

「なにを？」

灰色の粒子から成るどろりとした塊が、すでに鉄格子を包み込んでいる。これから木の板を渡してそれを平らにするところだ。

「約束するって」

「なにをだ、フェリックス？」

胸の内側が叩かれる。昔、閉めたままにしておくべきだったあのドアのように――あれは、おれのせいだ。ドアを開けて、親父を招き入れて、キッチンで母さんを死ぬほど殴ったり蹴ったりさせてしまったのは、おれなのだ。

「あいつに二度と会いに行かないって約束してくれ」

「まったく、しつこいな――あいつはちゃんと罰を受けたんだ。もういいだろう、その話は！」

「おい、庇うのかよ、あいつのこと……もう一回、約束しろ！」

セメントの表面が完全に平らになった。残るは三工程――まっすぐ引っ張り上げるため、金属製のリングを二個つけること。金庫の背面が下に向かって滑らかに開くよう、ねじ切り加工をした鋼管に油圧機械をつなぐこと。べつの木の型を使ってふたを作ること。レオがいま、そこにセメントの残りを流し込む。

「わかった。約束する。もう一回な」

倒した金庫をコンクリートで固める――こうして重労働の末、ついに隠し部屋が完成した。

レオは背筋を伸ばし、外に出た。部屋の外へ。家の外へ。

「レオ、わかるだろ？　どうしておれがそんなに気にするか」

フェリックスが追いかけてきて、レオのとなりに、前に立つ。

「レオ、聞けよ！」

「親父はろくでなしだった。それがどうした？」

水道のホースが、コンクリートミキサーのそばの地面に転がっている。レオはホースのノズルをミキサーの口に向け、半分ほど水を入れてから、ミキサーのスイッチを入れた。まるで洗濯機のようにミキサーが回転する。

「全然わかっちゃいないだろ……」

「フェリックス、おれたちはもう大人だ。昔のことは忘れろ」

「ほんとにわからないのか……おれがドアを開けなかったら、あんなことにはならなかった」

「ドア？　なんの話だ？」

「おれが開けただろ。あのとき。あのクソ親父が母さんを殺そうとしたとき。おれがドアを開けて、あいつを中に入れちまった」

「おまえが開けたんじゃない」

「おれが開けたんだよ。だから……」

「開けたのはおれだ」

「レオ、冗談言ってる場合じゃないぞ」

「冗談なんか言ってない。いったいどうして、よりによっておまえが……あいつのためにドアを開けたりするんだ？」

「たぶん……気づいてなかったから。あいつだって」

「フェリックス、おまえなら絶対に開けなかった。どんなことになるか、あんなに心配してたんだから。おまえの記憶違いだ。おれがドアを開けたんだよ」

「レオが？」

「おまえの記憶が間違ってるんだから、もうそれ以上考えるな。おれがやったことだ」

「あんたは猿みたいにあいつの背中にしがみついた。ふたりのあいだに割って入った。それなのに、おれは……おれは、ドアを開けてあいつを中に入れたんだ！」

ふたりのあいだで回転するミキサーから、単調な音が聞こえてくる――バシャバシャと跳ねて中を洗浄する水の音。

「レオ、おれはあのとき決心した！　こんな目に遭うのはもうごめんだって！　わかったか？　あのクソジジイが関わるとろくなことにならない！　いつになったらわかるんだ？」

もうきれいになったろう。レオはコンクリートミキサーを止め、機械を傾けて茶色くなった水を流した。最後にもう一度、水ですすいだ。

「あいつをまた入れちまったら、レオ……なにもかもぶち壊しになる。おれたちが築き上げたもの、全部。あんただって、ほんとはよくわかってるんだろう？」

イヴァンが階段を上るとき、それはかならずきしむ。下りでは音をたてないのだが。パイン材でできた、狭い十六段の階段。スティーヴのキッチンは、イヴァンのキッチンの真上にある。こちらのほうが清潔で、テーブルを囲む椅子の数も多く、窓辺の植木は花を咲かせている。二、三日前の新聞がコンロ脇の足踏み台に置いてあったので、イヴァンはそれを手に取った。ついでにシンク下の戸棚も開けた。古紙回収に出す古新聞の山がたいていそこにある。

ポリ公が玄関先までやって来た。ジーンズに黒の革ジャン姿で。そして、ネズミみたいに他人の家をコソコソ荒らす、チンケな空き巣の話を聞かされた。

一階に戻ると、宝くじの用紙やボトルを脇に寄せて食卓に向かい、二週間分の『ダーゲンス・ニュヘテル』紙、『スヴェンスカ・ダーグブラーデット』紙、『ニューネースハムン・ポステン』紙をめくった。この界隈で空き巣が跋扈している、などという記事はひとつもなかった。

あのポリ公、顎に一発食らわせてやりたかった。が、もう二度と暴力はふるわないと決めている。ほかの道を見つけたから。他人を脅す方法はほかにもあるのだ。刑務所送りにならずにすむ方法が。声を大きくして、相手の目を長いことにらみつける――このチンケな国の連中は、それだけで後ずさる。立っているだけなのに、殴りかかるのと同じ効果がある。相手は目を伏せ、おとなしくなり、降参する。

この十年、一発も人を殴っていない。

それなのに、あのポリ公は詰め寄ってきた。まるで過去が過去ではないみたいに。人は変わることなどできないと言わんばかりの態度で。

グレーのジャケットをはおって革靴を履き、外へ出る。霧雨のせいで、エースモの商店街への下り坂がぬかるんでいて、擦り減った靴底が滑った。スーパー、銀行、安食堂を素通りする。ヨンソンの煙草屋のドアの上についているベルが、耳障りな音をたてて客の来店を知らせた。まったく、ヨンソンはどうして耐えられるのだろう。煙草を求める客が来るたびに、チリンチリンと甲高い音が響くのだ。

イヴァンは店内を見まわした。煙草の棚、菓子類の棚、雑誌や新聞のラック、そのとなりに、宝くじの記入用紙とペンの置いてあるテーブル。レジにはだれもいない。すると店の奥でトイレの水の流れる音がした。去年の夏、水漏れしているというので、大量の煙草と引き換えに修理を手伝ったトイレだ。

「イヴァンじゃないか」

仕切りのカーテンが開いた。店主のヨンソンが、薄い髪に両手を差し入れている。髪をタオル代わりに使っているのかもしれない。

「夕刊紙をくれ。両方とも」

「今日のには、くじ特集はついてないよ、イヴァン。火曜日だけだ。知ってるだろう」

「『エクスプレッセン』と『アフトンブラーデット』、両方くれ」

シャツの胸ポケットから、折れてしわくちゃになった封筒を出す。五百クローナ札をぱらぱらとめくり、一枚をカウンターに置いた。

「細かい札がない」

店主はめったにかけない眼鏡を拭き、紙幣を手に取ると、天井灯の明かりにかざした。

「これはこれは、儲かってるんだねえ」

「最近、仕事が多くてな」

「ペンキ塗りと改修工事でこんなに稼げるのかい？　おれは職業選択を誤ったね。あんたは札束の入った封筒を持ち歩いてるのに、おれは釣り銭にさえ事欠く始末だよ。いったいどこのだれがそんなに金を払ってくれるんだい？」

「おれもわからん。だから調べる」

店主のヨンソンが、古びた木のカウンターに釣りを置く。百クローナ札、五十クローナ札、二十クローナ札。イヴァンは釣りを数えてから、宝くじの置いてあるテーブルに向かって座り、夕刊紙二紙をめくりはじめた。

「やっぱり、なにも載ってない」

「なにが？」

「空き巣のニュース」

「空き巣？」

「この界隈で。何軒もやられたって。一軒家が」

「そんな話、聞いたこともない。そんなことがあったんなら、お客さんがみんな話題にするだろうから、おれの耳にも入るはずだが」

イヴァンは新聞を丸め、ジャケットの両ポケットに突っ込んだ。

あのポリ公が門を開けて玄関に近づいてきたとき、彼は窓辺に座っていた。どうも不自然な訪問だった。ポリ公がうちの呼び鈴を鳴らす前、近所をまわっていたようすはなかったし、しかもひとりきりだった。ほんとうに聞き込みをしていたのなら、車は商店街の駐車場にとめて、歩いて回るはずだ。いきなり家の前に駐車したりはしない。それに、ふたり以上で来るはずだ。お巡りの顎を殴った前科のある人間を訪ねるのだ、二人組で行動するに決まっている。ハイエナみたいに、群れで行動する。あのポリ公が疑いの目を向けてきたのには、なにかべつの理由があるにちがいない。

「読み終わったのかい？」

「読むことなんかひとつもなかった」

「なら、ラックに戻してくれ。金はいいよ。代わりにローリングを一パック持っていけばいい」

イヴァンは夕刊紙をふたたび広げ、できるかぎりしわを伸ばしてから新聞ラックに戻した。そして棚のいちばん下から煙草のパックを出した。

「そういや、あんたのせがれが来たよ」

イヴァンは店から出るところだった。

「大きくなったねえ。肩幅も広くなってさ。あんたに似てるよ、イヴァン。あの子は金髪だけど」

ドアをゆっくり閉めても、ベルはあいかわらず耳障りな甲高い音をたてる。

「久しぶりだったなあ。また一緒に仕事してるのかい？」

カウンターの向こうに立って髪で手を拭く男は、返事を待っていた。だが、イヴァンは答えなかった。長男はいまや弟たちと一緒に、自分で会社を経営しているのだから。

笑みを浮かべたわけではない。それでも、それに近い表情にはなった。

少なくともひとつ、息子たちに教えてやれたことがある。団結して敵に立ち向かうこと。その敵というのが、たとえ父親であっても。


コンテナは一か月以上、道路の向こう側に置いてあった。それがいま、〝ようやく〝青ビル〟を離れ、ゆっくりとこちらに向かってくる。フォークリフトから伸びる二本の大きなツメが、まるで鋼鉄でできた象の牙のようだ。隣家の前の細い道を通って、高いフェンスに囲まれた敷地内に入り、庭を横切る。鋼鉄の牙が、窓のすぐ外に二トン近くを下ろした。

あのあと、コンクリートが乾いて金庫が床に固定されるまで、じっくり待った。電気ケーブルを二本引っぱってきて、一本は油圧機械に、もう一本は通常のコンセントにつないだ。それから壁に沿って二段の棚を組み立てた。

秋の暗闇の中の、黒いコンテナ。これならだれにも見られることなく、コンテナの中身を家の中へ、〝ドクロの洞窟〟へ運び込める。

ヤスペルが一度に二挺ずつ銃をつかみ、銃床のほうから開いた窓に突っ込む。フェリックスが部屋の中でそれを受け取り、ヴィンセントに渡す。ヴィンセントは床に固定された金庫に向かってかがみ、AK4を次々と金庫に詰め込む。金属の箱が軍用銃を貪り、のみ込んでいるかのようだ。

レオの腕や肩は疲れているはずだった。が、まるで地下に棲む人食い怪物の腹を抜け出すように、梯子を上って金庫を抜けてきた彼は、笑い声をあげ、軽く身体を揺らしていた。上も下も最高の出来だ。金庫周りの床は格子柄のプラスチックパネルで覆い、壁は温かみのある灰白色に塗った。天井と床の幅木は、油性塗料が乾ききっていないせいでてらてらと光っているが、明日の朝には完全に乾いているだろう。

レオはそのまま家の二階へ向かった。

アンネリーは服を着たまま、ダブルベッドを横切る形でうつ伏せに寝ていた。最近、彼女はよく眠るようになった。不安への対処のしかたは人それぞれだ。

レオは手の甲で彼女の頬を撫でた。そっと。彼女が目を覚ますまで。

「いま……何時？」

彼女がまぶしげにうっすらと目を開ける。

「六時半」

「まだそんな時間？　もうちょっと寝るわ」

「夕方の六時半だ」

レオはアンネリーの手を取り、そっと引いた。

「おいで」

アンネリーは彼を見たが、動こうとはしない。

「さあ。ザ・ファントムとご対面だ」

アンネリーは身体を起こしたが、腕には力が入らず、脚は言うことをきかなかった。わけがわからないままレオについて歩き、階段を下りて、キッチンの向かいの部屋へ、四人がずいぶんと長い時間を費やしていた部屋へ向かった。

「だれかが逃げてるとするだろう」

「逃げてる？　だれが？」

「実際の話じゃない。想像してみてくれ、アンネリー。だれかが逃亡中で、ここに、この家に隠れてるとしたら。で、サツがここに来て捜しはじめたとしたら」

ごくふつうの部屋だ。床、壁、天井。全員が勢揃いしている。レオ、フェリックス、ヴィンセント、ヤスペルが、アンネリーを見つめている。満足げな顔で。

「さっぱり意味がわからないわ。なんの話？」

彼らがいま立っている、大きなラグマット。その下が、床の最上面だ。白と黒の、四十センチ四方のプラスチックパネルが並んでいる。レオはアンネリーの手を放して床にしゃがみ込んだ。あいかわらず満足げなまなざしを彼女にちらりと向けてから、ラグマットを巻き上げ、プラスチックパネル四枚——黒が二枚、白が二枚だ——を指先で外す。鉄製のリングふたつがあらわになった。

「サツがこの家の捜索を始める。で、どういうわけか、ここの床板が何枚か緩んでるのに気づく。鉄の輪が付いてる。どうやら引っ張り上げられそうだ」

レオが鉄のリングをつかみ、ぐいと引っ張り上げる。ふたの役目を果たしているセメント板も一緒に付いてきた。

「というわけで、床板を剝がせることにやつらは気づく。そうすると、これが見える。倒された金庫。コンクリートで床に固定されてる。お巡りどもは大喜びする。これでこいつらの尻尾はつかんだ！」

慎重に金庫の錠をつかむ。

「で、運がよければ、お巡りどもはこれを開ける番号も突き止める。そういうことにしよう。やつらが正しい番号をセットしたと仮定しよう」

ダイヤル錠を回し、また回して、スチール扉を開ける。金庫の中身はほぼ予想どおりだ。五百クローナ札の入った小さなビニール袋。カメラが一台。実包がいくつか。契約書やなにかの証明書のように見える書類の束。レオはそれらを取り出して開口部のそばの床に並べた。

「考えにくいことではあるが、とにかくサツはこの金庫を見つける。扉を上にして、床にコンクリートで固定されてる金庫だ。で、ちょうどいま、おれたちが立ってるところに立って、期待と興奮に身体を震わせる。そのあと、これも考えにくいことだが、金庫を開けることにも成功する。そうして発見するのが——これだ。たったこれだけ。ほかにはなにもない。サツはすぐに次の部屋へ移る。とりあえず金やら大事そうな書類やらライフルの試し撃ち用の実包やらが入った隠し金庫を見つけたってことで、すっかり満足しちまうんだ」

聖書の表紙を思わせる真っ黒なベルベットの四角できっちりと内壁を覆われ、密封された金庫。レオは部屋にある唯一の窓へ、その上に設けられた分電盤へ向かった。ネジを回してふたを外す。電気ケーブルが二本。赤と青だ。中にはそれしかなく、二本とも片方の端はどこにもつながっていない。レオはアンネリーを見やってさきほどと同じ笑みを見せると、両ケーブルの端を合わせ、電気回路を閉じた。

「金庫のそばに行って、下をのぞいてみろよ」

ブーンという音。やがて……全員が見守る中、金庫の背面がゆっくりと消えていく……下へ。

「お巡りはもう出ていった。全部見落としていった。金庫の下にあるもの、全部」

レオがアンネリーの頰にさっとキスしてから、穴に向かう。かがんでアルミの梯子に足をかけ、下まで下りると、電灯をつけた。さっきまで存在しなかった部屋がそこにあった。壁沿いに並んだ、木製の二段の棚。さきほど、レオはバケツリレー方式で運ばれてきたものを金庫越しにひとつずつ受け取り、短機関銃を上の棚に、AK4を下の棚に立てかけて収納したのだった。

「ザ・ファントム」

機関銃五挺は梯子の後ろ、床の上にじかに置いてある。

「わかるか？　ファントムの金庫だよ。ジャングル・パトロールへの伝言を残す場所だ」

なにも履いていないアンネリーの足が、梯子の細い横木を踏みしめる。よろめいたがバランスを取り戻し、冷たい床に降り立った。

「知ってるだろ、ジャングル・パトロールの本部にある金庫。そこへ行くのに、ファントムは秘密のトンネルを使う。金庫の後ろ側を開けて、ボスへのメッセージを入れるんだ。ファントムやボスがそこへ行くたびに、相手からのメッセージが届いてる。そうやってやりとりしてた」

木の棚に軍用銃がずらりと並んだ部屋——出所《でどころ》であるあの武器庫に劣らない大きさだ。アンネリーはたったいま自分が使った梯子を見やった。金庫の背面に固定され、秘密の入口を下向きに開ける二本の金属管を、じっと見つめた。

「ここ、さわってみろよ」

レオが彼女の手を取り、コンクリートの壁に付けた。

「乾いてるだろ？　湿ってない。水が染みてもいない」

床にひざをつき、排水口のふたを持ち上げる。太いコンクリート管だ。井戸のように水が入っていて、内側に排水ポンプが取り付けてある。

「この家は湖の底だった場所に建てられてる。だからほんとうは地下室なんか造れない。でも、この装置で水位をコントロールできる。水位が上限に、ほら、ここに達したら、ポンプが自動的に動きだす」

レオとアンネリーは並んで立ち、互いの体に腕をまわした。床の冷たい、天井の開いた、地下の隠し部屋で。二段の棚に二百二十一挺の軍用銃が並んだ部屋で。だれにも見つからない、この〝ドクロの洞窟〟のおかげで、彼らは次の強盗を決行できる。その次も。その次も。

黒い目出し帽から外を見ると、まるで古い映画で望遠鏡を使っているシーンのようだ——黒く縁取られた現実は、実際よりも密度を増し、色鮮やかになる。

「あと六十秒」

まず目に入るのは、青いツナギの袖だ。鮮明な映像。目のまわりを切り抜いた穴は少しいびつだが、それでもくっきりと見える。青いツナギをまとった両腕が、細長い、灰色がかった、重い機関銃を抱えている。

「あと五十秒」

視線を上げても、条件は変わらない。黒い縁取りはまだある。が、現実が広がった。自分が大きな車の中にいて、床にしゃがんでいるのが見える。中古で買ったダッジ・バン。改造したので座席はない。そして、沈黙が見えた。こんな車の中にいると、沈黙は人によってずいぶん違って見える。外見上はみな同じだ——全員が軍用銃を抱え、空のバッグを背負い、揃いのツナギを着てブーツを履き、目出し帽をかぶっている。

だが、内面は違う。

「あと四十秒」

後ろに座っている〝ブルー2《ツー》〟。彼らを乗せて現場から逃げる車を運転する役目を負っている。いつも落ち着き払っていて、どんな状況になっても正しい判断を下せる男だ。

「あと三十秒」

正面に座っている〝ブルー3《スリー》〟。裏口の監視カメラを撃って壊す役目を負っている。彼は興奮と焦燥のあまり、もう何日もろくに眠っていない。

「あと二十秒」

となりに座っている〝ブルー4《フォー》〟。カウンターに飛び乗って窓口から押し入り、鍵を要求する役目を負っている。彼は震えているが、それを見せまいとしている。大人の男のように歩けるか不安なのだ。

「あと十秒」

布に開いた丸い穴を通して、彼らを見る。自分と同じように、全員が銃を握っている。だから、もし銀行の中でだれかが死んだら。だれかのせいで撃つはめになったら――それはもう、しかたがない。ただの動き、機械的なメカニズムだ。引き金を引くことによって解放されたエネルギーが発射ガスとなり、毎分八百五十発の弾丸を銃口から噴出させる、それだけのことだ。

「あと五秒」

もし、だれかが引き金を引いたら。それはもう、そいつの自業自得だ。

「四、三、二、一……行くぞ」

車の側面のドアが開く。銀行までの八歩。玄関を入ったところ、斜め上に正面の監視カメラがあり、彼は身をよじって発砲する。なにも聞こえない。だから、叫ぶ。パン！　パン！　パン！　ブルー3が奥へ向かい、自分の銃を構える。前のめりになって銃床の後ろに体重をかけ、二台目のカメラを狙う。やはり音がしないので、彼は力を込めて叫ぶ。**パン！　パン！　パン！**　彼のすぐ後ろを行くブルー4が、床に倒れた女性二人をまたぎ、計画どおりカウンターへ走る。

「**係員が窓口のガラスを閉めたぞ**」

ブルー4がはたと動きを止める。そのイヤホンに向かって、ブルー1《ワン》がまた呼びかける。

「**ブルー4、行動しろ！　なんとかするんだ！　窓口が閉められたんだぞ！**」

ブルー4が窓口を見やる。ためらう。

「**窓口を閉められたら、発砲してぶち壊せ！**」

ブルー4は大量の汗をかきつつ、遅ればせながら閉まった窓口のガラスに銃を向ける。その向こうに係員が座っている。彼は叫ぶ。パン、パン、パン。さきほどよりも小さな、臨場感のない声で。

「**よし。休憩しよう。二、三分**」

レオは黒い目出し帽を額まで巻き上げた。大きな車庫の中に作った仮想の銀行で、四時間も走って出入りを繰り返したおかげで、失敗の回数は減っている。機関銃と革手袋を作業台に置くと、襟からマイクを外してポケットにしまった。

「ヴィンセント——言ったはずだぞ？　窓口のガラスが閉められたらどうするか」

ブルー4も目出し帽を脱いだ。

「撃ってぶち壊す」

「それから？」

「中に飛び込む」

「絶対に立ち止まるな。いいか？　それをやると、時間が無駄になって、なにもかもがおじゃんになる。おれたちが時間をコントロールするんだ——やつらじゃなくて」

自宅の敷地内にあり、工務店の訓練所となっている大きな車庫。汚れた床に、ダクトテープで巨大な長方形が描かれている。ハンデルス銀行スヴェドミューラ支店の実際の広さを示した長方形だ。テープが支店の外壁を示し、一枚の板が入口の敷居を表している。窓口は細長い木材とベニヤ板で造った。マネキンが五体、立っているのもあれば、カウンターのこちら側に伏せているのもある——銀行を訪れた客だ。さらに三体のマネキンが、カウンターの向こうで各自の椅子に座っている——窓口で働く銀行員だ。

かつての子ども部屋には、アメリカ先住民や兵士の人形があった。いま、この車庫にあるのは、銀行強盗の予行演習の小道具としてのマネキンだ。

昔が、いまと溶けあっている。遊びが遊びでなくなった。

「ヴィンセント？」

テープと余った木材で造った銀行の前にとめた車の運転席から、フェリックスが出てきた。

「どうしたんだ？」

ヤスペルが目出し帽をかぶったまま、訊かれてもいないのに答える。

「だから言っただろ！　こいつには無理だって！　プレキシガラスを撃って壊すはずだったのに！」

フェリックスは床に倒れている客のひとりを動かし、窓口のカウンターを模したベニヤ板のそばに立った。

「窓口、開いてるかもしれないだろ？」

「レオがそういう設定にしたんだよ！　係員が窓口のガラスを閉めたって言ったんだ！」

ヤスペルは怒鳴るが、フェリックスは微笑むだけだ。怒鳴るのは性に合わない。代わりに手元の板をコツコツと叩いた。板の中央に、スカイブルーの壁用ペンキでアルファベット五文字と大きな３が記されている――Ｋａｓｓａ　３（「三番窓口」の意）。

「じゃあ、これは？　見ろよ――この窓口は開いてる。見えないのか？」

「これは演習だぞ、演習！」

「夢中になりすぎて、ありもしない窓口のガラスが見えるってわけか。ヴィンセントに嚙みつくのはやめろ」

「嚙みつく嚙みつかないの問題じゃない！　もっと覚悟を決めてやってもらわなきゃ困るんだよ！　ためらってる暇はないんだ！　ためらってことは、自分の持ってる武器を信用してないってことだ。そうだろ、レオ？」

ヤスペルは天井からロープで下がっている二枚のメゾナイト板へ駆けて行き、銃でそれらを突いてみせた。板にはこう書かれている——監視カメラ1、監視カメラ2。

「ここと、ここに、撃って壊された監視カメラがある。なぜだかわかるか？」

「あんたがなにやら書いた二枚のメゾナイトしか見えないが」

ヤスペルが銃口で二枚の板を殴る。彼が頭を振るのに合わせて板も振動した。

「建物の外で発砲すると、人はみんな震え上がる。軍用銃は強烈なパンチみたいな音をたてるからな。けど、建物の中だと、音の響きが変わってくる。なにかを切り裂くような音だ。ナイフが壁に当たって、あちこち跳ね返ってるみたいな音だ。で、鼓膜が破れる。笛みたいに高い音で、人はまわりのようすが把握できなくなる。建物の中だと、人は震え上がるだけじゃない。それ以上だ。みんなあわてて床に伏せるが、身を守るためだけじゃない。生き延びるためには、まわりのようすを把握しないといけないだろ。だから、なにか硬いものを探すんだ。たとえば、床とか——それでまわりのことがわかるから。その前に把握してたことは、おれたちがカメラを撃って壊した瞬間に全部ぶっ飛ぶからな！」

ヤスペルがフェリックスとヴィンセントを見つめる。ふたりとも黙ったままだ。レオが小さくうなずいた。

「それから……なによりも大事なことがある。おれたちの仕事場に近づくのは危険だって、サツに思い知らせることだ。それでも近づいてきやがったら、なにが起ころうとやつらの自業自得だ」

レオは弟ふたりのほうを向いた。フェリックス、ヴィンセント。

「ヤスペルの言うとおりだ。敵が銃で狙ってきたら、おれたちも狙いをつける。殺すつもりで撃ってきたら、おれたちも殺すつもりで撃つ。それで死ぬのがポリ公どもになるか、それとも……わかるよな？」

ふたりの視線を受け止めたレオは、弟たちの信頼を感じ取った。今度はレオが判断を下す番だ——弟たちを信用していいのかどうか。監視カメラを表す二枚のメゾナイトに手を伸ばす。少し下げたほうがよさそうだ——二本のロープをほどいて位置を少々引き下げる。それから少し離れた位置に立った。このほうが見やすい。相手が信頼に足るかどうか判断を下すには。レオは弟たちをちらりと見やった。フェリックスは車にもたれてイヤホンのチェックをしている。ヴィンセントは床にひざをついてマネキンの腕の位置を直している。ヤスペルは窓口2で係員の椅子に座り、実弾の入った銃の安全装置をかけ、外し、かけ、外している。

「車に乗れ。みんな」

まだ兵役を経験していない十七歳。テストは受けたが結局は兵役を免除された二十一歳。まるで海兵隊の訓練を受けたかのように行動する二十二歳。彼らを束ね、チームとして機能させるのが自分の役目だ。

「もう一度。さっさとしろ！　カウントダウンだ、いまから三分間……行くぞ」

レオはスライドドアを開けて車を飛び降り、板とダクトテープまでの八歩を早足で進んだ。

これを実際にやるまで、あと四十六時間だ。

彼らは同じ車に乗っている。だが、いまは夜明けの光の中、高速E4号線を北へ走っている。ソルナ、シスタ、ヘレネルンドを通過した。ダッジ・バンの座席は、床にねじで固定してふつうの状態に戻してある。訓練と同じく、これも計画の一部だ。

想像上の銀行を襲う訓練はあのあとも続いた。車から窓口へ、そこから金庫室へ向かい、最後にまた車に戻る、という動き。ブルー1が車の側面のドアを二十八回開け、目出し帽をかぶった一団が二十八回にわたって突撃し、それぞれの位置について行動し、各段階でするべきことを頭に叩き込んだ。いま、この車に乗っている四人は、もうなにも考えなくていい。意識に焼き付けられたパターンに従って動くだけだ。標的となる銀行を訪れたことのある者はひとりもいない。もっとも、レオは小さな広場を足早に横切って食料品店に入ったことがある。となりの建物に入っているピザ屋の窓ぎわに座って、カプリチョーザを食べたことも何度かある。だが、銀行に入るドアを開けたことは一度もない。そもそもメンバーのだれかが中に入るなんて問題外だ。身長、体重、身のこなしが監視カメラの映像に残って、のちに青いツナギと黒い目出し帽姿の四人の身長、体重、身のこなしと比較されては困る。

アスファルトの道路が狭くなって砂利道に変わった。もうすぐ目的地に到着する。

というわけで、銀行の中に入ったことがあるのはアンネリーだけだった。広告の掲げられた大きな窓の内側に入って、現実の客がいる中で、現実の監視カメラや窓口カウンターの前に立った。短時間とはいえ中に入るたびに、未使用の預入伝票の裏に内部のようすを少しずつスケッチした。レオは食卓の上でそれらをつなぎ合わせ、それを参考にして見取り図を描いた。

「もしもし？」

携帯電話は上着のポケットに入っていた。一回の呼び出し音で応答する。

「レオ、あの……封筒のことだが」

この声。

「いまは時間がない」

「おまえが返しやがった借金のことだよ、レオ。封筒に入ってた金。返す必要なんかないと思ってたんじゃないのか？」

「いまはあいにく時間がないんだ、話ができない」

「返す必要はないと思ってるくせに、何年も経ってからあんな大金を持ってきたってことは……もっと金を持ってるんだろう。有り金はたいておれに払うとは思えないからな。いったいどこで手に入れた金だ？」

右端のボタン。これを押せば、こいつの声は消える。

レオはボタンを押した。

「だれからの電話？」

フェリックスがこちらを見ている。答えを待っている。

「どうでもいいだろ」

「どうでもよさそうには聞こえなかった」

「運転に集中しろ」

運転席にいるのはいつものごとくフェリックスだ。彼はこの車を熟知する必要があった。加速のしかた、ブレーキのかかり具合。ハンドルの微妙な動きを、まるで両腕の延長のようにコントロールすること。ダッジ・バン。三分間にわたる銀行強盗の前後に乗るのも、そのあと乗り換えて逃走に使うのも、この車種だ。フェリックスは運転の練習もしたが、同時にこの車の構造も学んだ。強盗を決行する前夜に二台盗むことになっているから、薄く細長い金属板を窓ガラスと窓枠のゴムのあいだにゆっくりと差し込み、ねじったり揺らしたりしてドアロックに引っ掛ける練習を何時間も積んだ。二十秒でドアを開けられる自信がつくまで練習を繰り返した。さらにイグニッションキーを差し込む部分を何度も分解し、どうすればもっとも簡単にこれを壊してキーなしで車を発進させられるかも学んだ。

砂利道の先にあるのは、ヤルヴァフェルテット東部の古い射撃場だ。車をとめると、遠くから銃声が聞こえてきた。

「だれかいる」

ヴィンセントは土のマウンドに目をやった。銃弾を受け止めのみ込む砂丘から、五十メートル、二百メートル、三百メートル、六百メートル、八百メートル離れた位置に、それぞれ設けられている。

「聞こえないのか?」

バッグひとつ分の弾薬に、地面に敷くマット四枚、軍用銃四挺を持って、四人は砂利道を歩きはじめた。やがて車の入れない小道になった。ターゲットのある砂丘から三百メートル離れたマウンドに、制服姿の男がふたり伏せていた。

レオは立ち止まり、耳を澄ました。

「ヘッケラー&コッホのMP5だな。特殊部隊のポリ公どもだ」

「レオ、戻ろうよ。あいつら……」

ヴィンセントが長兄の腕を引く。

「……サツだろ、おれたちを追ってる!」

軍の武器庫から盗んだ銃を持っているのだ——現金輸送車襲撃事件に使われた銃とも関連のある銃を。

「逃げなくちゃ!」

「いや。おまえには射撃の技術を身につけてもらわなきゃならない」

「レオ、なに言ってるんだよ、早く……」

「サツが捜してるのはアラブ人の二人組だ」

ヴィンセントは歩調を緩めて列の最後尾を歩いた。こういうレオを見るのは初めてではない。説得しようとしても無駄だ。やらなくてもいいことに、できるからというだけで挑戦し、勝たなくては気が済まない。ちょうどそのとき、暗い色の制服を着たふたりが立ち上がり、荷物をまとめて歩きはじめた。

こちらに向かってくる。

近くまで来たふたりと狭い小道で向きあってみると、彼らはずいぶん大きく見えた。広い肩幅、太い首。大人の男だ。レオが歩いているときですら、こんなふうには見えない。

「きみたち……射撃練習かい？」

警察官たちが砂利をきしませながら近づいてきて、四挺の銃を観察する。

「もしかして……国防市民軍のメンバー？」

そこからは、あっという間だった。それまでは、小道を一列になって歩いていた。その列が、急に乱れた。

ヤスペルが突然、道を外れてレオを追い越し、列の先頭に立って誇らしげに銃を見せたからだ。

「そうです。国防市民軍ヤルヴァ大隊の所属です」

ヤスペルはまるで大理石の兵士の彫像のようにＡＫ４をつかみ、尖った鼻と特徴的な顎のあいだに自信たっぷりな笑みを浮かべてみせた。笑うと前歯にすき間があるのがわかる。ヴィンセントはさらに一歩下がって身を縮めた。ヤスペルもレオと同じだ――できることはやらないと気が済まない。いや、レオとは全然違うかもしれない。レオが求めるのは力比べをすること、勝つことだ。ヤスペルは人の目を引きたがる。認められたがる。

「それ、MP5ですか？」

警官たちがヤスペルの銃を見て、ただの銃としか思っていないときに。会話が一段落して、離れようとしたときに。

「特殊部隊でしょう？」

ヴィンセントは目を閉じた。盗んできた銃を見せて、すべてを危険にさらすだけでは、まだ足りないのだ。ヤスペルは警官たちの銃をつかんでみないと気が済まなかった。向こうからも称賛のまなざしを向けられて、喜んでいる。警察のことは好きではないが、彼らがもっている兄弟のような連帯感、結束の固さ、相手に背中を預けられる信頼関係、そういうものは好きなのだ。

「ああ。特殊部隊の所属だ。頑張れよ、練習。今日は風がまったくないから、いい命中率が期待できるぞ」

警官たちが軽くうなずいてみせる。立ち去ろうとする人がみせる合図だ。ヴィンセントは自分の足元を見ていた。警官たちが通り過ぎていくあいだ、できるだけ慎重に呼吸をしていた。

「ちょっと、きみ」

さきほど自分の銃をヤスペルに見せていた、よくしゃべるほうの警官が、ヴィンセントの前で立ち止まった。

「きみも国防市民軍？　少し若すぎやしないか？」

「ぼくですか？」

ヴィンセントは顔を上げようとした。足元から視線を離そうとした。が、できなかった。

「HVUですよ」

レオが答えた。

「国防市民軍の青少年部隊です」

レオよりも大人らしく歩く特殊部隊の警官は、うつむいたままのヴィンセントをまだ見つめている。

「おれがきみの歳だったころは、ナンパばっかりしてたのになあ。軍事練習なんかしないで」

ヴィンセントは必死になって、呼吸もおぼつかないまま、警官たちに向かってどうにかぎこちない笑みを浮かべようとした。そのまま妙なしかめ面を続けているうちに、警官たちはMP5をしまって歩き去っていった。ヤスペルがマウンドにマットを広げ、レオが小屋から標的をたくさん持ってきて砂丘の前に設置し、フェリックスが弾薬箱を開けて実包を配りはじめても、ヴィンセントは肩に力が入ったままだった——警官たちが車のエンジンをかけ、砂埃を上げながら砂利道を去っていくまで。

「あいつら、製造番号すらチェックしなかったな」

レオの笑顔はヴィンセントのそれとは違い、本心からのものだった。ぎこちなさは微塵もなかった。満足げな、誇らしげな笑み。難局にぶつかったが、勝てると信じ、実際に勝ったのだ。弾倉に実包を二十発こめて、スリングを前腕にまわして立射の体勢を取り、セレクターレバーをAに合わせて、厚紙でできた人型の標的を照星にとらえ、引き金を引いた。こちらをにらみつけていた紙の顔が粉砕された。

「AK4の撃ち方をマスターしようと思ったら、そのための立ち方もマスターしなきゃならない」

レオはふたたび弾を込めた銃をヴィンセントに差し出したが、ヴィンセントが受け取っても手を放さなかった。

「自分の体重で発射の衝撃を抑えないと、つまり肩と左手でこの銃を下向きに押さえないと、コントロールがきかなくなる。銃が上を向いて、三発目は標的から五十センチ上に当たる」

レオが腰を落とし、左足に体重をかける。左手で銃身を押さえて、狙いを定めて、連射を始めた。今回の狙いは人型ターゲットの心臓だ。

「実弾が入ってるぞ」

そしてふたたび銃をヴィンセントに差し出した。今度はすぐに手を放した。

「ボルトはもう戻ってる。セレクターレバーもセットしてある」

両手の汗が止まらず、ふつうに息をするのも難しい。ヴィンセントはレオがしていたように銃の床尾を抱え、レオがしていたように体重を左足にかけ、レオがしていたように手で銃身を押さえた。そして発射した。床尾がヴィンセントの肩を打ち、銃身がまるで見えないロープに引っ張られたかのように上を向いた。ヴィンセントはバランスを崩し、二、三歩よろめいたが、どうにか立ち止まった。

二十発が砂丘に埋まった。人型の標的は関心のなさそうな目つきでこちらを見ている。

「前の足にもっと体重をかけろ。やり直しだ、ヴィンセント！　集中しろ！」

ヤスペルが小走りに近づいてきた。特殊部隊の警官たちに会ったときと同じ足取りだ。そしてヴィンセントの左足を軽く蹴った。

「もっと両足を開けよ！　で、レオの言ったとおり、左手で下向きに押すんだ。押せって言ってるだろ！」

「おい、黙れ」

フェリックスも駆け寄ってきて、ヴィンセントとヤスペルのあいだに割って入った。

「おれの弟に向かって怒鳴るな。蹴るな。いいか？」

「そこをどけ。ふたりとも」

レオはにらみあうふたりの気が済むまで待った。

「息をしろ、ヴィンセント」

ヴィンセントの顔をゆっくりと自分のほうに向ける。ふたりは互いを見つめた。

「吸って、吐いて。吸って、吐いて。さあ……撃ってみろ」

床尾を肩に強く押しつける。左手で銃身をしっかりと押さえる。

そして、ヴィンセントは発射した。ふたたび。今度は……命中だ！　厚紙でできた人型ターゲットの頭に、首に、胸に。

新たな弾倉。繰り返しの連射。敵が木っ端微塵になって次々に倒れる。レオはそのあいだに小屋へ急ぎ、新しい標的を取ってきた。そしてときおり、昨日車庫でもそうしていたように、少し離れたところに立って末弟を見つめた。自分がベビーベッドから抱き上げてやった、青や赤のレゴで一緒に町をつくってやった、パンにマーマレードを塗ってやった、弟。〝おまえにはまだ投票権がない。国営の酒屋でスペイン産のヴィーノ・ティントを買うこともできない〟。レオは誇らしさに笑みを浮かべた。〝だが、軍用銃を撃つことはできる。そして、銀行を襲うんだ。三十三時間後に〟

自宅の敷地に車を入れたのは夜も更けてからだった。レオはＩＣＡのビニール袋を持ってアンネリーのもとへ向かい、フェリックス、ヴィンセント、ヤスペルは荷物と銃を車庫に運んだ。ヴィンセントは弾倉や余った弾薬の入ったバッグを床に置いた。右肩が勝手に動くのを感じる。自分ではどうすることもできない。度重なる射撃の反動で、右肩の中にべつの生物が生まれたかのようだ。筋肉や関節の中で、尺取虫があてもなく這いまわっているような。

あれから何百発もの弾を撃ち、レオに何度も褒められた。本心で褒めてくれているのだとわかった。が、ヤスペルは最後まであら探しを続け、細かい欠点をいくつも指摘してきた。まあ、どうでもいい。不安はもうなくなっている。標的の真ん中に弾が命中するたびに少しずつ消えていった。

「銃の手入れをするぞ」

いったいどういうことなのか、ヴィンセントにはもうわかっている。昔からいつもそうだった。目立ちたがるヤスペル。狭い小道で特殊部隊の警官に笑いながら話しかけていた、あのときも同じだった。だれと仲間になるか、どんなグループに属するかは関係ない。とにかく仲間でいられればいいのだろう。

「フェリックス、ヴィンセント、さっさと来いよ！」

ヤスペルが自分の銃を作業台に置く。

「なにをぐずぐずしてる？　おまえらも覚えなきゃならないんだぞ！」

そして手早く銃を分解した。

「同じようにやれ。銃を分解して掃除する。おれが見ててやるから」

フェリックスは動かない厚紙の人型ターゲットを撃つのに使った自分のＡＫ４を下ろした。が、言われたとおりにはしなかった。ヤスペルに顔を近づけ、ささやいた。

「おい」

「ん？」

「なんでそんなに威張り散らすんだ。ケツに短機関銃でも突っ込まれたのか？」

「なんだと？」

「司令官気取りであれこれ命令しやがって。おれもヴィンセントも……気に入らない」

「ふざけんな、訓練だぞ！」

「それがどうした？」

「軍事訓練にはな、司令官が要るんだよ。おまえにはわからんだろうがな！　兵役に行ってないんだから」

「おい、一度しか言わないぞ。そういうのはやめろ」

「なにをやめろって？」

「いいからやめてくれ」

「ふん、実戦になったらおれに感謝するだろうよ」

「実戦だと？」

「戦場でためらうやつは死ぬ。単純な話だ」

「おい……実戦になったとしたら、それはあんたのせいだぞ」

ヤスペルがフェリックスに近寄り、にらみつける。そんな目を、ヴィンセントは前にも見たことがある――昔、伸縮式の警棒を買ったヤスペルが町の中心を歩きまわって、じろじろ見つめてくる相手を探していたときのこと。ついに巨体のステッフェがガンを付けてきたと決めつけて、そいつの手首を二回殴りつけた。あのときもヤスペルは同じ目をしていた。結局、ステッフェの手首の骨が折れた。〝簡単だったぜ。見たか？　チンケな枯れ枝みたいだった〟。そのあとヤスペルは夜になると後悔してわめき散らしていた。ステッフェの腕を折ったことを悔やんでいたわけではない。つかまるのが怖かっただけだ。そんなことになったら兵役に就けなくなるから。いまもヤスペルはあのときと同じ目つきで、フェリックスをにらみつけている。フェリックスもいつものようににらみ返す。やがてレオがドアを開けて入ってきた。大きな段ボール箱を両腕に抱えている。

「なにやってるんだ？」

フェリックスとヤスペルが一歩ずつ後ろに下がり、あたりはしんと静まり返った。

「べつに」

「なにかあっただろ。見ればわかる」

ヤスペルがもう一度、銃を作業台に置いた。

「こいつらがおれの知識にケチつけやがる。もううんざりなんだよ！」

「知識じゃない。あんたの態度が問題なんだ！」

「態度だと？　おれは工事現場でおまえにケチつけたことなんか一度もないぜ。ハンマーの柄のもっと下を持てとか、それを入れる工具箱が間違ってるとか、おまえに口うるさく言われても、ちゃんと礼儀正しく聞いてやった！　いまはおれが得意なことを教えてやってるんだ、おとなしく聞いてろ！」

レオはふたりのあいだになんとか割って入り、両者を軽く押して離した。

「ヤスペル？　おまえ、ちょっと黙ってろ」

「おまえが言ったんだぞ。おれの知ってることを、全部こいつらに教えてやれって」

「とにかく黙って銃の掃除を続けろ。それから、フェリックス。この件に関してはヤスペルの言うことを聞け。こいつの得意分野だ。こいつは身の守り方を知ってる。実際におまえを守ってやったこともあるじゃないか！　昔、あの円形の建物にいたやつらにおまえが蹴り倒されたとき、こいつはずっと逃げなかっただろ？　ブレンボル（野球に似た球技）のバットで頭を殴られたのに、それでも逃げずに、おれが行くまで戦ってくれた。覚えてないのか？」

みんな疲れているのだ。レオにもそれはわかっていた。それに、緊張もしている。残り時間はもうわずかだ。

「いいな？」

どちらかが口答えしてくるのを待つ。いつもならそうなるところだ。が、今回はひたすら沈黙が続いた。さきほど車庫に入ってきたときと同じ沈黙。

「よし。じゃあ、最後の練習をやるぞ。防弾チョッキを着て。装備を全部持って」

車庫の床に置かれた段ボール箱には、これでもかというほどにテープが巻かれ、太くて毛羽立った長い紐も巻いてあった。中身はきちんと梱包されているのに、それでも空きスペースにはプラスチックの緩衝材がたっぷり詰まっていた。アメリカの切手が貼ってあり、消印もアメリカのものだ――アラバマ州オーバーン。こんな特殊な装備をスウェーデンの企業に注文するわけにはいかない。警察の捜査が始まって、警備用品会社に情報開示を求めるようなことがあったら、そこから足がついてしまう。その点、アメリカ陸軍御用達でもあるこのアメリカン・ボディー・アーマーという会社なら安心だ。

レオは段ボール箱を開けて防弾チョッキを配った。前回注文したのは首や肩も防弾仕様で、本体がケブラーで出来ていた。が、使いづらくてしかたがなかった。そこで今回新たに四着、首と肩を保護しないタイプを注文した。自由な動きとリスクを秤にかけ、銀行の中で自由自在に動きまわれることのほうが大事だと考えた。

「見た目を揃えるんだ」

もうひとつの箱は、しばらく前から作業台の下に置いてあった。新品のツナギ四着、色は前と同じ青だ。ヴィンセントは練習中、窓口の仕切りガラスを表す木枠の中に飛び込んだときに、袖をネジに引っかけてしまった。ヤスペルのツナギは、防弾チョッキを着けた上に着るときつすぎた。フェリックスは車の座席を外したり付けたりしたので、ツナギの袖にも脚の部分にもオイルのしみが付いていた。

「見分けがつかないように。そうすれば、目撃者はなかなか人相を思い出せなくなる」

最後の練習。

ドレスリハーサルというやつだ。装備をすべて身につけて。標的に襲いかかるシーンの稽古をする。

ダッジ・バンから、銀行を模した舞台へ、そこからまた車へ。

百八十秒ちょうど。

練習が終わると、窓口カウンターはただの木材とベニヤ板に戻り、銀行の壁や窓や金庫室は巻き取られて、ネバネバしたテープの塊となった。

「ガソリンタンクとゴミ袋を持って、一緒に来い」

レオはヤスペルに合図した。車庫の裏は、周囲からまったく見えない——隣家からは壁で、道路からは垣根でさえぎられている。錆びたドラム缶までの距離はほんの一、二メートルだ。

レオはその中にゴミ袋の中身をぶちまけ、ヤスペルがガソリンをかけた。

「十七時五十分。閉店の十分前だ。みんな用事を終わらせたがっている」

マッチを二本。スケッチ、図面、地図が燃えはじめた。

「なあ、ヤスペル――ちゃんと自分を抑えろよ」

「わかってるよ」

レオはヤスペルを見つめた。ヤスペルはうつむき、襲撃計画と逃走経路をのみ込む炎を見つめている。

「ほんとうか？　警備員の口に銃を押し込んだときにも、わかってたのか？」

つねに自分を抑えること。自分が暴力をコントロールすること。暴力と一体化してはならないのだ。はるか昔、父親のまなざしに現れていた、暴力との一体化。いま、ヤスペルのまなざしにも、同じものを感じる――自らコントロールするのではなく、コントロールされてしまった瞳。

「あの場に残って、現金輸送車のシャッターを銃で撃ち抜こうとしたときも？　パトカーの青い光が空じゅうを照らしてたってのに」

鼻の骨を殴って折ることと、家を燃やすことは違うのだ。

「おれを見ろ、ヤスペル。おまえを信用できなくちゃ困る。信用していいか？」

ドラム缶の底から心地よい熱が伝わってくる。ふたりとも手を下に伸ばした。

「ああ。信用してくれてかまわない」

残り時間、十九時間十二分。

「もし、はさまったら？」

「はさまる？」

「窓口にはさまって動けなくなったら」

「窓口に？」

「銀行の窓口だよ。通り抜けるときにさ」

四分十二秒後、彼は初めての銀行強盗を決行する。

「はさまらない」

「でも、もしはさまったら？」

「ヴィンセント」

「なに？」

「おれを見ろ」

「見てるよ」

「はさまるわけがない。そんなことはいっさい考えるな——そうすればはさまらない。わかったな？」

レオは弟が防弾チョッキの腹のあたりのボタンを外し、ベルトを一穴分きつくしているのを見つめた。互いの姿は見えるが、外の景色は見えない。彼らはいま、フェリックスが昨夜盗んだ二台のうちの一台に乗って、最後部にしゃがんでいるからだ。それでも、いまどこにいるのかは正確にわかった。あとどのくらいで到着するかも——車が最後のロータリー交差点に入ったのが、見えはしなかったが、身体でそうとわかった。

側面に建設業者のロゴが入っている車を、ずっと探していた。この車はまさに完璧だった。〝水道管ＳＯＳサービス〟の大きな文字。この車なら、銀行のすぐそばまで走っていってもおかしいと思われないし、目撃者はみなはっきりとした証言を残してくれるだろう。

ロータリー交差点を抜ける。レオは後部ドアの取っ手をつかんでバランスを保った。目の前で同じようにしゃがんでいるヴィンセントとヤスペルも、床から突き出したボルトをそれぞれつかんだ。あと二十メートル——ハンデルス通りを離れて歩道に乗り上げ、車ががくんと揺れる。歩道を横切り、スヴェドミューラ広場へ。もうすぐだ。濡れたアスファルトの上でブレーキをかけると、空気を吸い込むような音が車の床に響いた。

レオはヘッドホンの位置を直し、ツナギの襟にマイクがきちんとついていることを確かめると、ヴィンセント、ヤスペル、フェリックスが各自のヘッドホンを調節するのを待った。

「ミッキーマウスだ」

黒い目出し帽は頭の上のほうへたくし上げていたが、いま、全員が裾を引き下げて顔を隠した。少し離れたところから見ると、まるで雑誌かなにかから紙の目と口を切り取って布に貼りつけたように見える。

「なあ、見ろよ」

ヤスペルが笑いながら両手でヘッドホンを押さえてみせた。黒い布の下で、大きなボールのようにふくらんでいる。

「ミッキーマウスみたいだな！」

「ヤスペル、黙れ」

「ミッキーマウス、ミッキーマウス、ミッキー……」

「いいかげんにしろ！」

窓口にはさまれて動けなくなるかもしれない、と不安がるヴィンセントをなだめたばかりだ。ヤスペルの抱えている緊張は、それよりもわかりにくい。大人として暴力をふるう前に、子どものような振る舞いをする。責任を放棄してみせる。

初めての本格的な銀行強盗。みなの態度はさまざまだ。

「マイクのテストをする」

送信機はツナギの右ポケットに入っている。レオは小さな角ばったボタンを人差し指で押し、小声で話しはじめた。

「一、二。一、二」

彼らの頭の中に、レオの声が響く。まもなくこの声が、彼らを率いることになる。

「聞こえるか？」

目の前の目出し帽をかぶった顔がうなずいた。ヴィンセント。運転席の目出し帽をかぶった顔が振り向き、うなずいた。フェリックス。斜め前の目出し帽をかぶった顔はうなずかない。ヤスペル。

「おい、ヤスペル。おまえのヘッドホン。ノイズキャンセリングが効きすぎてるんだ！　つまみを回して下げろ」

さっきまで子どもの声でミッキーマウス、ミッキーマウスと歌っていた人間は、すでに人のたくさんいる中で実弾を放つ覚悟を決めている。

「フェリックス、警察無線はどうだ？」

フェリックスはサイドミラーで銀行全体を見渡せる位置に駐車していた。バックミラーには、まもなく車を降りる銀行強盗三人が映っている。

「周波数は合わせた。暗号がかかってるけど、サツの居場所はばっちりわかる」

「よし。ヴィンセント」

「ああ」

「まっすぐ突き進むぞ」

「まっすぐ突き進む」

閉ざされた車内で軍用銃四挺が同時に装塡される、奇妙な音——ボルトハンドルを引く動き、その影が床や壁に沿ってすばやく動く。

「あと五秒……」

時刻は十七時五十分だ。

「四秒……」

レオが後部ドアの取っ手に手を置く。

「三、二……」

「待て！」

フェリックスがバックミラーを動かした。

「歩行器を使ったじいさんが出てくる。そのあとに、ばあさんも」

レオは銃を下げた。カウントダウンはすでに始めていた。ヴィンセントは落ち着いていたし、ヤスペルも集中していた。いいタイミングだった。

それが、中断されてしまった。

「フェリックス、おい……」

「時間はあるだろ。出ていかせてやろうぜ」

「いいか、歩行器のじいさんなんかいないんだ！　ばあさんもいない！　いま、この瞬間からは……だれも存在しないと思え。まっすぐ突き進む。あの中にあるのはおれたちの金だけだ！」

「もういいか？」

「フェリックス……」

「歩行器のじいさん。その後ろのばあさん」

フェリックスはバックミラーをもう少し動かした。

「もう外に出たぞ」

ハンデルス銀行のガラス扉まで、八歩。

罪の意識はない。不安もない。過去も、未来もない——ただ、一連の動きだけ。

先頭はレオ。一歩後ろにヴィンセント、二歩後ろにヤスペル。

小雨が降っている。いまなお残る落ち葉の香りが、目出し帽越しに伝わってくる。濡れて滑りやすくなった茶色い枯れ葉が、広場の石畳に貼りついているのだ。そして、いたるところに、人の目がある。〈ピッツェリア・ミューラン〉の窓ぎわの席に並んで座り、ビールを飲んでいる人たち。厚着して花売りの屋台に立っている店主とその妻。銀行の窓口に、客がふたり。いま、そのふたりが振り向いた。

レオたちを見た。彼らが銀行に入ってくるとわかった。それでも、まだ理解できていない。

ほんものの落ち葉、ほんものの目。ほんものの雨。ほんものの人々。ほんものの空に、ほんものの風。

ほんものの銀行のドア。

訓練は終わった。もはや引き返す道はない。

ヴィンセントはレオのうなじに意識を集中していた。ただひたすら、ここだけを見つめていれば。ひたすら見つめて、同じペースで歩いていれば。そうすれば、銀行に着ける。一緒に中に入れる。

〝次のを成功させるには――まわりの人たちに、おまえが大人だと思い込ませなきゃならない。わかるだろ？　兄弟〟

あと六歩。あと五歩。あと四歩。

〝銀行の支店の中で、窓口のガラスの向こうに座ってる銀行員には、ドアを開けて入ってきたのは成人男性三人です、って断言してもらわなきゃならない〟

防弾チョッキはやはりかさばる。上に着ているツナギがきつくて動きにくい。

〝しっかりした足取りで歩け。足全体を地面に下ろすんだ〟

肩に斜め掛けした短機関銃も、あいかわらず服にこすれてしかたがない。

〝もっと体重が増えて、重くなったと想像してみろ。自分がどこに向かってるのか、ちゃんとわかってる歩き方をしろ〟

ずっとレオのうなじを見つめているのに、銀行に近づいている気がしない。足全体を地面に下ろそうと気をつけているのに。

どうしても近づけない。

近づけない……。

まだか……。

「ヴィンセント」

レオが立ち止まっている。あと一歩でドアというところで。マイクを通じて、三人のヘッドホンに語りかける。

「まっすぐ突き進めよ」

レオは振り向き、弟の肩に手を置いた。たまにやるしぐさだ。

〝まっすぐ突き進めよ〟

兄の声が、弟の頭の中に響く。昔からずっとここにある、兄の声。レオはツナギの襟に手をやると、そこについているマイクを覆い、もう片方の手でヴィンセントのヘッドホンをずらして、顔を近づけた。

「ヴィンセント」

耳打ちする。

「わかってるよな？　おまえを愛しているよ」

そして銀行のほうに向き直った。

レオがハンデルス銀行のガラス扉を開ける。ヴィンセントはそのあとに続いた。〝おまえを愛しているよ〟。いままでにそんなことを言ってくれたのは母さんだけだ。狭い入口を抜ける。上から温風が吹きつけてくる。レオはいったいどういうつもりで言ったのだろう。ああいう言葉をかければ、弟がリラックスして、なにが起きたのかまだわかっていない人々の中を、大人の男らしく歩けるようになるとでも思ったのか。あるいは、ひょっとして、自分たちは死ぬのだろうか。レオはそれを覚悟しているけれど、どう言えばいいのかわからなかったのか。

そのあとはもう、なんの音も聞こえなかった。

静けさの中、レオがくるりと向きを変え、監視カメラに向けて十八発撃った。カメラの内部がさらけ出されて、天井から生えた花のように見えた――レンズのまわりで細長い花びらが揺れている。やはり静けさの中、ヤスペルがもう一台の監視カメラに向けて七発放った。カメラは粉々になり、部品がばらばらと床に落ちてきた。

「ブルー4！」

レオが叫ぶ。黒い布の下で唇が動いているが、ヴィンセントにはなにも聞こえなかった。

「ブルー4！」

自分の足元で両腕で頭をかばいしゃがみ込んでいる人たちを、ヴィンセントはちらりと見やった。

「ブルー4――窓口だ！」

それから、動きだした。

窓口へ前進する。黄色のダウンジャケットを着た女がいると気づいたときはもう遅く、彼女の腕を踏みつけてしまった。同時に窓口の係員がガラスを閉めて鍵をかけ、カウンターの奥にすばやく身を隠した。

もし窓口のガラスが閉まっていたら。

もしカウンターに飛び乗れず、窓口から中に入れなかったら。

もし窓口にはさまって、動けなくなってしまったら。

「六十秒！」

レオがなにか叫びながらとなりに駆け寄ってきた。そして、機関銃をふたたび構え、軽くひざを曲げ、左手で木製のフォアグリップをつかんだ。十、二十、三十、四十発。

「ブルー4、いまだ！」

そのとき、ヴィンセントに聴力が戻ってきた。なにもかもが鮮明だった。

窓口のガラスは一秒ほど空中で静止していたが、やがてようやく状況が理解できたかのごとく、無数の破片となって下に落ち、ヴィンセントはさえぎるもののなくなった窓口に突進した。もはや防弾チョッキがきついとは思わず、銃のスリングが擦れることもなかった。ジャンプしようとした瞬間、左足のブーツがガラスの破片を踏み、石床にこすりつけられた破片のきしむ鋭い音まで聞こえた。窓口カウンターに上がり、右足のブーツの底がガラスの破片を木に押しつけたときには、まるでだれかが氷をかじっているような音がした。カウンターの反対側に着地して、両足がガラスの破片をビニール床に押しつけたときには、布袋の中でビー玉がこすれあっているような音がした。そして奥のドアまで走り、ブルー3を中に招き入れてから、窓口の係員のところに戻って〝金庫室の鍵をよこせ〟と叫んだときには、練習どおりの声が出せた。効果はあった。赤いマニキュアを塗った、鍵束を握った手が、下のほうから伸びてきた。

「九十秒！」

レオは銀行の中央に立っている。そばの床に、六人——黄色いダウンジャケットを着た若い女は、ヴィンセントに踏まれても声ひとつ出さなかった——コートと茶色いローファーの男は床に伏せようとしなかったので、レオは銃床を使って彼を床に倒した——カウンターに背中を押しつけている年配の女は、こちらの動きを目で追っている。命乞いするでもなく、おびえるでもなく、ただ起きていることを目に焼きつけようとしているかのように——窓辺の大きなヤシの植木に隠れた若者ふたりは、ヴィンセントと同年代だ。あとになってから、自分たちも現場にいた、銀行強盗の現場に居合わせたんだ、と周囲に語ることだろう——ICAで買い物した帰りらしい女の買い物袋からは、コーンフレークと食パンと、赤いパック入りのオーツ粥の素がこぼれている。

「百二十秒！」

全体の状況を把握できるよう、こうして中央に立っている。ブルー3が金庫室のドアを開け、三段ある棚から札束を次々とショルダーバッグの中に払い落とし、それから金庫に向かって発砲して、その中身を奪うのが見える。枚数をきちんと数えて分けたうえで、スウェーデン国立銀行の硬い紙製の帯を巻かれ、保管されていた五百クローナ札だ。ブルー4は窓口から窓口へと移動し、邪魔になる椅子をすべてなぎ倒して、カウンター下のひきだしを開け、札束を取り出しては自分のショルダーバッグに入れている。

ヤスペルは完璧に役目を果たしている。ヴィンセントも完璧に役目を果たしている。

あとはフェリックスだけだ。

「ブルー2、こちらブルー1」

マイクのついた襟を立てて口に近づけ、大きなガラス窓の外に目をやる。車はエンジンをかけたまま広場で待機している。

「なにか見えるか？」

「ああ、見えるよ。銀行のとなりの店、わかるだろ？」

「おれが訊いてるのは……」

「ピッツェリア・ミューラン。蟻《ミューラン》って変な名前だよな」

「ブルー2……なにか見えるかと訊いてるんだが」

「窓ぎわにジジイが三人座ってる。みんなビールを飲んでる。座ったまま、おれをじろじろ見て、ビールを飲んでる……」

「いいかげんにしろ、ブルー2！　サイレンとか、サツとか、なにか見えたり聞こえたりしないのか？」

「……で、ときどき銀行のほうを見てる。薄い色のビールだな、あれは。けっこう大きなグラスだ」

フェリックスの声。まったく関係のないことを話している。

カウントダウン、コントロール、アドレナリンとは関係のない、どうでもいいことを。

「冷えた生ビールだぜ、レオ。食べてるのはカプリチョーザみたいだな。缶詰のマッシュルームに、安物のハムが載ってる。でも、連中、やたらと楽しそうだ」

文句を言ったり口答えしたりすることの多い声。その根本には信頼関係がある。だからいま、弟がビールや缶詰マッシュルームやピザ屋にいるジジイ三人の話をしたことで、兄の気持ちは落ち着いた。銀行の大きな窓の内側で、おびえきって床に伏せる人々に囲まれ、時間を計っている最中であっても。

「百五十秒！」

ヤスペルが金庫室から出てくる時間だ。ヴィンセントが窓口の金を奪い終える時間だ。フェリックスがハンドルを握り、バックミラーをじっと見つめて、三人が出てきたらすぐに発車させられるよう、準備を整える時間だ。

レオ自身は、カウントダウンを続ける。最後に銀行を出て、全員が銀行から逃走車まで無事に向かったことを確認する。

「百六十秒！」

撤退開始だ。

ヴィンセントはカウンターを飛び越え、床に伏せている人たちを避けながら走り、レオの後ろで立ち止まった。窓の外でフェリックスがアクセルを踏みはじめる。レオはその場に立ったまま、あたりを警戒し、カウントダウンを続けた。そのとき、もう一発銃声が響いた。ヤスペルだ。ヴィンセントの後ろにつくはずのヤスペルがまだ金庫室にいて、次なる錠を撃って壊している。扉を開け、五百クローナ紙幣の束を取り出して、バッグに突っ込んでいる。

「百七十秒！」

次の錠も。

「百七十五秒！」

次の錠も。

「百八十秒！」

リスクを上げずに最大限の利益を挙げられるよう、チームを組んでそれぞれの仕事をきっちり決めておいたのに——その取り決めが破られた。またもや。

「出てこい！」

レオは天井に銃を向けた。

「さっさと出てこい！」

そして、引き金を引いた。

「出てこい！　行くぞ！　行くぞ！」

金庫室の上の天井に向かって、二発。漆喰やプラスチックの破片が、床に伏せて顔を隠している人たちの上に落ちてきた。それでヤスペルははっと我に返ったようだった。中身を空にしたばかりのひきだしから手を放し、バッグのファスナーを閉めて、走りだした。出入口のドアへ、広場へ、車へ。

彼らは身を寄せあい、しゃがんでいる。あまり長くは走らない予定だ。

小さな広場から歩道を横切り、ハンデルス通りを右に曲がる。まもなく最初のロータリー交差点があり、トゥスメーテ通りに出たらすぐ左に曲がって、太いコンクリートの柱に支えられた電車の陸橋の下へ。頭上を通過する電車の音がレオの耳に届いた。警察はまだ交通規制をしていないのだ。

夕闇の中、じっと動かず。口もきかず。

さきほど襲撃した銀行からたった百五十メートルしか離れていない、閑散とした駐車場。正面に駅の入口があり、右手にはホットドッグの売店とストゥーレビー介護ホーム。左手には、一九三〇年代に建てられた小さな家の並ぶ住宅街。

実弾の入った銃。目出し帽。

レオはふたたび時間を計りはじめた。

計画どおりの時間が経過するまで、ここに、この車内にとどまらなければならない。

この墓地はいつも寒い。

だが、今日のように黄色の落ち葉の掛け布団に覆われていると、少しは暖かく感じられる。だれかが世話をして、守ってくれているように感じる。

ヨン・ブロンクスはぐらぐら揺れる濡れたベンチを拭き、腰を下ろした。

スウェーデンでも五本の指に入る大きな墓地の、三万ある安息の地のひとつ。

ストックホルム北墓地。区画18A。575番墓地。

ここには長いこと来ていなかった。殴る拳は地下に埋められ、永遠にその力を失ったというのに。

美しい墓石だ。黒く滑らかな御影石で、二十年も経っていないが実際より古く見え、もっと昔からある周囲の墓にうまく溶け込んでいる。

ぼうぼうに生えた、ヘザーを思わせる茶色がかった植物に手を入れ、少し水をかけた。墓石の前の砂利と土が盛られた部分にはなにも生えていないが、だれかが定期的にやってきて花を手向けているらしく、いったいだれだろう、とブロンクスはよく不思議に思った。自分は一度もやったことがない。母さんだろうか？　だが、母さんがよりによってここに花を手向けるだろうか？　父さんの墓に？

墓石の角に手のひらを当てる。**生。没。イェオリ・ブロンクス。**石工が力を込めて刻んだ金色の文字。茶色の木棺が地下に下ろされたとき、ブロンクスは十六歳だった。棺の片側が重くてひっくり返りそうになったことを覚えている。それから、そばで泣いていた母親のことも。思い出せるのは母親の顔だけだ。そのほかの部分は、黒服を着たほかの参列者たちと溶けあって、ひとつの塊になってしまっている。親戚、友人、同僚——名前は何度も聞いたことがあっても、会ったことはない人ばかりだった。ヨンは白いネクタイに喉を締めつけられる気がして、葬式が終わるなりそれを外し、燃やした。二度とネクタイなど締めるものかと思った。

その翌日にはもう、母は墓参りに行きたいと言いだした。

ヨンも一緒に行った。母がもう墓参りをしたいなどと言うのは、きっと葬儀のあいだ演技をしていたからだろう、と思ったのだ。夫のことをほんとうはどう思っていたか、黒装束の塊に見破られるのを恐れていたのだろう、と。だが、そうではなかった。母はそのときになってもまだ、現実を受け入れようとしていなかったのだ——殴られ、支配され、それを日々おとなしく受け止めていた、という現実を。片手で数えられる程度ではあるが、それでも何度か、ヨンは母とこの現実について、父との暮らしが実際はどうだったかについて、話しあおうとしたことがある。だが、母はなにも覚えていないらしかった。〝なにを言ってるの？〟心の奥底に閉じ込めて封印してしまったかのようだった。〝なんの話かわかってるだろ、母さん〟。本人すらも手の届かない場所に。〝ヨン、そんな話し方しないでちょうだい〟

ありきたりな弔問文のついた花輪が、真ん中あたりに置かれていた。ヨンは母の傍らに立ち、母は積まれた砂利をうつろな目で見ていた。母が泣いていたほんとうの理由がわかった。父のために泣いていたのではない。サムのためだ。母とは違って、兄はけっして受け入れようとしなかった。だから母は、もう思い出すのをやめよう、と決心したのだろう。

もう少し水をかける。地面に置いたランタンが少し傾いていたので、土にぐっと押し込んで安定させた。

車は墓地の入口にとめてあった。静寂の世界を離れ、ソルナ教会通りをゆっくりと走って、ソルナ橋へ、ヴァーサスタン地区へ。トール通りを走っているとき、初めて呼びかけに気づいた。〝銀行強盗。スヴェドミューラ〟。ストックホルム都心をはさんだ反対側だ。かなりの距離がある。そこでそのままクングスホルメン島の警察本部をめざして運転を続けた。だが、やがて無線の声がまた車内に響いた。〝強力な武器を持っている〟。どこかで聞いた気がする。〝軍用銃〟。それを聞いて方向転換した。クララストランド街道がセーデルレードトンネルになり、ヨハネスホーヴ橋になる。〝発砲多数〟。自分でもなぜかわからないままに──あとからわかることのほうが多いのだ──彼は速度を上げた。

「逃走車を発見しました」

怒鳴り声をあげて他人を遠ざけるのも、軍用銃を向けて他人を驚かせおびえさせるのも、過剰な暴力を行使することにほかならない。

「犯行現場から百五十メートル」

ジャファー。ゴーバック。

「スヴェドミューラ駅前の駐車場です」

だが、これは奇妙だ。

奇妙すぎて、つじつまが合わない。

銀行強盗が、車で百五十メートルだけ逃走して、駐車場に車をとめて切符を買い、電車でさらに逃走するか？

「犯人たちはまだ車を降りていません」

ヨン・ブロンクスは無線機を引き寄せ、マイクをオンにした。

「市警のブロンクスだ。もう一度言ってくれ」

「犯人たちはまだ車を降りていません」

おかしい。さらに不可解だ。

犯人たちはほんの数秒ほど車で逃げ、最寄り駅のそばに駐車した。

そして、そこにとどまっている。

車の中に。

ソッケンプラン駅そばの交差点の直前で、黄緑色の蛍光ベストを着た警察官が手招きし、ブロンクスの車を路肩へ導いた。交差点の向こう、犯行現場のあるほうに、青い回転灯が見える——道路を斜めに横切るようにして、パトカーが二台とまっている。

「すみませんが、この道路は直進できません。ここでUターンするか、右か左に曲がってください」

ブロンクスは上着の内ポケットを探り、身分証と警察の紋章の入った黒革のカードケースを取り出した。

「犯罪捜査部のヨン・ブロンクスだ」

懐中電灯の光に照らされた若い顔が、彼の身分証をチェックして、写真に写っている褐色の短髪で中肉中背の男が、運転席に座っている男と同一人物なのかどうかを見極めようとしている。ブロンクスは慣れていた。パスポート検査を受けると、係官はかならず写真と実物を何回も見比べる。これといった特徴のない容貌をなんとか認識しようとする。

やがて若い警察官はチェックを終え、軽く会釈すると、声の調子を変えた。

「犯人、まだ残ってるらしいですよ」

「そうらしいな」

「かなりの重装備です」

「それも聞いた」

警官は車から離れると、交差点の先に向かって大声で呼びかけた——捜査官です、通してあげてください——そのあいだにブロンクスは窓を閉め、若い警官の目に浮かんだ不安をあとにした。斜交いに駐車されたパトカー二台のあいだを縫って通り抜け、がらんとした道路を進む。いつもなら二分おきに次々と電車が送り出されてくる線路も、いまはしんと静かだ。いま若い警官の目に浮かんでいた不安は、まさにそれだった。ふだんの風景、だからこそ安心できる風景が、いまはなくなっている。いつもなら、ヘッドライトが暗闇を照らし、何トンもの重さの車両が通過するたびに線路がきしみ、人々は家路を急いでいるはずなのに。

ロータリー交差点が近づいてきて、ブロンクスは速度を落とした。スヴェドミューラ広場に面した銀行の前で、青と白のビニールテープが夕刻のそよ風に揺れ、さきほど起こったことが現実なのかどうか、いまだによくわかっていない人々を締め出している。

自転車専用道に駐車し、濡れた芝生の上を急いだ。幹線道路の上を走る線路を誇らしげに支える、マッチ箱のような形をした灰色の支柱が、芝生に影を落としている。

「各地点に配備されてるのは何人だ?」

目立たない駐車場の片隅、大きな支柱にはさまれた場所に、制服警官が何人か待機していた。その中のひとりにブロンクスは話しかけた。自分と同年代の大柄な男で、見覚えはあるが名前は思い出せない。確かフッディング署の警部補だ。ちょうどこんなふうに、ふたつの警察管区にまたがる事件で顔を合わせたことのある、たくさんの捜査官のひとり。

「閉鎖した駅のホームに一グループ。ホットドッグの売店の後ろに一グループ。あそこ、見えますか? それから、あっちの介護ホームのそばの歩行者専用道路に一グループ。あっちの白っぽい家の広い庭に一グループ」

名前のわからない警部補が、腕をいっぱいに伸ばしてあちこちを指差す。ブロンクスは恥ずかしくなった。彼の名前をどうしても思い出せない。

「それから、あそこ、真正面——特殊部隊が突入の準備をしています」

さほど広くはない駐車場だ。コンクリートの支柱にはさまれた駐車スペースが十か所。こんなことでもなければ気づかずに素通りしてしまう場所。交通量の多い道路の余分な明かりが、かろうじて届いているだけだ。とまっている車は二台。片方は茶色の旧型フォード、スピードバンプを越えるときに車体の底が擦れてしまいそうな車で、排気装置が地面を引っ掻いてへこむ音がいまにも聞こえてきそうだ。もう一台は、ダッジ・バン。まわりが薄暗いので色がよく見えないが、おそらく黄色だろう。車体の両サイドにでかでかと記された〝水道管SOSサービス〟の文字だけははっきりと見えた。

「どうしてまた、銀行を襲ったあと、こんな場所でじっとしてるんでしょうね？　現場から見えそうな場所に」

名前のわからない警部補は、逃走車をじっと見つめている。ブロンクスが着いたときにはもう、そんなふうにしてたたずんでいた——息を吸い込むたびに車の中へ吸い込まれ、息を吐くたびに車内のようすを目に焼きつけて出てきているかのように。

「ヨン？　理解できますか？　犯人はまだ降りてないんですよ。挑発もいいところだ！　銀行を襲って、車に乗って、百五十メートル走って、駐車して、それから……じっと待ってる」

ヨン。彼はブロンクスの名前を口にした。もう逃げ道はない。今度はブロンクスの番だ。彼の名前を呼び、親しみを見せなければならない。以前に会ったことがあるのだから。

「いや……」

罪悪感。なんてこった、凶暴きわまる銀行強盗犯、四人を追っている最中に？　それでも、ブロンクス自身、こういう人間には我慢がならないと思っているのだ——人の名前を覚えない人間。自分のことを覚えていて、名前を呼んでくれる相手を、自ら見下しているようで。

「……おれにも理解できない」

「全員、位置につけ」

名前のわからない警部補は、制服の右襟に無線機をつけている。よく通る声だ。ボリュームを抑えたほうがいいのではないか。これではあの車の中まで聞こえてしまう。

「突入を開始する。五、四、三、二、一……行け」

たちまち暗闇の中から次々と、ヘルメットをかぶり、黒い制服に防弾チョッキを着用して、安全装置を外した銃を構えた八つの身体が飛びだしていき、一糸乱れぬ動きをみせた。ヨン・ブロンクスにとっては、何度も目にしたことのある光景、何度も味わったことのある雰囲気だ——対決に向けた準備、武力攻撃、制圧。銀行強盗が行われている場面を生で目撃したことはないが、のちに監視カメラの映像を検証したことは何度もあり、はっきりしているのは、いま警察の制服を着て犯人の車を取り囲んでいる連中もまた、目出し帽をかぶって車内にいる連中と、同じ気持ちに駆り立てられているのだということ——敵に立ち向かい、自分の力を試したい。訓練の成果を発揮したい。負けたくない。

八つの影が前進する。

ひとりはコンクリートの支柱のそばで立ち止まり、車の運転席に狙いを定めている。ふたりが地面にひざまずき、窓のない車体側面を狙っている。ふたりが車の反対側に向かい、バックドアに銃を向けている。

ブロンクスのうなじにかかっていた息もなくなった。

名前のわからない警部補が息を止めたからだ。これまで息を吸ったり吐いたりするたびに車内で目に焼きつけてきた映像を、自分の中で静止させているかのように。

さらに逃走車に近づいていった特殊部隊員三人のうち二人が、駐車スペースひとつ分離れた場所で立ち止まり、運転席と助手席をのぞき込んだ。だれもいない。車内に隠れている連中は、車の後部に固まっているわけだ。全員が銃の向きを変えた。

残る特殊部隊のメンバーはひとり。

サイドドアに忍び寄り、懐中電灯を向ける。

鍵はかかっていなかった。

左手をそっと取っ手に置いてから、ぐいと力を込めてドアを開き、すぐさま地面に伏せた。

薄闇の中で、火薬が爆発して光ることはなかった。

コンクリートに銃声がこだますることもなかった。

叫び声も、怒鳴り声もなかった。聞こえてきたのは、無線機越しの声だけだった。

「だれも乗っていません」

美しいボトルをレオが振ると、期待どおりにコルクが弾けた。ポル・ロジェという名のシャンパンが、細いグラスの縁からこぼれる。一同は最初の銀行強盗の成功に乾杯し、歌い、抱擁を交わした。アンネリーは一杯目を飲み干して注ぎ足している。銀行の前に立ってからひと言も発していなかったヴィンセントは、グラスを掲げ、フェリックス同様に大声を上げて、ついさきほどまで全員を結びつけていた冷静さ、いつでも立ち戻れる場所、活力の源となっていた冷静さを解き放っている。ヤスペルはシャンパンの泡並みに浮かれた声で、金庫についている錠をすべて撃ち壊した話を延々と続け、何度も乾杯を唱えている。

全員、位置につけ。

全員がはっと黙り込み、身を乗り出して、居間のテーブルの真ん中、飲みかけのビールグラスや開けたばかりのウイスキーのボトルに囲まれた、警察の無線に聞き入った。

突入を開始する。五……

雑音まじりの声がカウントダウンを始める。完全武装した八人の特殊部隊員が一歩ずつ、配管業者の車に近づいていく。

……四、三、二、一……

そして、この部屋にいる一同が黙ったように、声の持ち主も黙り込んだ。すぐに新たな音が聞こえてきた。人間の話す言葉ではないが、なにかを伝えてくる言語ではある。

足が地面に擦れる音

荒い息遣い

車のドアがきしむ音

その直後。

それまでのなによりも大きく、はっきりと聞こえてきたもの。

沈黙

結束の固い一団が、敵の敗北に耳を傾けている、そんなときに訪れる沈黙。

だれも乗っていません。

そして、笑いの大合唱。ヤスペルは弾けるように笑いだしたが、それでも身体に響く声を出す。他人に命令するときと同じ声で笑う。自分の笑い声が他人にどう聞こえるかなど考えたこともないのだろう。フェリックスはさまざまな音程でクックッと笑っている。下のCから上のCまでの一オクターブ。息を吸い込むたびに笑いが止まる。アンネリーがときおり、第三のパートとして控えめに参加する。だれかの笑い声に合わせて笑っているが、一か所にはとどまらず、やがて別の笑い声に移動して、それに合わせてさらに笑う。ヴィンセントの笑い声は聞こえないが、それでもほかの笑い声をかき消す力がある。いちばん心に響いてくる。レオは末弟に向かって微笑んだ。もうだれかに許可を得るのではなく、自分で判断できる弟。大人の男らしく歩き、銀行のカウンターを飛び越えた弟。笑いの大合唱のあとはさらにグラスが掲げられ、祝いの乾杯が続き、さらにボトルが開けられ空にされた。レオはまわりを見渡し、ひとりひとりの顔を眺めた。笑う必要はない。これから向かう先はわかっている。それでも、いまは嬉しいと言ってもいいのかもしれない。なんといっても警察の裏をかいたのだ。ポリ公どもはいま、一台目の逃走車のまわりに立ちつくしている。四人の強盗犯がどうやってそこから逃げたのか、見当もついていない。

熊の鼻面を殴り、その周囲でステップを踏む。敵の恐怖を予測して、それがかき立てられるのを待ち、やつらの本陣に攻め込む。本陣こそ、敵がどこよりも強く、それゆえにどこよりも弱い場所だ。秩序の中に、混沌が隠れている。暴力をうまく使って、安全を剝ぎ取り、代わりに混乱を植え付けてやるだけでいい。

自分は、そのときのすき間を利用する。

人々の抱いている安心感は幻想にすぎない。混沌と秩序は二匹の蛇のごとく絡みあっているのに、人々はそんなふうには考えない。ふたつの境界線を意識すらしていない。が、だれかがその境界線を破ると、二匹の蛇の位置が変わる。暴力が、意識のすき間をつくる。銀行の床に伏せていた人々にとって、強盗犯が銃を乱射していると無線で報告した警察官にとって、時間は止まったようなものだった。彼らの世界観と矛盾している、だから理解できない。それでますます混乱する。こうして、すき間が生まれる。こちらが自由に行動できる三分間が生まれる。

駐車場にいる特殊部隊の連中は、これで安全と秩序を取り戻せると思い込んでいた。そして車のサイドドアを開けた。が、車はもぬけの殻だった。当然だ。強盗犯たちはもう、ここにいるのだから。

「おい」

抱擁とシャンパンのあいまに、レオはヴィンセントを観察していた。いつも考えていることと、感じていることがあるのに、けっしていまのように表に出しはしない弟。

「なに？」

「ついて来い、ヴィンセント」

「どこに？」

「いいから来い」

銀行強盗を成功させた興奮が、高価なアルコールや濃い煙草の煙で薄められている部屋を離れ、ふたりはキッチンへ向かった。ウイスキーのボトルが一本、グラスがふたつ。それぞれに二、三センチほどウイスキーが入っている。外は暗いが、向かいの大きな家のキッチンが明るく照らされた舞台のようになっていて、若い女が丸テーブルに大きなガラスボウルを置き、若い男が子どもをベビーチェアに座らせて安全ベルトを締めているのが見える。プラスチック製のよだれかけをつけて、スプーンを手にしたその子どもは、自分ひとりで食べられると言い張っているようだ。

「覚えてるか？　おまえ、バナナを潰したの、いつも吐き出してたよな」

「いまでも吐き出すよ」

「でも、缶詰の桃は好きだった。おれが角切りにしてやったやつ」

おまえは一歳だった。おれは八歳だった。ついこのあいだの話だ。それでいて、はるか昔の話だ。

「ヴィンセント、今日はほんとうによくやった」

「そんなことない。立ち止まっちゃったし」

「でも、そのあとがよかった。ひとつもミスがなかった。窓口カウンターに飛び乗って、金庫室の鍵を取り上げて、ヤスペルを招き入れて、窓口のひきだしを空にした。計画どおりの時間で」

「でも、立ち止まった。まごついた。大失敗になるかもしれなかった」

「やるべきことをきちんとやった。違うか？　あの三分間、あの場を仕切ってたのはおれたちだ。そういうふうに考えるんだ、ヴィンセント――ほかの人たちが不安なときこそ、おれたちは安心していい。予想外のミスを修正する時間だってある」

向かいの家に住む家族が食事を始めた。肉の煮込みとグリーンサラダらしい。レオはグラスを掲げてみせた。ヴィンセントが自分のグラスを掲げるのを待ってから、一緒に中身を飲み干した。

「もう忘れろ。いいな？　おまえはずっと突っ立ってたわけじゃない。これからは、ちゃんと仕事をこなした、ってことだけ考えろ――そういう気持ちで次に臨め」

ふたりはキッチンから〝ドクロの洞窟〟のある部屋へ向かった。バッグがふたつ置いてある。一時間ほど前、ヴィンセントとヤスペルが腹に抱えて金をかき集めたバッグだ。

「百万クローナ以上ある。百五十万あるかもしれない」

片方のバッグには、五百クローナ札の分厚い束が詰まっている。原綿の入った紙幣独特のにおい。もうひとつのバッグには、百クローナ、五十クローナ、二十クローナ紙幣が束になって入っている。

「なあ……どんな気分だ？」

ヴィンセントはバッグに手を突っ込み、数十万クローナに触れた。

「信じられない」

ふたりは互いを見つめた。やがてレオは窓のほうを向き、向かいの家の食卓を見やった。あの一歳児はもう、ひとりで食べてはいない。となりに座っている父親が、子どもの服や髪についた食べこぼしを拭いてやり、スプーンでひと口ずつ食べさせている。

「ああ。信じられないな。おれたちが銀行強盗をやって、そのあとまんまと姿を消したなんて。おれたちがどうやって消えたのかさっぱりわからなくて、サツが頭を抱えてるなんて」

照明を向けると、粉々になったガラスはまったく違って見えた。小さな広場に鑑識が設置したスポットライトの明かりが、広場に面した大きな窓を抜け、輝くベールのように数千ものガラスの破片を撫でていく。

銀行を出ると、ヨン・ブロンクスは振り向かなかった。振り向いてしまえば、マイクやカメラの攻勢に遭う。さらに質問を突きつけられ、その答えがたちまち報道される。銀行に入るときにも、すでに現場に駆けつけていた報道陣七組を避けて通った。これからも避けて通るつもりだ。

現場の中央では、オーツ粥の素の入った赤い箱の上に、天井から落ちてきた埃や破片が積もっていた。冷たい石床にうつぶせて顔を隠していた女性の買い物袋の中身が、犯人のブーツのそばにこぼれたのだ。さきほどその女性は隅のベンチに座り、ブロンクスの質問に耳を傾けていたが、答えることはできなかった。こういう状況を、ブロンクスは前にも経験したことがある——困惑しきった目。五感のひとつがやられた状態で、なんとか現実をわかろうとしているまなざし。度重なる銃撃による強烈な衝撃波で鼓膜が破れ、聴覚が損なわれてしまったのだ。彼女の耳の中ではいま、ピーピーと甲高い音がしつこく鳴り響いている。
走って追いかけてきたカメラマンふたりに呼ばれたが、それでもブロンクスは振り向かず、逃走車が横切ったのと同じ歩道を横切った。カメラマンたちが諦めて銀行へ駆け戻り、ほかにインタビューできそうな餌食を探しているあいだに、ブロンクスはロータリー交差点に入った。逃走車が取ったのと同じ道をたどった。
さきほど銀行の中で、ブロンクスは埃にまみれたオーツ粥の素の箱を拾い上げ、鼓膜の破れたその女性に手渡した。目撃者は彼女を含めて九人いた。銀行員が三人、客が六人。一生の長さにも等しかったあの三分間、全員が床に伏せていたという。このうちふたりは受けたショックが大きすぎて、事件について語るどころではなかった。事情聴取できたうちの六人からは、なかなか詳しい証言が得られたが、その内容はばらばらだった。窓ぎわで身を寄せあっていた十代の少年ふたりですら、犯人たちの外見についてはそれぞれ違った証言をした。

リカルド・トーレソン（RT）：ええと……青いツナギだったと思います。車の整備をする人が着てるみたいな。

ルーカス・ベリィ（LB）：ツナギじゃありません。ちゃんと見えました。ジャケットに、サイドポケットのあるズボンを着てました。

だれが窓口のガラスを撃って壊し、だれが金庫室の金を奪い、だれが時間を計っていたかについても、証言はまちまちだった。

RT：目出し帽をかぶってました。目以外はすっぽり覆われてました。

LB：全員が目出し帽をかぶってたわけじゃないと思いますよ。だって、少なくともひとりは、口がはっきり見えましたから。

極端な暴力に遭遇すると、人の意識はさまざまな解釈をする。外見、体格、経過時間が、恐怖によって歪められる。

RT：ぼく、犯人の足元に伏せたんですが、そいつは二メートル以上ありました。間違いありません。みんなそれぐらい背が高かったです。

LB：ぼく、犯人の足元に伏せたんですが、そいつはけっこう背が低くて。ぼくのほうが高いと思いますよ。体格はよかったかもしれないけど。

自分の見たことを落ち着いて語り、信憑性のある証言をしてくれた目撃者は、ひとりしかいなかった――三番窓口を担当していた五十代の女性銀行員だ。目出し帽をかぶった男が機関銃で狙い、約四十発発砲して壊したガラスの奥に座っていた。ショックでぼんやりしていてもおかしくない状況だが、悲しげな小さな瞳はしっかりしていて、金庫室の鍵を出せと言われて赤いマニキュアを塗った手を伸ばしたこと、そのときに服や髪や肌からガラスの破片が落ちたことを話してくれた。

インガ＝レーナ・ヘルマンソン（ＩＨ）：スウェーデン語を話してました。方言はなかったし、外国の訛りもまったくありませんでした。低い声でしたが、ちょっと低すぎるような、無理に出してるような声でした。目は――わたしのほうを向いてはいましたが、そのまま素通りしているような感じで、わたしのことを見てはいませんでした。

鍵を要求する声、視線を合わせようとしない瞳――その男は受け取った鍵束を、裏口からカウンター内に入ってきた仲間に投げた。そのようすを、彼女は片方の頬を床に押しつけながら見ていた。

ＩＨ：もうひとりは離れたところで待っていました。胸にハーネスのようなものを着けていました。兵隊さんが身に着けるようなものです。あと、耳が大きく張り出していました。全員そうでした。

ひとりが鍵を奪い、ひとりが金庫室を開けた。ふたりとも、窓口の外に残った男を何度も横目で見ていた。間違いない、と彼女は証言した。

ーH：その男は、時間を計ってカウントしていました。ずっと小さな声で。最後だけ大声をあげましたけど。

大きく張り出した耳――ヘッドホンだろう。小声だったのは、マイクを使っていたから。そいつがリーダーだ。

ひとりが指揮をし、残りはそれに従っていた。

ブロンクスはロータリー交差点の真ん中で振り返り、だれも追いかけてきていないことを確かめてから、道路を渡り、だれも乗っていなかった逃走車のある駐車場に戻った。電車が頭上の陸橋を通過している。運転を再開した電車のレールが、ガタン、ガタンと規則正しい音をたてる。

通信装置。軍用ハーネス。軍用銃。

まるで軍事作戦だ。

両サイドに蛍光色で会社名の記された黄色いダッジ・バンは、所有者である配管業者によれば、昨夜のあいだに盗まれたのだという。ブロンクスは計算してみた――逃走車として利用する十三時間から十八時間前、ということか。ここでもスポットライトが設置され、鑑識官たちが地面を這いまわっている。

「駅の入口があるし、前後左右に交通量の多い道路もある。駐輪場もたくさんある。逃げ道は何通りだってありますよ！　ラッシュアワーにはみんな、ここで電車からバスに乗り換えたり、バスから電車に乗り換えたりする。徒歩でも自転車でもここに来られるし、ここから離れることもできる。人の流れの絶えない場所です」

名前のわからないフッディンゲ署の警部補は、太い支柱のあたりを歩きまわっている。

「それなのに、やつらが車を降りたところを目撃した人はひとりもいない！」

ブロンクスは答えず、銀行と広場とロータリー交差点に目をやった。そこからだけでも四通りの方角が選べる。そしてどの道を選んでも、一キロほど走ればまたロータリー交差点にぶつかり、そこでも四通りの方角が選べる。四掛ける四掛ける四。六十四通りの逃走経路。チェス盤のマス目と同じ数だけ逃げ道がある。

「ヨン？」

名前のわからない警部補がまたブロンクスの名を呼んだ。もはやヨンには、相手の名前を知っているふりをしつつ答えることなどできそうになかった。

「特殊部隊が一台目の逃走車のドアを開けてから、四十分経ってる」

名前を呼ばずにこのまま話しつづければ、ひょっとしたら思い出せるかもしれない。

「銀行強盗をやるにはうってつけの場所だ」

だめだ。やはり思い出せない。

「捜索範囲はもう広がりすぎてる」

以前に何度もともに仕事をしたのに、どうしても名前のわからない警部補は、ブロンクスが口を開くたびに彼と目を合わせようとした。

「覚えてないんでしょう？」

「なにを？」

「エリックですよ」

「えっ？」

「おれの名前」

腕を上げ、空中に大きな弧を描く。

「分かれて逃げた可能性もありますよね？ ひとりずつ車を降りてここから逃げたとか。一人目は、駅が閉鎖される前に電車に乗って、どっちかの方向に何駅か行って、そこで降りたのかもしれない」

それからバス停のほうを向いた。

「二人目は、エルヴシェー行きの一六三番バスに乗って西に向かったか、シェルトルプ行きに乗って東に向かったか。三人目は自転車に乗って、自転車専用レーンを走って団地のほうへ逃げた。で、四人目は歩行者専用道をてくてく歩いて、一戸建ての並ぶ住宅街に紛れ込んだ、とか？」

電車。バス。自転車。徒歩。

あるいは車を乗り換えて、六十四通りある逃走ルートのどれかを走ったのか。

ブロンクスは車内をのぞき込んだ。昨日までは配管業者の移動オフィスだったのに、盗まれて、攻撃から逃走に転じるための戦闘用車両として使われてしまった。数日後、鑑識によってじっくり調べられたあとには、また配管業者の日常に戻るのだろう。

「エリック」

警部補は嬉しそうな顔になった。だがブロンクスにとっては複雑な気持ちだった。たったいま教わった名前をさっそく使うなんて。

「やつらは武装してた。機関銃を持って、防弾チョッキを着て、軍用ハーネスを着けて、通信機器まで持ってたんだ。逃げるところをだれにも見られてないとは思えない」

頭上をふたたび電車が通過していく。人々を運ぶ都市の血管が脈打つ。

「絶対に目撃者がいるはずだ」

ヨン・ブロンクスは車のサイドドアを軽く叩いた。特殊部隊員たちが忍び寄り、開けたドア。あのときと同じく、いまも金属の殻でしかない車は、うつろな音をたてた。

「車がここへ来るのを目撃した人。やつらが降りるところを見た人。黒い目出し帽をかぶった大の男が四人、そう簡単に消え失せるわけがないんだ」

信じられない。

レオにどんな気分かと尋ねられたあとも、ヴィンセントは同じ言葉を三回繰り返した。片方のバッグに詰まった五百クローナ札の束を数えたあと。九十二万四千クローナ。信じられない。もうひとつのバッグに入った、色も額面もまちまちの紙幣を数えたあと。八十一、万五百四十クローナ。信じられない！　そして、両方のバッグに入っていた金額を合計したあと。百七十三万四千五百四十クローナ。どうしたって信じられない！

　レオとヴィンセントは向かいあって、〝ドクロの洞窟〟の天井でもある床に座っている。泡立つシャンパンからも、テーブルの上の警察無線機が発する電子音にまじって聞こえてくる、酔っぱらったフェリックスとヤスペルの楽しそうな声からも、遠く離れたところにいる――〝アンネリー、あんたにも見せたかったぜ〟――ヤスペルが、銀行カウンターの上のガラスを撃ち壊すレオを演じている――〝まあいいや、想像してみろよ、アンネリー〟――ひざを曲げて腰を落とし、機関銃の正しい構え方を全身で披露する――〝実戦だからな、アンネリー。ヴィンセントみたいにまごついちゃいけないんだ〟――レオはヴィンセントが聞いていることに気づき、めくばせをして〝気にするな〟と伝えると、立ち上がり、ドアを閉めた。

　もう幾度となくやっていることだ。それなのに、いまだに厳《おごそ》かな気分になる。

　ラグマットを巻き上げ、床板を外し、ふたつの金輪をつかんで、床の一部を持ち上げる。横たわる金庫を開ける。

「ヴィンセント？」

「なに？」

「銀行強盗では、絶対に失敗の許されないポイントがひとつだけある。それはヤスペルが話してることとはまったく関係ない。いいな？」

レオは金庫の底にある、使用済みの五十クローナ札の束やワニ革の宝石箱、ロレックスの腕時計ふたつをかき集めた。

「決定的なポイントってやつだ。もし、そこでヘマをしたら……」

厳かな儀式の続き。分電盤のふたを開けて、二本のケーブルをつなぐこと。金庫の背面が沈んでいって、隠し部屋が現れるのを見ること。

「……これを使うしかない」

数えた紙幣が詰まっているバッグのそばに、トランクがふたつ置いてある。レオはその片方を開け、機関銃を取り出した。彼が引き金を引いた銃、銀行にいた九人の時間や空間の感覚を奪った機関銃だ。

「だが、おれが計画を立てて、全員がきちんと役目を果たしてさえいれば、そんなことにはならない」

レオはぐらぐら揺れる梯子で金庫の穴の中へ下りると、ぶら下がっていた天井灯のコードをつかんで壁のコンセントに差し込んだ。裸電球の強烈な光が地下室を照らす。

「絶対に失敗の許されないポイントは、ヴィンセント、ひとつしかない」

レオが両手を頭の上に差し出した。バッグふたつに入った紙幣を受け取るために。

「最初の車の乗り換えだ。姿を変える瞬間だ」

ブロンクスは昔からこのにおいが苦手だった。揚げ物油やホットプレートから漂う、鼻を突くにおい。動物性の油も植物性の油も、壁と床の隙間や調理台の裏側に入り込み、そこに染み付いている。ブロンクスは口だけで息をするよう気をつけつつ、電車の高架下で支柱にはさまれているこの建物から、窓の外に目をやった。

ヤルッコ・コルッカ（ＪＫ）：朝に来て夕方にいなくなる車がほとんどなんですよ。でも、あそこ、真ん中にある茶色のフォードは、昼飯のころに来ましたね。あのでかい黄色のダッジが来たのは……一時間くらい前かな。

ホットドッグ売店の店主。店からは薄暗い駐車場が見渡せる。なにか見たかもしれない唯一の人間だ。

ヨン・ブロンクス（ＪＢ）：その黄色い車ですが――人が降りてくるところは見えませんでしたか？

ＪＫ：だれも降りてきませんでしたよ。

ホットドッグ屋の窓から逃走車までの距離はせいぜい十五メートルだろうとブロンクスは目測した。

ＪＫ：でも、べつにおかしくはありません。ずっと駐車したままで、電車やバスから降りてくる人を待ってる車は、ときどき見かけますから。で、そのうちまた発車する。

年齢不詳の痩せた男だ。四児の父なのに、国営酒販店へ行くと身分証を出せと言われるタイプ。かつて白かったのであろうエプロンに、もはやその面影はない。だからあのにおいがここまで――カウンター沿いにハイチェアが三脚並んでいる、この食事スペースにまで漂ってくるのだろう。

ＪＢ：今日はどうでした？　来た車、去っていった車、全部見えたでしょう？

ＪＫ：ええ、全部、毎日見てますよ。十台分の駐車スペースしかないし、いつも……ここに立ってるし。

カウンターに置いてある金属製のナプキン入れから二枚を抜き取り、上着の内ポケットからペンを出す。ブロンクスは長方形を十個描くと、旧型フォードのとまっている場所に〝茶色〟、逃走車がとまっている場所に〝黄色〟と書いた。

ＪＢ：これが、あそこにとまっている二台の車です。ほかにとまっていた車はありましたか？
ＪＫ：ほかに、ですか？
ＪＢ：ここ数時間のあいだにとまっていた車です。
ＪＫ：ええ、ありましたよ。たとえば、あそこに……。
ＪＢ：この図に書き入れてください。
ＪＫ：ここです……このスペースに……ステーションワゴンがとまってました。書きましょうか。〝ステーションワゴン〟。色は覚えてません。
ＪＢ：助かります。
ＪＫ：それから、ここに……紺のダッジがとまってましたね。あそこにとまってる黄色いのと同じ車種です。それが、すぐとなりにとまってました。これも書いておきますね。〝紺のダッジ〟、と。
ＪＢ：ほかの駐車スペースは？
ＪＫ：空いてました。少なくとも、ここ何時間かは。

店主は図を描いたナプキンをカウンター越しに差し出し、帰り支度を始めた。

ＪＢ：ちょっと、まだ終わりじゃありませんよ。あの黄色のダッジが駐車場に来たあと、どの車が出て行きましたか？

ＪＫ：ダッジが来たあと？

ＪＢ：あの逃走車が駐車場にとまったあと、ということです。

ＪＫ：そこまで覚えてませんよ！

ＪＢ：なんとか思い出してみてください。

店主はペンを手に持ち、駐車場を一瞥してから、ナプキンに視線を落とし、それからブロンクスを見て、中央近くのスペース、〝ステーションワゴン〟を大きく丸で囲んだ。

ＪＫ：これですね。

ＪＢ：いつごろ出て行きました？

ＪＫ：さあ……十分ぐらい経ったあとかな。

ＪＢ：この車だけですか？

手にしたペンで、店主がぼんやりとカウンターを叩く。耳障りな音だ。

ＪＫ：あと、ダッジも出て行きました。紺のほうが。

〝紺のダッジ〟のスペースも丸で囲む。何度もぐるぐると囲んだせいで、太くでこぼこになった円が出来上がった。

JK：そうだな……二分ぐらい経ったあとだったと思いますよ。いや、五分かな。いや……うん、それくらいでした。
JB：この紺の車が？
JK：ええ。黄色のダッジのとなりのスペース。すぐ横にとまってたやつです。

ブロンクスはナプキンをつかんだ。〝黄色のダッジのとなりのスペース〟。ナプキンに描かれた長方形から目を上げ、現実の長方形を見やる。街灯の明かりが道路から漏れ、いまはがらんとしたその場所を弱々しく照らしている。

JB：確かですか？　ほんとうに、黄色のあとに出ていったんですね？
JK：間違いありませんよ。バックしなかったし。
JB：バック？
JK：ここに駐車するときはみんな、前向きに駐車スペースに入るんですよ。車のフロントを先にしてね。で、バックで出ていく。けど、あの車は……逆でしたから。

なぜそこでナプキンを握りしめたのか、ヨン・ブロンクスには記憶がない。気がついたらそうしていた。

二台の車が、となりどうしのスペースにとまっていた。同じ車種の車が、二台。一台は前向きに、もう一台は後ろ向きに。

ブロンクスは力を込めてナプキンをゴミ箱へ投げた。見事にゴールした。

そんな簡単なことだったのか——人間がふたり、頭と足をとなり合わせにして互い違いに眠っているようなものだ。

二台の同じような車を、向きだけ変えて、となりどうしに駐車する。車体の左側——スライドドアのある側の間隔は、ほんの十センチほどしかない。

ブロンクスはホットドッグ屋の店主に会釈すると、諦めたようにため息をつき、外の暗闇に出た。捜索範囲は広がる一方だった。

レオは頭上の穴に向かって両手を伸ばし、五百クローナ札の入ったバッグを受け取ると、奥の壁に設置した棚に置いた。次のスポーツバッグには、さまざまな額面の紙幣が入っている。そちらは弾薬の入った箱の脇に置いた。

あの駐車場にいたとき、まわりはラッシュアワーだった。職場や学校から戻る人々のただ中で、彼らは実弾の入った銃を持ち、目出し帽で顔を隠していた。じっと黙っていた。ぴくりとも動かなかった。頭上を電車が通過していった。バスが停まり、乗客を降ろしていった。

すぐそばを歩いている少年ふたりの声が聞こえた。車の薄い壁の向こうで、逃走中の銀行強盗犯四人が息をしているなどとは、まったく知らずに話していた。

「ヴィンセント、防弾チョッキをよこせ」

上にいるヴィンセントが、床にあいた穴のそばでひざをつき、トランクのジッパーを開ける——銃、弾倉、弾薬、戦闘用ハーネス。

「それじゃない。もうひとつのほうだ」

そちらのジッパーは途中で引っ掛かって開かず、ヴィンセントは金具を何度か細かく動かして開けた。防弾チョッキ、大きくて丸いヘッドホン、細いマイク。金庫の穴から、レオの両手にひとつずつ渡す。レオは札束の入ったバッグの上の棚にそれらを並べた。

駐車場では、六十秒間じっとしていた。それからフェリックスがスライドドアを開け、逆向きにとまっているとなりの車に手を伸ばし、取っ手を押し下げてそちらのスライドドアを開けた。連結されて一体化した、車種の同じ二台の車。だれからも見られないよう、内側に向けて開いたふたつの扉。逃走車から次の車へ、たったの一歩だ。フェリックスが運転席に向かい、ヤスペルとヴィンセントがそれぞれバッグを持って乗り込み、最後にレオが乗って両方のドアを閉めた。こうして、一体化していた二台の車はふたたび切り離された。五分三十秒前、銀行へ向かっていたときに行なったのと、まったく同じ動き。逆方向ではあるが。

「ヴィンセント？　ツナギと目出し帽は分けておけよ。あとで燃やすから」

最初の重要な乗り換え。襲撃したばかりの銀行から、ほんの百メートル、二百メートルしか離れていない場所で、彼らは姿を変えた。黄色い車から降りたところはだれにも見られていないし、同じ型の青い車に乗り込んだこともだれひとり知らない。警察は捜査の範囲を広げざるをえなくなった。犯人を追いかけるポリ公どもはみな、頭の中でこんな計算をするのだから――〔犯行から経過した時間〕×〔逃走車が見つかった場所までの距離〕＝〔警察が犯人に追いつける可能性のある捜索範囲〕。

次の乗り換え地点は、二キロ先のストゥーレビー。住宅街にある駐車場は、三階建ての家と小さな林にはさまれていた。三十秒でツナギと目出し帽を脱ぎ、オーバーオールと作業用シャツに着替えた。三十秒でバッグとトランクを持って林の中を移動し、二十五秒で最後の逃走車に乗り込んだ――工務店の社用車、ピックアップトラックだ。やがてこの車は、前部座席に乗ったフェリックスとレオ、仕事を終えて帰宅する建設作業員ふたりを乗せて、車の群れにまぎれ込んだ。ヤスペルとヴィンセントは荷台カバーの下に隠れていた。二十分後、彼らは居間に座って無線機に耳を傾け、特殊部隊員たちが空の車に駆け寄り、忍び寄り、おそるおそる近づいていくのを聞いていた。

「よし、今度こそ、そっちのトランクの中身だ」

床に開いた穴を通じて、レオは短機関銃とＡＫ４を受け取った。一挺の銃身に赤いテープをぐるぐると巻いてから、棚の最下段の端のほうに立てかけた。

「レオ？」

「なんだ？」

おれも言いたい、とヴィンセントは思った。が、ひどく妙な気分だ。こんなこと、いままで一度も言ったことがない。

「いちおう、言っておくけど……」

レオは最後の機関銃を受け取った。ほかの銃と比べてもはるかに大きく、はるかに重い。その銃身にも赤いテープで印をつけると、もう二度と使うことのない銃の列のとなりに並べた。そして、あたりを見渡した。二百十八挺の軍用銃が残っている。

「なんだ?」

言葉にするのは難しい。嘘っぽく、不自然に聞こえかねない。嘘でもなんでもないのに。

「……おれも、兄さんを愛しているよ」

ヨン・ブロンクスはパソコンを開くと〝スヴェドミューラ〟というフォルダを選択した。ふたつあるファイルのひとつ、〝カメラ1〟にカーソルを置く。入口の扉の上に設置された監視カメラのことだ。クリックして開くと、細いタイムラインにカーソルを走らせ、十七時五十一分、黒い目出し帽をかぶった強盗犯三人が入ってきた時刻に合わせた。

計五秒間の映像。音もなければ色もない。コマ送りのようなぎこちない動き。監視カメラの映像はいつもそうだ。

後頭部。カメラがまずとらえたのはそれだった。両耳のところが大きく丸く膨らんだ、黒い頭。次の一歩で、黒いうなじも画面に映った。

ブロンクスは一コマずつ見ていった。

黒い頭が上半身をねじって半回転し、カメラを探し、銃を構え、狙いをつける。

一コマずつ。おまえは、おれを見ている。視線を追う。おれも、おまえを見ている。

おまえの目——怒りも、恐れも、焦りもない。

ピア・リンデ（PL）：においがしました。犯人のブーツから。靴クリームのにおいです。ほら、ガソリンとキャラメルがまじったような。靴磨きしたあとって、そんなにおいがするでしょう？

いま、ちょうど窓口カウンターに向かった女性は、右手にビニール袋、左手に順番待ちの番号札を持っている。彼女の番が来たわけだ。が、そこで、だれかが銃を撃っている、と気づいた。初めて目にする状況をなんとか理解しようとするが、参考になりそうな過去の経験も、比べられそうなパターンもない。脳が真空状態になり、身体が麻痺する。が、やがて目を覚まし、彼女はあわてて床に伏せる。さらに銃声を耳にして、防衛本能が呼び覚まされたのだ。

PL：犯人の靴はつやつやでした。じっと見つめてたら……わたしが映ってました。鏡みたいに。

床に伏せた、というのは正しくない。手を床について身体を支えてすらいないのだ。まるで骨も関節もなくなってしまったようで、床に落ちたと言ったほうが近いだろう。とにかく最短時間で床に突っ伏そうとして、銀行の床にばたりと倒れている。それほど怖がっていて、なにが起きているかもわかっていないのに、それでも彼女は頭の向きを変え、目出し帽をかぶった顔を見上げている。知りたいからだ。ヨン・ブロンクスはタイムラインをクリックし、映像を止めた。

事情聴取のあいだ、彼女はずっとブロンクスの前にいて、銀行の窓にもたれて座っていた。片方の耳から血が出ていた。少なくとも鼓膜のひとつが破れたせいだ。そして聴取が終わると、力尽きてがくりとくずおれた。声も出さずに泣いていた。手慣れた暴力への恐怖――あのとき駆け寄ってきた犯人たちは、まるで死刑執行隊のようだった。目隠しをしている死刑囚がだれであろうとかまわずに、刑を執行する。行く手を阻む者には恐怖を味わわせ、従わせる。

「ヨン？」

サンナがオフィスの入口に立っていた。この前と同じだ。もう夜も遅いのに、まだ職場に残っている。

「分析、終わったわよ。カメラ1が破壊されて中の部品が飛び出すまで、十八発。カメラ2が壊れて床に落ちるまで、七発。窓口のガラスは四十二発の弾を受けてる。金庫は十二発。そして最後、犯人たちが銀行を出る直前に、天井に向けて二発。すべて確認済み。支店内で見つかった薬莢の数、計八十一個。というわけで今回の事件は統計上、ヨーロッパ史上まれに見る凶暴な銀行強盗事件ということになるわね」

サンナが体勢を変え、ドア枠にもたれる。しばらくとどまるつもりなのだ。

「七・六二ミリ弾。フルメタルジャケット。スウェーデン製の軍用品。カールスボリで一九八〇年につくられたもの」

「つまり？」

「つまり、この前の現金輸送車襲撃事件と同じ銃を使った同一犯かどうかは結論が出せない、ってこと」

「だが、同一犯の可能性もある？」

「捜査官なら、同一犯であることを示すパターンが見えるのかもしれないわね、ヨン。でも、物証はひとつもない」

「おいおい、スウェーデン軍の銃で武装して、同じ時期に同じ地域で強盗をはたらいてるグループが、ふたつもいるって言いたいのか？」

「べつに言いたいわけじゃない。物的証拠からして、その可能性も否定できない、って言ってるだけ」

「ファーシュタでは四十発近くも撃ちやがった。今度は……八十一発？　まず現金輸送車をボコボコにして、今度は銀行。同じ銃を使ったにきまってるだろ！」

「同じ銃じゃないのよ」

「えっ？」

「同じ銃は使われてない。それについては断定できる」

「パターンがある。行動パターンが同じだ」

「そうね。でも、物証はない」

ブロンクスはサンナを見た。

「また、鑑識官の断定じゃなくて〝サンナの意見〟が聞きたい、と言ったら？」

「確かに……繰り返されてる動きのパターンはあるわね。カメラ2を見て。壊される直前の映像」

ブロンクスは画面を彼女のほうに向けた。サンナが続ける。

「ひざが曲がってる。重心が低い。現金輸送車襲撃事件の事情聴取で、警備員が言ってたこと。ほら――わかる？ 銃を構えたこの男の立ち方、まさにそのとおりだわ」

画面に映った動きはぎこちなく、音声もない。が、はっきりと見て取れる。

「それから、犯人の指。ここをもうちょっと拡大すると……トリガーガードの上に置かれてるのがはっきりわかる。銃身に沿ってまっすぐ伸びてるの。こちらを指差してるみたいに」

ブロンクスは二、三コマ進めてからまたもや時間を止め、手袋をはめた手をズームアップした。

「訓練を受けてる証拠よ、ヨン。けっして味方を危険にさらさない。どの銃弾も確実に発射する。これから発砲しようというときに、引き金に指をかけていないということは――安全を考えているということは、この強盗は自己流で銃を撃ってるんじゃない。きちんとした訓練を受けてる。射撃姿勢を何千回ととったのよ。練習を重ねた結果よ」

ふたつの事件現場は四キロしか離れていない。時間的にも七週間しか間隔がない。にもかかわらず――物的証拠が示す犯人像は、想像とは違っている。

同一犯ではない可能性もあるのだ。

五時十分。夜明けはまだ遠い。耳を澄ませば、なにかのきしむ音に似たアンネリーのいびきが二階から聞こえてくる。あと何時間かは眠っているだろう。自分はその逆だ。昨日のできごとを完全に消化し、最終段階の準備をするには、眠ってなどいられない。

重さ三十キロのトランクを肩にかついで庭を横切る。初雪が降っていた。とはいえ粉雪が一センチほど、ふわりと積もっているだけで、靴は白くなりはしたが濡れることはなかった。庭の真ん中で立ち止まる。心地よい感覚が胸の中にある。深呼吸をすると、白い息の雲ができる。周囲の冷たい粒子よりも動きの速い、温かな粒子――まるで三人の強盗犯のようだ。銀行の扉を開けて中に入り、きびきびと動きつづけて、不意打ちを食らってじっとしたままの人々から、あの空間を乗っ取った。レオは夜中に何度も起き上がって、テレビの文字放送を見たり、ラジオのニュースに耳を傾けたりした。警察はいっさい手がかりをつかんでいならしい。自分の計画は完璧だった。それを、みんなで完璧に実行した。

車庫の鍵を開け、天井の蛍光灯をつける。中も屋外と同じくらい寒く、彼はファンヒーターを二台とも引き寄せた。それから丸鋸を取ってきて、作業台の上に置いてあった大きなベニヤ板を、大きさを揃えて切断しはじめた。

が、やがて作業を中断した。外に車が停まったのだ。

「まったく、毎年同じことの繰り返しだよ！」

シャッターが開き、社用車が窓を開けたまま中に入ってきた。

「冬タイヤに替えてない馬鹿がたくさんいる！」

作業服姿のフェリックス。髪がぼさぼさに乱れている。疲れた目が、蛍光灯のきつい明かりを避ける。

「町じゅうが大混乱だ！」

そして返事を待たず、兄のほうを見もせずに、運転席から降りてくると、エアコンプレッサーと釘打ち機のあるところへまっすぐに向かい、同じ大きさのベニヤ板五枚を使って四角い箱をつくりはじめた。

「フェリックス？」

苛立ちの表れた、乱暴なしぐさ。レオにはその意味がわかる。こういうときは少しようすを見たほうがいい。そこで代わりにトランクを開けると、赤いテープで印をつけた銃三挺――二挺はスヴェドミューラで、一挺はファーシュタで使ったもの――を作業台に置き、分解した。銃は計四十八の部品となった。

三挺分の銃身と銃床を、作業台の端、万力のそばに積み上げる。まずはほかの二本より長い、機関銃の銃身から始めた――万力で固定し、丸鋸の刃を換え、薬室から先を三つに切断した。それからふたたび沈黙のほうを向いた。

「なあ、フェリックス？　おれたち昨日、銀行強盗をやったんだぜ！」

フェリックスはミキサーに三分の一ほど水を入れると、かさばるセメント袋をひとつ持ってきた。中身を空けると埃の壁ができた。速く入れすぎだ。音もうるさかった。穏やかな気分なら、フェリックスはもっとていねいに仕事をしただろう。そもそもタイヤを替えていない車について文句を言うこともなかったはずだ。

「フェックス？　なにかあったんだろ。気づかないとでも思うのか」

コンクリートミキサーの単調な動き。ぐるぐる、ぐるぐる。しばらくするとフェリックスはドラム部分を下に傾け、床に置いたバケツにどろどろの塊を流し込んだ。

「あいつ、いいかげんにしてほしい」

「あいつって？」

「とにかくいいかげんにしてほしい！」

「だれの話だ？」

「ヤスペルだよ」

フェリックスはバケツを高く持ち上げ、釘を打ったばかりの箱にセメントを流し込んだ。

「なにかとヴィンセントに絡むんだ。ずっとだぜ！　どんな小さなミスでもぐちぐち言いやがる！　射撃のときの姿勢が間違ってるとか、銀行に入ってから何秒か突っ立ってたとか、ここで練習してたときも立ち止まってたとか。イヴァンのクソジジイみたいに怒鳴りやがって」

フェリックスがいくつもある箱の中ほどまでセメントを流し込んでいるあいだに、レオは大型ハンマーで銃のボルトをひとつずつ平らにつぶし、ばらばらにした銃身や銃床とともにセメントの中へ押し込んだ。

「気づいてないのか、レオ？　ヴィンセントがやられてるんだぜ。おれたちの弟が！」

「おれたちは四人でひとつのチームだ。それをまとめるのがおれの務めだ」

フェリックスはもう一度、いくつもある箱に灰色のどろりとした塊を、今度は縁まで流し込み、銃の部品を埋めた。

「しかもあいつ、しゃべりすぎなんだ。五千クローナで買ったとかいう革ジャンを着て、いつも同じブーツを履いてやがる。フライ・ハイだかなんだか知らないけど……」

「ハイテック・マグナムだろ」

「ブランド名なんかどうだっていい！　とにかくあいつ、あのデカみたいな恰好であちこち行って、公安警察で働いてるって言ってみたり……」

「なんだと？」

「どこかの店でビールを一杯頼んで、たったのふた口飲んだだけで、あいつ、聞いてくれそうな人に延々としゃべりまくるんだ。実は特殊部隊の一員なんだとか……」

「あのブーツを履いてか？」

最後の箱——銃の部品がセメント粥の中に埋もれていく。

「フェリックス？　銀行に行ったときと同じ——現金輸送車のときとも同じ、あのブーツを履いてるのか？」

「同じブーツだよ」

レオは重い箱を車の荷台に運び、カバーを下ろして閉めた。そして天窓越しに朝の暗闇を見つめた。さきほどの心地よさはもう消えている。すべてをきっちりと計画するだけではだめなのだ。秒刻みのスケジュール、変装、行動戦略、声のトーン、逃走車。だが、そのあとの指示や規則を徹底していなかった。ふつうの日々が戻ってきたあとのことまでコントロールしていなかった。残ってる痕跡は、おれが残すことにした痕跡だけだ。それ以外、いっさい残してはならない。もっとはっきり言わなければならないのだろう。もっと詳しく説明してやり、もっと真剣に取り組めと命じるべきなのだろう。

清々しく軽やかな風が吹き、粉雪がきらきらと舞う。

だが、あの心地よさは消えたままだった。どうしても取り戻さなければ。

かすかなレモンの香り。それに、埃。汚れたモップが床の幅木に当たる規則正しい音――おそらく二階上だろう、とヨン・ブロンクスは推察した。

共同階段の掃除はめったに行なわれない。それも、朝だと？　入口の掲示板にちょくちょく貼ってあるお知らせを、もっとしっかり読んだほうがいいのかもしれない。

足早に外へ出る。ここにはずいぶん長いこと住んでいる。セーデルマルム島西部、建物の一階にある二部屋のアパートメント。自宅のドアの前を行く足音を聞いただけで、だれが通り過ぎたのかわかるのに、話はほとんどしたことがない。冷たく湿った朝の空気。例のイタリアンベーカリーにさしかかると、いつもどおり曇ったガラス窓越しに、カウンターでコーヒー豆を挽いている店主に軽く会釈をした。

一件目と二件目の間隔は七週間。犯行現場は四キロ離れている。

どちらでも軍用銃が使われている。

ブロンクスは軍事施設から銃が盗まれた件について、そのすべてを洗い直した。今回はもっと大型の銃、機関銃Ｋｓｐ58も検索の対象に加えた。闇市場ではめったにお目にかかれない代物だ。こんな威力のある銃が盗まれたとなれば、警察にもかならず情報がまわってくる。だが、該当なしだった。どのデータベースでも。

ロングホルム通りの横断歩道。一日に三万台の車が通過する場所。ここを渡るとき、ブロンクスはなるべく息をしないようにしている。公園のカフェの前、雪の積もった坂道が下りに変わるあたりで、ようやく呼吸を再開した。

三時間しか眠っていない。それでも、疲れは感じなかった。

家に帰ったのは三時半ごろで、すぐにベッドに入ったものの、枕元のランプはつけたままにしていた。銀行の監視カメラがとらえた五秒と十二秒の映像と、警備員ともども現金輸送車が乗っ取られた二十分間を、頭の中で比較した。七週間前はアラブ人。昨日は軍隊を思わせる統制のとれたグループ。ランプを消したあと、ようやく気づいた。同一犯のしわざかどうか、答えてくれるかもしれない目撃者がひとりだけいる。しかもその目撃者は、このアパートからわずか徒歩十分のところにあるべつのアパートで、日々を過ごしているのだ。

坂を下り、いつも赤信号の交差点を抜けて、橋を渡り、レイメシュホルメ島へ。ロングホルム運河に沿って一九四〇年代に建てられた家の並ぶ、時の流れから忘れ去られたような、のんびりとしたストックホルムの一角。老婦人がふたり、乾いたパンの入ったビニール袋を持っていて、その前の水面で白鳥たちが円を描いている。ほんの三百メートル前では排気ガスの多さに息を止めていたのに、ここには自然がある。さまざまな面を見せるこの街を、ブロンクスはとても気に入っている。

橋を渡りきったところに小さな売店がある。クウェート育ちの若者が、ここスウェーデンの首都で開いた店。毎朝早くから開いていて、店主はいつも愛想がいい。ブロンクスは立ち止まり、食べていなかった朝食をここで買い求めた。コカ・コーラとチョコレート。加えて、朝刊を二紙。

売店を離れるとすぐに道を曲がり、歩きながら新聞をめくった。黒々と躍る見出しにざっと目を通す――〝**ヨーロッパ史上まれにみる凶悪な犯行**〟――警察の広報官と相談して、公表してもよいと判断した事実の数々――〝**実弾八十一発**〟――少しは情報を出してやったほうが、面倒が少なくてすむ――〝**強力な軍用銃**〟――邪魔が入ると警察は捜査ができないが、その捜査の資金を払っている納税者には知る権利がある。両者のバランスをとらなければならない。どちらの新聞でも、八、九、十、十一ページの見出しのあとにはさまざまな仮説が掲載され、どれにも〝捜査の中枢に近い消息筋によると〟と書かれていた。もっとも、ブロンクスがこれまでの年月で学んだところによれば、〝消息筋〟とはただ単に、記者がべつの記者と頭を突き合わせて憶測を繰り広げただけ、ということもあるのだが――消息筋によると犯人たち四人は傭兵である、消息筋によると犯人たち四人は元国連軍兵士である、消息筋によると犯人たち四人は仕事を失った東欧の旧共産圏の軍人である、等々。

目指す建物は通りの突き当たり、森と散策エリアのそばで彼を待っていた。カヌーのラックが初雪をかぶって白くなっている。汽水に突き出している湖水浴用の桟橋もボート用の桟橋も、同じように白い。

共同玄関から中に入る。四〇年代に建てられた建物の、四〇年代の手すり、四〇年代のエレベーター。五階に着く。廊下の片側にドアが四つあったが、目当ての名前は見つからない。その反対側にも四つドアがあり、三番目に〝リンデーン〟とあった。

ブロンクスは呼び鈴を押し、待った。

ドアポストのふたには、青地に白い文字で記された名字がていねいに貼りつけられている。その上に、緑色のクレヨンで描かれた線画。手足のついた丸い頭が四つ。二つは大きく、二つは小さい。母さん、父さん、子どもたち。家族。

ブロンクスはもう一度呼び鈴を押した。

「はい」

七十歳ほどの男性が出てきた。絵に描かれた丸い頭のひとつではない。

「ヤン・リンデーンさんにお会いしたいのですが」

ブロンクスは身分証を見せた。

「ストックホルム市警のヨン・ブロンクスです。お話を……」

「なんの話か見当はつきますが、息子は具合がよくありません。出直していただけませんか」

自分の父親だとしてもおかしくない歳の老人。だが、やさしそうな声、やさしそうな顔——自分の父親ではあり得ない。

「十分だけでいいんです。終わったらすぐに帰ります」

老人はためらった。結局、自分のことではないのだ。

「息子に訊いてきます。お話しできるかどうか」

五つ目の丸い頭として、ほかの四つとともに描かれていてもいいはずの、顎ひげを生やした老人。彼が消えていった先は、おそらく居間なのだろう、テレビとガラスのローテーブルがちらりと見える。そのとなりの部屋のドアが開いている。子ども部屋だ。プラスチック台に立って番をしている銀色のロボット、壁に貼ってある何枚もの絵、パイン材の二段ベッド、大きな魚の泳いでいる布団カバーと枕カバー。事情聴取記録によれば、ヤン・リンデーンは拉致されている途中、財布から写真を二枚出したという。一枚は、サッカー用靴下のずり落ちた子どもが、汗ばんだ顔でカメラに向かって微笑んでいる、露出過多な写真。もう一枚に写った子どもは、誕生日ケーキのキャンドルを吹き消すところで、前歯が二本欠けていた。

「お入りください。十分だけですよ」

ヨン・ブロンクスは靴を脱いだ。居間に入ろうとしたところで、老人が立ち止まった。

「さっきおっしゃったこと、繰り返してもらえますか」

「十分経ったら帰ります」

「いいでしょう。どうぞ、こちらに座ってお待ちください」

ソファーは、ブロンクスがまっすぐ座るには低すぎた。人工皮革のせいで背中がかゆくなった。この部屋の壁は、ブロンクス宅の壁の対極と言っていい。オレンジ色のダーラヘスト（ダーラナ地方の伝統的な木彫りの馬）が並んだ横に、中国製のアフリカ風マスクが飾られている。ブロンクスはやがて立ち上がった。どうも落ち着かない。ソファーに座るのは、招かれた客、歓迎されている客のすることだ。

そこに、寄せ木張りの床に足を擦るようにして歩く、ゆっくりとした足音。

「どうも。ヨン・ブロンクスです。シェーンダールでお会いしました。あの……直後に」

「直後？」

二か月経ったいまもなお、この人は目を閉じたまま日々を過ごしている。泣き、叫び、薬漬けになっている。ブロンクスは彼に会ったことがある。彼のような人に、何人も。立ち直った人もいれば、まともな人生を送れなくなった人もいた。

「救急車のそばで。あのときにも、少しお話ししました」

底の見えない目。ブロンクスを見つめているが、覚えていないらしい。

「お伺いしたいことがあります」

年金暮らしであろう父親が、四十代の息子の身体を支えている。灰色のウールの靴下はつま先が伸びきっているし、ジャージのズボンのひざのあたりがよれている。顎には無精ひげが生え、洗っていない薄い髪が目にかかっている。気まずそうな目だ。恥ずかしいのかもしれない。ショックのあまり心に傷を負った警備員は、こんな姿を他人に見せたくないと思っているのだろう。

「あの男……言ってました」

さきほどまでブロンクスの座っていた場所に、リンデーンが腰を下ろした。

「ずっと。銃をおれの口に押し込んで」

「言ってたって……なにをですか？」

「撃つ《シュート》。撃つぞ《アイ・シュート》、って」

暗闇が不安をもたらし、不安が不眠をもたらし、不眠がさらに暗闇をもたらす。自分にもわかる、とヨン・ブロンクスは思う。かつては自分も、そんなふうに生きていたから。

「これなんですが」

白黒写真の二枚入った封筒。監視カメラの映像から取った静止画像だ。ブロンクスは写真をガラステーブルの上に置いた。

「あなたが見た犯人たちは……」

一枚を少し左に寄せる。カメラ1。斜め上から撮られた画像。目と口が拡大されている。

「……このふたりに……」

もう一枚は、少し右へ。カメラ2。射撃姿勢をとった犯人の全身をはっきりとらえた画像。

「……このふたりのどちらかに、似ていますか？」

リンデーンは震える手で、色のない写真を引き寄せた。

「これ……なんですか？」

「昨日、十七時五十二分、スヴェドミューラで銀行強盗事件がありました。ここに写ってるふたりと、あなたがファーシュタで遭遇したふたりを比べたら——似ている点はありますか？」

リンデーンは二枚とも手に取ろうとしたが、指が汗ばんでいるせいで写真が滑り落ち、うまくいかなかった。

「昨日ですか？」

「ええ」

「十七時五十二分？」

「そうです」

ガラスの表面にくっついてしまった写真を、リンデーンはなんとか剥がそうとしたが、やがて諦め、腕組みをした。自分の身を守ろうとするかのように。

「終わったあとね。犯人のひとりが戻ってきたんですよ。わたしから名札を取っていったほうじゃありません。もうひとりの、冷静なほうが。全然あわてるでもなく、前部座席のほうに歩いていって……」

「ヤン？」

「……いま、おれがやったみたいに、何度も手を動かしました。ガラスの破片が床のマットに落ちる音が聞こえました。『おまえらが怪我をしないように』。男はそう言ったんです。『おまえらが怪我をしないように《ソー・ユー・ノット・カット・ユアセルフ》』って」

「ヤン、つらいのなら、無理に話をする必要はないんだよ」

「掃除してたんですよ。おれたちが怪我しないように。わかります？　それまでは『撃つ《アイ・シ》ぞ《ユート》』って言ってたのに……」

「ヤン、刑事さんが来てからもう十分経ってる。十分だけという約束だ」

「……ガラスの破片を払い落とす？　わからない。おれにはわからない」

　年老いた父親の言葉は届かなかった。息子にはまったく聞こえていない。そこで父親はテーブルの上に手を伸ばし、写真を二枚とも手の甲で払って床に落とした。

「それを拾ってお帰りください」

「もうひとつだけ質問させてください。ガラスの破片を掃除した犯人を、ここにある写真二枚と比べたら、似ているところは……」

「もういいでしょう！」

　息子を守ろうとする父親。

「この写真は、映画とは違うんですよ！　わかりませんか？　レンタルビデオ屋で借りて、返すのが遅れれば五十クローナ取られて……レンタルビデオならそれで終わりです。でも、これは現実です。現実なんですよ！」

「それはよくわかってます。日夜、こういう現実に接してますから。しかし、あなたの息子さんは、捜査の助けになってくれるたったひとりの人なんです。うまくいけば犯人を止められるかもしれない。もうこれ以上、息子さんのような被害者を出さないために」

二枚の写真は、ローテーブルの足元、長いフリンジのついたカーペットの上に落ちている。画像が表向きになっていて、三人は揃ってそれを見つめた。

やがて、ヤン・リンデーンの父親が息子のとなり、ソファーに腰を下ろした。

「すみませんが——写真を拾ってもらえますか」

「もうひとつだけ質問が」

「拾ってください」

ブロンクスは床にひざを着き、今度はざらざらとした感触のカーペットに貼りついた写真を、ゆっくりと剝がし取った。

「どうも」

老人が手を伸ばしてくる。

「いただけますか？」

そして、受け取った写真を息子に見せた。

「ヤン」

ヤン・リンデーンはしばらく前から目を閉じて、どこかべつの場所へ逃げていた。いま、彼は目を開き、父親が手にした写真を見つめている。

「この二枚の写真を見なさい。ヤン、ちゃんと見るんだ。大丈夫、やつらはここには来ない」

リンデーンは写真を見た。長々と。だが、なんの反応も示さない。

「おまえが見た犯人は、このふたりか？　この中にいるのか、ヤン？」

やがて震える人差し指を伸ばし、ゆっくりと片方の写真に向けた。

「この男」

「見覚えがあるのか？」

「おれに銃を向けた男。間違いない。あの湖水浴場で。車の外で」

「間違いないのか？」

「立ち方が似てる。腰を落として。銃の構え方も。目も同じだ」

リンデーンは居間に入ってきたときと同様、足を引きずりながら居間を出ていった。

ヨン・ブロンクスは黙ったまま父親に頭を下げて感謝を伝え、ヤン・リンデーンのアパートを——ついこのあいだまで健康だったのに、もはや薬なしでは歩くことも話すことも考えることもできないかもしれない男の住まいをあとにした。長いこと休職したのちは、障害者年金で生活することになって、犯罪被害者支援局から二万九千二百クローナの見舞金が支給されるのかもしれない。犯罪とはそういうものだ。強盗犯は、金庫室から札束を奪うだけではない。あって当然だとだれもが思っているもの、失ってはじめてその価値がわかるもの——安全を、安心感を、永遠に奪い去る。来たる裁判で審理にかける罪状は、ほんとうなら〝強盗〟ではなく〝安全の強奪〟であるべきなのだ。

まだ雪が降っている。レオは朝からずっと、助手席にフェリックスを乗せて運転を続けていた。車の流れは悪く、ときどき渋滞にぶつかった。何度もヤスペルに電話しているが、応答がない。フェリックスがマリア広場の売店で首都圏の四紙を買い、レオはそのあいだ外で待っていた。それからホーン通りを進み、フォルクオペラ歌劇場かつら店の正面にある喫茶店に落ち着いて、コーヒーとチーズサンドイッチを片手に各紙の一面の見出しを読み比べた。二杯目に入ったあたりで、ヴィンセントが中央駅の売店で買った南スウェーデンの『シュドスヴェンスカン』紙と『ヨーテボリ・ポステン』紙を持って現れた。地方紙の見出しはやや小さめだったが、それでも第一面に載っていた。サンドイッチをひとつ、シナモンロールをひとつ追加した。三杯目を飲み終えたところでレオは席を立ち、十五時間前に銀行の窓口カウンターのひきだしから奪ってきた使用済みの二十クローナ札で支払いを済ませた。それからいつもどおり、弟たちと別れの抱擁を交わした。肩の力が抜けているのがわかった——いまがいちばんいい時期なのだ。強盗をひとつ成功させた直後で、次回まではまだ数週間ある。

リング通りをスカンストゥル方面へ。ブレーキをかけるたびに、アスファルトの凹凸を乗り越えるたびに、ばらばらになった銃の入った五個の木箱が荷台の壁にぶつかった。グルマシュプラン、ソッケンプラン、スヴェドミューラ。十分ほど遠回りだが、行かずにはいられなかった。

昼の光の中では、ロータリー交差点では二周もしてしまった。なにもかもが違って見える。

駐車場は閉鎖され、逃走車はすでにどこかへ運ばれていた。広場と銀行の周辺に、立ち入りを禁じるテープがいくつもはためいている。となりのピザ屋に入ろうとしている客を除けば、人の気配はいっさいない。百八十秒間にわたる襲撃、恐怖、混乱とは、正反対の光景。まるであんな事件、現実には起こっていないかのようだ。

ヤスペルにまた電話をかけても応答はなく、家まで行ってみることにした。出てくるまで呼び鈴を鳴らしてやろう。ソッケン通りを走って住宅街を抜け、バーガルモッセンへ。広大な自然保護区域の端に、古い建物が並んでいる。

二階。呼び鈴を押してみたが、ほとんど音がしない。金具を外してあるのかもしれない。レオは扉を強く叩き、ドアポストを開けて顔を近づけ、大声で名前を呼んだ。

一分ほどかかった。寝ぐせのついたヤスペルが、白いパンツ一丁で現れた。嬉しそうに、誇らしげにレオを招き入れる。レオがここに来たことはほとんどないが、来るたびにヤスペルはこうして彼を迎える。

狭い玄関。二段の棚に、大きなブーツが置いてある。だが、銀行を襲ったときに履いていて、そのあとバーでも履いていたというブーツは、これではない。ヤスペルがキッチンへ向かう。戸棚が開き、グラスがぶつかりあう。やがて湯気を立てたマグカップが差し出された。

「コーヒー。ミルクは一センチ。おまえの好みどおりだぜ」

又借りしている二部屋のアパート。黒い仕切りカーテンの向こうが居間で、ソファーとテーブルとテレビがある。そして、戸棚も。ヤスペルの祭壇だ。

『サプレッサー（1）ルガーMKIと自動拳銃標準モデル』

『サプレッサー（2）ルガー10／22』

薄い本、マニュアル、パンフレット——整然と並べられている。

『サプレッサー（3）AR-7サバイバルライフル』、そのとなりに『サプレッサー（4）UZIセミオート&サブマシンガン』、そのとなりに『ザ・ヘイデューク・サイレンサー・ブック』、そのとなりに『自家製サイレンサー』、そのとなりに『アメリカン・ボディー・アーマー』。


残りの半分は教科書だ。まだヴィンセントに渡していないもの。その横に、銃剣と、金の徽章のついた緑のベレー帽が置いてある。レオもこの同じ帽子を受け取った——だからこそヤスペルはその二年後、同じ場所での兵役を志願したのだ。金色のフレームに入った写真もある。真っ白な雪を背景に、真っ白なツナギを着て、実弾の入った銃を脇に抱えているヤスペル。生死を分ける訓練の最中というわけだ。

ヤスペルの祭壇。彼にとってはいまもなお大きな意味があるが、その思いは一方通行でしかない。昔の彼は、いつの日か士官になる、それだけを夢見て日々を過ごしていた。だが、指揮官としての能力に欠けると判断された。与えられた評価は低く、士官候補になることはできなかった。


ヤスペルの軍への憧れは、ときに度を越していた。

たとえば、あのとき。

最初の休日、ノルランド地方の連隊駐屯地からストックホルムに帰ってきたヤスペルは、週末のあいだずっと、いつでも戦闘に入れそうな前傾姿勢で立っていた。ベレー帽の縁を髪の生えぎわにぴたりと合わせてかぶり、ボタンをきっちりと留め、スカーフをきれいに結び、つやつやに磨いたブーツを履いていた。出かけるときには行進さながらの足取りで歩いた。

ふたりはキッチンへ向かった。もっとコーヒーが要る。

今朝の『ダーゲンス・ニュヘテル』紙がテーブルの真ん中に置いてあった。スヴェドミューラの銀行強盗の記事が見開き一面を占め、不安げな目撃者たちのいる広場の写真がでかでかと載っている。そこに、あの黒いブーツもあった。見開きの左側に置いてある。ひざ近くまで届く長さで、紐を通す穴は十八個、革とゴアテックス製。見開きの右側には、靴クリームの缶と靴磨き用の布がいくつも置いてあった。

「一睡もしないで待ってたんだぜ、新聞が来るの。なのに、粉々になったカメラの写真は一枚もありゃしない」

レオはヤスペルを見た。もっとはっきり言わなければ。もっときちんと説明しなければ。

「ヤスペル」

銀行強盗をやっているあいだだけ気をつければいい、というものではないのだと。やることなすことすべて、銀行強盗犯としての新たなアイデンティティーに合わせなければならないのだと。強盗をはたらく前も、最中も、そのあとも。

「世の中で成功するのはな、仕事と同化してる連中だけだ」

レオはブーツに触れた。やわらかな革、固いゴム底。ふつうの軍用ブーツより弾力性がある。ちょうど履き慣れてきたところで、履き心地もよさそうだ。

「一流の芸術家は、家に帰ってメシを食うからって芸術家であることをやめはしない。トップクラスの証券ブローカーは、十七時を境にブローカーであることをやめはしない。いまのおまえは銀行強盗だ。つねにそのことを意識しろ。検問をうまく突破したあとも、おまえはまだ銀行強盗なんだ。サツはずっとおれたちを捜してる。いまもクングスホルメンの本部で、おれたちの正体を突き止めようと躍起になってる。こっちがひとつでもへまをやったら、やつらはそれを見逃さない」

レオがブーツを逆さにすると、シリコン製のヒールクッションがふたつ落ちてきた。

「どんな状況でも、銀行強盗としてものを考えろ。銀行強盗として息をしろ」

「おい、気をつけろよ、クッションが落ちたぞ！」

「だから、このブーツは二度と履くな、ヤスペル。いいな？ 絶対にだ。これは焼却する。新しいのを買え」

「おいおい、なにを言いだすんだ？」

「ファーシュタで履いてただろ。昨日も履いてた。バーでもこれを履いて歩きまわってたっていうじゃないか。ヤスペル、とんでもないことをしてくれたな！ 使った道具は全部処分する。おまえもわかってるはずだ」

ヤスペルは床にひざをつき、テーブルの下に落ちたヒールクッションに手を伸ばした。

「おまえだって、わかってるはずだぜ……この靴、さんざん履いて……ちょうど足に馴染んできたところだってのに！」

レオの目の前にいる男は、ほんの何時間か前、生身の人間たちの前で実弾を発射していた。

「きれいにしたし、ちゃんと磨いたし……最高の履き心地なんだよ！」

なりたい人間にならせてもらえなかった男。あの祭壇に捧げられているベレー帽も、その象徴だ。他人がくれなかったものへの執着。ハイテック・マグナム。世界最高の軍用ブーツ。アメリカの警察や特殊部隊で使われ、その後スウェーデンの警察官もみな、スヴェア通りにある同じ店で買い求めるようになったブーツ。

「おまえがこのブーツを気に入ってるのは知ってる。よくわかる。だが、サツに足跡が見つかって、ここでおまえのブーツも見つかったとしたら――一巻の終わりだ」

レオはブーツを手に持ったまま、キッチンのひきだしをひとつひとつ開けはじめた。

「これは持っていく。おれが焼却してやる。おまえはやらなくていい。ビニール袋かなにかあるか？」

「自分で燃やすよ」

「おれが燃やす」

ヤスペルは取れたヒールクッションを握りしめたまま、使用済みのビニール袋が入ったひきだしを開け、ブーツを引ったくって袋に放り込んだ。ガサガサと音を立てながら口を縛り、袋ごとレオに渡した。

「よし」

爆発技術のマニュアルが祀られた祭壇。

テーブルの上に載せられ、磨かれようとしていたブーツ。それほどブーツに愛着を感じていたのだ。

やはり、度が過ぎている。

「なあ、おまえはよくやってるよ、ヤスペル。ほんとによくやってる」

「えっ？」

「強盗をやるとき。おまえは絶対迷わない。おまえがいなかったら、たぶんやり遂げられない」

ヤスペルの顔に笑みが浮かんだ。さきほど玄関のドアを開け、レオだとわかったときのように。レオの好みどおりにミルクを入れてコーヒーを出したときのように。

「だがな、もうひとつだけ言っておきたい」

「なんだよ？」

誇らしげな笑顔が不安げになる。

「おれを見ろ、ヤスペル」

「だからなんだって」

「次回、気をつけてほしいことがある。前にも話したことだ」

「なんなんだよ、レオ？　なにすりゃいいんだ？　なんだってやってやるよ」

「おれが止めろと言ったら――なにがあってもそこで止めろ」

暴力をコントロールするのではなく、暴力にコントロールされてしまう男。軍人としてのキャリアを夢見ながら、適性がないと判断されて追い出された男。それでも自分には能力があるのだと証明したくて、銀行の金庫室に残って発砲を続けた男。

「時間が来たら、さっさと引き上げるんだ」

オンとオフのスイッチがない男。だれかがそれを見つけてやらなければ、金庫やカメラを撃つだけでは済まないだろう。仲間の頭をも吹き飛ばしかねない。

「なあ、レオ、おれはよかれと思って金庫を撃ったんだぜ！　有り金全部ふんだくれるようにな。ヴィンセントがアホみたいに突っ立ってなきゃ、あそこまでしなくてすんだんだ。あいつのせいで余計な時間を食ったからな！」

ヤスペルは二脚ある食卓の椅子のうち、片方を引いて腰を下ろした。

「なのに、これかよ……レオ！　おれはな……ずうっと、一時も休まないで考えてるんだ。どうしたらもっとうまくやれるか、どうしたら効率が上がるか、どうしたらもっと金が取れるか。なあ……レオ？」

その目には苛立ちだけでなく、悲しみも表れている。

「いまはもう、これがおれの人生なんだ。おまえと、フェリックスと、ヴィンセント。全部おまえらと分かちあうつもりでいる！」

レオは向かい側の椅子に座った。

「おれたちだって、おまえがいなきゃ困る。さっきも言ったとおりだ。おまえがいなきゃやり遂げられない。そうだろ？」

ふたりはしばらく黙っていた。やがてレオがブーツの入ったビニール袋を持って立ち上がった。ヤスペルはまた笑顔になった。

「なあ……おれも、言っておきたいことがあるんだけど」

「なんだ？」

「次回。エースモだろ。あの二か所を襲って、帰る途中で……もう一件やるってのはどうだ？」

「もう一件？」

「ソールンダ」

ソールンダ。ヤスペルの言う銀行の場所を、レオは正確に把握していた。エースモでとなり合わせに建っている二行から、ほんの九キロしか離れていない。スヴェドミューラを選ぶ前、候補のひとつとして検討し、計画を立てていた銀行だ。が、そのときは、独立したひとつのターゲットとして考えていただけだった。スウェーデンで初めて銀行をふたつ同時に襲った直後、一般道を通って家に帰る途中で襲う三行目としては考えていなかった。

「どでかい計画だとは思うぜ、レオ。でも、できないことはない」

レオが真剣に耳を傾けているとわかり、ヤスペルは声のボリュームを上げた。

「絶対やれるぜ！　ポリ公どもをどこか、べつの場所に誘導すれば。たとえば……爆破予告をするとか」

「爆破予告?」

「ストックホルム中央駅に爆弾を仕掛けたって嘘ついて脅すんだ。アーランダ空港でもいい。じゅうぶん離れたところなら、どこでも」

レオは立ち上がり、一歩前に踏み出した。

「おい、嘘をついて脅すなんて、論外だ。中央駅であれ、どこであれ」

近づいてくるレオの顔、もうすぐまた向かいの椅子に座るであろうレオの顔を、ヤスペルはじっと見つめた。よくわからない。声の調子は明るいし、目も輝いている。そんな表情で、こちらの提案を却下するのか。

「やれるって。もし……」

「爆弾もないのに脅したりはしない」

レオはブーツの入ったビニール袋をキッチンの床に置いた。

「ほんものの爆弾をつくるぞ」

美しい家が並んでいる。アッペルヴィーケン。リンゴの入江、その名までもが美しい。ヨン・ブロンクスは生まれてこのかたずっとストックホルムで暮らしているのに、ここには一度も来たことがなかった。何分かドライブするだけで、まったくべつの現実がある。あたり一帯が見えないフェンスに囲まれているようだ。

ノッケビー行き路面電車の狭い線路に沿って走り、学校のあたりで左折して、細い道をたどって湖のほうへ。郵便受けに記された名字と番地を確認しながら進み、メーラレン湖に面した庭のある家の前で車を停めた。芝生がうっすらと雪に覆われている。庭に置いてあるトムテ（北欧の民間伝承における妖精。赤い帽子をかぶっている）の人形がまるで門番のようで、ブロンクスは軽く会釈した。そのまわりに、足跡がくっきり残っている。成人男性とおぼしき足跡に、子ども二人分の足跡。こわばった笑みを浮かべるプラスチック製のトムテ人形を庭に出すにあたって、子どもたちもついてきて一緒に祝ったのだろう。

ようこそと記された呼び鈴を押す。食事の香りが外まで漂ってきている。長いことコンロにかける類いの料理だ。

「こんにちは」

少女が現れた。おそらく長女だろう。だとすれば六歳だ。聖ルシア祭のキャンドルの冠を頭にかぶっている。

「こんにちは。お父さんはいる？」

少女は光沢のある紙でつくった赤いサシェを直した。

「わたし、ルシア役なの。おじさんは？」

「じゃあ、おじさんは……小さなトムテかな？　それより——お父さんはいる？」

「うそだあ。トムテはあたしだもん」

下の娘も加わった。四歳だ。キラキラ光るパジャマを着ている。

次女は頭からつま先まで、まじまじとブロンクスを観察した。

「おじさん、トムテになんか見えないし」

次女がそう言って去り、ルシアも姿を消した。次女が腹を立てて大声を出しているのが聞こえてきた。〝パパ、おじさんがうそつくの〟。それから、もっと重みのある足音。

「ヨン？」

ブロンクスの上司。ストックホルムの警察を束ねる高官のひとり。だが、いまはチェックのエプロンをして、その紐にふきんを掛けている。

「少しお話しできますか？　十分でいいんです。終わったらすぐに帰ります。今回も」

「今回も？」

「今日は時間制限付きであちこち訪問してまして。お邪魔しても？」

玄関ホールでは、大人用の服と子ども服がまじってフックにかかり、大人用の靴と子ども靴がまじって床に置いてあった。カールストレムに案内されて階段へ向かう途中、ルシアとトムテは居間でジンジャークッキーの缶を囲んでいた。

「上のほうが静かだから」

二階へ上がり、書斎へ。古い机、中身があふれそうな本棚。ブロンクスは訪問者用の椅子に深く沈み込んだ。

「八週間ほど前、被害総額百万クローナ強、発砲数は約四十発」

美しい景色が窓の外に広がっている——凍った湖、その向こうのストックホルムの街。

「二十二時間ほど前、被害金額二百万クローナ弱、発砲数は約八十発。地理的に近く、使われた武器も似ている。忽然と現れて跡形もなく消える、同じ犯人グループです」

下の階から音楽が聞こえる。クリスマスソング。これまでは聞こえていなかった。

「三度目の犯行を準備するのに、前ほど時間をかけないとしたら。二、三週間後か、一か月後か。そのあいだにわれわれは、連中の正体を見極めなきゃならない。で、自宅なり、職場やジムに行く途中なり、買い物袋を持って店から出てきたところなり、とにかくどこかでつかまえなきゃならない。次の犯行でやつらがミスを犯すのを待ってはいられません。これまでの行動を見るに、やつらはいっさいためらうことなく銃を使うでしょうから——われわれに対しても」

「パパ？」

小さな手がドアを開け、ルシアが入ってきた。

「なんだい？」

「なにしてるの？」

「仕事だよ」

「仕事って？」

「うむ……意地悪をしたやつがいてね」

「意地悪って？」

「大人の意地悪だな」

「どんな？」

「下へ行きなさい。ママのところへ。すぐ行くから」

子ども。家族。別世界。ブロンクスの気のせいかもしれないが、ルシアが去るときにウィンクをしたように見えた。

「今朝、やつらのせいですっかり縮こまってしまった人の家を訪ねてきました。もう二度とごめんです」

ブロンクスはカールストレムを見つめた。

「四十歳なのに、自分の足で立つこともできない。父親に腕を支えてもらってました。毛糸の靴下、洗ってない髪、恥ずかしそうな目」

それから、美しい机に目をやった。

「言いましたよね、やつらはまたやるはずだって。それが現実になった。今後もまだ続くでしょう」

それから、窓の外の景色に目をやった。この上司が日々下している決断とは正反対の世界。クリスマスツリーの電飾に照らされた、プラスチック製のトムテ人形。

「同じ犯人グループだと言ったな？」

「同じ犯人グループです」

「どうして……」

「そうにちがいないと前から思ってましたが、今朝、目撃者の証言を得たので」

カールストレムはため息をつかない。そういう種類の人間ではないのだ。

「ヨン、明日から、ほかの捜査は全部棚上げして、とにかくこの件に専念してくれ。犯人たちがこれ以上、銀行強盗を続けないように」

ブロンクスはこくりとうなずくと、ドアに向かって、階段に向かって歩きだした。帰ろうとしていた。

「明日からと言ったんだが」

上司は見抜いている。ヨン・ブロンクスはここから警察本部の犯罪捜査部に直行し、夜遅くまでそこで過ごすつもりだ、と。

「きみの話はわかった。この件に専念してかまわない。ただし、ひとつ条件がある。きみにやってもらいたいことがある」

「というと？」

「ここにとどまりなさい。夕食を食べていくんだ。いい匂いがするだろう？　タイム、セロリ、エシャロット。こくのある赤ワイン」

ブロンクスはやがてテーブルの端に座り、上司とトムテとルシアと上司の妻と食卓を囲んだ。奥方とは初対面だったが、彼女は人付き合いの高感度レーダーの持ち主で、出会って数分で会食メンバー全員の名前を覚え、ファーストネームで相手を呼び、ちょっとした会話でも相手の自尊心をくすぐって気分よくしてやれる、そんな社交性に富んだ人だった。が、彼女のそんな力も、ブロンクスには効かなかった。家族でもないのに家族のような顔をして座っているのが気まずくてならない。食事はろくに喉を通らず、子どもたちの保育園での聖ルシア祭の話に耳を傾けるのも、パパとはいつからお友だちなの、という質問に答えるのも難しかった。カールストレムに食後のコニャックを勧められたが、断った。礼を言って玄関扉のノブに手をかけたとき、心底ほっとした。

「ヨン」

カールストレムがブロンクスの腕に手を置く。ブロンクスにはこれが気に入らない。

「毎晩、遅くまで残っているだろう」

「ええ」

「で、ひたすら資料をめくっている」

「深刻な暴力事件の捜査資料ばかりだ」

「ええ」

「それが現実ですから」

「わたしは仕事を終えると、捜査資料の入ったフォルダーを閉じて、机のいちばん上のひきだしにしまう。次の日に、またその資料を読みたいかどうか選べるように。だが、きみは逆に、帰る時間になったら資料を開く。つぶれた骨や腫れ上がった目の写真を広げる。で、読みふける。何時間も」

「それが現実ですから」

腕に置かれた手が、まるで重しのようだ。逃げられない。

「だが、きみは事件を解決しようとして捜査資料を読んでいるわけではない。違うか？」

「おっしゃる意味がわかりませんが」

「近づきたいからだ。彼に」

「夕食、ありがとうございました。美味しかったです」

ブロンクスはずいぶん前から手を置いていたドアノブを回し、玄関扉を開けた。が、腕に置かれた手は離れなかった。

「話はまだ終わっていない」

ほんとうに逃がすまいとしているのだ。

「ヨン、きみは、自分が読んでいるフォルダーの中の人間に興味がない。どんな名前かも、この先どうなるのかもどうでもいいと思っている。きみは、ただ……理解しようとしている」

暖気と寒気のあいだで開かれた扉。ジャケットと背中のあいだに入り込む冷気。フランス料理を食べ、玄関のフックにさまざまなサイズの服を掛けている人間が発する、温もり。

「だが、きみには無理だ。けっして理解できない。彼に会いに行かないかぎり、けっして。そうだろう、ヨン？　いまがその機会かもしれないぞ。二、三週間しかないんだろう？　会いに行くんだ」

腕に置かれた、カールストレムの手。やめてほしい。ブロンクスはその手を振りほどいた。

「もう話は終わりですね」

カールストレムは、上司だ。間違っても友だちなんかじゃない。

ブロンクスは扉を大きく開け、しっかりと閉めた。雪が激しくなっている。感情も昂《たかぶ》っている。

〝会いに行くんだ〟

わかっているのだ。上司の言うとおりだと。

薄暗い森の中で車を停めると、表面の凍結した雪がタイヤの下でバリバリと音をたてた。ナッカの自然公園を二キロほど入ったところ、広い道が狭いハイキングルートに変わるあたりだ。レオは荷台カバーを開け、五個ある重い木箱を下ろすと、ひっそりと広がる静かな湖に面した崖まで運んだ。

凍結した雪を照らすヘッドライトの中、箱をひとつずつ、氷の張った湖に投げ入れた。氷が割れて穴があいたが、またすぐに凍るだろう――鋸で切り刻まれ、セメントで固められた銃を覆い隠す膜は、ほどなく治癒するはずだ。春になれば木箱の表面に藻が付着し、重い塊は湖底の環境に溶け込む。昔、レオとフェリックスのベッドのあいだ、小さな戸棚の上に水槽が置いてあって、ガラスによく緑色の藻がこびりついたものだった。あれと同じだ。掃除なんて面倒で、結局一度もやらなかった。

積もった雪を蹴って穴を開け、土や苔を掻き出し、折り畳み式シャベルを広げる。残っているのは、丈の長い黒のブーツだけだ。ヤスペルがキッチンのテーブルで磨いていたブーツ。そこに液体燃料をかけ、バーベキュー用の炭のごとく燃料をたっぷりしみこませてから、火をつけた。つややかな革と固いゴム底が溶けはじめ、立ちのぼる黒い煙がレオの目と鼻を刺激した。

銃は鋸でばらばらにした。ブーツは燃やした。自分たちの足跡をひとつ残らず消しながら歩くこと。痕跡を探す世界の中で、止まらずに動きつづけること。フェリックスとヴィンセントでさえ、レオが証拠となる品々をどこに捨てたのか知らない。弟たちを信用していないからではない。最悪の事態になった場合に、弟たちを救いたいからだ。取調べを行なう刑事はいつも、容疑者を犯罪に結びつける情報を求めるものだ。取調室に入れられて、あとからチクリ野郎呼ばわりされるなんて——弟たちをそんな目に遭わせるつもりはない。自分がデブのポリ公にしつこく問いただされた、あのときのような目には、絶対に。

——おれはチクってなんかいない。自分をかばおうともしてない。あんたをかばったんだ。

自然公園から、冷気の中で湯気を出している都会を抜けて、家へ。門を抜けて敷地に入ると、弟たちはすでに庭の真ん中で待っていた。あらかじめフェリックスに電話して、来いと言っておいたからだ。電話の向こうはかなりうるさかった。飲み屋から聞こえるあらゆる音が、森と湖を包む静寂とぶつかった。フェリックスはいやがったが、レオにとっては想定内の反応だった。しばらくするとフェリックスはヴィンセントを呼び、タクシーも呼んで、電話を切った。

「なんだよ、大事な話って?」

アルコールが聞こえる。酔いが声を得たかのようだ。ほんのひとこと聞いただけでそうとわかる。グラスやボトルをいくつ空にしたのかも判断できる。昔からずっとそうだった。

「車庫の中で話そう」

少し離れたところにタクシーがとまっている。エンジンをかけたままだ。

「じゃあ、兄貴が払えよ。車庫に入ったりしたら料金が上がる。すぐに戻るから、話が終わるまで待っててくれって言ってあるんだ」

「中に入れ」

レオは運転席の窓を叩き、五百クローナ札を二枚、中へ突っ込んだ。運転手は窓を閉める前から空車サインを出し、発進して去っていった。

「話が済んでから、またタクシーを呼べばいい」

車庫の中は暗く、寒い。レオは明かりをつけ、ファンヒーターのスイッチを入れた。ヴィンセントは素直についてきたが、フェリックスは意地を張って外に残っている。が、やがてレオがストックホルム南の詳しい地図を広げると、ようやく車庫の中に入ってきた。

「ここだ」

「ここがどうした?」

「エースモ。二十日後」

赤いフェルトペンで、地図の隅のほうの一帯を丸で囲む。国道の近くで、海からもあまり離れていない。

「本気で言ってるのか?」

「銀行をふたつ同時に襲ったやつはまだいない」

「そんなこと、とっくに知ってる！　そんな話を聞くために、おれたちは窓ぎわの席を立って、タクシーに四十五分も揺られてきたのか？」

「フェリックス、話を聞け」

「そっちこそ聞けよ！　おれたちはな、店で飲んでたんだ。今日、聖ルシア祭だろ。うまいメシ食って、ビール飲んでたのに……どうしてこんな、寒い車庫の中にいなきゃならないんだ？　もうじきクリスマスだぜ！　何日か休んだっていいだろ！」

「クリスマスは来年祝えばいい」

レオは地図のしわを伸ばした。まるで弟たちがさきほどまでついていたテーブルのクロスを直すかのように。

「銀行をふたつ同時に襲ったやつはまだいない。だから、おれたちは三つ同時に襲う」

小さな町エースモを囲んだ丸から、県道二二五号線に沿って西向きに赤い線を引き、さらに小さな町を丸で囲む。ソールンダだ。

「帰り道だ。ここを通る。警備の甘い、小さな銀行だ」

フェリックスは、笑みを浮かべている兄と赤い線の引かれた地図を交互に見やった。

「なあ、レオ、酔ってるのか？　それともおれが酔ってるのか？」

レオの手からペンをひったくり、新たに大きな円を描く。

「ここからはろくな逃げ道がない。違うか？　それなのに、警察にわざわざ、こっちに逃げましたよ、って知らせるのか？　取り囲まれて終わりだぞ」

レオはフェリックスの手からペンを取り返すと、今度は地図の外に——作業台の木の天板に直接、×印をつけた。

「おれたちを取り囲むお巡りがいなければいいんだろ」

レオは弟たちの顔を見てから、地図の外につけられた×印を指差した。

「ここ……中央駅。ストックホルムの都心。四十九キロ離れてる。サツはここで手一杯になる……爆弾を解体しなきゃならないから」

平野の広がる風景。純白の世界。ストックホルムは暗かったが、ここは明るい。日差しが雪に反射して、運転手の目をくらませる。

カールストレムの手が、まだ腕に置かれている気がした。

あのまま夕食に残るなんて、なんと馬鹿なことをしたのだろう。雄鶏の赤ワイン煮をごちそうになると決めた瞬間、上司と部下としてのつながりを切ってしまった。終身刑を受けた犯罪者のことを警察官がだれでも知っているように、カールストレムもまた、ヨンの経歴を知っている。が、話題にしたことは一度もなかった。警察本部の廊下では、上司が部下の腕に手を置いたりしない。だが、家族と和やかに食卓を囲んでいるときは、またべつだ。人は心を開き、互いを招き入れる。

カールストレムの家を出たあとは、あてもなくストックホルムの暗闇をさまよい、零時近くになってからベリスンズ・ストランド通りのバーの喧騒に身を置いた。二時間ほどそこで過ごし、ヘーガリード通りの自宅に帰った。またもやたった数時間の睡眠を経て、コーヒーを入れたマグカップを車に持ち込み、二百三十キロ離れたクムラ刑務所をめざして、いまこうして走っている。カールストレムに言われたからではない。絶対に。それでも、わかっていた。カールストレムの言うとおりだと。

サンナの言うとおりだと。

凶悪犯のうごめく世界の内情をよく知っていそうな情報源に、片っ端から当たってみた。なんの情報も得られなかった。だが、情報源はもうひとりだけ残っている——ブロンクスだけが当たれる情報源だ。

コイル状の有刺鉄線のついた、高さ七メートルの灰色のコンクリート塀が、野原の向こうに突き出ている。最後に訪問したのは二、三年前だ。が、近づくにつれ、昔と同じ感覚が湧き上がってきた——あの塀の向こうには、ほんとうに人がいるのだろうか？　あの中でほんとうに、考え、眠り、食べているのか？　あそことはべつの場所を夢見ることに、人生の大部分を費やしているのか？

門のそばに車をとめ、降りてインターホンを押した。

「ストックホルム市警のヨン・ブロンクスです」

ドアについているスピーカーから雑音が響くが、返事はない。

「ストックホルム市警の……」

「さっきので聞こえました」

「サム・ラーシェンに面会したいんですが」

「面会予約がありませんね」

「いまここで申請を」

「六時間以上前に申請するのが規則です。警察官でも例外は認められません」

「ただの面会じゃないんですよ。捜査の一環です」

カチリと錠の開く音がした。そこから中央警備室まではすぐだ。制服を着た警備員がひとりいて、室内にはいかにも役所じみたクリスマスの装飾がほどこされている。プラスチック製のアドベントスターが窓辺に吊るされ、藁製の不恰好な〝クリスマスの山羊《ユールボック》〟が、五十八台ある監視カメラの映像を受信するモニターのひとつに置かれている。

ブロンクスは身分証を見せ、訪問者用バッジを受け取った。本来なら胸につけるものだが、ポケットに突っ込んだ。看守に連れられて面会室へ行き、そこにひとり残された。色事になってもかまわないよう、分厚いビニールカバーで覆われたベッド、質素なテーブルに、これまた質素な椅子が二脚、蛇口から水がしたたっている洗面台。鉄格子のはまった窓からは塀の内側が見える。ここにはクリスマスもなければ季節もない。過ぎゆく時を数える気力のない者に、そんなものはめぐってこないのだ。

十五分くらいのはずだ。記憶にあるかぎりでは。やはり今回もそうだった。看守ふたりがドアを開けて入ってくるまでの時間。安全確認が行なわれたのち、看守たちがドアを閉めて出ていき、連れてこられた男が室内に残された。ヨン・ブロンクスより二年三か月と五日年上の男。ブロンクスよりも三センチ背が高く、いまとなっては三十キロ重い。若いころは同じような体型だったが、その後の十八年、片方はウェイトトレーニングを日課とし、もう片方はそんな日課を身につけることなく過ごしてきた、その結果がここに表れている。

「久しぶりだな」

互いを見つめる。片方はジーンズに冬用ブーツをはき、ジャケットをはおっている。もう片方は、硬い布地でできたぶかぶかのズボンに、KVV（刑事施設管理局）のロゴが胸元に入った古いTシャツを着て、裸足にビーチサンダルをはいている。

「なあ……久しぶりだな、って言ったんだが」

ブロンクスはぐらぐら揺れるテーブルに向かって腰を下ろした。サムは鉄格子のはまった窓に近寄り、外を見た。いつもと違う角度から眺める塀。

「元気か？」

最初の何年かは、わりによく訪問していた。終身刑を言い渡され、服役のための手続きを終えたサムが、まずハル刑務所へ収容され、やがてティーダホルム刑務所に移送されたころのこと。時間をベースにしてものを考えられないということはつまり、希望がないということと、前向きになれないということなのだと、あのころのヨンにはまだわかっていなかった。やがて、刑務所での生活は人を変えてしまうのだとわかると、訪問の回数は徐々に減っていき、ついにはゼロになった。この面会室に来たのはおそらく初めてだろうと思う。

「おまえな……次にここへ来やがることがあったら、面会予約してからにしろ。みんなそうしてる。ポリ公じゃないやつらはな。自分の棟に戻ったときに、どうして今日は菓子焼かなかったんだとか、どうしてコーヒー用意して行かなかったんだとか、まわりのやつらに訊かれたくないんだよ。よく知ってるだろうに——ここではな、デカなんかにふらりと面会に来られちゃ迷惑なんだよ！」

サムは鉄格子のはまった窓辺に立ったまま、背中を向けている。

「元気かと訊いたんだが」

「元気か、だと？」

「ああ」

「そんなこと、いつから気にするようになった？」

広い背中が向きを変え、窓から離れてヨンを見た。

「答えられないようだから、次の質問をしてやろう——いったいどうしてのこのこ来やがった？」

ヨン・ブロンクスはもう一脚の椅子を引いた。思っていたより順調じゃないか。少なくとも話はできている。

「強盗事件が二件起こった。スヴェドミューラとファーシュタ。同じグループのしわざだ」

だが、兄はそのまま立っていることを選んだ。

「先週、お袋が来たぜ」

「極端なまでの武装だった。極端なまでに計画的だった」

「マーブルケーキを出してやった。あの味、覚えてるか、ヨン？」

「一緒に服役してたことのある連中に心当たりはないか？　そういう話は……」

「その前は……マフィンだったな」

「……刑務所にいれば、耳に入ってくるだろう？」

ひとりは座っている。もうひとりは立っている。

「三年も来なかったくせに！　いきなり来やがって……」

立っているほうが、すさまじい勢いでテーブルの上に身を乗り出した。

「……情報をよこせってか！　捜査のためにおれを利用してやろうってことか！」

サムの身体が震えている。やがて彼はドアのほうへ、その脇の金属プレートへ向かい、赤いボタンに手を伸ばした。

「くたばりやがれ、この野郎！」

「サム、兄貴、それだけじゃない。あんたに面会もしたかった。わかるだろう」

「もし仮になにか知ってたとしても、おまえになんか教えてやるもんか！　けどな、おれはなにも知らないんだ。だれも知らない！　ここにいる連中のだれも、そいつらの噂すら聞いたことがないんだ！　わかるか？　ヨン。そいつらはな、まったくの無名だ。ムショに入ったことはない。それなのに、やり方を熟知してる」

サムは長々とヨンを見つめた。ヨンがなにを言っても届きそうにない目つきだった。やがてサムがふたたび赤いボタンに手を伸ばし、それを押すと、マイクに顔を近づけた。

「面会終了」

「まだ三十分以上残ってるぞ」

「わからんのか？　面会は終わった。棟に戻りたい」

殺風景な醜い部屋。季節感のない数平米の空間。ふたりは目を合わせるのを避けた。子どものころ、兄弟げんかをしたあとのようだ。目を合わせてしまっては負けだと、相手の胁や上に視線をそらしていた、あのころ。

「母さんは面会に来てるんだな」

マーブルケーキ。マフィン。凶悪犯とされて長期刑に服している服役囚が、面会のたびに菓子を焼く。ブロンクスはかすかに頬を緩ませた。警備の厳しい刑務所の面会室——一発抜くためのベッドのそば、ぐらぐら揺れるテーブルの上に、甘い菓子が載る。

「母さん、どんなようすだ？」

自由な世界にいるほうは、まったく母親に会っていない。だが、ここに閉じ込められているほうは、ちょくちょく会っているらしい。

「なあ、知ってるか、サム？　おれよりもあんたのほうが、よく母さんと連絡を取りあってる」

外から足音が聞こえる。さきほどと同じ看守たちがドアを開けた。

サムは看守ふたりに前後をはさまれ、歩きだしたところで、ふと振り向いた。

「取れよ」

「なにを？」

「連絡。お袋、いつまでも若くはないぞ」

ブロンクスは兄が刑務所の廊下に消えていくのを見送った。制服をまとった貧相な身体にはさまれた、広い背中。それからポケットに突っ込んだままだった訪問者用バッジを返却し、中央警備室を通って外に出ると、塀に開いた門を抜け、車に乗り込んだ。そのまま、しばらく座っていた。

高さ七メートルの塀。長期刑に処された四百六十三人の凶悪犯。その服役囚たちが選んだ受刑者委員会のメンバー。塀の中のだれとも話ができる、数少ない人間のひとり。

それが、兄だ。

そのサムですら、知らないという。噂も聞いたことがないという。ブロンクスが追っている四人は、塀の中でも外でも正体不明なのだ。

エンジンをかけて走りだす。太陽の光はいまもなお、積もった雪に反射して輝いていた。

刑務所の塀の外では白く綺麗だった道路も、二百三十キロ走った先、ストックホルムへ向かう高速E4号線にエッシンゲ街道という名がつくあたりでは、すっかりぬかるんで汚れていた。やがて車はクングスホルメン島に入り、クロノベリ公園の丘のふもとから警察本部の地下駐車場に入った。

ヨン・ブロンクスは、凶暴きわまりない強盗犯についての情報を求めていた。そこで三年ぶりに、この国でいちばん警備の厳しい刑務所の門を叩いた。そこではこの種の犯罪がつねに話題になり、あらゆる憶測が飛び交うものだから。

だが、だれも、なにも知らないという。

自分が調べ、追っている四人は、塀の中にいたことがない。そこにいる連中を知らず、連中に知られてもいないのに、銃を入手でき、その扱い方も熟知している凶悪犯。

アコーディオン式のドアが滑らかに開き、ブロンクスは丘の下の地下駐車場に入った。ほぼ満車で、彼は駐車スペースを探しながら考えをめぐらせた。日がな一日オフィスで過ごしているほかの捜査官たちは、いったいなにをやっているのだろう。どうやって時間をつぶしているのだろう。紙の上だけで声を聞き姿を見るだけで、捜査が進展するものだろうか。やがてエレベーターに向かって歩いている途中で、駐車場の一画、車庫の中の車庫から物音が聞こえた。駐車スペース四枠を占める、鑑識の車両保管所。近づいていって中に入ると、前回と同じく、彼女がそこにいた。あのときは現金輸送車と車椅子のあいだに立っていたが、いまは赤外線ランプを持って、〝水道管SOSサービス〟と両サイドに記された車の中に身体を半分突っ込んで横になっている。

「一台目の逃走車。ダッジ・バン」

サンナは車の中から這い出ると、今度は紫外線ランプを持ってとなりの車に向かった。

「二台目の逃走車。ダッジ・バン」

あいかわらず機械的な声だ。本人は気づいているのだろうか、とブロンクスは考える。自分を見たときにだけ機械的な声になり、自分が去ったあとには元に戻るのだろうか。

「旧モデル。銀行強盗の前夜に盗まれた。こんな道具を使って」

持ち手が木製で、その先が金属製の細長い道具を掲げてみせてから、車のサイドウィンドウのすぐ下、ドア部分に貼られた黒くて小さい四角形のシールに、その道具を向けた。

「鍵を使うのと変わらない速さでドアを開けられる。見て、ほら……ここを押すの、ドアに突き刺すみたいに……カチッと音がして、もう車に入れる」

彼女がシールを剝がすと、その下に穴があいていた。車のドアを開け、ハンドルの下に潜りこむ。

「それから、イグニッションキーを差し込む部分。これは初めて見たわ――犯人は、フランス製の木工ネジを使ってる。ステンレス製で、外径三ミリ。小さくて、ネジ山が鋭い」

そう言うと、あとから取り付けられたカバーを外した。ここも同じことだ――一見しただけではわからないように覆い隠されている。発見を遅らせ、時間を稼ぐために。

「キーを差し込むところに、代わりにネジを差し込む。あまり深くは入れない。二、三回ほど回すのでじゅうぶん。そうすると、イグニッションロックが広げられて動かなくなる。そこでネジの頭を強く叩く……あとはふつうのスクリュードライバーさえあればエンジンをかけられる」

彼女の話は終わった。こんなふうに背を向けるのは、もう話したくないという意味だと、ブロンクスにはわかっている。彼女は車のボンネットに置いてあるパソコンを開いた。別れの挨拶すらしなかった。それじゃ、とブロンクスが言っても、彼女には聞こえていないようだった。が、エレベーターに向かって歩いていると、背後から大声で呼ばれた。

「ちょっと？　まだ話は終わってないんだけど」

ブロンクスは立ち止まり、振り向いた。

「そうなのか？」

「もうひとつ」

彼女はパソコンの画面をブロンクスに向け、彼が近づいてくるのを待った。

「この映像」

「もう見たよ」

「知ってる。でも、もう一度見て」

カメラ2。十二秒。斜め上からの映像。

「この男のマイク。製造元を割り出そうとしてみたんだけど」

強盗犯は青いツナギを着て黒いブーツをはき、黒い目出し帽をかぶっている。

「この部分を拡大して、ツナギの襟に注目したの。中に入る何秒か前」

彼女は映像を巻き戻し、一時停止させた。

「四秒間――一秒当たり十五コマ。ひとつずつ見ていって」

さっきほど機械的ではない声。しかもすぐそばに立っている。彼女の香りはよく知っている。なんとふしぎな感覚だろう。まるで昔に戻ったような。ここから肩を並べて同じアパートへ帰ってもおかしくないような。あれから十年なんて経っていないかのような。

「ここ」

先頭を行く強盗犯が、あと一歩でドアに着くところだ。

ところが、男はそこで立ち止まった。

「手を見て」

彼女が映像を拡大する。

「見える？」

ヨンはうなずいた。見える。くっきりと。

リーダーとして先頭を行く男が、立ち止まり、振り返る。銃から手を放し、左手をツナギの襟にやって、そこについているマイクを手のひらで覆う。後ろにいる仲間に顔を寄せ、そのヘッドホンを右手でずらす。

「マイクはゼンハイザー社の製品よ。でも、大事なのはそこじゃない。いまは」

四秒間、六十コマ。もう一度。

「動きを見て……ここ」

片手をマイクに置き、片手をヘッドホンに向ける。それから——間違いない。男は……ささやきかけている。

「妙だな」

サンナが口元を拡大した。黒い目出し帽からのぞく色の薄い二本の線が、言葉をかたちづくっている。

「手でマイクを覆って、直接ささやいてる。この状況で？」

そばに立っているサンナがヨンを見ている。静止画像の中では、リーダーが後ろに続く仲間のそばに立って、相手を見ている。

「統制のとれた軍人グループよ。それなのに……こんなことをしてる。親しみがこもってる。マイクを手で覆って、相手のヘッドホンを外してやる手つきには、愛情すら感じられる。わかる？　銀行に入って実弾を放つ直前の話よ」

この二か月間、昼夜を問わず捜査に打ち込んできた。それなのに手がかりはまったくつかめず、犯人グループについてはなにもわからなかった。だが、これは。ヨン・ブロンクスにはそれが見えたし、感じとることもできた。いま、なにかがわかった。なんなのかはまだよくわからないが、いままでずっと影を追いつづけていたところに、初めて生身の人間が見えた。寄り添うように立っているふたり。ただの凶暴な銀行強盗グループに、こんな結びつきはないはずだ。

思い当たることがある気もした。

「映像を元のサイズに戻してくれないか？　で、いまの部分をもう一度、最初から見せてくれ。最初の四秒間」

彼女は言われたとおりにした。

「よし……ストップ。拡大してくれ……ここだ。男の顔。それだけでいい」

一列になって銀行へ向かう三人の男たち。ブロンクスの人差し指が画面を指す。真ん中を行く男を。

「見えたか？　こいつ、目をつむってる」

目出し帽の穴から見える目。明らかに閉ざされている。

「先に進めてくれ」

タイムラインにカーソルを置き、彼女は一コマずつゆっくりと映像を進めた。

「躊躇してる。不安なんだ」

目出し帽からのぞく目は、まだ閉ざされたままだ。

「怖がってる。これは……安心させるための抱擁《ハグ》みたいなもんか！　マイクを覆ってるリーダーは、仲間を守ろうとしてる。これから銀行に押し入って、すさまじい凶行をはたらこうってときに、こいつらはまるで……絆を確かめてるみたいだ」

ヨン・ブロンクスはエレベーターを避けた。ときおりそういうことがある。身体を動かさずにはいられない。心臓の鼓動を激しくして、胸から喉へ、そこから外へ、息を押し出さずにはいられない。

階段で、上へ、上へ。廊下を走りはしなかったが、それに近い足取りではあった。そして――窓を大きく開ける。警察本部の中庭の湿った冷気が、オフィスの乾いた暖気と混じりあう。

親密なようすだった。ふたりの銀行強盗犯。あんなようすを見せるのはおかしい。

リーダーは命令を下せばよかったはずだ。が、背後の男のためらいに対処することのほうが、彼にとっては大事だった。

ブロンクスには思い当たることがある。

片方は背が高く、もう片方は少しだけ背が低い。片方は肩幅が広く、もう片方はまだ成長しきっていない身体つきをしている。片方が年上で、もう片方が年下だ。

親密さ。信頼関係。

手をマイクにかぶせて、直接話しかける。不安を取り除いてやる。監視カメラの映像ではそのあと、ふたりは一緒に銀行のドアへ向かっていった。

ブロンクスにとって覚えがあるのはそれだった。ふたりの絆。あの夜、兄はそばにいて自分を抱きしめ、大丈夫だと言い聞かせてくれた。やがて夜が更けると両親の寝室に忍び込み、父親の肋骨のあいだにナイフを突き立てた。凶行を犯す直前に、弟を抱きしめ、ささやきかけ、落ち着かせようとする、兄。

開いた窓の前で、何度か深呼吸をする。ヨン・ブロンクスにはいま、事実が見えていた。捜査を始めて以来、なにかがわかったのはこれが初めてだ。顔のない犯人たちだが、少なくとも輪郭は見えてきた。

親密さ。信頼関係。

あのふたりは兄弟だ。

　ここ数週間で天候が変わった。クリスマスイブの前からもう雪が融けはじめ、クリスマス当日の朝まで雨が降りつづいて、氷と雪が土や砂とまじって地面はすっかり汚くなっていた。まさに願ったとおりだ。道路に雪の積もっていない、灰色のクリスマス。天気予報によれば気温はプラス数度、さらに雨が降るらしい。この天候のままであってほしい、と思う。道路が凍っていないほうが、銀行強盗をやったあとの逃走は楽になる。

　アルミ箔に包まれたチーズサンドイッチが四個。ビニール袋の中に、カップ、スプーン、ミルク、砂糖を入れた缶。これが朝食だ。昼食も用意してある。白い田舎風パンとチリコンカーン。昨夕、アンネリーが冷蔵庫に残ったクリスマス料理を片付けているあいだに、自分でつくった。

　レオはクリスマスらしくていねいに飾りつけられた窓辺に立ち、灰色の靄に包まれた夜明けを眺めた。窓台には観葉植物の鉢がふたつ、そのあいだに陶製の天使が置いてある。片側の白い色が剝げかけていて、目はひとつしかない。アンネリーの実家にあったもので、いまは毎年、クリスマスの時期になるとポインセチアとともにキッチンに飾られる。家じゅうがクリスマスの飾りだらけだ。冷蔵庫の脇に、どう見ても大きすぎるプラスチック製のトムテ人形。玄関の帽子棚の下に、同じくらい大きなトムテ人形がもうひとつ。二階への階段に、やや小さめのがいくつか。居間のクリスマスツリーの下に、もうひとつ。毎年十二月になると、アンネリーはクリスマス用品と書かれた段ボール箱を開ける。彼女がレオの人生に持ち込んだもの。彼女にとっては意味のあるもの。飾りつける場所を選び、納得するまであちこち動かしているときの彼女は、喜びと期待にあふれている。

色の剝げた陶製の天使に、大量のプラスチックのトムテ人形。

ほかの日とどこが違うというのだろう。十一月二十四日や十月二十四日より大切だとは思えない。だが彼女にとっては、過ぎ行く時を実感するのに、目印のようなものが必要なのかもしれない。大晦日、イースター、夏至祭。ほんとうはどれもこれも、ほかの日々とまったく変わらない。だれかが大事な日付だと決めただけだ――カレンダーを道具に、他人の生活を操ろうとする連中が。だが、ほんとうに大切なのは、自分で決めて実行することだろう。独自のカレンダーをつくること――たとえば、一月二日、スウェーデンで初めて三件の銀行強盗が同時に行なわれる日。二月十七日、三月十一日、四月十六日、やはり強盗が行なわれる日。自分で決めた。だから、これらの日付は大切だ。

陶製の天使を持ち上げ、裏返し、底の裏印の意味を考えたが、また元に戻した。

期待。

あまりにも脆いその感情を、彼は慎重に取り去ってやらねばならなかった。アンネリーにこう説明したのだ――今年のクリスマスはあまり祝えない、来年はもうすべて終わっているはずだから、そのときに盛大に祝おう、フェンスの向こうの隣人がやっているように。アンネリーはよくキッチンの窓辺に腰掛け、となりの家を眺めている。遠くから参加している。クリスマスイブの夜も、何度もそこに座っていた。ふたりはクリスマスイブの夕食に、卵とパン粉をつけてオーブンで焼いたハム、紫キャベツ、山盛りのミートボール、ヤンソンの誘惑（玉ねぎとアンチョビを使ったポテトグラタン。クリスマスの定番料理）を食べた。クリスマスが終わったら息子に会いに行くというアンネリーに、レオは彼女の息子宛てのクリスマスプレゼントを渡した。ステアリンキャンドルに火をともして、それぞれひじ掛け椅子に座り、『ドナルドダック』や『カール＝ベッティル・ヨンソンのクリスマスイブ』など、クリスマス恒例のアニメを二時間ほど見た。が、レオはやがて耐えられなくなり、〝ドクロの洞窟〟へ下りて自分のカレンダーづくりを再開した。

ビニール袋を手に持って、湿った朝の暗闇に出る。アスファルトに積もった雪と雨が混じりあって薄手の靴を濡らす。だが、車庫はまったく逆だ。うなるファンヒーターのおかげで空気は乾燥していて心地よく、煌々と明るい照明のおかげで目の覚める心地がした。ヴィンセント、フェリックス、ヤスペルが、それぞれ簡素なウィンザーチェアに座り、架台ふたつにメゾナイトを渡したテーブルを囲んでいる。その上には地図が広げられていた。

「コーヒーとサンドイッチ」

レオはコーヒーカップとチーズサンドイッチを配った。

「ミルクは？」

地図の上を横切るように、ほぼ直線に近い赤い線が引かれている。始点はストックホルムの中心部、スウェーデンの警察組織の中枢があるクロノベリ地区。終点は、四十九キロ離れたエースモの中心街、となり合わせに建っているふたつの銀行。ストックホルム、フッディンゲ、ハニンゲ、ニューネースハムンの各市を切り裂くその線は、追いかけてくる警察をべつの場所へ誘導し、そのあいだに現場から逃げ去るために必要なものだ。

「ターゲット1」

レオの手のひらに置かれた十クローナ硬貨。彼は赤い線の終点付近、灰色の四角が並んでいるあたりにそれを置いた。灰色の四角がたくさんあるということは、建物が密集しているということだ。

「ターゲット2」

十クローナ硬貨を、もうひとつ。一つ目の硬貨の上に。

「それから、ここ。両ターゲットの窓の外。逃走車」

直線と同じように赤いミニカー。

「これがおまえだ、フェリックス」

袋の中には、まだなにか入っていた。全員に見覚えのある紙箱。スコーグオースのアパートの床によく立っていた、オリーブグリーンのプラスチックの人形が三体。身長は二、三センチで、あのころと変わらない、きついにおいを放っている。縮尺七十二分の一のアメリカ兵だ。

「これがヴィンセント。これがヤスペル。で……これが、おれだ」

重ねた十クローナ硬貨を横に並べ、その片方に最後の人形を置いた。

「ターゲット1――レオがドアを開ける。ターゲット2――ヤスペルとヴィンセントがドアを開ける。時刻は十四時五十分」

ミニカーに視線を移す。ディンキー・トイズ、赤のフォルクスワーゲン1300。ビートル、カブトムシの愛称で呼ばれる車。プレゼント用の箱に入ったまま、ずっと捨てられなかったもの。

「フェリックスが車を担当する。スヴェドミューラのときと同じだ」

「あのころと同じだな」

いまはだれかべつの人が住んでいるアパートの一室。スコーグオースのホビーショップで、レオがフェリックスのためにこっそりくすねたミニカー。

「ああ、あのころと同じだ、フェリックス」

大きめの箱に、やはり縮尺七十二分の一のプラスチック人形がいくつも入っている。きついにおいは同じだが、色は茶色で、アメリカ兵よりも少し丸みのあるヘルメットをかぶり、べつの銃を持っている。

「このロシア兵が……」

プラスチック人形をわしづかみにして、赤い線の始点のそばに立たせる。それから、少し離れた三か所に、それぞれいくつか。

「ポリ公どもだ。こいつら、みんな。ほとんどは、ここ……ストックホルム市警で働いてる。それから、フッディンゲ署、ハンデン署にもいる。いちばん数が少ないのは、ここ……ナッカ署だ」

すべての人形がきちんと立っていることを確認してから、両手を伸ばす。巨人のように兵士たちをつかんで、ゆっくりと一点に寄せた。道路や電車や地下鉄の交錯する場所。地図上で灰色に塗りつぶされた部分。ストックホルムの中心だ。

「みんなここに行く。中央駅へ。おれたちのいない場所へ」

レオはヤスペルを見やり、うなずいてみせた。

「おれたちがここに爆弾を仕掛けるからだ。ほんものの爆弾を、中央駅のコインロッカーに仕掛ける」

ヴィンセントはいつものごとく黙って座っていたが、これを聞くとコーヒーカップをメゾナイト板に叩きつけるように置いた。まだ倒れていなかった兵士たちが残らず倒れた。

「ヴィンセント、どうした……」

「おれたち、テロリストになったのか？」

「爆発させるわけじゃない。だが、サツにわからせなきゃならないんだ。ほんものだってことを」

レオは、ストックホルム中央駅付近に倒れている兵士たちをかき集めた。

「陽動作戦その一——中央駅を閉鎖させる。ポリ公どもがここに集まって、ほんものの爆弾の解体にかかりきりになってるあいだに、おれたちは四十九キロ離れたところで銀行をふたつ襲う」

そう説明しても、ヴィンセントは納得しない。倒れているプラスチック人形の半分を旧市街《ガムラスタン》に、残りの半分をクングスホルメン島に動かしてみせた。

「それから？　あとはどこに爆弾を仕掛けるんだ？　王宮？　警察本部？　もっとでかいターゲット？」

少々腹が立つ。が、弟が少し誇らしくもある。レオはヴィンセントに向かって微笑むと、辛抱強く兵士たちを取り返して、ふたたび中央駅周辺に置いた。

「陽動作戦その二——二台の赤い車」

フォルクスワーゲン・ビートル。長いこと、フェリックスのベッド脇の棚にぽつんと置かれていたもの。レオは親指と人差し指でそれをつまみ、地図の上を走らせた——二軒の銀行から、幹線道路を避け、田舎道を進んでいく。

「だれもが知ってる車を使う。で、ストックホルムの南にまだ残ってるポリ公どもが……ここで車を発見する」

レオはミニカーを、走っていた道路からもっと広い道路へ、二軒の銀行をはさんだ反対側の国道へ移動させた。ストックホルムへ向かう国道。彼らが通ることのない道。

「ここで車が見つかる。すると、サツはこの道を封鎖する。おれたちがこの道を通って逃げたと思って」

「わからない」

「あのな、ヴィンセント……」

「車の中で、山ほど本をくれただろ。あのとき、言ってたよな。おれたちは銀行強盗をやるんだって」

「ああ」

「爆弾を仕掛けるのと銀行強盗は違う」

「ヴィンセント」

「なに？」

「爆弾をつくって仕掛けはしても、爆発はさせないんだ。わかるな？」

ヴィンセントはそれ以上、兵士たちを動かさなかった。が、視線を落とすこともそらすこともなかった。兄の顔を、じっと見ていた。

「わからない」

「ヴィンセント……」

「わからないよ。まず、爆弾なんかつくるってことが。そのうえ、わざわざ自分たちを追い込むような真似をするってことが——だれもが知ってる車で逃げて、その車を幹線道路にとめるなんて——目立つじゃないか！」

もう腹は立たない。さらに答えをせがむヴィンセントに、誇らしい気持ちだけが残った。

「だって、ここに車をとめるんだろ――この幹線道路に」

「そうだ」

「そうしたら、サツはすぐにこの道路を封鎖するだろ?」

「そうだな」

「で、ここ、車の後ろのほうでは、反対方向のニューネースハムン署からサツが銀行にやってきて、そっちのほうを封鎖するだろ?」

「そうだな」

「そうしたら、おれたちは完全に包囲される」

「いや」

「そうだろ。だって……」

これから説明してやることを考えると、自分のことも少し、ほんの少しだけ誇らしい。

「サツにはそう思わせるんだよ。だが、実際におれたちがいるのは、ヴィンセント、ここだ。裏道を移動して、三つ目の銀行を襲う」

三枚目の十クローナ硬貨を地図上に置く。裏道沿いにある、エースモより小さな町、ソールンダ。

「まだわからないんだけど」

袋からもう一台、ミニカーを取り出すときにも、少し、ほんの少しだけ誇らしい気持ちになった。

「こいつを見つけるのに、どれほど探しまわったかわかるか？　街中のおもちゃ屋、片っ端から当たったよ――で、リング通りの骨董品屋のショーウィンドウで見つけた」

逃走車とまったく同じ車、赤のフォルクスワーゲン・ビートル１３００。新たに置いた十クローナ硬貨のそばに置く。

「いいか、おれたちは裏道を走るこの車に乗ってる」

そして、地図の反対側の一角を指差した。

「だが、まったく同じ車がここ、幹線道路上にとまってもいる。こいつは前も後ろも封鎖されて、動きがとれない」

レオはヴィンセントを見つめた。もう反論はさせない。今朝は、もう。

「手品を使うんだよ、兄弟。あと四日だ」

狭い。ハンドルを切るたびに、片方の肩がドアにぶつかる。シートをめいっぱい後ろに寄せているのに、クラッチを踏もうとするたびにひざがダッシュボードに当たる。座り直そうとすれば、腿がハンドルとシートにはさまる。

たいした性能のある車ではない。運転もしにくい。だが、今回使う車を選ぶにあたっては、ほかの面を優先した——だれが見ても車種がわかり、あとから特定しやすい車だということ。

車庫のシャッターが巻き上がるのを待ってから、車を中に入れた。煌々とついたヘッドライトが作業台を照らした。巨大な地図の上には、十クローナ硬貨が三枚に、ディンキー・トイズの赤いミニカーが二台、倒れた兵士たちの山。シャッターを閉めると、造り付けの棚から、車を改造するときにいつも使う工具を出してきた——パイプレンチ、スライドハンマー、スクリュードライバー。

「この車に乗るのか?」

ヤスペルが、ヴィンセントとレオのとなりにいる。車庫の奥、もうひとつの作業台に向かって座り、紙箱四個と薄いビニールの包み四個を開けている。

「ああ。この車種だ」

そのヤスペルが立ち上がり、近づいてきた。

「なんだって……ビートルだと？　おいおい、フェリックス、あのミニカーはな……レオは本気で言ってたわけじゃないんだ。わからなかったのか？」

「これでいいんだ、ヤスペル」

「こんな車……」

「上出来だ、ヤスペル。あんたはちっとも車に詳しくないが、この車種は知ってるし、名前も言える。エースモの中心街に居合わせることになる人たちも、みんな同じだ」

地図の上に置いてあるミニカー二台と同じ車種。世界でいちばん知られた車種。この車は、セーデルテリエ郊外で営業しているゴットランド島出身のレンタカー業者から借りたもので、これを使ってコツを覚える予定だ。まず床にひざをついてドアを取り外す。それから運転席に座り、イグニッションロックとステアリングロックも同じように分解する。その練習を、何度も繰り返す。この車を返却して、手がかりを残すことなくほんの数秒で新たに二台を盗むまで。

「確かに小さいけどな。それでも、みんなで決めたとおりだろ」

片手に紙箱、もう片方の手にビニールの包みを持ったレオも、同じように作業台を離れ、ヤスペルとフェリックスのあいだに割り込んだ。ここ数週間、ふたりのあいだに入っている亀裂を、これ以上大きくしてはならない。

「いずれにせよ、助手席に乗るのはおれだ。違うか？」

三人が一列に並ぶ。三人とも、身長は百八十五センチから百九十センチ。その傍らで、ビートルの屋根が緩やかなアーチを描き、さらに狭い後部座席の上では急斜面になっている。レオはふたりにウインクしてヤスペルの反論をさえぎり、フェリックスにビニールの包みを渡した。

「XLだ」

新しいツナギ。色は黒。フェリックスがそれを広げて目の前で何度か振ると、ふたりのあいだにぶら下がった空っぽの身体のように見えた。

「それから、これ。サイズは四十五」

茶色の紙箱をヤスペルに渡す。開ける前から、強烈な革のにおいが漂った。

「イスラエルのパラシュート部隊のブーツ。同じサイズが四足、底はまったく傷ついてない。鑑識の連中が地面を這って手がかりを探して、足跡の型を取ったとしても、全部……同じでしかない」

フェリックスがツナギを着る。ヤスペルがブーツの紐を結ぶ。

新しい銃。新しい服。新しい車。

レオは赤い車の屋根を軽く叩いた。

「同じ車が二台要る。メーカー、モデル、色、全部同じやつだ。ヤスペルはフッディンゲを探せ。ヴィンセントとフェリックスは、スコーグオース、トロングスンド、ハンデンだ。おれとアンネリーはファーシュタとヘーカルエンゲンに行く。それで見つからなければ、前回と同じように、ストックホルムの北のほうにも当たってみよう。あと三日だ」

基本的には単純な構造だ。力学的な原理だけで動く。細長い金属の箱に、釘とネジとナットとプラスチック爆薬m／46を半分ほどまで入れる。撃発信管につなげた導爆線を、その箱の端につける。簡単な連鎖反応だ。AがBを引き起こし、BがCを引き起こす。箱の端が開くと、信管が導爆線を起爆し、箱の中身が爆発して、そばにいる生きものを皆殺しにする。

「あいつは？」

レオは車庫の作業台に座り、手にした赤いワイヤーをちょうど十センチの長さに切った。前の日に作業台の上に置いてあった地図や十クローナ硬貨やプラスチックの兵士たちはすでに片付け、焼却した――もう頭に入っているからだ。方法も、場所も、時刻も。

「おい、フェリックス」

「なんだ？」

「ヴィンセントは？」

フェリックスはドリルの先を木工用から金属用に替えた。金属の箱の天面――釘や爆薬を覆い隠す蓋、その中央に小さな穴を開けるのだ。

「来るはずだけど」

「いつ？」

レオはドリルで開けた穴にワイヤーを通し、それを信管に固定した。

「フェリックス、ヴィンセントはいつ来るんだと訊いてる」

「来たよ」

車庫のドアをノックする音。

レオがドアを開ける。冷たく澄んだ空気。遠くのほうでまたくぐもった爆音がした。

「十一時四十分。遅刻だぞ」

「タクシーが全然つかまらなくてさ」

レオはドアを閉めて鍵をかけ、弟を抱擁した。そして一歩後ろに下がると、ヒュウと口笛を吹いた。ヴィンセントは上着の下に、胸元を少し開けた白いシャツと黒いスーツをまとっている。

「驚いたな。大人っぽく見える」

「二千クローナしたよ。今日買ったんだ」

ヴィンセントは手に持っていた袋をレオに渡し、車庫の中に入ってきた。

「それ……爆弾？」

レオは袋の中身を出し、袋を折り畳んだ。シャンパン〝ボランジェ〟のボトルが二本。作業台の上、シャンパングラス三つのとなりに、なんとか収まった。

「ああ」

「そっか。ついにおれたち、テ、ロ、リ、ス、トになったんだな」

ヴィンセントは灰黒色の箱をまじまじと見つめ、ビリビリと音をたてながらダクトテープを引っ張るフェリックスの手を見つめた。

「考えてもみろよ！　母さんがちょうどそばを通って、となりのコインロッカーにハンドバッグを預けたっておかしくないんだぞ！」

「その話はもう終わったはずだが」

「兄さんにとっては終わった話でも、おれは納得してない」

「ヴィンセント」

「なんだよ」

「説明しただろう。人を殺すためにこれを仕掛けるわけじゃない。こっちが本気だってことをわからせるためだ。ニセ爆弾なんか仕掛けたらすぐにばれる」

「でも、もし……もし、それでも爆発したら？」

「なんだと？」

レオはヴィンセントに顔を近づけた。

「もし……なにかの間違いで、ほんとうに爆発したら」

アルコール臭のまじった息。

「ヴィンセント？　おまえ、タクシーがつかまらなくて遅れたんじゃないだろう」

わざとらしく鼻をクンクンと鳴らしてみせる。

「家で飲んでたんだな」

レオは弟の目をのぞき込んだが、目を合わせることはできなかった。弟の目は、蓋にあいた穴から突き出ている赤いワイヤーに向けられていた。

「なあ、ヴィンセント。おれに言いたいことがあるなら構わず言え。遠慮しなくていい。兄弟なんだから！　話しに来る前に家で酒をあおることはないだろ？」

「言いたいことはもう言ったよ。間違ってると思う、って」

「間違ってる？」

「いやなんだ。次回もまた、こんなふうに思うとしたら……もう参加したくない」

「ヴィンセント、おれの話をよく聞け」

レオは箱の蓋を開け、いくつもの層をなしている釘、ネジ、爆薬を見せた。

「こいつの安全装置を外しておいたら……」

真っ黒なチューブ型の信管に人差し指を置く。

「……そうしたら、爆発する」

それから、信管の一方の端に固定されているワイヤーのループに指を通した。

「だから、もしおれがいま、これをもうちょっと引っ張ったら……」

実際に、ほんの少しだけ引っ張る。

「……これ以上引っ張って、安全装置を外したら……」

そして、ワイヤーを見つめているヴィンセントを見つめる。

「……そうしたら、この箱をほんの数ミリ動かすだけで、おれたちはみんなあの世行きだ。だがそれは、おれがこの安全装置を外した場合だけだ」

レオはそっとワイヤーから指を抜いた。

「よく聞けよ。こういうことだ。まず、中央駅のコインロッカーに爆弾があるってことをサツに知らせる。やつらは駅に駆けつけて、ほんものの爆弾が仕掛けられてるのを確認する。やつらはやつらの仕事をする――で、おれたちはおれたちの仕事をする。エースモの銀行ふたつを襲って、帰り道にソールンダの銀行も襲う。そのあいだ、サツはストックホルムの中心部を封鎖して、街の至るところに人員を配置する。そうやって何時間も、おれたちから五十キロも離れたところに釘付けにされるってわけだ。だれも怪我しないんだよ、ヴィンセント。だれも死なない。だれかのお袋さんがとなりのロッカーにバッグを預けたとしても、死ぬことはない」

フェリックスはダクトテープで蓋をしっかりと固定し、念のためにもう一本テープを貼った。兄と弟にはさまれて立ち、なにも言わずにふたりのやりとりを聞いていた。これまで一度もなかったことなのに、何度も耳にしているような気がした。ヴィンセントがレオに口答えするのはこれが初めてだが、自分がレオに反論するときの口調とよく似ているのだ。そして、終わり方も同じだった。兄の性格はいやというほどよくわかっている。けっして説得されない。むしろ意気盛んに全員を説き伏せる。彼が変わることはない。変わるとしたら、それは周囲のほうだ。彼の意見を受け入れるか、あるいは受け入れないか。彼について行くか、あるいは背を向けるか。

「そういうことだ。納得したか？」

ヴィンセントはかすかにうなずいた。

「よし、ヴィンセント。もう十二時十分前だ。こいつを開ける時間だな」

レオは上着のボタンを留め、グラスとボトルをつかんで、車庫のシャッターに向かって歩きはじめた。

「いや、ちょっと待て……もうひとつ、はっきりさせておきたいことがある」

フェリックスは作業台の上に身を乗り出した。急ぐつもりはない、と示すかのように。

「ヴィンセントがいるんだ。ちょうどいい」

そしてヴィンセントのほうを向いた。

「ドアを開けたのはだれだ？」

ヴィンセントはぽかんとしている。

「ヴィンセント……親父が来たときの話だよ」

レオはフェリックスを見た。フェリックスもレオを見やった。レオがかぶりを振る。

「いい加減にしろよ、フェリックス——またその話か？　あと八分だぞ。さっさと出よう」

今度はフェリックスがレオを見てかぶりを振る番だった。

「いや。この話のほうが大事だ」

穴を掘って〝ドクロの洞窟〟をつくったときのこと。泥のにおいが身体にしみついていたあのとき、セメントミキサーの傍らで、昔だれがドアを開けたのかについて言い争った。招き入れてはいけない人間を、だれが招き入れたのか。やがてわかったのは、どちらもドアを開けたのは自分だと思っている、ということだった。

「ヴィンセント――十年前、あいつがうちに来て母さんを殺そうとしたとき、玄関のドアを開けたのはだれだ？」

「いったいなんの話だよ？」

「親父がムショから出てきたとき。おれたちは引っ越して、ファールンに住んでた。そこにあいつがやってきた」

フェリックスはレオを見た。〝ぼくが出る〟。レオはフェリックスを見た。〝おれが出る〟

「なあ、ヴィンセント、だれがドアを開けたんだ？」

「フェリックス、もうよせ。こいつ……六歳だったんだぜ。こいつの証言にすべてがかかってるとでも言うつもりか？」

そして、ヴィンセントは――ふたりを見ている。

「七歳だよ。おれ、七歳だった。あいつが母さんを殺そうとしたとき」

レオがよくやることを、いま、フェリックスがやっている。ヴィンセントの肩に両手を置いたのだ。

「兄貴だからって遠慮はしなくていい。見たそのままを言え。ドアを開けたのはおれだった？　それとも、レオか？」

レオはシャンパンのボトルと腕の時計を振ってみせた。

「そのとおりだ。覚えてることを言え。そうすりゃフェリックスは満足して、おれたちは外に出られる」

──おれは、玄関のそばにいた。フェリックスがとなりにいて、ドアの取っ手に手をかけていた。レオはこっちに向かっていた。

「なあ……さっさと答えろよ！　ヴィンセント──どっちだった？　おれか？　レオか？」

──おれはジャンプした。ロックにはなかなか手が届かなかったけど、もう少しだった。

「おれだよ」

──で、結局、届いたんだ。だから、ロックを回した。

「おれがドアを開けた」

レオは笑った。小さな笑い声。楽しくて笑ったのではない。

「なんともそつのない回答だな」

フェリックスはくすりとも笑わなかった。

「おい……ちゃんと答えろよ！　怒らないから安心しろ。正直に話してくれ……だれだった、ヴィンセント……だれが開けたんだ？」

「だから、おれだって言ってるだろ。ちゃんと覚えてる。ドアの前に立って、ロックを回して、取っ手を下げて、ドアを開けた」

「おまえが？」

「うん」

フェリックスの顔が真っ赤になる。神経が昂るとそうなるのだ。ドアの前に並んだ三人兄弟、その全員が――三人ともが――自分がドアを開けたと信じ込んでいる。いったいどうしてそんなことが？

「じゃあ、おれはどこにいたんだよ？　いなかったのか？　レオが親父の背中にしがみついて、おまえは玄関のドアを開けて、おれは……キッチンの椅子にでも座ってたのか？　便所にいたのか？　ひょっとして留守だったのか？　ひょっとして……母さんの顔に唾を吐きかけたのも、おまえらなのか？　そうなのか？　どっちがやったんだ？」

「そんなこと、どうでもいいだろ？」

「どうでもよくない。おれにとっては」

巨大な車庫。完全な沈黙。

外では、花火や爆竹がどんどん激しくなる。

「おまえだよ。唾を吐きかけたのは。だが、これとは関係ない。あれは……またべつの話だ」

レオはフェリックスに向かってうなずいた。

「それこそ、もうほんとうに、どうでもいいことだ」

レオが持っている、三つのシャンパングラス。年が変わるまで、あと三十秒。車庫のシャッターを上げると、そこは流れ星の織り込まれた夜だった。色とりどりのほうき星が夜空に飛び、花が開いたかと思えばすうっと消える。レオはボトルの首を包む金色のホイルを取り、コルクを抜いた。コルクは飛んで行ってどこかに着地した。

「乾杯」

三人の手の中のグラスに湧き上がる泡。

「乾杯しよう——イエートリュッゲン、ファーシュタ、スヴェドミューラに」

緑で赤で黄色くて青い夜空に向かって、グラスを掲げる。

「それから、新しい年にも乾杯だ——エースモ、リンボー、クングスエール、ウラレードに」

武器庫の略奪。現金輸送車襲撃。銀行強盗。ダブル銀行強盗。トリプル銀行強盗。

それで終わりだ。終わったら、警察に銃を買わせて、強盗の服を脱ぎ捨てて、永遠に姿を消す。

「だが、まずはエースモだ。明後日」

これまでにはなかった重さだ。旅行バッグの持ち手をつかむ手、その腕や肩を通じて伝わってくる、釘、ネジ、ナット、プラスチック爆薬の重み。ホットドッグを食べ、タブロイド紙を読み、紙コップに入ったコーヒーを飲み、いちばん大きな出入口の上の壁一面を占める大型電光掲示板をときおり見やる人々のそばを、ヤスペルはごくふつうの足取りで歩いた。バッグはナイロン製で、重さは十キロあるが、軽そうに見せるため高めに持っている。着替えと、ちょっとした洗面用具ぐらいしか入っていないかのように。中央駅の大理石の床を歩く旅行者が持っている、ごくふつうの荷物に見えるように。

移動するたくさんの身体。首都の鉄道駅は独自の言語をもつ独自のエリアだ。別れと出会いの場所。だれもがここにいて、だれもが無名だ。

だが、彼のような人間はひとりもいない。用事をひとつだけ果たしに来た、影のような存在は。

コインロッカーを見つけ、開けて、バッグを中に入れ、鍵をかけて、立ち去ること。

その瞬間までは、周囲に溶け込む。ストックホルムを行き交う人々のひとりになる。黒いニット帽をかぶり、ありふれた冬用ジャケットを着た旅行者になる。ヴァーサ通りの回転ドアから広大なホールに入ると、人だかりや切符売り場のあいだを縫って半円を描くように歩き、発着列車の情報を知らせる掲示板の前で立ち止まる。警備員が何人いても、監視カメラがあっても、雑踏にまぎれてしまえば大丈夫だ。スウェーデンの首都と全国各地を結ぶ列車がすべてキャンセルになっても、その原因となった人物を特定することはできないだろう。やがて電光掲示板を離れ、エスカレーターへ向かう。これから何時間か、かさばるバッグから解放されたい、そう思っている旅行者のふりをして、ずらりと並ぶコインロッカーの前で立ち止まる。

シェラトン・ホテルの正面、陸橋の下にある駐車場は、レオの知るかぎり、中央駅周辺で建物の屋根に設置された監視カメラの死角になっている唯一の場所だ。ヤスペルが正面入口から駅に入り、上下に揺れながら移動する人々の頭の波にのまれていくのが見えた。レオ自身はいま、社用車の運転席に座っている。エンジンはかけたままだ。ヤスペルは二、三分で出てくるだろう。そうしたら、店じまいしたあのガソリンスタンドのそばでフェリックスとヴィンセントを拾い、そのまま南下して、エースモという名の小さな町、銀行がふたつ並んでいるあの町に行く。

携帯電話は、折尺やモンキーレンチと一緒にサイドポケットに入れてある。それが、鳴った。いま鳴るはずではないのに。匿名で使っているこの番号を知っているのは、たったの六人。駅の中にいるヤスペルは、いま電話するべきではないと知っている。合流地点で待っているフェリックスとヴィンセントも、いま電話するべきではないと知っている。トゥンバの家にいるアンネリーも、いま電話するべきではないと知っている。母さんは夜勤専門だから、この時間はいつも寝ている。

「今回は切るなよ」

あとは……親父だ。

「どうしても話さなきゃならんことがある」

「前にも言っただろ、あんたと話してる暇はないって。いまもないんだ」

父親が鼻から息を吐き出したのが聞こえる。大事な話をするにあたって、その前に立ちはだかる空気を吐き出そうとするかのように。

「あの封筒だがな、レオ」

それともただ単に、話を引き延ばそうとしているのか。珍しく、慎重になっているのか。

「あの金についてはとやかく言いたくないが、どうも気になる。わかるよな？」

ヴァーサ通りは混雑している。中央駅の屋根に鳩の群れがいる。シェラトン・ホテルの入口の前に、カメラを持って名札を着けた日本人観光客のグループがいる。だが、ヤスペルはまだ現れない。

「払わなくていいと思ってるのにあれだけの金を払えるってことは、もっと金を持ってるってことだ。そんな金、どこで手に入れた？　おれだってペンキ塗りや大工仕事をやってて、税金なんかろくに払ってないが、それでもあんな額は稼げやしない。おまえがあれだけ持ってるってことは、レオ……なにかべつの方法で稼いだってことだ」

「仕事がどっさりあるんだよ。あんたが知らないだけで」

「ああ。確かに知らんな」

「それでじゅうぶん稼げる。あんたとその話をする気はない」

「会社、弟たちと一緒にやってるんだろう……おれの息子たちと！　三人で会社をやってる。ということは、弟たちも関わってるってことだ。おまえの責任だぞ。ヤバいことに手を出してるなら――弟たちのことは、おまえの責任だからな、レオ！」

また息を吐いていやがる。電話のマイクのそばで。あたりを見まわして、だれにも聞かれていないか確かめているのかもしれない。

「なあ、レオ、なにか困ってることがあるなら……」

「責任だと？」

「困ってることがあるんなら、レオ……いつでも話してくれていいんだぞ。前にも助けてやっただろう」

「なにも困ってない」

「おい、おれはな、おまえより二十七年長く生きてるんだ、レオ」

「聞こえなかったのか？」

「だからな、レオ、おまえより少しは経験がある。おまえには見えないことも見える」

「おい」

「なんだ？」

「おい……親父」

また鼻で息をしているのが聞こえたが、今度は息を吸う音だった。父は、待っている。

「なんだ？」

「おれは、ちゃんと責任を果たしてる。ふたりとも、おれを信用してくれてる。そういうもんだろ――責任を果たせば、まわりに信用される。二十七年だと？　それがどうした？　ただの時間じゃないか！　なにもしなくたって時間は過ぎる。ヴィンセントのことは心配するな。フェリックスのことも心配しなくていい。ふたりとも幸せにやってる。チクリ野郎のもとで」

中央駅の正面入口。人混み。ニット帽に冬用ジャケット姿の男を探す。旅行者なのに、バッグを持たずに出てくるはずの男を。

「あんたの助けなんか、死んでも頼まない」


駅のホールの真ん中にあるコインロッカー、胸の高さのロッカーを選ぶことが大事だ。そうすれば、警察はすぐに駅舎全体から人を避難させざるをえなくなるし、爆弾を処理するための遠隔操作ロボットは入りやすくなる。右どなりの女がロッカーの戸を閉め、鍵を回している。コインが金属製のポケットにチャリンと落ちる。ヤスペルは立ち去る女から念のため顔をそむけ、となりのロッカー、326番の戸を開けた。大理石の床を叩く彼女のヒールの音が遠くなってから、切断された釘が七・五キロ、爆薬が二・五キロ詰まっているバッグを、そっとロッカーの中へ押し込んだ。最後に軽くもうひと押しすると、バッグはロッカーの幅いっぱいに収まった。まわりの人混みを見渡す。だれもこちらを見ていない。ひどく目立っている、あの連中すらも。雑嚢を肩にかついだ制服姿の兵士たちが、ほんの一メートルほど後ろを通り過ぎていく。ダークグリーンのベレー帽がまぶしく輝いて、突然、ロッカーの戸が閉まらなくなった。腕がこわばり、心臓が早鐘のように打つ。黄金の三叉槍のエンブレムが光を放つ——勇気、体力、気力を意味する三つの穂——沿岸猟兵。クルーカットの男が五人、北へ向かう列車の出発ホームをめざして歩いている。

おれを素通りしやがった。短く刈った頭、あの目、得意げな態度。あいつらにはおれが見えていない。だが、おれにはあいつらが見える。

あいつらは互いになにも言わない。毎日、いやというほど聞かされているのだろう。むやみにしゃべるな、と。おまえたちはスウェーデン海軍水陸両用軍団の諜報要員、スウェーデンが誇る精鋭部隊なのだから、と。

おれも、おまえらの一員だったのに。

326番ロッカーに入れたバッグ。ジッパーが完全には閉まっておらず、奥のほうが二、三センチ開いていた。タグをつかんで閉めようとしたところで、ナイロン生地のあいだからのぞく赤いワイヤーのループが目に入った。安全装置だ。

ベレー帽を斜めにかぶった男たちが背後を歩いている。その頭に、ベレー帽がしっくりとおさまっている。

そのとき、突然襲ってきた。吐き気。嫌悪感。

こいつらは知らないんだ。おれを仲間に入れてくれる集団、襲撃を計画し、爆弾を作り、銃を撃つ集団――しかも真の友人どうし、兄弟でもある集団は、ほかにもあるのだということを。おれがなぜここにいるか、こいつらは知らない。そう思うと吐き気がした。

おれはもう、おまえらの一員じゃない。

ジッパーのすき間に指を突っ込み、ワイヤーのループに通す。

安全装置。

もしおれが、これを引いたら。そのあとに、バッグに入っている金属の箱を、ほんの一、二ミリでも動かしたら。

さっきまで目立っていたクルーカットの男たちは、人混みの中に消えている。だれがだれだか区別のつかない、おおぜいの旅行者の中にまぎれている。

おれのほうが、おまえらよりもすごいことをやってるんだぞ。

おれがこのループを引っ張りさえすれば、だれかがここを開けただけで爆発するんだ。知ってたか？

七分。レオはひっきりなしに行き交う人々の群れを車の窓越しに見つめた。ヤスペルの姿はない。

もう終わっているはずなのに。駅へ入り、空いているコインロッカーを見つけて、バッグを入れる。三、四分あればじゅうぶんのはずだ。

手の中に、まだ携帯電話がある。

何年ものあいだ、あいつからは電話の一本もなかった。ところがこの数週間で二回もかかってきた。頭蓋骨を執拗につつき、脳を引っ張り、鍵もないのにむりやり中に入ってこようとする、あの声。

あいつの家になんか行くんじゃなかった。

四万三千クローナも胸ポケットに突っ込んで、車を見せびらかして、会社の話をして、だれと仕事をしているのか教えるなんて。あんなこと、しなければよかった。

おれたちの暮らしへの扉を、ほんの少しでも開けてしまったのが間違いだった。

そのとき。あそこだ。バックミラーに映った。黒いニット帽が、中央駅の正面出入口から、大股でずかずかと出てくる。ヤスペルの手にバッグはない。

「遅かったな」

「ちゃんと確かめたかったから」

「なにを？」

「ええと……だれにも見られてないってことを」

セントラル橋の下の駐車場を出てヴァーサ通りに入ると、頭上の空が昼の光を放っていた。

「ちゃんと置いてきたか？」

「胸の高さに」

ヤスペルがこんな笑顔を見せることはめったにない。穏やかな顔に浮かんだ、満足そうな笑み。見たことがないわけではない。伸縮式の警棒で人の手首を折ったときにも、こんな笑顔を見せていた。

「ロッカーを開ければすぐにわかる。ほんものだって。ポリ公はひとり残らず招集されるだろうな」

「よし」

「それが目的だろ？　やつらに……こっちは本気だってわからせることが」

「そのとおりだ」

中央駅を出たり入ったりする人々。駅のそばではひとりひとり見分けがついたが、車がヴァーサ通りを離れて橋にさしかかるころにはもう、バックミラーに映る灰色の塊の中の粒と化していた。

「レオ」

「なんだ？」

「ありがとう」

「なにが？」

「おれを信用してくれてありがとう」

国会議事堂を左に、リッダルホルメン島を右に見ながら橋を渡る。前方に旧市街《ガムラスタン》とスルッセンが広がっている。

「ヤスペル」

「なんだ？」

「シートベルト」

長いベルトをぐいと引っ張り、金具をバックルにカチリと入れる。車はちょうどセーデルレードトンネルに入ったところだ。

「三分だ。いいな？」

「三分」

「フェリックスは車の外にいる。おれはひとりでターゲット1をやる。おまえとヴィンセントがターゲット2をやる」

前を走るタクシーが急ブレーキをかけた。どちらの道を行くか迷っているように見える。車間距離を取っていなかったレオも急ブレーキをかけ、スカンストゥル橋の上で外側の車線に移った。

「つまり、おまえにはおれの弟を守る責任があるってことだ」

「わかってるよ」

「あいつの身にはなにも起こらないようにしろ——いいな？　なにも、だ」

「わかってるって」

グルマシュプランのロータリー交差点に向かって坂道を上がり、活気のない店が並ぶ灰色の広場に入る。レオは電話ボックスからかなり離れたところでヤスペルを下ろしてから、建物の反対側に回った。セブンイレブンのそばの出口。そこで待っている約束だ。

ヤスペルは冷たい受話器を耳に押し当てる。

「警察です」

口を受話器に近づける。

「よく聞け」

「聞いていますよ……」

「いいか。中央駅のホール。コインロッカー、326番。そこに爆弾が仕掛けられてる」

女の声は、耳をそばだて、待っている。ほかの声もかすかに聞こえる。ストックホルム県警の広い指令センターにいる連中、通報を受けて内容を吟味する連中の声だ。

「繰り返す。中央駅のホールのコインロッカー。番号は……」

自分の声は変えているが、不自然ではないはずだ。真剣で、少しゆっくりとした、脅しの利いた声。自分でも気に入っている。録音されるのもかまわない。

「……三……二……六。326だ。十五時に爆発する。交渉の余地はない」

受話器を掛けるフックを人差し指で押す。ボックスの中に、電話を切ったあとの沈黙が広がった。

外に出る。

上着の深いポケットに手を突っ込んでうつむき加減に広場を横切り、セブンイレブンの入っている建物、その前で待っている車へ。自分でも気に入ったあの声は、レオの声に似ている。落ち着いていて、聞き取りやすい。怒鳴り声では実際のところ、たいして人を脅せないのだ。レオが声を荒らげることはめったにない。たまに大声を出すと、その声はさらに際立つ。レオが人を怖がらせる人間だからというわけではない。彼が怒鳴りはじめたら、なにが起こるかわからないからだ。

助手席に乗り込む。今回もエンジンはかけっぱなしだった。となりに座るレオは、腿の上に警察の無線機を置いている。

「当直のお巡りが何度も呼びかけてたぜ。『中央駅に爆破予告』って。もう出動を始めてる」

右腕にはめたふたつの腕時計が少しきつい。ツナギの袖の上にはめなければならなかったからだ。手首に近いほうの時計は古く、長針も短針も赤く短くどうにも不恰好だが、アームバンドはもっと長いものに新調した。昔と同じ、薄茶色の革のバンドだ。ひじに近いほうの時計は、大人になってから買ったロレックスだ。ステンレススチールの時計ケースに、夜光針のついた文字盤。ムーブメントは正確で、秒を刻む音が聞こえてくる。

手書きの計画書によると、レオが計るべき時間は六つあった。

第一段階。十二分。着替え。車を二度乗り換え。
銀行1と銀行2への移動。

リスクのいちばん少ない段階だ。店じまいしたガソリンスタンドで、建設作業着を脱いで強盗としての装備を身につけ、盗んだメルセデスに乗り換える。そこから九キロ半移動して第二の乗り換え地点へ行き、盗んだフォルクスワーゲン・ビートルに移る。そこから二キロ移動して、エースモの中心街へ。

第二段階。三分。銀行1と2を襲撃。
第三段階。七分。銀行3へ移動。

いちばんリスクの大きい局面だ。銀行をふたつ襲ったあと、エースモからソールンダへ、交通量の少ない一般道を走る。まず、目撃者に見られ警察にも特定されている盗んだフォルクスワーゲン・ビートルで走り、それから盗んだメルセデスに乗り換える。だが、このころには爆弾騒ぎのせいで、警察の人員のほとんどは約五十キロ離れたストックホルム中央駅にいるだろう。そして、付近に残っている数少ない警官たちが、二台目のフォルクスワーゲン・ビートルを発見する。フェリックスが今朝、エースモの町の反対側の道路にとめておいた車だ。

第四段階。三分。銀行3。

第五段階。六分。移動。着替え。乗り換え。

この段階もリスクは大きいが、対策は立ててある。三つめの銀行から、スタート地点、店じまいしたガソリンスタンドへ。強盗の装備を脱ぎ捨てて建設作業員の服に着替え、盗んだメルセデスから社用車に乗り換える。以上。加えて、赤い針の時計で合計時間を計る――計三十一分――強盗に変身してから、強盗でなくなるまでの所要時間。盗んだ車、盗んだ銃、強盗としての服とともに過ごす時間。つかまる可能性のある時間だ。

レオは時計を見た。両方の時計を。十四時五十一分。第一段階の終了まで、あと一分――第二段階の開始まで、あと一分だ。エースモの中心街まで、あと一キロ。一戸建てや連棟住宅が並び、マンションもときおり見える。遠く離れたところで、孤独な男が一階のキッチンに座り、玉ねぎと豚肉の燻製を食べながら、かけるべきではない携帯電話に電話をかけている。

外見は、だれもが見たことのある、車種も言える車。内側には、銀行強盗犯が四人。フェリックスとレオが前の席に座り、ヴィンセントとヤスペルは後ろに座っている。全員が同じ服を着ている。

図書館と屋内プールの前を曲がって、U字型をした商店街の前の駐車場へ。左にスーパー、中央に銀行がふたつ。建物の側面には、煙草の葉や巻き紙を売っている売店。

「頭を下げろ。いま、いますぐ」

狭い。下へ、後ろへ、横へ身体をひねろうとしても、かならずどこかにぶつかる。身体の動きを小さくするが、身体そのものが小さくなるわけでもない。グローブボックスの取っ手に額が、窓を開けるハンドルに肩が当たる。ひじがギアとハンドブレーキにぶつかる。防弾チョッキと戦闘用ハーネスを上半身につけた状態で、重い銃をひざに載せ、目出し帽をかぶって目の穴の位置を直した。

「あと二十秒」

さきほどグルマシュプランの電話ボックスを離れたあとは、スピードを出しすぎないよう、かといって遅くもなりすぎないように気をつけながら、国道を南へ走った。ストックホルム・グローブ・アリーナのあたりで、最初のパトカーとすれちがった。次は早くも県道二二九号線とのジャンクションで、青いランプを回転させながら猛スピードでストックホルムの中心街へ向かうパトカー三台とすれちがった。たくさんの声が交錯する中で、ふたりはずっと無言だった。ダッシュボードのカーラジオから流れてくるニュース番組、トップニュース——〝現在、ストックホルム中央駅が閉鎖されています。爆弾が仕掛けられたとの情報が入ったためです〟——ヤスペルのひざの上の警察無線機から流れる、担当指揮官の声——〝爆発物を確認〟——警察の爆発物処理班が、326番ロッカーに入っているナイロンバッグの中に、プラスチック爆薬が入っていることを確認したのだ。パトロール警官が次々に到着し、協力しあって中央駅を閉鎖、人々を避難させ、地下鉄の運行を一部中止し、近距離・遠距離すべての列車を止めた。そのあいだも線路には列車が次々と到着し、なにも知らない乗客を乗せたまま停止していた。

「あと十五秒」

すべて計画どおりに進んだ。それなのに――父のあのいまいましい声が頭をつつき、脳を引っ張りつづける。

〝困ってることがあるんなら、レオ……〟

忘れなければ。もうあの声は金輪際聞くまいと決めたのだから。

〝……前にも助けてやっただろう〟

おれはもう二十四だ――十歳じゃないんだぞ！　あんたにはおれを助けることなんかできない――助けてやったのはおれのほうだ！

レオは速度を上げた――スピードを下げろと何度も言うヤスペルの声にも、爆発物処理班がロッカーを開ける準備が整ったと報告する警察無線の声にも、まったく気がつかなかった。

おれの息子、だと！　あんたには息子なんかいやしない。あいつらはおれの弟だ！

エースモへの出口までの最後の十キロは、ずっと追い越し車線を走っていた。時速七十キロだった速度が百十キロになり、約百四十キロに落ち着いた。

あんたは失敗した！　おれは成功した！

ふくらはぎは抵抗したが、足はアクセルを踏みつづけた。ひとつの身体にふたつの意思があるようだった。

弟たちを巻き込むな！　これはおれとあんただけの問題だ！

ヤスペルにぐいと腕を引っ張られ、大声で怒鳴りつけられて、レオはようやくブレーキを踏み込んだ。自動車専用道路から一般道への出口を通り過ぎてしまいそうになって、車がぐらりとよろめき、無線機がヤスペルのひざから落ちた。

「あと十秒」

森や野原をくねくねと蛇行する細い道。ときおり湖が現れては消えた。レオはスピードを落としていた。足とふくらはぎが結びつき、同じ意思を持つようになった。窓の外に広がる、つい最近まで白かったはずの野原は、すっかり茶色と化していた。氷点下にならない日が一週間も続いたせいで、土と草が広がっていて、波打つ茶色の地面はどうにも汚らしく見えた。

店じまいしたガソリンスタンドは、短い直線道路の中ほどにあった。離れたところに自動車専用道路ができたせいで閉店に追い込まれたのだ。レオは速度を落とし、建物の陰にまわった。窓に下がったブラインドはどれも黄ばんでいて、ポンプのメーターは七六・四〇で止まったままだった。フェリックスとヴィンセントが乗ってきた、盗んだメルセデスの脇に、社用車をとめた。

錆びついたスチール扉に掛かっていた南京錠をボルトカッターで壊し、新しいものと取り換えてから、建物の中に入って、レジが半開きのまま置いてある古いカウンターの上に装備をすべて並べた。沈黙の中――聞こえるのは、外で古いカルテックスの看板が風に吹かれてきしんでいる音だけだった――作業服からもうひとつの仕事用の服に着替えた。全員が黙りこくっていたが、レオがヴィンセントの着替えを手伝ったときはべつだった。ヴィンセントは裸の上半身に防弾チョッキをはおったが、薄く平らな胸板はちょうど転機を迎えていた――縦の成長が止まり、横の成長が始まりつつあるのだ。レオはヴィンセントのチョッキのストラップを締めた。身体にぴったりと沿うように。脇の下のすき間に流れ弾が入り込んで、心臓に当たったりすることのないように。が、不意に動きを止めた。さっき車の中で起きたことに似ているが、外見上は正反対だ。車の中では注意力が散漫になり、スピードを出しすぎてしまった。が、いまはそれとは反対に、ゆっくりとしたていねいな動き、ていねいすぎると言ってもいい動きになった。これから銀行をいくつ襲おうと、けっして変わらないことがある――いま、ストラップでしっかりと固定された防弾チョッキを着ているこの身体は、かつての冬の日、雪が中に入らないよう、緑色の子ども用ジャンプスーツのジッパーを首まで上げてやったのと、まったく同じ身体なのだ。そんなことを考えていたら、フェリックスに、どうしたんだよ、と三度も訊かれた。それでようやく、なんでもない、と答え、ストラップを締めるのをやめた。

「あと五秒」

ゆっくりと息をする。

ひじはあいかわらずギアに当たるが、グローブボックスの取っ手に額を圧迫されることはなくなった。黒い目出し帽で顔を覆っているからだ。

段差を慎重に乗り越えて、車は道路を離れ、広場に入る。ふたつ並んで建っている銀行の大きな窓まで、あと少し。

「三分だ。銀行をふたつ、同時に襲う。終わったらここに戻ってこい」

担当部門：刑事部
罪名：強盗
証言者：ハンセン、トマス
場所：ハンデルス銀行、エースモ

黒い目出し帽をかぶった男がひとり駆け込んできて、「伏せろ！　伏せろ！」と叫び、天井と壁のカメラに向かって何発も発砲した。

ハンセンは順番待ちの列に並んでいた。女性が外に出たいと叫んで出口へ走ったが、強盗にジャケットをつかまれた。

強盗に床に押しつけられて、女性は悲鳴をあげた。銀行員のひとりが、静かにじっとしてなさい、と彼女に声をかけた。

ハンセンの表現によれば〝しばらく〟経ったのち、女性が身体を起こした。強盗とともに窓口の係員がひとり、金庫室に入っていくのが見えた。同時に、強盗がもうひとり、窓の外に立ってハンセンのほうに銃を向けているのも見えた。

金庫室から出てきた強盗は、大きなバッグを肩に掛けていた。外に出ていくときに、女性のそばを通り過ぎた。ハンセンの記憶によると、その女性は恐怖のあまりずっと悲鳴をあげていた。

担当部門：刑事部
罪名：強盗
証言者：リンド、マーリット
場所：SE銀行、エースモ

黒い目出し帽をかぶった男がふたり駆け込んできて、「床に伏せろ！」と叫び、二台あるカメラに向かって合計で二十発ほど発砲した。

リンドによれば、強盗の片方が窓口カウンターを飛び越え、「金庫室の鍵を持ってるのはだれだ？」と尋ねてきた。

リンドは自分の机に置いてあった鍵を取り、格子扉のボタンを押して金庫室を開けた。強盗たちが金庫室に入ったあと、ブザーの音が聞こえた。現金の入ったキャビネットが開けられたしるしだ。ふたりはひきだしをひとつずつ空にしていった。もう一度床に伏せろと言われ、そうしたところ、ふたりがまったく同じブーツをはいているのが見えた。

どこからか「あと五秒、外に出ろ、早く、早く！」という大声が聞こえ、強盗たちは姿を消した。この強盗事件のあいだに、となりの銀行からも銃声と悲鳴が聞こえた、とリンドは付け加えた。

レオは百七十秒後、予定より十秒早く、雪のない冬の冷気の中へ駆け出した。女の悲鳴が追いかけてくる。銀行内を満たしていた、あの叫び声。自分が床に押しつけても、銀行員が静かにしなさいと告げても、女はずっと悲鳴をあげていた。不安と恐怖とパニックの叫び。べつの女に思いを馳せる――男が玄関から押し入り、執拗に暴力をふるってきたあのとき、彼女もあんな悲鳴をあげてしかるべきだった。

なぜ叫ばなかったのだろう？

一歩を踏み出すごとに、長いこだまが頭にがんがんと響く。

カメラを壊すのに、それぞれ六発ずつ発砲した。あと八発残っている。

レオは肩のベルトを直し、バッグを荷物スペースに放り込むと、車の前で待っていたフェリックスに向かってうなずいた。

そのとき、すべてが止まった。

いや、止まったのではない。むしろ、取り囲まれ、じわじわと近寄られ、頭を、腹を、胸を押しつぶされているような感覚だった。

まず、スーパーの窓の向こうで、品物を入れたかごを手に立っている買い物客の、おびえと好奇心のまじった視線。それから、広場の街灯の柱につながれ、口を大きく開けて前へ飛びかかろうとしている、ジャーマン・シェパードのけたたましい吠え声。その視線が、その吠え声が、あの女の目つきと悲鳴のごとく、レオをつかんで離さない。息がはずむ。これまでは、この瞬間こそ――強盗が終わった直後こそ――もっとも冷静でいられたのに。なにも考えず、なにも感じず、ただ時間どおりに各段階を最後までこなすことだけに集中していればいいのだから。

女はずっと、ひたすらに叫びつづけていた。

床に伏せるだけでよかったのに。黙ってじっとしていればよかったのに。

男の客や職員がヒーローを気取りだすこと、地元の警察と一戦交えなければならなくなることは、想定の範囲内だった。そうなったらためらわずに銃を向け、発砲し、暴力も辞さない姿勢を見せるつもりだった。重装備の特殊部隊と生死を賭けて対決する場面を想像したこともあった。だが、こんなふうに、パニックに陥った女が悲鳴をあげ、外へ逃げようとするなどとは、まったく想像していなかったように思う。

「二分五十五秒！　五十六秒！」

すぐそばで、フェリックスの声。

「五十八秒！　五十九秒！　外に出ろ、早く、早く！」

ついさっき自分が駆け出してきた銀行のとなりから、ヤスペルとヴィンセントが駆け出してきた。中身の詰まったバッグをそれぞれ荷物スペースに投げ入れ、後部座席に飛び乗った。同時にフェリックスが運転席に飛び込み、クラッチペダルを踏んでエンジンをかけ、発車の準備をした。

だが、レオは立ったまま、動きもしない。

「ブラック1《ワン》、三分経ったぞ！」

広場で。車の脇で。フェリックスの大声も聞こえていない。

「ブラック1、時間だ！」

まだ囲まれているのだ。あの視線に、あの声に、押しつぶされている。

首から掛けた銃。

銀行の窓の向こうで悲鳴をあげている人間。

レオは歩きはじめた。戻りはじめた。


自分の身を守ろうとする女と、暴力をふるう男。

あのときと同じだ。が、大きな違いがある。あのときは聞こえなかった叫び声が、いまはあたりに充満している。

あの家の屋根をちらりと見やってから、ふたたびドアをぐいと開けた。


フェリックスはクラッチを離さずにエンジンをふかし、大声で呼んだ。

「ブラック1、なにやってんだ、時間だぞ！」

だが、レオは立ち止まらない。

黒ずくめの身体が銀行の中へ消えた。レオが銃を構えたところは、フェリックスには見えなかった。


レオが狙いを定め、引き金を引いたとき。構えた銃は、これ以上ないほど安定していた。

まず、一発。その脇に、もう一発。

さらに、もう一発。最初の二発のあいだ、少し下に下がったところ。

すべて狙いどおりの位置に当たった。

弾は八発残っていたが、全部使ってしまった。銃を下げ、ドアを開ける。外に出たときにはもう、消えていた。

自分を取り囲むもの、押し寄せてくるものは、もうなにもない。だれひとりとして、しつこく叫んではいない。

音のない世界。記憶にあるとおりの。

広場の向こうの売店から、おびえた子どもが駆けていったのにも、街灯につながれた犬が牙を剝いて赤い舌を突き出しているのにも、商店街の屋根に鳥の群れが着地したのにも、アスファルトと砂利をこする自分のブーツの足音にも、まったく気づかなかった。

静寂の中を歩く。

そして、終わったあとにいつも味わう、あの感覚がやってきた。呼吸が長くなり、安らいで、冷静さが戻ってきた。

十四時五十七分三十秒。

プラスチックカードキーでドアを三つ、金属の鍵でドアをふたつ開ける。ヨン・ブロンクスは警察本部を駆け抜けた。生気のない廊下、暗い階段、黄色いビニール床の上、灰色の石床の上。いちばん奥の、ライトグリーンのスチール扉、地下駐車場への入口まで。

五分十五秒前——十四時五十二分十五秒——県警の広大な指令センターで、前のほうの席についているオペレーターが、エースモのハンデルス銀行に強盗が押し入ったとの通報を受けた。

十四時五十二分三十二秒、そこから何席か離れたところに座っていたべつのオペレーターが、やはり銀行強盗の通報を受けた。今度はべつの銀行——SE銀行だが、場所は同じエースモだった。

十四時五十三分十七秒、カールストレムはノックもせずにブロンクスの部屋に入ってきて、聖ルシア祭の日、うちで夕食の前にした話が現実になった、と言った。黒い目出し帽をかぶった四人の強盗犯。大量の発砲。スウェーデン軍の銃。三分きっかり。

――おまえたちか。

オイルと排気ガスのにおいのする、冬になると耐えがたいほど寒くなる地下駐車場の中を走る。ここ一か月で三件の銀行強盗事件がストックホルム周辺で起き、ブロンクスはそのたびに出動した。ウップランズ・ヴェスビーの貯蓄銀行――拳銃と斧で武装し、オペルに乗った三人組。同じ日の夜、ヴェエッタ港の非合法クラブで逮捕された。ノルマルム広場の協同銀行――拳銃を持った中年男の単独犯行。一時間後、両親の家の〝子ども部屋〟にいるところを逮捕された。奪った金と改造されたスターターピストルがベッドの下に隠してあった。トムテボーダの郵便局集配センターに向かっていた現金輸送車――散弾銃で武装した二人組の犯行。これは未解決だ。

だが、どの事件でも、いまのような感覚を味わうことはなかった。

――おまえたちのしわざだろう。前科も、裏社会とのつながりもまったくない。それなのに知識を備え、完璧に武装して行動する。捜査の手がかりになる痕跡をいっさい残さない。

車を発進させ、鑑識の車庫の前を通り過ぎる。いまから二週間ほど前、パソコン画面で妙な映像を目にした場所。ヨーロッパ史上類を見ない凶暴な銀行強盗をこれからやろうというときに、振り返って襟のマイクを片手で押さえ、ささやきかけていた男。地下駐車場の扉が自動で開き、ブロンクスはスロープを上がって、遮断桿の下りたゲートへ、昼の光へ、フリードヘム広場の車の流れへ向かった。

ささやきかけていた強盗犯。仲間を守ろうとしていた。仲間の面倒を見ていた。

ブロンクスにはそれがわかった。あの強盗犯について、初めてわかったこと。いまのところそれしかわかっていないが、それでもほんの少しは近づけた。

あのふたりは兄弟だ。

その彼らが、また現れた。今回は銀行をふたつ、同時に襲った。前よりも大きなリスクを冒している。その傾向はこれからも続くだろう。

おまえたちが強盗をやるたびに、おれは少しずつおまえたちに近づいていく。


窓ガラスが曇っている。

フェリックスのとなりと後ろで息をはずませている三人は、まだ黒い目出し帽をすっぽりかぶっている。

男四人の身体の発する熱が、車輪のついた金属製の冷たいカブトムシの中に閉じ込められて、窓の内側を乳白色に曇らせている。

「どういうつもりだ？」

フェリックスは道路から目を離さず、まっすぐ前を見据えている。両手でハンドルを握りしめ、時速八十キロを保っている。

「なにやってたか、見えただろ」

「見えなかった！　いったいいないにをやっていたんだ？」

レオも前を見据えている。増えてきた木々を、減ってきた家々を見つめている。

あのとき、百八十秒をとっくに過ぎていた。

仕事は終わっていた。ヤスペルとヴィンセントも仕事を終えていた。

それなのに、レオは立ち止まった。銀行に戻った。そして、発砲した——八回。

「なんのために時計をふたつもして、五段階それぞれの時間と合計時間を計ってたんだ？　いつも時間、時間ってうるさいくせに！」

車が細い道路を離れてもっと細い道に入り、トラクターに踏み固められた硬いでこぼこ道を走りだすと、レオの肩がフェリックスの肩にぶつかった。へこんだところを通るたびに、ひざがダッシュボードの下面に当たる。やがて雪のない小道の突き当たり、石塚の前で停車したころには、身体を包むツナギの下にじっとりと汗の層ができていた。

「時間はあった」

全員が、次の行動を心得ている。

車から下りる。荷物スペースを開ける。札束の詰まったバッグ三つを取り出す。

「わざわざ戻るなんて！」

すぐそばに、次の車、メルセデスが控えている。

「銀行に戻って、馬鹿みたいに撃って、おれたちを危険にさらした！」

メルセデスの荷物スペースを開ける。バッグ三つを放り込む。乗り込む。

トラクターに踏み固められた小道を走って、ふたたび一般道へ。

「それでもこうやって、ちゃんと逃げてきた。違うか、フェリックス？　エースモから二キロ走って、だれにも見られてない新しい車に乗り換えた。だれも追いかけてきてない。文句が言いたいなら家に帰ってからにしてくれ」

レオは後ろを向いた。

「全員、目出し帽を取れ」

どれも同じに見え、年齢もわからなかった四つの頭が、目出し帽を脱いだことで、それぞれ違う顔をした二十歳前後の若者四人になった。湿った髪が、湿った額に貼りついている。対向車線を走ってくる車。子どもを助手席のチャイルドシートに乗せた女は、いっさい反応することなくすれ違っていった。

ヤスペルが後部座席から身を乗り出し、レオの肩を軽く叩いて小声で言った。

「これ、新聞の一面に載るな」

フェリックスがいきなり振り返ったので、車がふらついてセンターラインを越えた。フェリックスのほうは、小声ではなかった。

「あんたは黙ってろ」

レオはまだ前を見据えている。ひざの上に銃を載せ、目出し帽はすぐにかぶれるよう用意してある。

次の銀行まで、あと五キロ。

ヨン・ブロンクスの前の車が完全に動かなくなった。その前の車も完全にとまっている。列を離れて歩道に乗り上げ、ハンドヴェルカル通りの先まで見渡してみると、どの車も完全にとまっていた。二酸化炭素を吐き出す金属の大蛇が、市庁舎や中央駅へ向かうアスファルトの道路を、余すところなく占拠している。

窓を開けると、シートの下に手を突っ込んでガラス張りの照明をつかみ、磁石部分を車の屋根につけた。青い光が回転しはじめ、サイレンが周囲の建物にこだまする。バンパーを前後のバンパーに擦りながらむりやり列を離れ、中央線を横切って、進める場所を探してさまよう対向車のあいだを縫うように走った。

ストックホルムの中枢が揺らいでいる。

中央駅周辺の道路は大小を問わず、通行止めになっているか、迂回させられた車で渋滞しているかのどちらかだ。無線からの情報によると、何者かがストックホルムの中心に爆弾を仕掛けたのだという。初めはニセ爆弾かもしれないと思われていたが、ついさきほどほんものの爆弾であるとわかり、爆発物処理班や探知犬、遠隔操作ロボットがすでに駅に到着している。

「こちら、エースモに向かってます。現場の人員は？」

片手でマイクを持ち、もう片方の手でハンドルを握って、何度も急旋回を繰り返しながら市庁舎を通り過ぎ、やはり大渋滞中のセントラル橋に入った。

「一隊です」

「一隊？」

「もう一隊、ニューネースハムンから向かってます」

「二隊？　パトロール隊、二隊だけですか？」

　セントラル橋は短く、どちらの方向にも車線が複数あるが、コンクリートの中央分離帯で仕切られている。青い回転灯とサイレンのおかげで、ほかの車は次々と脇へ寄ろうとしてくれているが、それでもスピードを落とさざるをえなかった。

「それしか人員がいないので」

　それが、ニューネースハムン署の当直指揮官の返事だった。

「いまのところは」

「それじゃ足りないだろ！　機動隊、警察犬、ヘリも投入しなきゃ……銀行がふたつ、同時に襲われたんだから！」

　旧市街《ガムラスタン》とスルッセンを過ぎ、セーデルレードトンネルに入ったあたりで、ようやく車の流れが少しスムースになった。

「おれの言ったこと、聞こえました？」

「聞こえてます。失礼ですが、そういうあなたはだれなんですか？　どうしてこっちに向かってるんです？」

「ストックホルム市警のヨン・ブロンクスです」

「そう言われても心当たりがないが、あなたが管轄外の現場に向かってることはわかりましたよ」

「スヴェドミューラの銀行、ファーシュタの現金輸送車……今回も同じ犯人グループですよ。間違いない！　おれは三か月近く前からこいつらを追ってるんです」

トンネルに入ってから、車が一気に減った。

ブロンクスは速度を少し上げた。昼の光に向かって。その先の長い橋をめざして。

「連中は武装してるはずだし、実際に発砲もしますよ。そこに警官隊がふたつ？　増援を呼ばなくては！」

「だれも来ませんよ」

「だれも来ないって……」

「もう要請はしたんです。でも、機動隊、警察犬、ヘリ、この県の人員のほとんどが、いまあなたの出てきた界隈に投入されてるんです。どうしてかはおわかりでしょう。ほかの県から応援が来ることになってはいますが」

昼の光。ヨハネスホーヴ橋。奇妙な光景が広がっていた。はるか下の水面は青く輝く氷に覆われ、となりの橋に電車が停まっている。それだけではない。線路と車道のあいだを、何百、いや、何千という歩行者が双方向に進んでいる。コートやジャケットの下から伸びる脚がいっせいに動くそのさまは、まるで虫のようで、電車を待っていた巨大なムカデが二匹、諦めて歩きだしたようにも見えた。

橋を渡った先――グルマシュプラン駅。そこのホームも階段も広場も、電車が動かないせいで満杯になり、臨時代替バスを待つおおぜいの人が無秩序な列をつくっていた。ストックホルム・グローブ・アリーナとセーデル・スタジアムのあたりまで来て、ずいぶん車の減った国道でスピードを上げようとした瞬間、新たな声が無線機の沈黙を破った。

「爆発した！」

めったにないことだ。共通の周波数で日々通信しているプロの声は、長いこと聞いていると徐々に聞き分けられなくなってくる。みな同じ口調で、同じ大きさの声で、感情をこめずに話すから。

「全部……全部吹き飛ばされました！　ロボットが木っ端微塵です！」

だが、ごくまれに、予期していなかったことが起こると。恐怖と危険がはっきりと見え、身近に感じられると、彼らの声は率直になる。感情があらわになる。

「警官が……警官がひとり倒れました！」

（下巻につづく）

世界が注目する北欧ミステリ

特捜部Q―檻の中の女―
ユッシ・エーズラ・オールスン／吉田奈保子訳
新設された未解決事件捜査チームが女性国会議員失踪事件を追う。人気シリーズ第1弾

特捜部Q―キジ殺し―
ユッシ・エーズラ・オールスン／吉田・福原訳
特捜部に届いたのは、なぜか未解決ではない事件のファイル。新メンバーを加えた第2弾

特捜部Q―Pからのメッセージ―上下
ユッシ・エーズラ・オールスン／吉田・福原訳
流れ着いた瓶には「助けて」との悲痛な手紙が。雲をつかむような難事件に挑む第3弾

特捜部Q―カルテ番号64―上下
ユッシ・エーズラ・オールスン／吉田薫訳
二十年前の失踪事件は、悲痛な復讐劇へと続いていた。コンビに最大の危機が迫る第4弾

特捜部Q―知りすぎたマルコ―上下
ユッシ・エーズラ・オールスン／吉田薫訳
悪の組織に追われる少年と、外交官失踪の繋がりとは。さらにスケールアップした第5弾

ロング・グッドバイ

The Long Goodbye

レイモンド・チャンドラー
村上春樹訳

私立探偵フィリップ・マーロウは、億万長者の娘シルヴィアの夫テリー・レノックスと知り合う。あり余る富に囲まれていながら、男はどこか暗い陰を宿していた。何度か会って杯を重ねるうち、互いに友情を覚えはじめた二人。しかし、やがてレノックスは妻殺しの容疑をかけられ自殺を遂げてしまう。その裏には哀しくも奥深い真相が隠されていた。新時代の『長いお別れ』が文庫で登場

さよなら、愛しい人

Farewell, My Lovely

レイモンド・チャンドラー
村上春樹訳

刑務所から出所したばかりの大男、へら鹿マロイは、八年前に別れた恋人ヴェルマを探しに黒人街の酒場にやってきた。しかしそこで激情に駆られ殺人を犯してしまう。偶然、現場に居合わせた私立探偵のマーロウは、行方をくらましたマロイと女を探して夜の酒場をさまよう。狂おしいほど一途な愛を待ち受ける哀しい結末とは？　名作『さらば愛しき女よ』を村上春樹が新訳した話題作。

ハヤカワ文庫

約束の道

This Dark Road To Mercy

ワイリー・キャッシュ

友廣 純訳

〔英国推理作家協会賞ゴールド・ダガー賞受賞〕母さんが死に、施設にいたわたしと妹のもとに三年前に離婚して親権も放棄したウェイドが現われた。母さんから彼は負け犬だと聞かされていたが、もっとひどかった。ウェイドは泥棒でもあったのだ。すぐに何者かに追われ、わたしたちはウェイドとともに逃亡の旅に……

ハヤカワ文庫

天国でまた会おう（上・下）

Au revoir la-haut

ピエール・ルメートル
平岡　敦訳

〈ゴンクール賞受賞作〉一九一八年。上官の悪事に気づいた兵士は、戦場に生き埋めにされてしまう。助けに現われたのは、年下の戦友だった。しかし、その行為の代償はあまりに大きかった。何もかも失った若者たちを戦後のパリで待つものとは――？　『その女アレックス』の著者によるサスペンスあふれる傑作長篇

ハヤカワ文庫

六人目の少女

Il suggeritore

ドナート・カッリージ

清水由貴子訳

〈バンカレッラ賞／フランス国鉄ミステリ大賞／ベルギー推理小説賞受賞作〉森で見つかった六本の左腕。それは連続少女誘拐事件の被害者たちのものだった。しかし、六人目の被害者がわからない……そして警察の懸命の捜査にもかかわらず少女たちの無残な遺体が次々と発見される。イタリアの傑作サイコサスペンス

ハヤカワ文庫

二流小説家

The Serialist

デイヴィッド・ゴードン

青木千鶴訳

〔映画化原作〕筆名でポルノや安っぽいSF、ヴァンパイア小説を書き続ける日日……そんな冴えない作家が、服役中の連続殺人鬼から告白本の執筆を依頼される。ベストセラー間違いなしのおいしい話に勇躍刑務所へと面会に向かうが、その裏には思いもよらないことが……三大ベストテンの第一位を制覇した超話題作

ハヤカワ文庫

解錠師

The Lock Artist

スティーヴ・ハミルトン

越前敏弥訳

〈アメリカ探偵作家クラブ賞最優秀長篇賞／英国推理作家協会賞スティール・ダガー賞受賞作〉ある出来事をきっかけに八歳で言葉を失い、十七歳でプロの錠前破りとなったマイケル。だが彼の運命はひとつの計画を機に急転する。犯罪者の非情な世界に生きる少年の光と影をみずみずしく描き、全世界を感動させた傑作

ハヤカワ文庫

ホッグ連続殺人

The HOG Murders

ウィリアム・L・デアンドリア

真崎義博訳

雪に閉ざされた町は、殺人鬼の凶行に震え上がった。彼は被害者を選ばない。手口も選ばない。どんな状況でも確実に獲物をとらえ、事故や自殺を偽装した上で声明文をよこす。署名はＨＯＧ――この難事件に、天才犯罪研究家ベネデッティ教授が挑む！　アメリカ探偵作家クラブ賞に輝く傑作本格推理。解説／福井健太

2分間ミステリ

Two-Minute Mysteries

ドナルド・J・ソボル
武藤崇恵訳

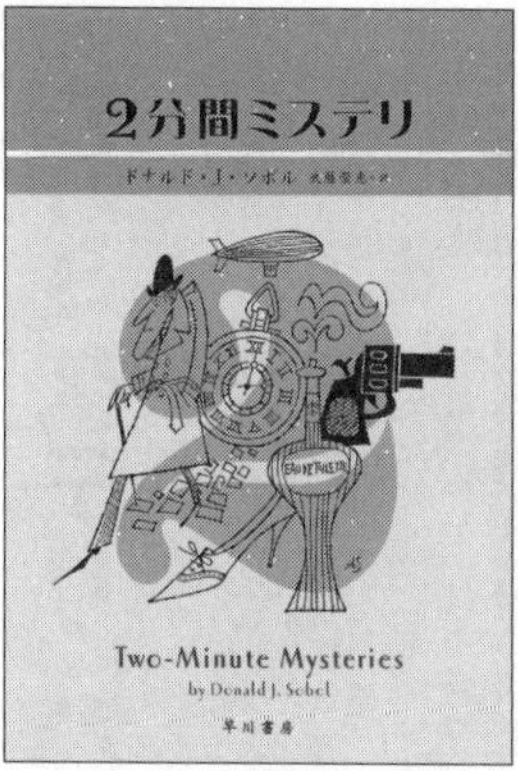

銀行強盗を追う保安官が拾ったヒッチハイカーの正体とは？　屋根裏部屋で起きた、首吊り自殺の真相は？　一攫千金の儲け話の真偽は？　制限時間は2分間、きみも名探偵ハレジアン博士の頭脳に挑戦！　事件を先に解決するのはきみか、博士か？　いつでも、どこでも、どこからでも楽しめる面白推理クイズ集第一弾

ハヤカワ文庫

〈訳者略歴〉
ヘレンハルメ美穂　国際基督教大学卒，パリ第三大学修士課程修了，スウェーデン語翻訳家　訳書「ミレニアム」シリーズ（共訳／早川書房刊）他
羽根 由　大阪市立大学卒，ルンド大学大学院修士課程修了，スウェーデン語翻訳家　訳書『ミレニアム 4』ラーゲルクランツ（共訳／早川書房刊）他

HM=Hayakawa Mystery
SF=Science Fiction
JA=Japanese Author
NV=Novel
NF=Nonfiction
FT=Fantasy

熊《くま》と踊《おど》れ

〔上〕

〈HM㊴-1〉

二〇一六年九月十五日　発行
二〇一六年十二月二十五日　八刷
（定価はカバーに表示してあります）

著者　アンデシュ・ルースルンド
　　　ステファン・トゥンベリ
訳者　ヘレンハルメ美《み》穂《ほ》
　　　羽《は》根《ね》由《ゆかり》
発行者　早川浩
発行所　株式会社 早川書房
郵便番号　一〇一 - 〇〇四六
東京都千代田区神田多町二ノ二
電話　〇三 - 三二五二 - 三一一一（大代表）
振替　〇〇一六〇 - 三 - 四七七九九
http://www.hayakawa-online.co.jp
乱丁・落丁本は小社制作部宛お送り下さい。
送料小社負担にてお取りかえいたします。

印刷・三松堂株式会社　製本・株式会社川島製本所
Printed and bound in Japan
ISBN978-4-15-182151-6 C0197

本書は活字が大きく読みやすい〈トールサイズ〉です。